AF304380

Samantha Halama wurde 1994 in Heppenheim an der Berg-
straße geboren. Nach mehreren Monaten in Kiel kehrte sie
2018 nach Frankfurt zurück, um dort eine Ausbildung als
Kauffrau für Büromanagement zu absolvieren.
Seit Ende 2020 veröffentlicht sie Liebes- und Fantasyromane
für (junge) Erwachsene, übersetzt Romane vom Englischen
ins Deutsche und unterstützt Verlage sowie Selfpublisher bei
Veröffentlichungen.

SAMANTHA HALAMA

Das kleine Cottage in Upper Hillford

Erstausgabe Mai 2024

Copyright © 2024 dp Verlag, ein Imprint der
dp DIGITAL PUBLISHERS GmbH
Made in Stuttgart with ♥
Alle Rechte vorbehalten

Das kleine Cottage in Upper Hillford

ISBN 978-3-98998-048-8
E-Book-ISBN 978-3-98998-044-0

Covergestaltung: ArtC.ore-Design / Wildly & Slow Photography
Umschlaggestaltung: ArtC.ore-Design
Unter Verwendung von Abbildungen von
shutterstock.com: © Mike Pellinni, © bernd.brueggemann,
© Jones M, © Emilio100, © RUNGSAN NANTAPHUM,
© cheng xin, © ZaZa Studio, © Konmac
Lektorat: Mareike Westphal
Satz: dp DIGITAL PUBLISHERS GmbH
Druck und Bindung: Books on Demand GmbH, Norderstedt

Playlist

All I Want – Olivia Rodrigo, Disney
Little Bit More – Suriel Hess
I GUESS I'M IN LOVE – Clinton Kane
Keep Me Up – Michael Schulte
New Electricity – UNSECRET, Laney Jones
Until I Found You (with Em Beihold) – Stephen Sanchez, Em Beihold
Before You Go – Lewis Capaldi
Those Eyes – New West
The Saltwater Room – Owl City
Say Something (feat. Chris Stapleton) – Justin Timberlake, Chris Stapleton
Shut Up and Dance – WALK THE MOON
Liar – Camila Cabello
EXPIRED – jenny nuo
A Little More Time – HARBRS
You're Somebody Else – flora cash
Only For You – Tommee Profitt, Fleurie

Kapitel 1

Thea

Wer zur Hölle war der Erste, der Seegras gesehen und sich dabei gedacht hatte ›Oh, das sieht aber lecker aus‹? Denn ich konnte beim besten Willen nicht verstehen, was an schleimigen grünen Algen appetitlich sein sollte.

Es war nicht so, dass ich kein großer Fan von Meeresfrüchten war. Im Gegenteil, ich liebte Garnelen und Tintenfisch. Meine beste Freundin Elena war diejenige, die sich weigerte, sämtliche Schalentiere auch nur anzufassen. Sie hasste es, wie sie aussahen, wie sie rochen und allein die Vorstellung, sie zu essen. Mir war das alles egal. Aber dieses Grünzeug ...

»Warum müsst ihr nur so ... schleimig sein?«, fragte ich niemand Bestimmten, während ich vorsichtig ein paar davon aus ihrem Wasserbad holte und zum Abtropfen in ein Sieb tat. Der penetrante Geruch nach Meerwasser hätte nett sein können – wenn er nicht von dem Essen gekommen wäre, das ich in ein paar Minuten würde herunterwürgen müssen. Das Gesicht zu einer Grimasse verzogen trocknete ich den Rest der eingeweichten Algen. Erst dann warf ich einen Blick auf die Uhr über dem breiten Mücheneingang und runzelte die Stirn.

Marc war spät dran.

Normalerweise kam er jeden Tag pünktlich um 12:30 Uhr nach Hause, um seine Mittagspause mit mir zu verbringen. Zumindest hatte er das in den letzten sechs Wochen getan. Das war schließlich der Grund, warum ich gerade in meiner Küche stand und Suppe mit schleimigen Algen zubereitete, anstatt etwas zu essen zu holen, das weder grün noch gesund war und auch nicht so roch, als hätte es ein Fischkutter gerade auf meinen Teller geladen.

Ich war leicht zufriedenzustellen. Ich mochte Pizza. Wenn es dann noch Extrakäse und ein paar scharfe Chiliflocken oben drauf gab, dann war ich wirklich glücklich.

Oh, und eine Diät-Cola. Oder zwei. Oder vielleicht drei.

Okay, vielleicht war ich also nicht gerade ein Vorbild für gesunde Ernährung, aber wer könnte es mir verübeln? In meiner Branche zählte jede Minute. Ich arbeitete mindestens sechs Tage die Woche, rannte quer durch die Stadt und erfüllte Aufträge, von denen einer seltsamer als der andere war.

Diese Begonien müssen genau denselben Blauton wie die Papiertaschentücher haben!

Der Kuchen muss glutenfrei, laktosefrei und vegan sein. Und vergiss bloß die zusätzliche Schokoladenglasur oben drauf nicht!

Mein perfektes Kleid muss sich anpassen können. Es soll lang für die Zeremonie sein, mittellang für die Fotos und kurz zum Tanzen!

Hach, ja. Und all das im Namen der Liebe.

Oh, ich vergötterte meinen Job. Ich wollte mir mein Leben gar nicht ohne ihn vorstellen. Und ich liebte Hochzeiten. Bräute allerdings ... nicht ganz so sehr. Für die Arbeit mit *Bridezillas* brauchte ein Mädchen nun mal seine Kohlenhydrate, oder? Das war nachvollziehbar. Zumindest für die meisten Menschen. Für Marc ... nicht ganz so. Schon bei unserem allerersten Date hatte er mich angesehen, als hätte ich ein Eichhörnchen ermordet, als ich mich für ein Steak mit Pommes anstatt für einen Salat entschieden hatte. Für jeden anderen wäre das wohl eine typische *Red Flag* gewesen. Aber für mich war es okay. Marc war es wert gewesen.

In dem Moment, in dem ich ihn zum ersten Mal gesehen hatte, hatte ich sofort eine Verbindung zu ihm gespürt. Etwas in mir hatte Klick gemacht, und ich wusste, dass er der Mann war, auf den ich gewartet hatte. Anders konnte es doch nicht sein, oder? Nach zwei Fehlschlägen allein in diesem Jahr musste er der Mann sein, der es wert gewesen war, das durchzumachen. Gut, das hatte ich bei meinen anderen Beziehungen auch gedacht. Ich war nicht gerade ein Beziehungsprofi, und das war offensichtlich. Meine Erfolgsbilanz war mies.

Aber ich mochte ihn wirklich. Marc war gut aussehend und erfolgreich. Und er schien mich auch zu mögen, sonst hätte er mich schließlich nicht um ein zweites Date gebeten.

Und jetzt waren wir sechs Wochen zusammen, und es lief super. Zumindest, wenn er nicht zu spät kam. Noch einmal sah ich auf die Uhr, aber die Zeit hatte sich nicht auf magische Weise zurückgedreht. Ich zog mein Handy aus der Hosentasche und runzelte die Stirn, als ich eine Nachricht von Marc bemerkte, die nur wenige Minuten zuvor eingetroffen war. Warum hatte er nicht einfach angerufen? Stattdessen hatte er eine Sprachnachricht geschickt. Der Fluch der modernen Technologie, wenn man mich fragte.

Meine Finger zitterten leicht, als ich die Play-Taste drückte.

»Hey, Thea!« Seine Stimme klang atemlos und irgendwie … ausgelassen? »Ich wollte dir nur sagen – sei still, Babe, lass mich das hier nur schnell fertig machen.«

Babe? Eine dunkle Vorahnung schnürte mir die Luft ab, und das Atmen fiel mir immer schwerer. Ein weibliches Kichern im Hintergrund verstärkte das Gefühl, dass hier etwas ganz und gar nicht stimmte. »Weißt du, die letzten sechs Wochen waren wirklich schön, aber – «

»Mach schon, Marc«, unterbrach ihn die weibliche Stimme in einem jammernden Tonfall. »Willst du dir nicht dein Dessert holen?«

Übelkeit stieg in mir auf, als ich langsam zu begreifen begann, was hier passierte. »Nun, weißt du, es hat Spaß gemacht, oder?«, fuhr Marc fort und sprach plötzlich viel schneller. Es war eindeutig, dass er es eilig hatte.

»Maaarc«, klagte die Frau erneut, und am liebsten hätte ich mein Handy gegen die Wand geworfen, nur um sie zum Schweigen zu bringen.

»Aber weißt du, die Sache ist –«

»Schatz, das Eis schmilzt«, mischte sich die Frau aus dem Hintergrund wieder ein, und mit jeder Sekunde wollte ich diese Nachricht weniger zu Ende anhören. Aber ich musste. Ich brauchte die Gewissheit, dass er gleich das sagen würde, was ich befürchtete.

»Fuck, okay, ich komme gleich.«

»Beeil dich!«

»Okay, okay. Wie auch immer, weißt du, wir hatten Spaß und alles, aber, Thea … Die Sache ist die, du bist nicht wirklich das, wonach ich suche, weißt du? Aber hey, es war nett. Und wir sehen uns doch, oder? Ich meine, wir sind Nachbarn und so. Nur, na ja, nicht mehr als das, weißt du? Also, ja. Das wollte ich nur kurz loswerden. Wir sehen uns! Ich komme, Babe!«

Damit endete die Sprachnotiz und ließ mich fassungslos zurück.

Was. Zur. Hölle?

Ich starrte die Suppe an, als wäre sie an allem schuld, und war nahe dran, sie gegen die Wand zu werfen.

Diese blöde, schleimige, grüne Algensuppe.

Dieser heuchlerische, betrügerische, nichtsnutzige Hurensohn!

Eine Träne lief mir über die Wange, und ich wischte sie wütend weg. Wie konnte ich ihm hinterherweinen? Er verdiente meine Tränen nicht. Weder meine Tränen noch meine Zeit noch diese verdammte Algensuppe.

Das änderte jedoch nichts an dem Gefühl, als wäre mein Herz zum wiederholten Male in seine Einzelteile zersprungen. Hatte ich Anzeichen übersehen und mich einfach wieder kopfüber in etwas gestürzt, das ja doch nie eine Zukunft gehabt hatte?

Mit einem Knurren nahm ich die Schüssel und leerte den Inhalt, ohne nachzudenken, in der Spüle aus. Die grüne Suppe vermischte sich mit dem schmutzigen Geschirr, das ich seit Tagen abwaschen wollte, und bildete eine ekelhaft schleimige Masse.

Genau wie mein verdammtes Leben.

Ich ließ mich auf den Küchenstuhl sinken und versuchte, die Schluchzer in Schach zu halten, aber ich hatte keine Chance. Meine Schultern zitterten vor Anstrengung, während ich heulte wie ein Schlosshund.

Er hatte recht. Die letzten sechs Wochen hatten Spaß gemacht. Wir hatten eine tolle Zeit gehabt. Und wie immer hatte sich mein Kopf in Millionen Was-wäre-wenn-Szenarien verstrickt.

Was, wenn er der Eine war?

Was, wenn das hier der Jackpot war?

Was, wenn ich endlich den Mann gefunden hätte, auf den ich immer gehofft hatte?

Ich hätte es besser wissen müssen. Natürlich hätte ich es besser wissen müssen. Aber mein Herz war schon immer zu optimistisch gewesen. Wie auch nicht? Die Liebe war buchstäblich mein Job.

Es spielte keine Rolle.

Nichts davon spielte eine Rolle.

Es spielte keine Rolle, dass er sich ein wenig über mich und meine Ernährung geärgert hatte.

Es spielte keine Rolle, dass seine Stimme manchmal ein wenig herablassend geworden war, auch wenn es nie genug gewesen war, um mich wirklich zu treffen.

Es spielte keine Rolle, dass ich den ganzen Tag zuvor überhaupt nichts von ihm gehört hatte und seine Ausrede gewesen war, dass er bei einem Meeting war.

Es spielte keine Rolle. Jetzt nicht. Nicht mehr.

Nicht jetzt, da ich wusste, was wirklich los war. Jetzt war alles so schmerzhaft offensichtlich.

›Es ist in Ordnung, Thea. Du wirst einen Besseren kennenlernen. Es gibt da draußen den perfekten Mann für dich. Nur eben nicht dieser.‹

Die Worte meiner Mutter, die sie mir bereits in der Highschool mehr als einmal tröstend zugemurmelt hatte, gingen mir durch den Kopf. Und der verletzte, zynische Teil von mir hielt das mittlerweile alles für Unsinn. Wenn es den perfekten Mann für mich gab, warum hatte ich ihn noch nicht getroffen? Meine Firma veranstaltete etwa fünfundzwanzig Hochzeiten im Jahr und fast siebzig Prozent der Bräute waren jünger als ich. Ich hätte inzwischen mindestens eine eigene Hochzeit haben sollen.

Dass das bisher noch nicht eingetroffen war, hatte einen einfachen Grund.

Ich war eine Niete, wenn es um Männer und Beziehungen ging. Eine hoffnungslose Romantikerin in einer Welt voller Pragmatiker und Opportunisten.

Das Vibrieren meines Handys riss mich aus meinen Gedanken. Eine Erinnerung daran, dass sich meine Mittagspause dem Ende neigte und ich zurück an die Arbeit musste. Zurück in eine Welt voller Liebe und Freude. Und zurück in eine Welt voller glücklicher Paare.

Ich seufzte.

Jetzt war nicht die Zeit für Selbstmitleid. Es war an der Zeit, die fröhliche Thea zu spielen. Die, deren Herz nicht gerade zum dritten Mal in diesem Jahr gebrochen worden war.

***

Drei Stunden später bereute ich es aus tiefstem Herzen, mich nicht einfach krankgemeldet zu haben. Nicht, dass das wirklich eine Option gewesen wäre. Als selbstständige Hochzeitsplanerin zu arbeiten, bedeutete eben genau das – selbst und ständig arbeiten, trotz der Unterstützung, die ich dank meiner Mitarbeiter hatte.

Ich saß an meinem Schreibtisch, einen Stapel ungeöffneter Briefe vor mir. Normalerweise mochte ich es, personalisierte Dankesbriefe zu schreiben. Normalerweise. Heute hätte ich sie jedoch liebend gern zerrissen und daraus ein paar Konfettibomben für Marc gebastelt. Der Gedanke an das Chaos, dass die kleinen Papierfetzen in seiner blitzsauberen Wohnung hinterlassen würden, hob meine Mundwinkel ein klein wenig.

»Hier«, sagte Mandy, unsere neue Praktikantin, und schob mir eine Pralinenschachtel entgegen. »Die sind vom Brautpaar der letzten Hochzeit.«

»Oh«, brachte ich hervor und zwang mich zu einem Lächeln. Zucker war gut. »Danke schön.«

»Geht es dir gut?«, fragte sie und setzte sich auf die Kante meines Schreibtischs. Ganz offensichtlich hatte sie nicht vor, mich innerhalb der nächsten Minuten allein zu lassen. Nicht, dass ich etwas gegen Gesellschaft hatte. Normalerweise. »Du scheinst ein wenig ... niedergeschlagen zu sein.«

»Mir geht's gut«, entgegnete ich, den Blick auf den Stapel Briefe vor mir gerichtet. Obwohl die entsprechende Hochzeit für uns aus wirtschaftlicher Sicht ein großer

Erfolg gewesen war, verfluchte ich das Brautpaar in Gedanken dafür, so einen großen Bekanntenkreis zu haben. Hätten sie nicht einfach nur ein paar Freunde haben können und fertig? Der Gedanke, jedem Absender zu versichern, wie unfassbar glücklich das Paar war und wie sehr es sich über die Glückwünsche freute, erschien mir in diesem Moment wie eine unmögliche Aufgabe. Ich konnte ja nicht einmal meine Angestellten überzeugen, dass es mir gut ging, zumindest wenn ich Mandys zweifelnden Blick richtig deutete.

»Wirklich? Du siehst nämlich aus, als hättest du geweint. Geht es um einen Typen?«

Für einen Moment schloss ich die Augen und zwang mich dazu, tief durchzuatmen. Es hatte keinen Sinn zu lügen. »Ja.«

»Ich wusste es! Wer ist es? Dieser Lackaffe?«

»Wen meinst du?«

»Dieser Lackaffe. Ich habe euch beide ein paarmal zusammen gesehen. Ich wollte nicht zu viel reininterpretieren, aber na ja, ihr saht aus wie ein Pärchen. Und kein glückliches.«

Trotz meines inneren Aufruhrs schnaubte ich. »Wir waren kein Paar. Nicht wirklich. Offenbar hatten wir nur ein bisschen ›Spaß‹. Das hat er zumindest gesagt.«

»Arschloch«, murmelte sie, griff sich den Brieföffner und schlitzte den obersten Briefumschlag auf. Dabei fiel ihr eine ihrer knallpinken Haarsträhnen ins Gesicht, die sie sich wieder hinters Ohr strich. Obwohl ich meine roten Haare mochte, bewunderte ich Mandy für diese mutige Farbe. Überrascht war ich auf jeden Fall nicht gewesen, als sie keine drei Wochen nach ihrem

Praktikumsbeginn mit der neuen Frisur im Büro aufgetaucht war. Von den Overknee-Stiefeln in Lackoptik bis zu den kurzen pelzbesetzten Mäntelchen legte es alles an Mandy darauf an, aufzufallen.

»Warum hattest du überhaupt ›Spaß‹ mit ihm?«, fragte sie mich nun.

Stirnrunzelnd sah ich ihr dabei zu, wie sie den Brief entfaltete und dann beiseitelegte, ehe sie sich den nächsten griff. »Was meinst du?«, fragte ich verwirrt. »Er sieht gut aus und ist erfolgreich. Warum hätte ich keinen ›Spaß‹ mit ihm haben sollen?«

»Gegenfrage: Wie oft hat er sich nach deinem Arbeitstag erkundigt? Oder angeboten, dich irgendwie zu unterstützen? Hat er dir je das Gefühl gegeben, mit all deinen Problemen zu ihm kommen zu können?«, wollte Mandy in herausforderndem Ton wissen. Als ich spürte, wie meine Wangen sich erhitzten, nickte sie. »Das dachte ich mir. Und ich wette, er bügelt sogar seine Unterhosen, oder?«

Sogar seine Socken, doch das behielt ich besser für mich. »Er hat viel zu tun, da erwarte ich gar nicht, dass er … egal. Außerdem arbeitet er in einem Büro, da muss er ordentlich aussehen«, machte ich einen schwachen Versuch, ihn zu verteidigen.

»Oh?« Sie hob eine feingezupfte Augenbraue. »Irgendwo Interessantes?«

Ich räusperte mich. »In der Poststelle«, nuschelte ich, und meine Wangen wurden noch heißer.

»O ja, da sind gebügelte Unterhosen wirklich wahnsinnig wichtig«, gab Mandy spöttisch zurück. »Warum bist du mit ihm ausgegangen?«

»Ich ... Er schien die richtige Wahl zu sein.« Die unerwartete Frage warf mich aus der Bahn. Das ganze Gerede von ›Spaß‹ hatte mich in Sicherheit gewogen, nur damit Mandy sich unbemerkt an die harten Themen herantasten konnte.

»Schien? Aber er war es nicht wirklich?«

»Offenbar nicht«, brummte ich. »Hör mal, ich bin wirklich nicht in der Stimmung, darüber zu reden, okay? Es ist eben passiert, und damit hat es sich.«

»Okay.« Ich kannte Mandy mittlerweile gut genug, um zu erkennen, dass sie noch mehr sagen wollte. Aber was auch immer es war, sie behielt es für sich, und dafür war ich ihr dankbar. So sehr ich sie auch mochte, ich hatte keine Lust, einer einundzwanzigjährigen Praktikantin meine Beziehungsprobleme zu erklären.

»Also«, fragte sie nach ein paar Minuten des Schweigens, »was ist der nächste Schritt?«

»Was meinst du?«

»Der nächste Schritt. Wie geht es jetzt weiter? Du weißt schon, nach dem Lackaffen.«

»Ich ... weiß es nicht«, gab ich zu. »Momentan bin ich mir nicht einmal sicher, ob es überhaupt einen nächsten Schritt gibt.« Das war nur die halbe Wahrheit. Es war nicht so, dass ich Marc tatsächlich geliebt hatte. Ich mochte ihn, und ich hatte mir mehr erhofft – viel mehr, wenn ich ehrlich mit mir selbst war. Aber während ein Teil von mir dem nachtrauerte, was wir hätten haben können, war der Rest von mir bereits auf bestem Weg, ein neues Traumschloss hoch oben in den Wolken zu bauen. Traumprinz unbekannt, Stellenausschreibung hochgeladen.

»Natürlich gibt es den«, entgegnete Mandy empört. »Das ist doch der ganze Sinn beim Daten. Du gehst einfach raus, triffst jemand Neuen und zack, fertig. Der nächste Schritt.«

Ich lachte kopfschüttelnd.

»Du hast leicht reden. Du bist jung. Die Männer werfen sich dir an den Hals.«

»Tun sie nicht«, gab Mandy ebenfalls lachend zurück. »Und selbst wenn. Das wäre auch egal. Das sind nicht die Richtigen für mich. Ich bin wählerisch. Das solltest du auch mal probieren.«

»Was?« Verwirrt kniff ich die Brauen zusammen, während ich versuchte, ihren Worten zu folgen.

»Wählerisch zu sein. Hör auf, dich auf den Erstbesten einzulassen. Nimm nicht einfach irgendeinen Typen, nur weil du denkst, das wäre die richtige Entscheidung. Nimm den Mann, der dein Herz hüpfen lässt oder so was in der Art. Und wenn das nicht klappt, dann war er nicht der Richtige. So einfach ist das.«

Nachdenklich starrte ich auf den langsam kleiner werdenden Stapel Briefe vor mir. Während ihrer kleinen Rede hatte Mandy einen nach dem anderen geöffnet, die Zeilen überflogen und ihn auf einen anderen Stapel gelegt. Ich fragte mich, ob das nur die jugendliche Naivität war, die aus ihr sprach. Würde sie in ein paar Jahren anders denken? Stirnrunzelnd musterte ich sie, musste mir dann jedoch eingestehen, dass das eher unwahrscheinlich war. Mandy war zu unabhängig, zu stolz und hatte seit dem Tag, an dem ich sie kennengelernt hatte, älter gewirkt, als sie eigentlich war. Vermutlich war das der Grund, weshalb ich sie und nicht eine der anderen Bewerberinnen eingestellt hatte.

Nach mehreren Augenblicken des Schweigens stellte ich schließlich die Frage, die mir die größten Bauchschmerzen bereitete: »Aber was ist, wenn man nie den Richtigen findet?«

»Dann findest du ihn eben nicht.« Mandy zuckte mit den Schultern.

Fassungslos starrte ich sie an. Die Idee, nie den Richtigen zu finden, war ... niederschmetternd. Trotz all der Trennungen, die ich in diesem Jahr durchgemacht hatte, war ich stolz darauf, sagen zu können, dass ich es immer noch für möglich hielt, meinen Seelenverwandten zu finden. Auch wenn sich Marc als Arsch entpuppt hatte. Es würde etwas dauern, bis ich wieder so weit war, aber ich kannte mich gut genug, um zu wissen, dass Dating nur wieder in einem Kreis aus Hoffnungen und Niederschlägen, falls – oder eher wenn – es mal wieder nicht klappte, enden würde. Aber einfach zu akzeptieren, dass ich nie jemanden finden würde ...

»Ist das nicht wie ... aufgeben?«, fragte ich vorsichtig.

»Nee. Es ist eher eine bewusste Entscheidung.«

Ich schüttelte den Kopf. »Das passt einfach nicht zu mir. Ich bin Optimistin. Schon immer gewesen. Ich glaube, dass es für jedes Problem eine Lösung gibt. Selbst die scheinbar unlösbaren.«

»Und das ist toll«, stimmte mir Mandy zu. »Aber was ist die Alternative? Einfach jeden einzelnen Kerl willkommen heißen, der durch die Tür kommt und dir am Ende das Herz brechen wird?«

»Mmh, wer weiß? Vielleicht treffe ich heute den Mann meiner Träume. Er könnte genau in diesem Moment durch die Tür kommen und hinreißend und freundlich und süß sein. Er wird ein Gentleman sein und mich mit dem Respekt behandeln, den ich verdiene.«

Mandy verdrehte die Augen, aber ich achtete nicht auf sie. Ich war zu beschäftigt damit, die Tür zu beobachten.

»Und er wird die schönsten blauen Augen haben. Wie das Meer. Oder der Himmel. Und sie werden aufleuchten, wenn er mich sieht. Und er wird sich wahnsinnig in mich verlieben. Genau wie ich in ihn. Und wir werden den Rest unseres Lebens zusammen verbringen, alt werden und glücklich und verliebt sein. So, wie es sein sollte.«

»Wenn du das sagst«, schnaubte Mandy und erhob sich. »Sei einfach nicht enttäuscht, wenn –«

Bevor sie ihren Satz beenden konnte, wurde es auf dem Flur vor meiner Bürotür laut. Nur Sekunden später preschte ein grau-weißer Hund mit babyblauen Augen herein und direkt auf mich zu.

»Dixon!« Ein Grinsen breitete sich auf meinem Gesicht aus, als der Hund seine Pfoten auf meine Oberschenkel legte, um sich nach oben zu drücken, und versuchte, mein Gesicht abzulecken. Lachend vergrub ich meine Hände in seinem dicken Fell, bevor ich Mandy ansah. »Siehst du? Ich habe dir ja gesagt, ich würde einen Mann mit den schönsten blauen Augen finden!«

»Ich glaube, unsere Definitionen von ›Mann‹ gehen etwas auseinander«, antwortete Mandy trocken, woraufhin ich noch mehr lachen musste.

»Ach, komm schon. Dixon ist süß! Nicht wahr, Dix? Ja, du bist so ein guter Junge!«

Der Hund bellte und wedelte dabei so heftig mit dem Schwanz, dass sein ganzer Körper wackelte.

»Siehst du? Er liebt mich. Was meinst du, Kumpel? Du wirst der Mann meiner Träume sein, nicht wahr? Und wo ist eigentlich deine Besitzerin, Dix? Hast du sie auf dem Weg nach oben verloren, oder konntest du es einfach nicht erwarten, mich zu sehen?«

»O Gott. Du bist verrückt geworden.« Mandy schüttelte den Kopf.

»Unsinn.« Grinsend kraulte ich den Hund hinter den Ohren.

»Wenn du meinst. Ich werde jetzt wieder an die Arbeit gehen.«

Ich lächelte Mandy zu. »Alles klar. Aber würdest du die Briefe mitnehmen? Ich habe dafür heute einfach keinen Kopf.«

»Kein Problem«, sagte sie und griff sich sowohl den Stapel mit den bereits geöffneten als auch die wenigen ungeöffneten Briefumschläge. »Viel Spaß mit deinem Mann. Vielleicht wird er dich endlich zum Abendessen ausführen.«

»Wenn nicht, gibt es Pizza. So oder so ist es eine Winwin-Situation.«

»Wenn du das sagst.« Lachend verließ sie mein Büro. Nur Sekunden später stand eine rotgesichtige, verschwitzte Carly, die Fotografin meiner kleinen Wedding Planner Agentur, keuchend in meiner Tür. Augenblicklich rannte Dixon zu seiner Besitzerin und schlängelte sich zwischen ihren Beinen hindurch. Trotz des Stichs, den ich bei seinem Verlust verspürte, musste ich über seine Albernheiten grinsen. »Man könnte meinen, er hätte dich seit Ewigkeiten nicht gesehen.«

»Du kennst Dixon doch. Er übertreibt gern. Tut mir leid, dass er dich gestört hat. Ich habe keine Ahnung, wie er diesmal abgehauen ist.«

Ich winkte ab. »Dixon ist hier immer willkommen, das weißt du doch.« Mit dem Husky hatte ich zumindest ein männliches Wesen in meinem Leben, das mich schätzte, auch wenn ich ahnte, dass ich mir seine Liebe eher mit den Snacks in meiner Schreibtischschublade erkauft hatte als dank meiner Persönlichkeit. Aber wen interessierten schon solche Details?

Kapitel 2

Owen

Der hartnäckige Kopfschmerz, der mich bereits seit dem Aufwachen begleitete, dachte selbst nach drei Flaschen Wasser und vier Tassen starkem Kaffee nicht daran, zu verschwinden. Meine Augen brannten, während ich auf den Computerbildschirm starrte und versuchte, den Vertrag zu lesen, den einer meiner Kunden geschickt hatte. Soweit ich das beurteilen konnte, war es ein ziemlich normaler Vertrag. Das Problem war, dass der Bildschirm vor meinen Augen verschwamm und ich die einzelnen Buchstaben kaum erkennen konnte.

Stöhnend schloss ich für ein paar Sekunden die Lider und versuchte, gleichmäßig zu atmen. Ich musste mich konzentrieren und weiterarbeiten. Aber das Hämmern in meinem Kopf hörte nicht auf, und je länger ich hier saß, desto mehr ließen die Schmerzmittel nach, die ich vor ein paar Stunden genommen hatte.

Das einzige Gute war, dass heute keine Meetings anstanden, sodass mich niemand in diesem Zustand sehen würde. Ich hasste es, nicht fit zu sein. Es fühlte sich wie eine Schwäche an.

Aber auch das würde vorbeigehen. Ich würde im Handumdrehen wieder auf den Beinen sein. Dass die Kopfschmerzen in letzter Zeit immer häufiger kamen, ignorierte ich bewusst.

Zum Glück klingelte in diesem Moment mein Handy. Ohne auch nur auf den Namen des Anrufers zu schauen, nahm ich ihn an. »Was?«

»Haben Sie meine E-Mail gesehen?«

Seufzend verdrehte ich die Augen. »Hallo, Mara. Mir geht es gut, danke der Nachfrage. Und wie geht es Ihnen?«

»Großartig, was ist jetzt mit meiner E-Mail? Haben Sie sie gesehen?«

»Manchmal frage ich mich, warum ich Sie eingestellt habe«, brummte ich ohne Schärfe.

»Weil ich die Beste in dem bin, was ich tue. Sie haben meine Frage nicht beantwortet.«

»Ja, ich habe Ihre E-Mail gesehen«, antwortete ich pflichtschuldig.

»Und?«, hakte meine Assistentin nach, als es offensichtlich wurde, dass ich nichts weiter dazu sagen würde.

»Und was?«

Mara stöhnte. »Ich habe Ihnen in der E-Mail eine Frage gestellt! Was möchten Sie Noah zur Hochzeit schenken?«

»Warum muss ich ihm überhaupt etwas schenken?«

»Weil er einer unserer besten Kunden ist und Sie zur Hochzeit eingeladen wurden, auch wenn Sie abgesagt haben.«

»Natürlich habe ich abgesagt, schließlich –«

»Sind Hochzeiten nur für eine Sache gut, und das ist die daraus resultierende Steuerersparnis, ich weiß, ich weiß. Aber Sie müssen ihm trotzdem etwas schenken.«

Das Hämmern in meinem Kopf verstärkte sich, und ich rieb mir seufzend die Schläfen. »Also schön, dann schenke ich ihm Geld. Er kann es für die unvermeidbare Scheidung beiseitelegen.«

»Sie sind unglaublich.«

Obwohl Maras Tonfall deutlich machte, dass das nicht positiv gemeint war, konnte ich nicht widerstehen. »Danke.«

»Das war kein Kompliment. Ich weiß nicht, warum ich es überhaupt versucht habe.«

»Ich bin Immobilienmakler, kein Hellseher, also kann ich Ihnen das auch nicht genau beantworten«, gab ich trocken zurück. »Aber wenn ich raten müsste, dann vermutlich deshalb, weil Sie auch nicht gewusst haben, was Sie ihm besorgen sollen.«

Mara seufzte frustriert. »Das weiß ich wirklich nicht. Ich meine, er und Teresa sind ein junges Paar, aber Noah ist schon so erfolgreich. Ich habe keine Ahnung, was sie möglicherweise brauchen könnten.«

»Warum ist Ihnen das überhaupt so wichtig?«

»Ich möchte einfach, dass sie sich wertgeschätzt fühlen.« Beinahe konnte ich Maras trotzigen Gesichtsausdruck vor mir sehen. Obwohl uns mehrere Hundert Kilometer Luftlinie trennten – sie lebte in Dublin, ich zurzeit in London – und wir uns nie persönlich trafen, hatte es in den letzten Jahren mehr als genügend Videogespräche gegeben, um ihre Miene auch während unserer Telefonate einschätzen zu können.

»Schicken Sie ihnen einfach einen Gutschein.«

»Aber das ist so unpersönlich«, jammerte Mara.

»Dann kaufen Sie irgendetwas und schicken es den beiden mit einer Nachricht von mir. Problem gelöst. Wenn es sonst nichts mehr gibt, werde ich zurück an die Arbeit gehen. Bis später.«

Ich wartete nicht auf ihre Antwort, legte auf und schob das Handy in meine Hosentasche. Die Kopfschmerzen waren nun mit voller Wucht zurück, schlimmer als zuvor, und alles, was ich wollte, war, mich hinzulegen und für ein paar Minuten die Augen zu schließen. Aber das würde ich nicht. Das konnte ich nicht. Ich war nicht umsonst mit neunundzwanzig Jahren einer der erfolgreichsten Makler in Großbritannien. Ich hatte keine Zeit, es ruhig angehen zu lassen, und schon gar keine Zeit, krank zu sein.

Seufzend schnappte ich mir ein paar Aspirintabletten und schluckte sie zusammen mit den letzten Schlucken meines mittlerweile kalten Kaffees hinunter.

»Du schaffst das«, murmelte ich und wandte mich wieder dem Vertrag zu. Keine zehn Minuten später begann mein Handy wieder zu vibrieren. Ich zog es aus der Hosentasche und drückte die Antworttaste.

»Was?«

»Gute Neuigkeiten! Ich habe das perfekte Geschenk gefunden.«

»Hurra.«

Mara ließ sich von meinem trockenen Tonfall nicht beeindrucken. »Gern geschehen. Ich habe es gerade gekauft. Und das Beste daran? Es ist kein Gutschein!«

»Ich kann meine Freude kaum zurückhalten«, sagte ich monoton.

»Das merke ich, aber keine Sorge, ich behalte die Quittung, damit Sie im Fall der Fälle Ihr Geld zurückbekommen.«

»Ich bin gerührt, wirklich.« Ich seufzte und rieb mir erneut über die Schläfen. Wenn nur endlich diese verdammten Kopfschmerzen verschwinden würden ...

»Das sollten Sie. Ich ...« Sie hielt inne. »Sie haben wieder Kopfschmerzen, oder?«

»Nein«, entgegnete ich prompt und versuchte dabei, den stechenden Schmerz hinter meinen Schläfen zu ignorieren.

»Sicher?«

»Worum geht es hier, Mara? Ich habe zu tun.«

»Ich versuche nur zu helfen, okay?«

»Sie helfen mir nicht, indem Sie mich alle fünf Minuten anrufen!«

»Sie könnten einfach Danke sagen.«

»Und Sie könnten lernen, mich in Ruhe zu lassen und mich meine Arbeit machen zu lassen. Manche Anrufe könnten auch einfach nur eine Mail sein. Ich lege jetzt auf.«

»Sie werden das Geschenk lieben, Owen. Warten Sie nur ab.«

»Das bezweifele ich«, murrte ich und beendete den Anruf. Meine schlechte Laune an Mara auszulassen, war nicht fair, das wusste ich selbst. Sobald ich mich wieder mehr wie ich selbst fühlte, würde ich mich bei ihr entschuldigen. Zuerst musste ich jedoch etwas gegen diese Kopfschmerzen unternehmen.

Mit einem Stöhnen erhob ich mich. Vielleicht würde ein Spaziergang helfen. Und ein Tapetenwechsel. Neunzig Prozent meiner Zeit verbrachte ich entweder in dem Büro, das ich in der Innenstadt Londons angemietet hatte, oder in dem meiner Wohnung. Beinahe sämtliche Vorgänge waren digitalisiert, sodass der Kundenkontakt praktisch nur noch per Mail und Videoanruf lief und Besichtigungstouren ebenfalls virtuell durchgeführt wurden. Das war nicht nur zeitsparend, sondern auch praktisch, da es bedeutete, dass ich von nahezu überall auf der Welt arbeiten konnte.

Auch London war nur eine Zwischenstation, und ich spürte die Rastlosigkeit bereits wieder in meinen Knochen. Vor nicht allzu langer Zeit war ich noch in Berlin gewesen, aber aus irgendeinem Grund hatte es mich zurück nach Großbritannien gezogen.

Ein letztes Mal ließ ich den Blick durch den Raum schweifen, in dem sich außer einem schlichten weißen Schreibtisch und einem deckenhohen, abschließbaren Schrank nichts weiter befand. Mehr als das brauchte ich nicht. Das hier war nichts weiter als ein Ort, um Kunden zu empfangen, falls persönlicher Kontakt unumgänglich war. Mittlerweile fand ich die Möglichkeit ganz nett, an einem anderen Ort zu arbeiten, und der Ausblick auf die Themse war ebenfalls nicht zu verachten. Nur der Kaffee aus dem Automaten auf dem Flur war absolut grauenhaft, weshalb ich meine gelegentlichen Spaziergänge meistens mit einem Abstecher zum nächsten Coffeeshop verband.

Auf dem Weg nach unten begegnete ich glücklicherweise niemandem. Sobald ich nach draußen auf den belebten Bürgersteig trat, wandte ich mich nach rechts und schlängelte mich zwischen den anderen Passanten hindurch. Zum Glück war der Tag warm und die Nachmittagssonne blitzte vereinzelt durch die Wolkendecke. Immerhin etwas.

Die Schlange vor dem Café war länger als gewöhnlich für diese Tageszeit, und während ich wartete, scrollte ich auf meinem Handy durch die Nachrichten. Aus den Augenwinkeln sah ich, wie eine ältere Frau mit einem schreienden Kleinkind kämpfte, was nicht unbedingt dazu beitrug, meine Kopfschmerzen zu lindern.

Seufzend hob ich den Kopf und drehte ihn von einer Seite zur anderen, in dem Versuch, die Verspannungen rund um Nacken und Schultern zu lösen. Dabei fiel mein Blick unwillkürlich auf das dunkelrote Haar der Frau vor mir. Die Farbe erinnerte mich an die schweren Samtvorhänge in der Wohnung, die ich in der vergangenen Woche verkauft hatte, satt und verheißungsvoll. Das war der einzige Grund, warum ich, als sich die Schlange endlich vorwärtsbewegte, ihre Bestellung mitbekam. Sie orderte irgendein süßes Getränk, dessen Namen ich nicht zuordnen konnte. Innerlich schauderte ich bei der Menge an Zucker, die darin wahrscheinlich enthalten war. Immerhin dauerte es nun nicht mehr lange, bis ich endlich meinen üblichen schwarzen Kaffee mit zwei Extra-Shots bestellen konnte. Ohne Zucker.

»Name?«

»Owen.« Diese Besessenheit mancher Coffeeshops, unbedingt die Namen auf die Becher zu schreiben, würde ich nie verstehen.

»In Ordnung, dauert 'n Moment.« Der Barista ging zur Seite, wo die Getränke serviert wurden.

Ich ging hinüber, wo die Frau von eben bereits wartete. So, wie sie ihr Gewicht immer wieder von einem Fuß auf den anderen verlagerte und ständig einen Blick auf ihre Fitnessuhr warf, war es offensichtlich, dass sie es eilig hatte. Als zwei große To-go-Becher auf die Theke gestellt wurden, wartete sie nicht einmal, bis unsere Namen aufgerufen wurden, bevor sie sich einen davon schnappte und aus dem Café stürmte, als wäre der Teufel höchstpersönlich hinter ihr her. Kopfschüttelnd sah ich zu dem Barista und griff nach dem zweiten Becher. Während ich den Laden in etwas gemäßigterer Geschwindigkeit verließ, trank ich den ersten Schluck.

Fast hätte ich ihn wieder ausgespuckt. Zuckrige Süße breitete sich in meinem Mund aus, und ich verzog angeekelt das Gesicht.

»Das ist kein Kaffee«, stellte ich fest und starrte auf das abstoßende und zugleich unschuldig aussehende Getränk in meiner Hand. Fast zur gleichen Zeit hörte ich jemanden in meiner Nähe heftig husten. Als ich mich umdrehte, entdeckte ich die Frau, die ein paar Sekunden zuvor aus dem Laden geeilt war.

»O mein Gott, das ist ja widerlich.«

»Nun, ich würde sagen, das kommt davon, wenn man Kaffee stiehlt«, sagte ich trocken, woraufhin ihr Blick auf mich fiel.

»Stehlen?«, stieß sie empört hervor. »Ich habe nicht – «

»Doch, haben Sie«, unterbrach ich sie und hielt ihr ihr eigenes Getränk hin.

»Das war ein Versehen! Außerdem – wer trinkt bitte schön gern *Teer*?«

»Wer trinkt gern puren Zucker?«, gab ich, ohne mit der Wimper zu zucken, zurück. »Außerdem ist Ihr Getränk offensichtlich das mit Ihrem Namen darauf.«

»Ich werde das nicht bezahlen«, murrte sie, griff aber trotzdem nach ihrem Becher.

»Das hatte ich auch nicht erwartet. Wenn Sie mich jetzt entschuldigen würden, ich muss zurück an die Arbeit.«

Sie hatte bereits den Mund geöffnet, doch ich kümmerte mich nicht weiter darum. Kurzerhand drehte ich mich um und machte mich auf den Rückweg in mein Büro. Immerhin hatte die frische Luft meinem Kopf gutgetan, sodass ich noch etwas zustande bringen würde.

***

Das Halbdunkel und die sanfte Jazzmusik im *Nostalgia* waren die perfekte Kombination, um einen stressigen Tag ausklingen zu lassen. Mit seinem Zwanzigerjahre Interieur war der Club einer meiner liebsten. Es war nicht der neueste und bei Weitem nicht der beliebteste Ort in der Stadt, aber dafür war er ruhig. Und es gab eine ausgezeichnete Auswahl an Whisky.

Nach dem heutigen Tag war es genau das, was ich brauchte.

»Ein Glas Glenmorangie 1984 on the rocks«, sagte ich und setzte mich an die Bar.

»Kommt sofort«, antwortete der Barkeeper und griff bereits nach einem Glas.

Ich legte die Unterarme auf der Theke ab und versuchte, mich zu entspannen. Es war schon spät, und der Club war etwa zur Hälfte gefüllt, die meisten waren Stammgäste. Das *Nostalgia* war nicht gerade ein Touristenmagnet, obwohl einige Leute immer noch dachten, dass der Club ein angesagter Ort mit ›krasser‹ Musik sei, was hauptsächlich an seinem irreführenden Internetauftritt lag.

Aber bis auf diese Ausnahme kam ich gern hierher. Die Atmosphäre war angenehm, und es gab nicht viele Orte, an denen ich es schaffte, nicht an die Arbeit zu denken.

»Bitte sehr.«

»Danke.« Ich nickte dem Barkeeper zu und schob ihm einen Geldschein hin, ehe ich nach dem Glas griff. »Stimmt so.«

Die bernsteinfarbene Flüssigkeit brannte leicht in meiner Kehle, und ich seufzte zufrieden.

Ich nahm einen weiteren Schluck und genoss die Trägheit, die sich in meinem Körper ausbreitete. Ein guter Drink konnte aus einem miesen Tag noch einen mittelmäßigen machen.

»Guten Geschmack haben Sie da, Sir.«

Ich brummte nur zur Antwort.

»Gibt's einen Anlass? Oder feiern Sie nur das Ende des Tages?«, erkundigte der Barkeeper sich beiläufig, während er mit einem Lappen über die Theke wischte.

»Ich habe nichts zu feiern«, antwortete ich und warf ihm einen Blick zu. Erst jetzt fiel mir auf, wie wenig der Mann hierher passte. Er konnte nicht viel jünger als ich sein, vielleicht zwei oder drei Jahre, doch sein punkiges Aussehen ließ mich älter fühlen, als ich eigentlich war. Kopfschüttelnd sah ich wieder hinab auf mein halbvolles Glas. »War nur ein langer Tag. Ein sehr langer Tag.«

»Ja, das seh ich«, gab er mit schief gelegtem Kopf zurück.

Automatisch setzte ich mich etwas aufrechter hin. »Was soll das heißen?«

»Nichts, nichts. Nur, dass Sie … angespannt wirken.«

»Sind Sie jetzt mein Therapeut?«, fragte ich scharf.

»Nur der Kerl, der die Getränke serviert«, erwiderte der Barkeeper seelenruhig.

»Dann machen Sie keinen guten Job«, sagte ich und kippte den Rest Whisky runter. »Noch einen.«

Seine Brauen hoben sich, als er den Blick von meinem Gesicht zu dem leeren Glas wandern ließ. »Okay, okay. Da ist jemand kein Fan von Smalltalk.«

»Nicht, wenn er erzwungen wird.«

»Ja? Welche Art Konversation bevorzugen Sie dann?«

»Wenn ich reden wollte, wäre ich nicht hierhergekommen«, knurrte ich beinahe.

»Ah«, murmelte der Barkeeper und goss mehr von der bernsteinfarbenen Flüssigkeit in mein Glas. »Ich nehm an, Sie sind einer *dieser* Typen.«

»Was soll das jetzt wieder heißen?« Langsam, aber sicher ging mir der Kerl wirklich auf die Nerven.

Er zuckte mit den Schultern und schob mir das nun volle Glas wieder zurück. »Einer dieser Einzelgänger.«

»Und wenn dem so wäre?«

»Ich weiß nicht. Sie seh'n nicht so aus, das ist alles.«

»Ach ja?«, presste ich hervor.

»Jap. Der Anzug, der Haarschnitt. Die Art, wie Sie da sitzen.« Mit der Hand machte er eine allumfassende Geste. »Nope, Sie sind definitiv nich' der Typ dafür. Und Sie sind definitiv auch kein One-Night-Stand-Typ. Also nehm' ich an, es geht um Ihre Freundin. Hab ich recht?«

Ich schnaubte. Er konnte kaum weiter von der Wahrheit entfernt sein. »Falsch.«

»Eine Ehefrau also.«

Nun lachte ich wirklich. »Absolut nicht.«

Der Barkeeper warf mir einen wissenden Blick zu. »Vielleicht ist das das Problem.«

»Mein Familienstand geht Sie nichts an.«

»Vermutlich nich'«, gab er grinsend zurück. »Aber was soll ich sagen? Ich bin so was wie ein hoffnungsloser Romantiker.«

Ich erwiderte nichts. Irgendwann würde der Kerl schon begreifen, dass ich an keinem Gespräch interessiert war.

»Ach, kommen Sie schon, es is' ja nicht so, als ob ich vorhabe, Sie zu stalken. Ich versuche hier nur, ein Gespräch zu führen.«

»Und, wie läuft das so?«, konnte ich mir nicht verkneifen zu fragen.

Die Mundwinkel des Barkeepers zuckten. »Nicht besonders. Aber die Nacht ist noch jung. Noch eine Runde?«

»Warum nicht?« Ich zuckte mit den Schultern, und er füllte mein Glas erneut. Anschließend ging er, um einen anderen Gast zu bedienen.

Mit einem Seufzen ließ ich den Kopf hängen. Zumindest mir selbst gegenüber musste ich zugeben, dass mich das Gespräch ein wenig abgelenkt hatte. Nicht genug, um ihn zurückzurufen, aber immerhin ein wenig.

Denn in einer Sache hatte der Kerl recht. Es war ein langer Tag gewesen.

Ein langer Tag mit zu viel Gerede über Hochzeiten und zu vielen Anfragen ›glücklicher Pärchen‹ auf der Suche nach ihrem ersten gemeinsamen Zuhause.

Aber das gehörte zum Leben als Makler dazu. Vor allem seit Mara mich davon überzeugt hatte, dass ich eine Social-Media-Präsenz brauchte. Nicht, dass ich das bestreiten würde. Ihre Statistiken machten deutlich, dass wir vierzig Prozent mehr Umsatz machten, seit sie sich für mehr Marketing eingesetzt hatte. Aber es war trotzdem anstrengend.

Ich hatte gerade mein Glas erneut geleert, als sich jemand neben mich setzte.

»Noch einen Drink, Sir?«

»Machen Sie zwei daraus«, sagte eine weibliche Stimme. Ich warf einen Blick zu meiner Rechten und musterte die schlanke Brünette in ihrem kurzen schwarzen Kleid. Ihre grazilen Finger mit den langen, rot bemalten Nägeln spielten mit ihrer Handtasche, als sie sich an die Bar lehnte und ihr beeindruckendes Dekolleté zur Schau stellte.

»Na, hallo«, sagte sie lächelnd und leckte sich über die Lippen.

Unwillkürlich wurde mein Blick von dieser Bewegung angezogen, und mein Blut machte sich auf den Weg in die unteren Regionen meines Körpers. *Hallo, Ablenkung Nummer zwei.* »Hi.«

»Wie heißt du, Hübscher?«

Langsam hob ich eine Braue. »Ist das wirklich wichtig?« Obwohl ich nicht aktiv nach weiblicher Gesellschaft suchte, ergriff ich die Gelegenheit für einen One-Night-Stand, wenn sie sich ergab. Sex und Sport halfen, einen klaren Kopf zu behalten, etwas, das ich mehr schätzte als alles andere.

Sie lachte, was ein hohes, unangenehm schrilles Geräusch erzeugte. »Du hast recht. Groß, dunkel und mysteriös mag ich ohnehin am liebsten. Also ... was führt dich hierher?«

»Der Alkohol«, gab ich trocken zurück und musste mich zurückhalten, nicht die Augen zu verdrehen. Ihre Anwesenheit und der Alkohol in meinem Blut hatten den Appetit in mir geregt, und wenn sie sich praktisch auf einem Silbertablett anbot ... nun, dann würde ich nicht Nein sagen.

»Warum überrascht mich das nicht?« Sie kicherte. »Du siehst ein wenig angespannt aus.«

Warum musste das heute jeder kommentieren? »Ach ja?«

»Ja. Ich könnte da ein wenig Abhilfe schaffen. Was meinst du?«, fragte sie und beugte sich zu mir, sodass ich ihr Dekolleté nun unmöglich übersehen konnte, selbst wenn ich gewollt hätte.

Ich zögerte ein paar Sekunden, allerdings nur, um ihr das Gefühl zu geben, dass sie mich mit ihren Reizen überzeugt hatte.

Der Barkeeper schob mir ein frisch gefülltes Glas hin, und ich griff danach, trank es in einem Zug aus und stand dann auf.

»Du hast recht, ich bin wirklich angespannt. Lass uns zu mir fahren.«

Kapitel 3

Thea

Die Sonne war schon untergegangen, als ich mich endlich dazu durchrang, die Nummer meiner besten Freundin Elena zu wählen. Der Rest des Tages war – trotz des Vorfalls im Coffeeshop – ohne größere Probleme vergangen, und ich hatte es geschafft, alle Gedanken an Marc zu verdrängen.

Aber jetzt, da ich zu Hause war, nur wenige Meter von seiner Wohnung entfernt und mit dem Meeresgeruch immer noch in der Luft, war es unmöglich, nicht an ihn zu denken. An uns.

An die Zeit, die wir zusammen verbracht hatten.

An die Zukunft, die wir niemals haben würden.

An die Tatsache, dass ich einmal mehr mein Herz sinnlos verschenkt hatte.

Wie konnte es sein, dass ich seit der Uni immer wieder an die falschen Männer geriet, ein Luftschloss nach dem anderen baute und jedes Mal wieder enttäuscht wurde?

Seufzend schaute ich auf das Display meines Handys, auf dem bereits Elenas Kontakt angezeigt wurde. Mein

Magen zog sich zusammen, als ich an das Gespräch dachte, das vor mir lag.

Unglückliches Timing und das Gefühl, eine absolute Versagerin in Liebesdingen zu sein, hatten dazu geführt, dass ich meiner besten Freundin seit Monaten nichts von den Männern erzählt hatte, mit denen ich ausgegangen war. Aber das wollte ich heute ändern. Das musste ich endlich.

Mein Daumen schwebte immer noch über der grünen Taste, als ein Anruf einging. Unwillkürlich hoben sich meine Mundwinkel.

Elena. Manchmal kam es mir vor, als hätten wir eine telepathische Verbindung.

»Hey, El«, begrüßte ich meine beste Freundin und bemühte mich, so fröhlich wie möglich zu klingen. Ich hatte nicht vor, mit der Tür ins Haus zu fallen.

Sobald sie anfing zu reden, wusste ich allerdings, dass ich wieder einmal schweigen würde. Sie klang so aufgeregt, dass sie meine Niedergeschlagenheit nicht bemerkte. So war es schon immer gewesen, und ich war froh, dass Elena ihre Begeisterungsfähigkeit nie verloren hatte. Und ich würde einen Teufel tun und ihr diese gute Laune nehmen.

»O mein Gott, Thea, du wirst nicht glauben, was passiert ist! Er hat mich gefragt! Er hat mich tatsächlich endlich gefragt!« Ihre Aufregung war selbst durch das Telefon deutlich spürbar, und unwillkürlich zupfte ein Lächeln an meinen Lippen.

»Und? Was hast du gesagt?« Das war eine rhetorische Frage. Elena hatte seit Monaten darauf gewartet, dass ihr Freund ihr endlich einen Heiratsantrag machte.

»Ja natürlich!«

Ein freudiges Quietschen drang aus meinem Mund, obwohl ich nichts anderes erwartet hatte. »Herzlichen Glückwunsch, El«, sagte ich sanft, und am liebsten wäre ich sofort zu ihr gefahren, um sie zu umarmen. Ein warmes Gefühl durchströmte mich bei dem Gedanken daran, wie viel Glück meine beste Freundin hatte. Ich gönnte es ihr von Herzen.

»Ich kann es kaum glauben! In ein paar Monaten werde ich Mrs Nathan Scott sein. Ich hatte schon fast nicht mehr damit gerechnet, dass er mich noch fragen würde.«

»Als ob«, entgegnete ich augenverdrehend. »Nathan vergöttert dich.«

»Ja, nun, trotzdem, du weißt, was ich meine. Wir sind schon so lange zusammen und ... ich war mir einfach nicht mehr sicher.«

»El, Süße, er ist ein Kerl. Die sind manchmal ein bisschen langsam. Vor allem, wenn es ums Heiraten geht.«

»Was du nicht sagst.« Sie kicherte. »Gott, ich kann es nicht glauben. Thea, ich werde heiraten!«

»Ich freue mich riesig für dich, El.« Ich hoffte, dass Elena das leichte Zittern in meiner Stimme nicht bemerkte. Das warme Gefühl in meinem Bauch wurde nach und nach von eisiger Kälte ersetzt. Den Blick auf die gegenüberliegende Wand gerichtet blinzelte ich einige Male hektisch, um die Tränen zu vertreiben, die mir über die Wangen zu laufen drohten. Unmöglich konnte ich El jetzt noch von Marc oder einem der anderen erzählen. »Du wirst eine wunderschöne Braut sein.«

»Glaubst du wirklich?«

»Ich weiß es. Nathan wird seine Augen nicht von dir lassen können.«

»Aw, du bist die Beste. Apropos – du wirst meine Hochzeit doch planen, oder? Niemand kennt mich so gut wie du, und ich vertraue niemand anderem, dass es so wird, wie ich es mir vorstelle. Und das Budget ist auch kein Problem, dafür hat Nathan gesorgt.«

Meine Brust zog sich schmerzhaft zusammen, und ich hatte Schwierigkeiten zu atmen. Mein Mund wurde trocken, und nervös leckte ich mir über die Lippen. Das war bei Weitem nicht das erste Mal, dass wir darüber sprachen, dass ich die Planung von Elenas Hochzeit übernehmen sollte. Seit wir während unserer gemeinsamen Zeit an der Uni beste Freundinnen geworden waren, hatten wir immer wieder von der perfekten Hochzeit geträumt. Und noch bevor ich meine Wedding Planner Agentur *A Series of Fortunate Events* eröffnet hatte, hatte mich Elena gebeten, ihre Hochzeit irgendwann einmal zu planen, weil sie so von meinen Ideen und Konzepten begeistert war.

Als Elena Nathan kennengelernt hatte, war es offensichtlich gewesen, dass die beiden irgendwann heiraten würden. Welche Zweifel Elena diesbezüglich auch gehabt haben mochte, ich war mir dessen immer sicher gewesen. Sie waren perfekt füreinander, und ich freute mich wirklich für meine beste Freundin. Aber trotz aller Misserfolge in meinem Liebesleben hatte ich nicht damit gerechnet, noch immer single zu sein, wenn der Tag kommen würde.

»Thea? Bist du noch da?«

»Äh, ja. Ich bin hier, sorry. Natürlich übernehme ich die Planung, das ist doch selbstverständlich!« Schließlich war El meine beste Freundin, und niemand, mit Ausnahme vielleicht von Nate, kannte sie so gut wie ich. Ich würde dafür sorgen, dass ihre Hochzeit und alles darum herum perfekt sein würde. »Hast du schon irgendwelche –«

»Ja!«, unterbrach sie mich mit vor Aufregung erhobener Stimme. »Wir werden zurück in meine Heimatstadt ziehen und alle Feierlichkeiten sollen dort stattfinden.«

Ich wollte gerade mein Notizbuch und einen Stift holen, den ich immer in meiner Nachttischschublade hatte, hielt bei ihren Worten jedoch mitten in der Bewegung inne. »Deine Heimatstadt? Du meinst dieses Hundert-Seelen-Kaff an der Küste? Du machst Witze, oder? Was ist mit deinem Job? Und Nathans?«, fragte ich ungläubig.

»Upper Hillford, und mittlerweile sind es mehrere Hundert Seelen! Und was Nate betrifft: Als Softwareentwickler erledigt er den Großteil seiner Arbeit ohnehin an seinem Laptop, also spielt es keine Rolle, wo er lebt. Mein Dad möchte seine Stunden in der Werkstatt ... runterschrauben.« Sie prustete. »Verstehst du, weil er doch Mechaniker ist und ...«

Ich verdrehte die Augen, konnte mir aber ein kleines Schnauben nicht verkneifen. »Schon klar, El.«

Sie räusperte sich. »Nun, wie auch immer. Wir haben jedenfalls immer darüber gesprochen, dass ich die Werkstatt übernehme, wenn er den Job nicht mehr machen kann oder will. Es ist perfekt!«

»Ja«, erwiderte ich leise. »Perfekt.«

»Findest du, es ist eine schlechte Idee? Denn ich hatte überlegt, meine Eltern zu bitten, mir das Cottage zu vermieten. Du weißt schon, das, in dem wir mal übernachtet haben? Früher haben wir es ›Die pinke Lady‹ genannt, weil Mum es über und über mit rosa und violetten Blumen verziert hat. Gott, sah das schön aus.« Elena klang sehnsüchtig, und ich wusste, es hatte nicht nur mit dem Cottage zu tun. Ihre Mutter war vor einigen Jahren gestorben, kurz nachdem wir fertig mit der Uni gewesen waren, und sicher vermisste El sie noch immer.

»Ich erinnere mich. Es war das direkt an den Klippen.«

»Genau«, bestätigte Elena.

»Und du willst für immer dorthin ziehen? Nicht nur für die Hochzeit?« Die Worte brannten in meinem Mund, als hätte ich etwas Scharfes verschluckt. Der Gedanke, meine beste Freundin nicht mehr regelmäßig zu sehen, tat so weh, dass ich das Gefühl hatte, mich gleich übergeben zu müssen. Auch wenn wir jetzt an den entgegengesetzten Enden Londons lebten, befanden wir uns immerhin noch in derselben Stadt. Upper Hillford war mehrere Stunden entfernt. Elena war nicht nur meine beste Freundin, sie gehörte für mich zur Familie. Nach dem Tod meiner Eltern hatte ich sonst niemanden mehr, dem ich so nahe stand. Ich mochte meine Kolleginnen, aber Elena war die Einzige, die mich wirklich kannte. Ich hatte keine Ahnung, was ich ohne sie tun sollte.

»Ja. Wir werden in ein paar Wochen umziehen. Nate sucht schon nach einem Haus, weil wir natürlich nicht ewig in dem Cottage bleiben können. Ich darf nicht einmal eines der Angebote sehen, es soll eine Überraschung sein.«

»Wow«, antwortete ich leise.

»Es ist ein großer Schritt, ich weiß. Aber ich bin so aufgeregt! Du ... du freust dich doch für mich, oder? Ich weiß, dass wir uns dann nicht mehr so oft sehen können, aber wir können telefonieren und skypen und –«

»Ich freue mich für dich, El«, unterbrach ich sie hastig, bevor sie mir all die Änderungen aufzählen konnte, die auf mich, auf uns, zukommen würden. »Das tue ich wirklich. Du verdienst all das und mehr.«

»Danke, Süße. Das bedeutet mir viel. Also, die Hochzeit. Was denkst du? Glaubst du, es wird funktionieren, sie in Upper Hillford zu veranstalten?«

Ich schluckte schwer, ehe ich mich zusammenriss. Das hier war Elena, meine beste Freundin. Ganz gleich, welche Zukunftspläne sie hatte, ich würde dafür sorgen, dass sie alles bekam, was sie sich wünschte, selbst wenn es mir das Herz brach. »Auf jeden Fall. Du wirst die Hochzeit deiner Träume bekommen. Ich habe schon einige Ideen. Sag mir einfach Bescheid, auf welches Datum ihr euch geeinigt habt, und ich werde mich um alles kümmern. Gibt es noch etwas, das ich wissen sollte?«

»Wir möchten zuerst eine Verlobungsparty. So eine Mischung aus Verlobung und ›Willkommen zurück in Hillford‹, weißt du, was ich meine? Glaubst du, das geht?«

»Das kriegen wir hin.«

In der nächsten Stunde sprachen wir über das Budget, die grobe Gästeliste und Els Vorstellungen.

Schon während der Uni hatten wir damit angefangen, Ideen für unsere jeweiligen Hochzeiten zusammenzutragen, daher kannte ich das meiste und wusste, womit ich arbeiten musste. Das Einzige, was mich wirklich überraschte, war das Datum.

»Die Verlobungsfeier soll in sechs Wochen stattfinden?«, fragte ich verdutzt, und der Stift, mit dem ich mir gerade alles in mein übervolles Notizbuch eingetragen hatte, blieb mitten in der Luft stehen.

»Jap! Bis dahin sind Nate und ich umgezogen, und es wäre der perfekte Beginn eines neuen Kapitels, findest du nicht?«

»Sicher«, murmelte ich, immer noch überrumpelt.

»Super, dann ist das geklärt. Und jetzt erzähl, wie war dein Tag? Entschuldige, ich habe dich noch gar nicht danach gefragt.«

Ich schluckte und zwang mich zu einem Lächeln. Ich würde ihren perfekten Tag nicht mit Marcs Sprachnachricht ruinieren. Es war schlimm genug, dass er meinen ruiniert hatte. »Mein Tag war ... gut«, log ich. »Du weißt schon, das Übliche. Anstrengende Braut, teilnahmsloser Bräutigam.«

El gluckste. »Also nichts Besonderes? Keine Nachricht von Mr Geheimnisvoll?« Vor meinem inneren Auge konnte ich sie förmlich mit den Augenbrauen wackeln sehen.

»Äh, eine, aber es war nur Small Talk, nichts Besonderes«, log ich und hasste mich ein wenig dafür, meine beste Freundin anzulügen. Mr Geheimnisvoll war der Spitzname, den wir meinem neuen Freund vor einigen Monaten gegeben hatten. Das war die einzige Beziehung aus den letzten Monaten, von der ich El erzählt hatte. Ben hatte mich damals jedoch gleich zu Beginn gebeten, die zwischen uns noch geheim zu halten, was ich respektiert hatte. Als ich dann jedoch herausgefunden hatte, dass er mich mit einer anderen betrog und es Elena erzählen wollte, hatte sie ihre Schwangerschaft verkündet. Damals hatte ich es nicht übers Herz gebracht, ihre gute Laune zu zerstören, und als sie kurz darauf eine Fehlgeburt hatte, wollte ich sie nicht auch noch mit meinen Problemen belasten. Irgendwie war das Ganze dann zu einem Selbstläufer geworden.

El seufzte enttäuscht. »Okay, ich wollte nur sichergehen.«

»Danke dir. Wir sprechen uns später, okay? Liebe Grüße an Nathan. Und noch mal herzlichen Glückwunsch. Ich freue mich so für euch.«

»Danke schön. Hab dich lieb!«

»Ich dich auch«, murmelte ich, legte auf und ließ das Handy sinken.

Mit einem tiefen Seufzer starrte ich auf das Display. Ich konnte mein Spiegelbild auf der schwarzen Oberfläche kaum erkennen. Tränen ließen meine Sicht verschwimmen, während sich die Gedanken in meinem Kopf im Kreis drehten.

Ich hatte das Gefühl, als würde mein Leben auseinanderbrechen.

Ich war allein, single und allein. Meine beste Freundin verließ die Stadt und zog mehrere Hundert Meilen weit weg. Und obwohl ich mich für sie freute, wünschte sich der egoistische Teil in mir, dass sie bleiben würde.

Meine Brust zog sich eng zusammen, und das Atmen fiel mir schwerer.

Alles war perfekt für sie.

Ihr Verlobter war unglaublich.

Ihre gemeinsame Zukunft war vielversprechend.

Ihr ganzes Leben war wunderbar.

Sie hatten eine schöne Beziehung, und sie würden heirateten, eine Familie gründen und zusammen alt werden.

Währenddessen saß ich hier allein und ertrank zugegebenermaßen in Selbstmitleid. Doch in diesem Moment konnte ich nichts dagegen tun.

Mit einem Kloß im Hals versuchte ich ein Schluchzen zu unterdrücken.

Ohne Erfolg.

Tränen strömten mir übers Gesicht, und je mehr ich versuchte, sie wegzuwischen, desto schlimmer wurde es.

Plötzlich fühlte sich die Stille in meiner Wohnung erdrückend an. Es war zu ruhig. Ich musste mich ablenken, und zwar schnell.

Arbeit. Auch, wenn ich single war und wahrscheinlich allein sterben würde – *geht's noch ein bisschen dramatischer, Thea?* –, konnte ich mich immer noch nützlich machen. Ich würde dafür sorgen, dass meine beste Freundin die beste verdammte Hochzeit bekommen würde, die ich je ausgerichtet hatte.

Da ich immer noch mein Arbeitsoutfit trug, beschloss ich, trotz der späten Stunde zurück ins Büro zu gehen, um ein bisschen zu recherchieren. So dicht an Marc war ich mir sicher, ohnehin nicht viel Schlaf zu bekommen, also konnte ich die Zeit auch sinnvoll nutzen.

***

Drei Stunden und jede Menge Recherche später musste ich zugeben, dass ich mich ein wenig in Upper Hillford verliebt hatte. Seit ich mit Elena befreundet war, hatte ich sie nur einmal in ihre Heimatstadt begleitet. Das lag vor allem daran, dass Elena damals heilfroh gewesen war, dem Kleinstadtleben zu entfliehen und ihre Freiheit zu genießen.

Ich erinnerte mich nur an Kleinigkeiten über diesen einen Urlaub, den wir in ebenjenem Cottage, der pinken Lady, verbracht hatten. Es war gemütlich gewesen, keine Frage, aber für mein neunzehnjähriges Ich hatte es zu viele neugierige Nachbarn und zu wenig Nachtleben gegeben. Aber ich erinnerte mich gut an die Küste, weil es das erste Mal gewesen war, dass ich den Ozean gesehen hatte.

Meine Eltern waren durch und durch Stadtmenschen gewesen, die völlig in ihrer Arbeit als Kurator und Galeristin aufgingen. Auch wenn die Familienzeit nicht zu kurz gekommen war, hatte es nicht viele Urlaube gegeben, die wir zusammen verbracht hatten. Ich konnte mich an Bustouren durch Edinburgh, Museumsbesuche und Führungen durch Verliese und alte Gebäude erinnern.

Nichts davon war mit dem langweiligen Urlaub in Upper Hillford zu vergleichen.

Aber das war damals gewesen.

Jetzt, zehn Jahre später, hatte der Ort eine ganz andere Wirkung auf mich. Die Bilder, die ich auf der Website der Stadt fand, hätten genauso gut Postkartenmotive sein können, und das Setting war perfekt für eine Märchenhochzeit. Je mehr ich sah, desto aufgeregter wurde ich. Ich konnte es kaum erwarten, dorthin zurückzukehren und es selbst zu sehen. Das alles mit den Augen einer älteren Thea zu sehen, die die Schönheit und Behaglichkeit des Ortes endlich wertschätzen konnte.

»Wow, schau dir das an«, flüsterte ich an niemand Bestimmten gerichtet, als ich durch eine Fotogalerie scrollte. »Das ist unglaublich. Kein Wunder, dass El ihre Hochzeit dort feiern will. Diese Aussicht!«

Ich konnte das Gefühl, das die Fotos in mir weckten, nicht einmal ansatzweise beschreiben. Die Stadt sah so anders aus als das kleine Dorf, an das ich mich erinnerte.

Es schien, als wäre sie seit meinem letzten Besuch tatsächlich gewachsen. Sie war größer, heller, *einladender* und die Fotos absolut atemberaubend. Direkt an der nordenglischen Küste gelegen wirkte das Städtchen geradezu malerisch. Die Straßen waren mit Wimpeln und Blumen dekoriert, und jeder Laden hätte direkt aus einem Liebesroman stammen können. Die meisten Häuser standen eng beieinander, sodass die Menschen sich bloß aus dem Fenster lehnen mussten, um ihre Nachbarn zu begrüßen. Selbst auf den Fotos war das Gefühl von Behaglichkeit und Zusammenhalt deutlich zu spüren, etwas, das es hier in London schon lange nicht mehr gab.

Das Rathaus sah aus wie eine kleine Burg mit seinen hohen Mauern und dem Türmchen. Direkt daneben stand eine hübsche Kirche im gotischen Stil, deren Glockenturm den des Rathauses weit überragte.

Und dann war da noch der Ausblick.

Hinter den Klippen aus Kalkstein erstreckte sich die Nordsee, so weit das Auge reichte. Schaumbesetzte Wellen trafen auf einen kleinen Sandstrand, und obwohl ich Upper Hillford nur einmal besucht hatte, konnte ich das Meeresrauschen dennoch auf Anhieb hören.

Je länger ich durch die Bilder scrollte, desto überzeugter war ich, dass dies tatsächlich der perfekte Ort für eine Hochzeit war. Allerdings gab es so viele schöne Bilder, dass es unmöglich war, auf Anhieb eine perfekte Location für die Verlobungsparty und die Hochzeit auszuwählen.

Zumindest dachte ich das, bis ich auf ein Foto eines gemütlichen Bed and Breakfast stieß. Efeuranken hatten das zweistöckige Haus gerade so sehr überwuchert, dass es märchenhaft und nicht heruntergekommen aussah. Die weiße Fassade war mit Grün und Blau umrahmt, und die Holzfensterrahmen waren in einem sanften Gelb gestrichen, was einen Hauch von Wärme hinzufügte.

Das Gebäude selbst war förmlich in die Klippen gebaut worden, sodass man direkt auf das Meer hinuntersehen konnte. Trotzdem hatte es einen großzügigen Garten, in dem es Hollywoodschaukeln und sogar eine kleine Feuerstelle gab. Im Hintergrund war die Kimmlinie, der nautische Horizont, zu sehen, die sich nach beiden Seiten erstreckte. Es war, als wäre es für Els Hochzeit erschaffen worden.

»Ivy Cottage«, las ich, während ich auf den Link klickte.

Eine Seite wurde geöffnet und eine neue Reihe Bilder geladen. Es gab keine Worte, um die Schönheit des Ortes zu beschreiben.

»Das ist es«, beschloss ich. »Das ist der perfekte Ort für eine Märchenhochzeit. Es ist absolut perfekt.«

Es war schon weit nach Mitternacht, aber ich war zu aufgeregt, um zu schlafen. Ohne nachzudenken, griff ich nach meinem Handy und wählte Elenas Nummer. Es klingelte nur dreimal, bevor ihre schläfrige Stimme durch den Lautsprecher drang. »Thea?«

»El, bist du wach? O mein Gott, es ist unglaublich, du musst dir das ansehen!«

»Was? Was ist los?«

»Ich hab sie gefunden! Die Location für eure Verlobungsparty. Vielleicht sogar die Hochzeit selbst! El, sie ist perfekt. Es gibt ein Bed and Breakfast. Du wirst dich in dem Moment verlieben, in dem du es siehst, versprochen!«

»Baby, ich bin mir ziemlich sicher, dass das schon passiert ist«, erklang Nathans schläfrige Stimme aus dem Hintergrund, und Elena lachte.

»Sorry, konnte nicht widerstehen.«

»Ach, sei ruhig«, kicherte sie. Dann hörte ich ein raschelndes Geräusch.

»El? Bist du noch da?«

»Ja, entschuldige, ich bin hier. Gib mir einen Moment, ja? Ich bin gleich wieder da.«

»Kein Problem. Ich schicke dir ein paar Fotos, damit du sie dir ansehen kannst.«

»Mach das. Gib mir nur eine Minute.«

Während ich einige der Bilder zusammensuchte und Elena schickte, hörte ich im Hintergrund leises Rascheln und das Schließen einer Tür, ehe Elena wieder am Telefon war.

»Tut mir leid, Nate wollte mich nicht gehen lassen. Er ist manchmal einfach zu süß.« Sie gab ein entrücktes Seufzen von sich, und ich zwang mich dazu, nicht das Gesicht zu verziehen. Ich gönnte ihr das Glück, und wenn Elena mir die Neuigkeit vierundzwanzig Stunden früher erzählt hätte, dann wäre ich sicherlich ebenso ausgeflippt. So, wie die Dinge jetzt standen, fühlte sich mein Herz jedoch zu wund für solche Gefühle an, und selbst die offensichtliche Liebe meiner besten Freundin nur aus zweiter Hand zu erleben, schmerzte.

»Kein Problem«, sagte ich leichthin und konzentrierte mich wieder auf die Fotos auf meinem Computerbildschirm.

»Also, was hast du gefunden?«

»Die perfekte Location für euch, das Bed and Breakfast, von dem ich eben schon gesprochen habe.«

»Oh! Ivy Cottage, natürlich! Ich wusste nicht einmal, dass es das noch gibt.«

»Du kennst es? Blöde Frage, natürlich, du bist ja dort aufgewachsen. Wie auch immer, die Besitzerin ist eine Frau namens ... Mrs Stone? Wenn es für dich in Ordnung ist, würde ich sie morgen anrufen und –«

»Stone? Mirabel Stone?«, unterbrach El mich.

»Jaaa?«, erwiderte ich vorsichtig. »Warum? Ist sie ... ist das nicht gut?«

»Nein! Nein, gar nicht, ich war nur überrascht, das ist alles. Sie muss mittlerweile ... über achtzig oder so sein.«

»Äh, keine Ahnung. Sie sieht zumindest nicht älter aus als fünfundfünfzig.«

»Wer weiß, wie alt das Foto ist«, gluckste Elena. »Aber erzähl weiter.«

»Okay, also es gibt noch ein paar andere Locations. Aber ...«

»Aber?«

»Ich bin mir zu neunundneunzig-Komma-neun Prozent sicher, dass es Ivy Cottage sein wird. Sobald ich es gesehen habe, habe ich es gewusst. Da wirst du heiraten.«

»Glaubst du wirklich?«

»Ich werde es mir natürlich noch mal vor Ort ansehen, falls die Bilder veraltet sind, aber wenn es sich nicht allzu sehr verändert hat, dann ... ja, ich bin ganz sicher. Schau dir die Fotos an, die ich dir geschickt habe.«

»Wow«, murmelte sie nur ein paar Sekunden später. »Wow, das ist ... genau so, wie ich es mir vorgestellt habe. Ich habe mich nicht einmal an das B&B erinnert, aber jetzt, da ich die Bilder sehe, ist es offensichtlich, dass ich daran gedacht habe. Wie machst du das nur immer, Thea?«

Ich grinste. »Ich kenne dich eben.«

»Ich weiß schon, warum ich unbedingt dich als Hochzeitsplanerin wollte. Ich wünschte, ich könnte dich umarmen!«

Ich lachte. »Geh lieber zurück ins Bett und umarme Nathan. Geh schon, bevor er noch denkt, wir würden Telefonsex oder so haben.«

»Als ob.« Ich konnte Elenas breites Grinsen beinahe vor mir sehen. »Aber du hast recht, ich muss wirklich ins Bett. Wir reden morgen über den Rest, ja?«

»Klar«, antwortete ich und lehnte mich in meinem Stuhl zurück. »Ich rufe Mrs Stone morgen an und sag dir Bescheid, sobald ich mehr weiß.«

»Klingt super. Danke, Thea. Aber du solltest auch ins Bett gehen, ja?«

»Ja, Mama«, neckte ich sie, und als mein Blick diesmal auf die Fotos des B&B fiel, durchfuhr mich wieder diese kribbelige Aufregung. »Gute Nacht, El.«

»Nacht, Süße.«

Mit einem Grinsen beendete ich den Anruf und schloss meinen Laptop. Diese Hochzeit würde perfekt werden. Ich würde dafür sorgen, dass sie absolut –

Ein Gähnen unterbrach meine Gedanken und erinnerte mich daran, wie spät es war. Mit den Gedanken immer noch im malerischen Upper Hillford machte ich mich auf den Heimweg. Ich war so abgelenkt, dass ich zuerst gar nicht bemerkte, dass ich im Aufzug meines Wohnhauses nicht allein war. Nur am Rand nahm ich das ineinander verschlungene Paar wahr, das anscheinend ebenfalls nicht mitbekam, dass es Publikum hatte. Erst als eine vage vertraute Stimme »Marc!« keuchte, wurde mir klar, was hier gerade passierte.

Ich hob den Blick, nur um ihn, mit seinem blonden Haar und dem zu perfekt geformten Gesicht, zu sehen. Alles, was ich den ganzen Tag versucht hatte zu vergessen. Nur, um ihn jetzt beim Rummachen mit einer Brünetten zu treffen.

Er hatte eine Frau bei sich. Definitiv diejenige, mit der er die Mittagspause verbracht hatte, nachdem er mit mir Schluss gemacht hatte. Per Sprachnachricht.

Er schenkte mir nicht einmal einen Blick.

Als ob ich gar nicht existierte.

Als ob nichts passiert wäre.

Als ob wir Fremde wären.

Als ob ich ihm egal wäre.

Ich starrte sie mit offenem Mund an, bis sich die Türen öffneten.

»Sorry«, murmelte ich, als ich praktisch vor der Szene floh und sie dabei anrempelte.

Es war mir egal, ob das Paar aus dem Aufzug stieg oder nicht. So schnell ich konnte, ging ich zu meiner Wohnung. Ich wollte so weit wie möglich von ihm entfernt sein.

Erst als die Tür hinter mir verschlossen war, wagte ich endlich zu atmen. Meine Brust hob sich, und ein Schluchzen entwich mir. Nein, Marc war nicht die Liebe meines Lebens, aber nichtsdestotrotz fühlte ich mich mit einem Mal benutzt. Benutzt und weggeworfen. Ich hatte gedacht, dass sich zwischen uns etwas Ernstes entwickeln könnte, aber ich hatte mich getäuscht – mal wieder. Dieser Gedanke schmerzte beinahe noch mehr.

Und die Vorstellung, das zu sehen, *ihn* jetzt jeden Tag zu sehen ... Ich konnte das nicht. Nicht jetzt. Nicht so kurz nach der Trennung. Ich brauchte Abstand, dringend.

Ohne lange darüber nachzudenken, zog ich mein Handy aus der Tasche und schaute auf die Webadresse des B&B, das ich zuvor gespeichert hatte. Ich hatte ohnehin vorgehabt, mir Ivy Cottage persönlich anzusehen. Auf ein paar Tage früher oder später kam es nun auch nicht an.

Kapitel 4

Owen

Das penetrante Klingeln meines Handys weckte mich am nächsten Tag. Verschlafen versuchte ich mich daran zu erinnern, wo ich mich befand. Es dauerte einige Momente, ehe sich der Nebel in meinem Kopf lichtete und die Erinnerungen an die vergangene Nacht zurückkehrten.

Nur langsam wurde ich mir meiner Umgebung bewusst. Durch einen Spalt in den Vorhängen drang diesiges Morgenlicht herein, und ich konnte die Umrisse meiner Schlafzimmermöbel erkennen.

Und neben mir lag ein warmer Körper, leise schnarchend.

Noch immer war das gedämpfte Klingeln meines Handys zu hören, und endlich schaffte ich es, mich aus meiner Decke zu befreien, mit der ich mich mal wieder irgendwie verknotet hatte. Ich hatte das Telefon in der Tasche meiner Hose gelassen, die zusammen mit dem Rest unserer Kleidung auf dem Boden verstreut lag. Als ich es endlich erreichte, hatte das Klingeln natürlich bereits aufgehört.

Leise vor mich hingrummelnd schaltete ich den Bildschirm ein. Die plötzliche Helligkeit ließ mich einige Male blinzeln, ehe ich etwas erkennen und den Anrufer überprüfen konnte. Stirnrunzelnd registrierte ich die unbekannte Nummer. Auch wenn ich die Nummer selbst nicht kannte, so war mir die Vorwahl doch schmerzhaft vertraut.

Etwas in meiner Brust zog sich zusammen, und die Hand, die das Telefon hielt, zitterte leicht.

Über meine Schulter hinweg warf ich der schlafenden Frau in meinem Bett einen Blick zu, ehe ich mich wieder aufrichtete und aus dem Raum huschte. Ich machte einen kleinen Abstecher ins Badezimmer, wo ich mir eine Pyjamahose anzog, bevor ich in die Küche ging und schließlich auf die Taste für die Wahlwiederholung drückte.

Die Sekunden, die es dauerte, bis der Anruf angenommen wurde, fühlten sich wie eine Ewigkeit an.

»Endlich, Mann, ich versuche schon seit Ewigkeiten, dich zu erreichen!«, erklang am anderen Ende der Leitung eine männliche Stimme, die mir vage vertraut vorkam. Noch einmal nahm ich das Handy vom Ohr und sah auf die unbekannte Nummer, ehe mein Blick wieder an der Vorwahl hängen blieb.

Und dann machte es Klick.

»Henry?«

»Der einzig wahre.« Ich konnte das selbstzufriedene Grinsen beinahe vor mir sehen.

Henry. *Verdammt.*

Mit meiner freien Hand rieb ich mir über das Gesicht und schüttelte den Kopf, in der Hoffnung, etwas von dem Nebel loszuwerden, der noch immer meine Gedanken blockierte. »Sorry, ich habe nicht mit dir gerechnet.«

Die Untertreibung des Jahrhunderts. Obwohl Henry und ich in unserer Jugend beste Freunde gewesen waren, hatte ich, sobald ich konnte, alle Verbindungen zu meiner Heimatstadt abgebrochen. Meine einzige Verbindung zu Upper Hillford war …

Abrupt richtete ich mich auf. »Ist Nana etwas passiert?«

Die lange Stille, die darauf folgte, machte mich beinahe wahnsinnig. »Sie wurde heute Nacht ins Krankenhaus gebracht. Ich bin mir ziemlich sicher, dass es ein Herzinfarkt war.«

Das plötzlich einsetzende Rauschen in meinen Ohren übertönte alles Weitere. Immer wieder schienen Henrys Worte in meinem Kopf widerzuhallen.

Krankenhaus. Herzinfarkt.

Krankenhaus.

Herzinfarkt.

»Natürlich sagen mir die Ärzte nichts, ich gehöre schließlich nicht zur Familie«, fuhr er fort, und es kostete mich alle Kraft, mich wieder auf ihn zu konzentrieren. »Ich habe ihnen gesagt, ich würde dich benachrichtigen. Und das habe ich. Ungefähr eintausend Mal.« Henrys Stimme wurde schärfer, und ich zuckte schuldbewusst zusammen, als ich daran dachte, was ich getan hatte, anstatt mein Telefon zu überprüfen oder zumindest zu schlafen.

»Weißt du noch mehr? Ist sie stabil oder …« Ich konnte den Satz nicht beenden.

»Sie ist stabil, soweit ich weiß«, gab Henry zurück, doch wirklich beruhigen konnte mich das nicht. Mir war klar, was ich zu tun hatte, obwohl sich alles in mir dagegen sträubte. Aber Nana möglicherweise zu verlieren, ohne sie noch einmal persönlich zu sehen ... Der Gedanke war nicht zu ertragen.

»Ich nehme den nächsten Zug. Sag das auch dem Arzt und stell sicher, dass es ihr gut geht, ja? Sag ihr ... sag ihr, ich komme.«

»Mach ich«, versicherte mir Henry. »Bis bald.«

»Ja, wir sehen uns.« Die Worte fühlten sich in meinem Mund wie Säure an.

Ich wollte ihn nicht sehen. Ich wollte niemanden von dort sehen.

Niemanden außer Nana.

»Alles klar?«

Bei der Frage wandte ich mich um. Die Frau, an deren Namen ich mich nicht einmal erinnern konnte, stand im Türrahmen, lediglich mit einer Decke bedeckt.

»Ja. Selbstverständlich.« Als würde ich einer Wildfremden meine Probleme anvertrauen.

Sie kam auf mich zu und legte mir eine Hand auf die nackte Brust. Ihre roten Fingernägel kratzten an meiner Haut. Letzte Nacht hatte ich den leichten Schmerz begrüßt, nun jedoch war er mir zuwider.

»Bist du sicher?« Sie stand auf den Zehenspitzen und versuchte, mich zu küssen, aber ich drehte meinen Kopf zur Seite, sodass ihre Lippen nur meine Wange trafen.

»Du solltest jetzt nach Hause gehen.«

»Was?« Sie trat einen Schritt zurück und starrte mich überrumpelt an. Ihre Schminke war verschmiert, und im kühlen Licht meiner Küche wusste ich plötzlich nicht mehr, was ich am vergangenen Abend an ihr gefunden hatte.

»Danke für letzte Nacht. Aber du solltest jetzt gehen.« Ich packte sie an den Schultern und schob sie, so sanft ich konnte – was zugegebenermaßen gerade nicht sehr war –, zurück ins Schlafzimmer. »Ich muss packen, und du solltest wirklich gehen.« Ich drängte mich an ihr vorbei, ging zu meinem Kleiderschrank und zog meinen Reisekoffer aus dem obersten Fach.

»Jetzt? Meinst du das ernst?«

»Todernst«, entgegnete ich, warf meinen Koffer aufs Bett und begann, die Kleidungsstücke, die rundherum auf dem Boden lagen, aufzuheben. »Ich werde dir ein Taxi rufen.«

»Du bist unglaublich!«, rief sie und zog das Laken enger um ihren Körper.

»Jaja, ich weiß. Zieh dich jetzt an, ich kümmere mich um den Rest.«

Ich drückte ihr Kleid und Unterwäsche in die Hand, bevor ich das Schlafzimmer verließ und mich in meinem Büro an den Schreibtisch setzte.

Vor mir lag eine Menge Arbeit.

Nachdem ich mich um die Taxirechnung und die beleidigte Frau gekümmert hatte, öffnete ich schließlich die erste von vielen Websites an diesem Tag. Prompt zog sich der schmerzhafte Knoten in mir wieder enger zusammen.

Ich wollte das nicht tun.

Aber ich hatte keine Wahl.

Also schluckte ich meine Wut und Angst herunter und begann nach einer passenden Zugverbindung zu suchen.

Ich würde hinfahren, aber sobald alles erledigt war, würde ich nach London zurückkehren und nie mehr zurückblicken.

***

Drei Stunden später saß ich im Zug nach Newcastle. Von dort aus würde ich mir einen Mietwagen nehmen und die letzten Stunden nach Upper Hillford fahren. Das Städtchen lag direkt an der englischen Ostküste und war nur wenige Kilometer von der schottischen Grenze entfernt.

Es würde eine lange Reise werden.

Die erste Etappe verlief reibungslos. Niemand versuchte, mit mir zu sprechen, und die wenigen Leute im Abteil trugen Kopfhörer oder waren wie ich in ihre Laptops vertieft.

Ich hatte Mara angerufen, um meine Meetings und Telefonate in den nächsten Tagen zu koordinieren. Sobald ich Upper Hillford erreichte, wollte ich zuallererst ins Krankenhaus zu Nana. Alles weitere würde sich danach ergeben, aber vorher hatte ich keinen Kopf für etwas anderes.

In Newcastle wartete dank meiner Assistentin bereits ein Mietwagen auf mich. Die Sonne ging bereits unter, als ich mein Ziel endlich erreichte. Der Himmel bestand aus den verschiedensten Rot- und Orangetönen, und das verbleibende Sonnenlicht tanzte auf den Wellen des Ozeans, an dessen Küste ich eine Weile entlangfuhr. Obwohl mein ganzer Körper angespannt war, als das Schild mit dem Stadtnamen in mein Blickfeld kam, konnte ich nicht leugnen, dass das Bild direkt einer Postkarte entstammen könnte.

Ich starrte stur geradeaus, während ich ans nördliche Ende der Stadt fuhr, wo sich das Krankenhaus befand. Das Hillford Hospital war genauso klein und unterbesetzt, wie ich es in Erinnerung hatte. An der Rezeption angekommen, wartete ich, bis die Arzthelferin dahinter von ihrem Computer aufblickte.

»Hi, ich bin hier, um Mirabel Stone zu besuchen. Ich bin ihr Enkel, Owen Stone«, sagte ich mit einem höflichen Lächeln.

»Zimmer 304«, informierte mich die Krankenschwester und deutete nach rechts, ohne mir mehr als einen kurzen Blick zu schenken.

»Danke.« Ich machte ein paar Schritte in die Richtung, in die sie gezeigt hatte, ehe ich mich noch einmal umdrehte. »Gibt es die Möglichkeit, mit ihrem behandelnden Arzt zu sprechen?«

Nun hob die Frau doch den Kopf. »Um diese Zeit sind keine Patientengespräche mehr möglich, tut mir leid«, erwiderte sie knapp, doch zumindest nicht unfreundlich. »Aber ich werde ihn informieren, dass Sie hier sind.«

Mit einem Nicken verabschiedete ich mich und machte mich endlich auf den Weg zu Nana.

Zimmer 304 befand sich im Ostflügel des Krankenhauses. Die meisten Türen standen offen, vermutlich um die schwüle Frühsommerluft etwas aufzuwirbeln.

Dadurch bemerkte Nana mich nicht gleich, als ich eintrat. Sie saß aufrecht und mit einem Buch vor sich in dem Bett, das der Tür am nächsten war, das andere war leer.

Für einen langen Moment stand ich einfach in der Tür und sah sie an. Es war Jahre her, seit ich ihr das letzte Mal von Angesicht zu Angesicht gegenübergestanden hatte. Obwohl wir regelmäßig per Videoanruf sprachen, hatte ich immer Ausreden gefunden, um sie nicht zu besuchen. Für eine Frau von sechsundachtzig Jahren war sie mir immer stark und vital vorgekommen, doch in dem Krankenhausbett wirkte sie plötzlich viel kleiner und zerbrechlicher als in meiner Erinnerung. Ihre winzigen grauen Löckchen kringelten sich um ihren Kopf, und ihre Haut schien fast durchscheinend zu sein, obwohl das auch von der weißen Bettwäsche kommen könnte. Mehrere Kabel verbanden ihren Körper mit einem Gerät neben ihrem Bett, das in gleichmäßigem Rhythmus ihren Herzschlag aufzeichnete. Am liebsten hätte ich sie abgerissen, Nana gepackt und sie auf schnellstem Weg mit nach London genommen. Sie so zu sehen, nahm mich wesentlich mehr mit, als ich erwartet hätte.

»Hey, Nana«, begrüßte ich sie leise.

Sie blickte von ihrem Buch auf, und ihre Augen weiteten sich vor Überraschung, bevor sich ein warmes Lächeln auf ihrem Gesicht ausbreitete. »Owen? Mein Junge, bist du das wirklich? Was für eine Überraschung! Was machst du hier?«

»Dich besuchen, offensichtlich.« Ich ging zum Bett und drückte ihr einen Kuss auf die faltige Wange. Der Duft nach Milch und Honig erfüllte meine Nase und drohte, mich wieder in die Vergangenheit zu katapultieren. Eilig zog ich mich zurück. »Henry hat mich angerufen.«

»Oh, das hätte er nicht tun sollen. Ich weiß doch, wie ungern du hier bist. Von London hierher musst du doch Stunden gebraucht haben!«

Ich winkte ab. »Kaum der Rede wert. Und Henry hat das Richtige getan, als er mich angerufen hat. *Du* hättest das tun sollen.« Nanas Gesundheit war wichtiger als meine Gefühle gegenüber Upper Hillford.

»Ach, Unsinn. Es ist nichts, worüber du dir Sorgen machen müsstest. Wenn die Ärzte nicht darauf bestehen würden, mich hier zu behalten, wäre ich schon längst wieder im Cottage.«

»Nichts, worüber ich mir Sorgen machen müsste? Henry hat etwas von einem Herzinfarkt gesagt. Das klingt verdammt ernst.«

»Oh, na ja ...« Sie runzelte die Stirn, wandte den Blick ab und spielte mit den Seiten ihres Buches.

»Nana.« Ich legte meine Hand auf ihre und unterband die Bewegung damit. »Ich bin froh, dass es dir gut geht. Aber jag mir nicht noch einmal eine solche Angst ein, okay? Ich weiß nicht, was ich tun würde, wenn dir irgendetwas passieren würde.«

»Na, na, so schnell wirst du mich schon nicht los«, versprach sie mir und lächelte schief.

»Das hoffe ich.« Es gab nicht viele Menschen, die mir wirklich am Herzen lagen, aber Nana stand ganz oben auf der Liste. Für niemanden sonst wäre ich an diesen Ort zurückgekehrt, der nichts als schlechte Erinnerungen und Schmerz für mich bereithielt.

»Weißt du denn schon, wie lange du bleibst?«, fragte sie nun und riss mich damit aus meinen Gedanken.

Stirnrunzelnd wandte ich mich ihr zu. »Ich dachte ...«, begann ich, doch bevor ich meinen Satz beenden konnte, fuhr sie bereits fort: »Das Problem ist, dass morgen ein Gast ankommt und ... nun ja.«

»Ein Gast«, wiederholte ich, ein wenig verwirrt.

Nana sah mich an, als wäre ich begriffsstutzig. »Ja, im B&B.«

Fassungslos starrte ich sie an. »Du führst das immer noch selbst? Ich dachte, du hast längst einen Geschäftsführer eingestellt! Du bist viel zu alt, um noch zu arbeiten. Ich schicke dir doch regelmäßig Geld, warum sagst du denn nicht etwas, wenn du mehr brauchst?«

»Owen!«, unterbrach sie mich scharf. »Du weißt sehr genau, wie viel mir dieses Bed and Breakfast bedeutet. Ich werde wohl erst aufhören, dort zu arbeiten, wenn ich meinen letzten Atemzug mache.«

Missbilligend presste ich die Lippen aufeinander und zwang mich, einige Male tief durchzuatmen. Ich hätte es wissen müssen. Meine Großmutter war eine stolze, unabhängige Frau. Selbst wenn sie das Geld nicht brauchte, würde sie den verdammten Laden wohl erst aufgeben, wenn es nicht mehr anders ging. Er war ihr Leben. Nichtsdestotrotz hatte ich erwartet, dass sie sich allerhöchstens auf Stammgäste beschränkte, die kaum Anforderungen hatten – und keine wildfremden Umherreisenden beherbergte.

»Kann sich nicht jemand anderes darum kümmern? Ich bezahle natürlich sämtliche Rechnungen. Du musst doch eine Vertretung haben, oder?« Es war mir egal, wie verzweifelt ich klang. Bei dem Gedanken, dorthin zurückzukehren, sträubte sich alles in mir.

»Owen«, wiederholte sie, doch diesmal klang ihre Stimme sanft. »Das Ivy Cottage war und wird immer ein Familienunternehmen bleiben. Ich werde unseren Gast nicht von jemand Fremdem in Empfang nehmen lassen.«

Unseren Gast. Allein die Vorstellung bereitete mir Übelkeit.

»Du weißt, was ich von diesem Ort halte«, murmelte ich leise, aber meine Schultern sanken herab. Sie wusste auch, dass ich alles für sie tun würde.

»Ich sage doch nicht, dass du wieder hierher zurückziehen sollst«, sagte sie leise und ergriff meine Hand. »Es ist ja nur so lange, bis ich hier rauskomme. Und wer weiß, vielleicht haben die Ärzte ja schon morgen ein Einsehen!«

»Sicher«, brummte ich. »Sehr wahrscheinlich.« *Nicht.* Seufzend nickte ich. »In Ordnung. Aber nur aus reiner Neugierde – was hättest du getan, wenn Henry mich nicht angerufen hätte?«

Nana grinste schief. »Mich selbst entlassen, natürlich.«

Himmel hilf. »Natürlich«, murmelte ich schwach und war mit einem Mal heilfroh, hergekommen zu sein.

***

Vom Krankenhaus aus war es nur eine kurze Fahrt zum Ivy Cottage. Nana hatte die Aussicht, das Meer und die Klippen immer geliebt und den Standort des Cottages sorgfältig ausgewählt. Es war ein kleines, zweigeschossiges Haus aus weißem Stein und Holzfensterrahmen. Im ersten Stock gab es einen Balkon, dessen Glastür von grünen Efeuranken umrahmt wurde. Ein breiter, mit rosa Blumen gefüllter Fensterkasten war am Geländer des Balkons befestigt.

Es war hübsch.

Malerisch.

Geradezu märchenhaft.

Die perfekte Touristenfalle.

Ich hatte das Ding nie gemocht, nicht einmal als Kind.

Das einzig Gute daran war Nana gewesen. Und nun lag sie im Krankenhaus.

Seufzend parkte ich das Auto vor dem B&B. Bis auf eine Lampe in der Lobby und eine weitere im ersten Obergeschoss waren alle Lichter aus.

Bei dem Anblick runzelte ich die Stirn. Es sollten überhaupt keine Lichter eingeschaltet sein. Der ominöse Gast sollte schließlich erst morgen ankommen.

Im ersten Stock bewegte sich der Vorhang leicht, und ich kniff misstrauisch die Augen zusammen. Jemand musste sich im Haus befinden. Jemand, der dort absolut nicht sein sollte.

Mein Stirnrunzeln vertiefte sich, und ich stieg aus dem Auto.

Wer auch immer hier war, würde gleich etwas zu hören bekommen.

Aufgebracht schnappte ich mir meinen Koffer und stürmte hinein.

»Wer auch immer hier ist: Sie haben fünf Sekunden, um sich zu zeigen, bevor ich die Polizei rufe«, rief ich und schlug die Tür hinter mir zu.

Ein Schauer lief mir über den Rücken, als ich mich unweigerlich umsah. Alles war noch genau so, wie ich es in Erinnerung hatte. Die Rezeption aus dunklem Holz befand sich direkt gegenüber des Eingangs. An der Wand dahinter hingen Fotos wie eine Zeitleiste, die meine Großmutter und ihren verstorbenen Ehemann vor dem Ivy Cottage zeigte, als es gerade gebaut worden war, gefolgt von Fotos meiner Eltern und schließlich mir selbst.

Ich zwang mich, den Blick abzuwenden, und konzentrierte mich wieder auf den Eindringling.

Die Stille im Haus wurde nur durch meine abgehackten Atemzüge unterbrochen.

»Zeigen Sie sich, verdammt!«

Endlich öffnete sich eine Tür im ersten Stock, und ich konnte leise Schritte hören. Abrupt drehte ich mich zur Treppe und nahm auf dem Weg nach oben zwei Stufen auf einmal.

»Was glauben Sie, was Sie hier tun? Ich sollte die Polizei wegen Hausfriedensbruch rufen. Das hier ist Privatbesitz. Was zum Teufel machen Sie hier?«

Ich stürmte in den Raum, unter dessen Tür ich einen schwachen Lichtschein entdeckte, und blieb gleich darauf wie erstarrt im Türrahmen stehen.

Zerzauste, dunkelrote Haare und ein zu großes Hemd waren die ersten Dinge, die mir auffielen. Dann die wohlgeformten, *nackten* Beine, die darunter hervorschauten. Und dann –

»*Sie!*« Bei meinem Ausruf wirbelte die Person herum und sah mich mit großen Augen an. Dabei fiel ihr ein In-Ear-Kopfhörer aus den Ohren.

Ungläubig starrte ich die junge Frau an, die mir von dem Vorfall im Coffeeshop am Tag zuvor noch im Gedächtnis war. »Ist das irgendeine Art kranker Scherz? Verfolgen Sie mich? Erst stehlen Sie meinen Kaffee und dann brechen Sie in mein Haus ein?«

»Sie – Sie sind –«

»Spucken Sie es schon aus«, knurrte ich und machte einen Schritt auf sie zu.

»Was tun Sie hier?« Ihre Stimme war ruhig und beherrscht, während sie vorsichtig einen Schritt nach hinten machte.

»Was *ich* hier mache?«, wiederholte ich. »Dieses B&B gehört meiner Familie, also wäre die bessere Frage, was *Sie* hier machen!«

»I-Ihrer Familie?« Ihre Augen weiteten sich vor Überraschung.

»Ja, meiner Familie. Das ist mein Haus.«

»Aber –«

»Nehmen Sie Ihr Zeug und verschwinden Sie.«

Das schien sie wieder lebendig werden zu lassen. Sie drückte den Rücken durch und hob ihr Kinn. »Behandeln Sie so Gäste? Ich habe für dieses Zimmer bezahlt und Sie können nicht einfach reinstürmen und mich rauswerfen. Ich habe nichts Falsches getan!«

Gäste? Mit einem Mal kam mir ein unguter Gedanke. »Sie haben hier ein Zimmer gebucht?«

»Ja!«, fauchte sie, und ich schluckte, fand jedoch keine Worte. Verdammt, ich hatte erwartet, dass ich noch ein paar Stunden Zeit haben würde, um mich auf Gäste vorzubereiten.

»Glauben Sie mir etwa nicht?« Ihre Augen blitzten, und sie griff nach ihrem Handy auf dem Nachttisch.

Erst dann wurde mir bewusst, dass wir in einem der vier Gästezimmer waren. Auf dem Boden stand ein offener Koffer, ein dickes Notizbuch mit jeder Menge Post-ist lag auf dem ungemachten Bett. Die Lampe auf dem Nachttisch war die einzige Lichtquelle im Raum. All diese Kleinigkeiten zusammen machten es offensichtlich, dass sie im Begriff gewesen war, ins Bett zu gehen. Das war zugegebenermaßen nicht das typische Verhalten eines Einbrechers.

Während ich mich umsah, hatte sie eine Nummer eingetippt und hielt nun ihr Handy ans Ohr. Ohne den Blick von mir zu nehmen, begann sie zu sprechen. »Hey, ja, ich bin's, Thea. Es tut mir leid, dich zu stören, aber ich denke, es gibt ein kleines ... Missverständnis im B&B.«

Sie wartete, und ich konnte das leise Murmeln von jemandem am anderen Ende der Leitung hören.

»Hier ist ein Mann, der behauptet, dass das hier sein Eigentum ist.« Noch eine Pause, dann musterte sie mich von oben bis unten, bevor sie weitersprach. »Etwa anderthalb Köpfe größer als ich, dunkle Haare, Fünf- ... nein, Sieben-Tage-Bart, dunkle Augen, ich würde sagen ... grünlich?«

»Braun«, korrigierte ich sie automatisch.

Das Grinsen, das sie mir schenkte, sagte mir, dass ich direkt in eine Falle getappt war.

»Nein, Henry, ich habe nicht – ich –«

Henry? Oh, verdammte Hölle. Ich biss die Zähne zusammen und streckte die Hand aus. »Geben Sie mir das Telefon.«

Sie schüttelte den Kopf und drückte das Gerät näher
an ihr Ohr. »Ich habe nicht nach seinem Namen gefragt, Henry. Worum geht es hier? Er hat gesagt, das
Haus würde ihm gehören, und er will, dass ich verschwinde. Aber ich habe schon bezahlt, und –«

»Genug.« Ich nahm ihr das Telefon aus der Hand und
hielt es mir selbst ans Ohr. »Henry, bist du das? Ich
bin's, Owen.«

»Owen! Also bist du gut angekommen, ja?«

Ich verdrehte die Augen. »Gut ist etwas anderes. Was
zum Teufel macht sie hier?«

»Nun, sie ist ein Gast und –«

»Seit wann? Nana meinte, es kommt erst morgen jemand!«, fuhr ich ihn aufgebracht an. Das alles verlief
überhaupt nicht wie geplant.

»Dann hat sie sich im Datum vertan. Ich habe die Bu-
chungsanfrage gesehen, Owen, es stimmt alles. Und ich
habe ihr bereits gesagt, dass es kein Frühstück geben
wird, weil Mirabel im Krankenhaus ist. Du wirst nicht
einmal bemerken, dass sie hier ist. Sie ist eine nette
Lady. Sie ist hier, um die Hochzeit ihrer Freundin zu organisieren – von Elena, erinnerst du dich an sie? Sie ist
mit uns zusammen zur Schule gegangen.«

Bei der erneuten Erwähnung einer Hochzeit verzog
ich angewidert das Gesicht. Aus irgendeinem Grund
verfolgte mich das Thema zurzeit.

»Schön«, knurrte ich. »Danke für … du weißt schon.
Dass du sie in Empfang genommen hast.«

»Kein Problem«, gab Henry zurück. »Ich mache nur
das, was Mirabel wollen würde. Gute Nacht.« Mit diesen Worten legte er auf.

Genervt ließ ich das Handy sinken und starrte für einen langen Moment darauf.

»Gibt's ein Problem?«, fragte der Eindringling süßlich.

Langsam hob ich den Kopf und starrte sie an. »Sie können hier nicht bleiben«, sagte ich schließlich, und sie riss die Augen auf, jeglicher Spott verschwand aus ihrer Miene.

»Was?«

»Meine Großmutter – ihr gehört das Cottage –, sie ist seit letzter Nacht im Krankenhaus und –«

»Aber das hier ist das einzige B&B in der Umgebung!«, unterbrach sie mich, und der fast schon panische Unterton in ihrer Stimme ließ mich genervt seufzen.

»Dann müssen Sie Ihren Urlaub eben verschieben. Hören Sie, ich –«

»Nein!«, widersprach sie. »Ich habe schon bezahlt, und außerdem ist das hier kein Urlaub, sondern eine Dienstreise.« Ihre Stimme wurde etwas weicher. »Das mit Ihrer Großmutter tut mir leid, aber gibt es wirklich keine Chance, dass ich hierbleiben kann? Henry hat schon gesagt, dass es kein Frühstück gibt, und das ist auch überhaupt kein Problem. Nur ... bitte? Es ist wirklich wichtig!«

Ich biss die Zähne zusammen. Mir war klar, was Nana wollen würde, und wenn sie erfuhr, dass ich ihren Gast wieder nach Hause geschickt hatte ...

»Von mir aus«, knurrte ich schließlich und gab ihr endlich das Handy zurück. »Also schön, Mrs –«

»Miss«, korrigierte sie mich, während ihre Schultern vor Erleichterung herabsanken, und ich musste mir auf die Zunge beißen, um ihr nicht mit einigen sehr blumigen Worten zu sagen, wie unfassbar egal mir ihr Ehestand war.

»Dann eben Miss. Willkommen im Ivy Cottage«, ratterte ich monoton herunter. »Ich bin Owen Stone. Wie bereits gesagt gehört dieses B&B meiner Familie, und da meine Großmutter leider nicht in der Lage ist, Ihre Gastgeberin zu sein, werde ich ...« Ich atmete tief durch, ehe ich weitersprach. »... diese Aufgabe übernehmen.«

»Werden Sie das?«

»Ja, werde ich.« Mein rechtes Augenlid begann zu zucken, und ich bemühte mich, ruhig zu atmen, was leichter gesagt als getan war.

»Das ist großartig. Sie werden bestimmt ein ausgezeichnetes Zimmermädchen sein.« Sie presste die Lippen zusammen, als sie meinen finsteren Gesichtsausdruck bemerkte. »Sorry, bin schon still.«

Ich biss mir auf die Innenseite meiner Wange und ballte meine Hände zu Fäusten. Das Bedürfnis, irgendetwas zu werfen, war beinahe überwältigend, doch ich schaffte es, mich zu kontrollieren. Wie immer. Ich hatte früh gelernt, diese Wut in Sport zu kanalisieren, und auch heute noch nutzte ich sie entweder für lange Laufrunden oder verbrachte Stunden im Fitnessstudio. Ich zählte meine Atemzüge, bis ich mich ruhig genug fühlte, und fragte dann: »Und wie heißen Sie?«

»Theodora Jordan«, sagte sie. »Aber alle nennen mich Thea.«

»Gut, Miss Theodora Jordan. Es ist schon ziemlich spät, und wir sind beide müde. Ich schlage vor, Sie gehen wieder ins Bett. Wenn Sie irgendetwas brauchen ...«

»Werden Sie die letzte Person sein, die ich fragen würde«, beendete sie meinen Satz mit einem zuckersüßen Lächeln, das ich ihr nicht eine Sekunde lang abnahm.

»Ich bin froh, dass wir uns verstehen«, brummte ich. »Gute Nacht.«

Ohne auf eine Antwort von ihr zu warten, drehte ich mich um und verließ den Raum.

Fuck.

Kapitel 5

Thea

Zu sagen, dass meine erste Nacht in Upper Hillford entspannend oder zumindest besser als meine letzte Nacht in London war, wäre eine Lüge gewesen.

Nachdem Mr Stone – Owen – den Raum verlassen hatte, war es mir unmöglich, einzuschlafen.

Jedes Mal, wenn ich die Augen schloss, sah ich den Ausdruck auf seinem Gesicht, als er mich in *seinem* Bed and Breakfast gefunden hatte.

Wenn ich an die wütende Ader dachte, die an seinem Hals gepocht hatte, war ich mir ziemlich sicher, dass er mich hochkant rausgeworfen hätte, wenn die Besitzerin – anscheinend seine Großmutter – meine Buchung nicht bestätigt oder sonst irgendwie genehmigt hätte.

Die Tatsache, dass Ivy Cottage seiner Familie gehörte, war nicht die einzige Überraschung an diesem Abend gewesen. Dass er ausgerechnet der Typ war, dessen Kaffee ich kurz zuvor aus Versehen mitgenommen hatte, machte die Sache nicht besser. Und offenbar war er einer der nachtragenden Sorte.

Es war lächerlich, dass er derjenige war, der sauer war. Schließlich war er einfach in mein Zimmer geplatzt und hatte mich behandelt wie eine Schwerverbrecherin – mal wieder! Noch Stunden später wäre ich ihm am liebsten hinterhergejagt und hätte ihm meine Meinung gesagt. Im Nachhinein fand ich, dass ich ihn viel zu leicht hatte davonkommen lassen. Andererseits wollte ich es mir auch nicht gleich am ersten Tag mit meinem Gastgeber verscherzen. Ich konnte von Glück reden, dass er mich nicht vor die Tür gesetzt hatte. Nichtsdestotrotz hatte ich ewig gebraucht, bis ich eingeschlafen war, mich stundenlang herumgewälzt und mir im Geiste ausgemalt, was ich ihm alles an den Kopf hätte werfen sollen.

Schlussendlich hatte ich höchstens ein paar Stunden geschlafen, bevor ich wieder aufstand, mir eine kurze Jeans-Shorts anzog und nach unten ging. Henry, der charmante junge Mann, hatte sich bereits dafür entschuldigt, dass es kein Frühstück geben würde, als er mich am Tag zuvor im Cottage begrüßt hatte. Trotzdem hoffte ich, zumindest Tee oder vielleicht sogar heiße Schokolade zu finden. Ich brauchte dringend etwas, um mich nach dieser höllischen Nacht aufzuheitern.

Als ich die Lobby betrat, war ich nicht überrascht, dass sie leer war. Zumindest waren die Lichter eingeschaltet. Ich fragte mich, ob das üblich war, wenn Gäste im Haus waren, oder ob Owen sie schlichtweg vergessen hatte.

Ob er überhaupt noch hier war? Neugierig warf ich einen Blick aus dem Fenster neben der Eingangstür. Die aufgehende Sonne färbte den Horizont gerade puderrosa, und ich entdeckte den schwarzen Mercedes, der auf dem Parkplatz vor dem B&B stand, mit Leichtigkeit. Ich hatte ihn bereits am Abend zuvor von meinem Zimmerfenster gesehen, daher nahm ich an, dass er Owen gehörte. Das bedeutete, er befand sich noch im Haus.

Unsicher biss ich mir auf die Unterlippe und schielte zu der Tür gegenüber des Treppenaufgangs. Henry hatte mir tags zuvor eine Führung im Schnelldurchlauf gegeben, daher wusste ich, dass sich dahinter die Küche befand. Doch ich wollte mir nur ungern erneut den Zorn meines temporären Gastgebers zuziehen, indem ich in ›seinem Haus‹ herumstöberte.

Also entschied ich, ihm zunächst eine Chance zu geben. »Hallo?« Meine Stimme hallte in der menschenleeren Lobby leicht wider.

Das einzige Geräusch war das leise Ticken der Uhr, die über der Küchentür hing.

Seufzend ging ich die wenigen Schritte zur Rezeption. Dort lagen nebeneinander einige dünne Broschüren über das B&B, die Stadt und die Umgebung.

Obwohl das B&B selbst genauso märchenhaft war, wie ich es nach den Bildern erwartet hatte, schien Upper Hillford nicht von Touristen überlaufen zu sein, was mich etwas überraschte. Aber ich vermutete, dass die Kleinstadt für den Geschmack der derzeitigen Generation ein wenig *zu* ruhig war. Heutzutage kamen Menschen kaum noch ohne Reize und Stimulation aus, und nachdem, was ich im Internet gefunden hatte, hatte sich Upper Hillford in der Hinsicht seit meinem letzten Besuch nicht allzu sehr weiterentwickelt.

Aber für eine Kleinstadthochzeit, wie Elena sie sich immer vorgestellt hatte, war es perfekt. Der Gedanke an Elenas Hochzeit erinnerte mich an etwas anderes. Wenn Mirabel Stone derzeit im Krankenhaus war, bedeutete das, dass ich mit ihrem Enkel über meine Pläne sprechen musste. Verdammt. Nach unseren Treffen, die beide nicht gerade positiv verlaufen waren, war ich mir nicht sicher, ob er gegenüber meiner Bitte auch nur ansatzweise aufgeschlossen sein würde. Vor allem, wenn man bedachte, wie er auf das Thema Hochzeiten reagiert hatte.

»Morgen.«

»Heilige Scheiße!« Vor lauter Schreck ließ ich die Broschüre fallen. Mit wild klopfendem Herzen drehte ich mich um und sah Owen in der Eingangstür stehen. Ich hatte nicht einmal einen Schlüssel gehört. »Sie haben mich zu Tode erschreckt.«

»Schlechtes Gewissen?«, fragte er spöttisch. »Habe ich Sie beim Planen Ihres nächsten Verbrechens gestört?«

Ich schnaubte und schüttelte den Kopf. »Ich war nur neugierig. Sie waren nicht hier, als ich herunterkam. Ich hatte schon die Hoffnung gehabt, sie wären auf Nimmerwiedersehen verschwunden.«

»Das hätten Sie wohl gern.«

»Ja, tatsächlich. Dadurch wäre mein Morgen wesentlich entspannter geworden.« *Verdammt, Thea, halt die Klappe. Jemanden zu provozieren, von dem du etwas willst, ist der beste Weg, um sicherzustellen, dass du es garantiert nicht bekommst.*

»Dann muss ich Sie leider enttäuschen. Für die nächsten Tage sitze ich mit Ihnen fest.«

»Eher umgekehrt«, murmelte ich. »Wie unschön.«

»Sie haben ja keine Ahnung.«

Diese fünf Worte brachten das Fass zum Überlaufen. Ich hob die Augenbrauen und stemmte eine Hand in die Hüfte. »Was ist eigentlich Ihr Problem?«, herrschte ich ihn an und ließ dabei alle Höflichkeiten fallen. »Ich habe nichts falsch gemacht, außer dass ich hier bin, und Sie behandeln mich, als ob ich es mir zur Aufgabe gemacht hätte, Ihr Leben zu ruinieren. Was, nur fürs Protokoll, nicht meine Absicht ist. Ich hatte keine Ahnung, dass das hier das B&B Ihrer Familie ist. Ich kenne Sie nicht einmal, wenn man von dem Vorfall in diesem Coffeeshop absieht, für den ich mich bereits entschuldigt habe, also was zum Teufel ist Ihr Problem?«

Für ein paar Augenblicke starrte er mich mit einem undeutbaren Gesichtsausdruck an. Dann holte er tief Luft und kniff sich mit zwei Fingern in den Nasenrücken. »Sie haben recht. Es tut mir leid. Ich hätte meine Wut nicht an Ihnen auslassen sollen. Normalerweise bin ich nicht so ...«

»Unausstehlich?«, schlug ich vor.

»Ich wollte sagen ›launisch‹, aber was auch immer Ihnen besser gefällt, Miss Theodora.«

Ich stöhnte. »Ich hätte Ihnen das nie verraten sollen. Können Sie mich nicht einfach Thea nennen, wie alle anderen auch?«

Das Grinsen, das er mir daraufhin schenkte, hätte nicht so sexy aussehen sollen. »Und diese Zornesfalte zwischen deinen Augenbrauen verpassen? Nope. Theodora macht viel mehr Spaß. Du darfst mich auch Owen nennen.«

Ungläubig starrte ich ihn an. »Wie alt bist du, zwölf?«

»Manchmal.«

Ich seufzte, konnte aber ein kleines Schmunzeln nicht unterdrücken. »Okay, Entschuldigung akzeptiert. Aber fürs Protokoll – der Kaffee-Vorfall war ein einfaches Missverständnis und letzte Nacht ... Nun, es ist nicht meine Schuld, dass dich niemand informiert hat.«

»In Ordnung. Also, Miss Theodora, möchtest du Tee?«

»Thea. Immer noch«, brummte ich, nickte jedoch. »Aber ja, das wäre toll, danke.«

»Okay, *Thea*. Komm mit.«

Ohne sich umzuschauen, ging er direkt auf die Küche zu. Da ich mir nicht sicher war, ob ich es schaffen würde, keine erneute Diskussion anzufangen, wenn ich noch einmal den Mund aufmachte, folgte ich ihm schweigend.

Obwohl ich gestern schon kurz hineingespäht hatte, war ich überrascht, wie geräumig die Küche war. Die Schränke waren hellgelb gestrichen und es gab Arbeitsplatten aus Kirschholz. Herd, Spülmaschine und Küche waren überraschend modern, während die zusammengewürfelten bunten Stühle, die um einen langen Tisch standen, eher den Eindruck machten, als hätte man sie auf einem Flohmarkt gefunden. Es hätte völlig chaotisch aussehen sollen, aber stattdessen wirkte es heimelig und gemütlich.

»Du kannst dich hinsetzen. Es ist nur Tee, nichts Besonderes.«

»Oh, äh, nein. Danke, ich kann mich auch selbst darum ...«

»Entspann dich, ich werde dich nicht vergiften«, unterbrach er mich. »Setz dich.«

»Da bin ich mir nicht so sicher«, brummte ich, zog mir jedoch einen Stuhl heran und setzte mich rücklings darauf, sodass ich die Unterarme auf der Lehne abstützen und mein Kinn obenauf legen konnte. »Immerhin warst du gestern ziemlich sauer, mich hier anzutreffen. Du hättest mich umbringen können.«

»Und trotzdem lebst du noch.«

»Gerade so.«

Er schnaubte. »Wenn ich dich töten wollte, hätte ich es mit einer ausgeklügelteren Methode getan. Zum Beispiel hätte ich dich von einer Klippe ins Meer werfen können oder so.«

»Sehr beruhigend, danke«, gab ich trocken zurück.

»Gern geschehen.« Einer seiner Mundwinkel hob sich, während er den Wasserkocher unter dem Wasserhahn füllte.

Ich beobachtete ihn dabei, wie er zu einem der Hängeschränke ging, sich zwei Becher griff und dann eine Schublade öffnete, die mit verschiedenen Teesorten gefüllt zu sein schien.

»Welchen willst du?«

»Den rosafarbenen!«

Mit einer hochgezogenen Augenbraue blickte Owen von mir zum Tee und dann zu den beiden Bechern vor ihm, einer rosa und einer weiß. »Ich meinte eigentlich, welchen Tee du willst. Aber ich hätte wohl vorhersehen können, dass du den rosafarbenen willst.«

»Bei dir klingt es, als wäre das etwas Schlechtes«, beschwerte ich mich. »Rosa ist die Farbe der Liebe.«

Owen schnaubte spöttisch. »Ich dachte, das wäre Rot.«

»Rosa ist auch dafür bekannt, Aggression und Wut zu lindern, also solltest du vielleicht lieber den rosa Becher nehmen«, sagte ich lauter.

»Willst du damit andeuten, dass ich ein Aggressionsproblem habe?«

»Überhaupt nicht«, antwortete ich und schenkte ihm ein süßliches Lächeln. »Warum sollte ich so etwas denken? Du warst schließlich gestern der Charme in Person.«

Er verdrehte die Augen. »Wie auch immer. Ich trinke meinen Tee sicher nicht aus einer dämlichen rosa Tasse, nur damit du es weißt.«

»Sie ist nicht dämlich.«

»Du hast gerade gesagt, es würde meine Wut lindern.«

»Nein, ich sagte, es ist bekannt dafür. Aber ich bezweifle, dass es Wunder wirken kann.« Gott, dieser Mann war unglaublich. Ich hatte keine Ahnung, warum er mir dermaßen unter die Haut ging, aber jedes Mal, wenn er etwas sagte, hatte ich das Gefühl, er tat es nur, um mich zu ärgern.

Er öffnete den Mund, zweifellos um einen weiteren Streit zu beginnen, wurde aber durch das Pfeifen des Wasserkessels unterbrochen. Mit einem letzten Blick in meine Richtung nahm er das Wasser und füllte die beiden Becher.

»Also«, begann er, als er mir die rosa Tasse reichte. »Was sind deine Pläne für den Tag? Irgendwelche Besichtigungen oder ...«

Mit einem dankbaren Blick nahm ich den Becher entgegen und schloss beide Hände darum. »Ich bin hier, weil eine Freundin von mir hier heiraten will und sie

Hilfe bei der Planung braucht. Was mich daran erinnert ...« Ich atmete tief durch, bevor ich weitersprach. »Ich würde die Verlobungsfeier gern hier im B&B stattfinden lassen. Es wäre der –«

»Nein.«

»Was?« Verdattert sah ich ihn an.

»Nein. Das wird nicht passieren.« Er nahm einen Schluck von seinem Tee und wirkte dabei völlig gelassen, als würde er nicht gerade sämtliche meiner Pläne durchkreuzen.

»Aber warum nicht? Das B&B wäre perfekt dafür.«

»Weil ich es nicht vermieten werde. Vor allem nicht für irgendeine Party.«

»Aber –«

»*Ganz besonders nicht* für eine Hochzeitsfeier.«

»Es ist keine Hochzeitsfeier, es ist eine Verlobungsfeier.«

»Das ist dasselbe.«

»Ist es nicht! Aber selbst wenn es so wäre, das B&B ist perfekt für beides, deshalb würde ich gern –«

»Was an dem Wort ›Nein‹ verstehst du nicht?«, fuhr Owen mich an.

»Das ist keine vernünftige Antwort«, beschwerte ich mich.

»Ich versuche nicht, vernünftig zu sein. Die Antwort lautet Nein.«

Ich würde ihn umbringen. Ganz langsam. Und es würde mir ein teuflisches Vergnügen bereiten.

»Komm schon«, stöhnte ich.

»Das wird nicht passieren. Du kannst sagen, was du willst, aber meine Antwort wird sich nicht ändern.«

»Aber warum nicht?«, hakte ich nach. Mir war klar, dass ich stur und uneinsichtig wirken musste, aber hier ging es nicht um irgendeine unbedeutende Kleinigkeit. Das war die Hochzeit und Verlobungsfeier meiner besten Freundin, und ich würde alles daransetzen, dass beides so perfekt wie menschenmöglich sein würde. »Es wäre der perfekte Ort. Elena ist in Upper Hillford aufgewachsen. Außerdem hat das B&B alles, was es für eine solche Party braucht – die geräumige Küche für das Catering, genügend Platz für die Gäste und es ist gleichzeitig exklusiv und besonders!«

»Das B&B ist nicht der einzige Ort in dieser Stadt, an dem man ... *so was* machen kann«, gab er zurück, und ja, er mochte damit recht haben, aber –

»Ich bin mir absolut sicher, dass wir nichts Besseres finden werden als das hier!«, widersprach ich vehement. »Es passt perfekt zu Els Vorstellungen und –«

»Muss ich mich wirklich wiederholen? Oder hat der rosa Becher nicht wie vorgesehen funktioniert?« Spöttisch hob Owen eine Augenbraue, woraufhin ich mit den Zähnen knirschte.

»Das ist nicht lustig.«

»Das sollte es auch nicht sein.«

»Das ist lächerlich!«, fuhr ich ihn an.

»Weißt du was, Theodora, da du ein Problem zu haben scheinst, die englische Sprache zu verstehen, lass es mich ein bisschen anders formulieren. Das ist mein B&B. Du bist nur ein Gast, was bedeutet, dass ich dein Vermieter bin. Was ich sage, gilt.«

Finster kniff ich die Augen zusammen und starrte ihn mehrere Sekunden lang einfach nur an. Dann verzog ich die Mundwinkel zu einem Lächeln. »Das stimmt nicht ganz.«

Owen hob eine Augenbraue. »Wie bitte?«

»Das B&B gehört deiner Großmutter, Mirabel Stone, nicht dir. Du kümmerst dich nur darum, während sie im Krankenhaus ist. Also hast du eigentlich gar nichts zu sagen. Sie ist diejenige, die entscheidet.«

Noch bevor ich meinen Satz beendet hatte, wurde sein Gesichtsausdruck geradezu mörderisch. »Lass Nana aus dem Spiel«, warnte er leise, doch unser Streit hatte mich so weit getrieben, dass ich jeglichen Selbsterhaltungstrieb verloren hatte.

»Wir werden sehen«, gab ich nur zurück, erhob mich und stellte meine Tasse auf die Theke. Dann stürmte ich aus der Küche und schlug die Tür hinter mir zu.

So hatte ich mir dieses Gespräch nicht vorgestellt.

»Fuck«, fluchte ich leise.

Jetzt war meine Laune erst recht im Keller. Und daran war niemand anderes schuld als Mr Owen Stone persönlich. Mit einem tiefen Atemzug versuchte ich mich zu beruhigen. Ich würde ihm nicht das Vergnügen bereiten, mich scheitern zu sehen.

Bevor ich mir einen Schlachtplan überlegen konnte, riss mich das Bellen eines Hundes plötzlich aus meinen trübsinnigen Gedanken. Überrascht blickte ich auf und entdeckte den Golden Retriever, der auf mich zugerannt kam.

Ehe ich darüber nachdenken konnte, was ein Hund im Foyer des B&B machte, hatte er mich bereits erreicht und beschnüffelte mich zuerst neugierig, bevor er auffordernd meine Hand anstupste, wie um zu sagen: *Genug der Förmlichkeiten, streichle mich endlich!*

Lachend ging ich vor ihm in die Hocke und gab der Aufforderung nach. »Du bist ja ein ganz Hübscher. Bist du ganz allein auf Wanderschaft?«, fragte ich ihn, woraufhin ein erneutes Bellen ertönte, was sowohl Ja als auch Nein bedeuten konnte.

»Keine Sorge, die kleine Schleimerin ist nicht allein. Guten Morgen, Thea, du siehst heute besonders hübsch aus.«

Mit hochgezogenen Augenbrauen hob ich den Kopf und entdeckte Henry in der Eingangstür. In einer Hand hielt er eine Leine, in der anderen etwas, das aussah wie ein ganzes Stück Gouda. Sein dunkles Haar war windzerzaust und hing ihm etwas zu lang ins Gesicht, doch es ließ ihn mit den funkelnden Augen und dem charmanten Grinsen nicht weniger attraktiv wirken.

»Hey, Henry«, begrüßte ich ihn, während ich den Hund weiterkraulte. »Deiner?«

Stolz lächelnd nickte er. »Darf ich vorstellen, Anna von Kleve, die Zweite, aber Freunde dürfen sie Annie nennen.« Er zwinkerte, und ich musste lachen, als die Hündin bei ihrem Namen prompt den Kopf hob.

»Anna von Kleve«, wiederholte ich fragend. »Der Name kommt mir bekannt vor, aber ich habe keine Ahnung, woher.«

»Das war die vierte Frau von Heinrich VIII.«, erklärte Henry grinsend.

»Der Typ mit den vielen Ehefrauen.« Ich nickte verstehend. »Interessante Wahl für einen Hundenamen.«

»Er passt«, gab er kryptisch zurück, bevor er mich musterte. »So hübsch du auch aussiehst, irgendetwas stimmt nicht, habe ich recht?«

»Nein, alles in Ordnung«, sagte ich ein wenig zu schnell. Es war nicht so, dass ich Henry nicht mochte, aber Probleme besprach ich grundsätzlich mit niemandem. Selbst vor meinen Angestellten hatte ich den Hang, mir keine Blöße geben zu wollen und alle Schwierigkeiten selbst zu lösen.

Er runzelte die Stirn. »Hast du dich mit Owen gestritten?«

»Nein«, log ich.

»Wirklich? Denn ich hatte gestern schon den Eindruck, dass ihr nicht sehr gut miteinander auskommt.«

»Oh, das ist dir auch aufgefallen, was?« Ich seufzte und fuhr mir mit einer Hand durch die Haare. »Keine Sorge. Das ist kein Problem. Du ... ähm ... du kennst nicht zufällig einen guten Ort, um eine Verlobungsparty zu veranstalten?« Auch wenn ich es nur ungern zugab, musste ich für den Ernstfall gewappnet sein und mich nach Alternativen umschauen. Nicht, dass ich vorhatte aufzugeben, aber ... nur für den Fall.

Verständnis zeichnete sich auf Henrys Gesicht ab. »Darüber habt ihr euch gestritten?«

»Wir haben uns nicht gestritten.« Ich hatte keine Ahnung, warum ich log. »Wir waren einfach nur ... nicht einer Meinung.«

»Klar, das ist natürlich etwas ganz anderes.« Henry schüttelte grinsend den Kopf und biss noch einmal von seinem Stück Käse ab. »Vielleicht hast du Glück im *White Willow*, dem alten Pub an der Hauptstraße. Ich kenne den Besitzer, also könntest du wahrscheinlich sogar einen Rabatt bekommen.«

Erleichtert lächelte ich und erhob mich, während Annie zurück zu ihrem Herrchen rannte. »Das wäre perfekt.«

***

»Als du gesagt hast, du kennst den Besitzer, habe ich nicht gedacht, dass *du* der Besitzer bist.«

Henrys breites Grinsen war beinahe ein wenig beunruhigend. Aber der Mann war so euphorisch, dass er geradezu Sonnenschein und Regenbogen ausstrahlte. Er war der Inbegriff eines Golden Retrievers, der auf ein Lob wartete.

»Gefällt es dir?«, fragte er, und ich konnte seinen Blick auf mir spüren, während ich mich nachdenklich umsah. Das White Willow war kein typischer englischer Pub, das musste man ihm lassen. Es gab zwar die charakteristische Bar, dunkle Möbel und Holzsäulen, doch dort endeten auch schon die Gemeinsamkeiten. Die Wände waren in einem dunklen Rot gestrichen, und an der Wand gegenüber der Bar gab es einen riesigen Kamin. Eine große Fensterfront ließ Tageslicht herein und bot einen hübschen Blick auf die Hauptstraße von Upper Hillford. Hinter der Bar hing das Bild einer riesigen Weide, das so realistisch war, das man beinahe glaubte, die Zweige im Wind rascheln zu hören.

Anstelle einfacher Stühle standen rund um die Tische Sofas und Sessel in verschiedenen Farben und Formen. Der ganze Raum war irgendwie chaotisch und gemütlich zugleich.

Am anderen Ende des Raums war ein Teil mit viereckigen Säulen abgetrennt und ich konnte zwei Billardtische und Dartscheiben erkennen.

»Es ist ziemlich cool«, sagte ich, und es war nicht einmal eine Lüge, obwohl mein Tonfall zurückhaltend blieb. Eine Verlobungsparty konnte ich mir an diesem Ort nur nicht vorstellen. So gemütlich es auch war, es war ebenfalls ziemlich düster und vollgestopft, was zum Charme des Pubs beitrug, aber nicht für die Party geeignet war, die ich mir vorstellte. Außerdem wollte ich das B&B immer noch nicht aufgeben.

Tief in meinem Herzen wusste ich, dass das hier nicht der richtige Ort war.

»Ich spüre ein Aber«, scherzte Henry, und meine Mundwinkel zuckten.

»Aber«, sagte ich nickend. »Es ist nicht das Richtige. Tut mir leid.«

Er ließ ein tiefes Seufzen hören, lächelte jedoch immer noch. »Solange du mein Baby nicht per se furchtbar findest, verzeihe ich dir«, erklärte er theatralisch und legte sich eine Hand auf die Brust.

Ich schnaubte belustigt. »Nein, es ist wirklich gemütlich.«

Henry entspannte sich. »Weißt du, wenn du das Ivy Cottage für Elenas Verlobungsfeier willst, solltest du versuchen, Mirabel selbst zu überzeugen.«

»Daran habe ich auch schon gedacht«, gab ich zu. »Aber ist es nicht ein wenig ... dreist, eine alte Dame im Krankenhaus zu überfallen?«

»Normalerweise würde ich sagen, du solltest sie einfach anrufen, aber sie nimmt keinen Anruf von unbekannten Nummern an.«

»Kann ich ihr nicht verdenken«, murmelte ich mit einem kleinen Lächeln.

»Erzähl ihr von Elena, ihrer Hochzeit und dem Ivy Cottage und sag ihr, dass Elena von ihrer Hochzeit träumt, seit sie ein kleines Mädchen war«, schlug Henry vor. »Damit kriegst du sie bestimmt.«

»Dann sage ich ihr auch gleich, dass ihr Enkel ein Arsch ist, der mich die Location aus reiner Sturheit nicht benutzen lässt«, schloss ich.

Henry gluckste.

»Ich mache keine Witze«, murrte ich mit finsterem Gesichtsausdruck.

»Natürlich nicht«, erwiderte er grinsend. »Aber ich denke wirklich, dass du mit ihr reden solltest. Du kannst ihr ein paar Blumen oder Pralinen oder so mitbringen.«

»Ich will nicht, dass sie denkt, ich würde versuchen, mir etwas zu erkaufen«, protestierte ich.

»Dann sag ihr, dass sie von Elena sind.«

»Aber –«

»Ich hole dir die Blumen«, bot Henry an und stand auf.

Ich stöhnte. »Warum tust du das? Warum hilfst du mir?«

»Weil ich es nicht mag, wenn Leute unglücklich sind. Oh, und Owen, das ist ein weiterer Grund. Nur weil er – für was? ein paar Tage? – wieder hier ist, heißt das nicht, dass er andere Leute herumkommandieren kann.«

Ich hob die Augenbrauen. »Und ich dachte, ihr wärt befreundet oder so was.«

»Oder so was«, bestätigte Henry mit einem Grinsen. »Keine Sorge, er wird darüber hinwegkommen.«

»Was macht dich da so sicher?«

»Na, er hat keine Wahl, oder?«

»Er kann aber Nein sagen«, murmelte ich. »Er *hat* schon Nein gesagt.«

»Aber nicht mehr lange. Nicht, wenn Mirabel Wind davon bekommt. Vertrau mir, er wird vernünftig werden.«

Ich schnaubte. »Ich hoffe, du hast recht.«

Kapitel 6

Owen

Lange nachdem Thea die Küche verlassen hatte, zitterte mein Körper immer noch vor Wut. Ich hatte wirklich versucht, ruhig zu bleiben, aber das Gesprächsthema hatte dabei nicht im Geringsten geholfen.

Theas Reaktion war zu erwarten gewesen. Ihre Bitte jedoch nicht. Die hatte mich völlig aus der Bahn geworfen.

Sie hatte von einer Hochzeit gesprochen.

Einer *Hochzeit*.

Zur Hölle, die verfolgten mich wirklich. Die bloße Erwähnung des Wortes sandte eine Welle des Grauens durch meinen Körper und ließ meine Gedanken zu einer Zeit springen, die ich lieber vergessen würde.

Als meine Eltern noch hier gelebt hatten.

Als sie das B&B noch gemeinsam mit Nana geführt hatten.

Als alles noch ... anders gewesen war.

Damals war ich ein Teenager. Die Welt war für mich schwarz und weiß, ohne Grautöne. Es war eine einfachere Zeit. Aber selbst da wusste ich bereits, dass das

Leben kein Märchen war. Dass es so etwas wie ein Happy End nicht gab.

Dass kein Prinz darauf wartete, die Prinzessin zu retten.

Und keine Prinzessin den Prinzen retten konnte.

Meine Eltern hatten es versucht. Aber sie hatten versagt. Und sie waren daran zerbrochen.

Ich hatte die Lektion auf die harte Tour gelernt.

Es war nicht nötig, sie zu wiederholen. Oder anderen dabei zuzusehen, wie sie den größten Fehler ihres Lebens begingen.

Nein, das Ivy Cottage war keine Option für eine Hochzeit. Oder für eine Verlobungsparty. Weder jetzt noch sonst irgendwann.

Mit mehr Kraft als nötig knallte ich die beiden Tassen in die Spüle, bevor ich die Küche verließ. Ich hatte heute Morgen eine ausgedehnte Joggingrunde unternommen, doch schon jetzt spürte ich wieder das Bedürfnis, mich zu bewegen. Allerdings vermutete ich, dass das ein Nebeneffekt davon war, wieder hier zu sein – in dieser Stadt, in diesem B&B. Je länger ich hier blieb, desto mehr schienen mich die Erinnerungen zu überwältigen.

Mit einem Stöhnen rieb ich mir über das Gesicht. Dann, ganz langsam, formte sich ein Gedanke in meinem Kopf. Jetzt, da Nana im Krankenhaus war, könnte dies der perfekte Zeitpunkt sein, sie endlich dazu zu überreden, das verdammte Ding zu verkaufen.

Eigentlich dachte ich, dass sie längst wenigstens einen Geschäftsführer eingestellt hatte. Doch vielleicht würde ihr der Herzinfarkt vor Augen führen, dass sie zu alt für das alles war.

Und wenn ich sie dann noch überzeugen könnte, sich an einem schöneren Ort niederzulassen, irgendwo, wo man sich so um sie kümmern würde, wie sie es verdiente, dann wäre das noch besser.

Eine Verbindung weniger zu einer Stadt, mit der ich absolut nichts mehr zu tun haben wollte.

Die Idee half mir, meine Nerven zu beruhigen.

Entschlossen schnappte ich mir meine Jacke von der Garderobe und ging zum Auto. Es würde nicht schaden, Nana mit ein paar Blumen und etwas Gebäck weichzuklopfen. Ihre Lieblingstörtchen gab es in der besten – und einzigen – Bäckerei von Upper Hillford. Das *Mayflour* befand sich direkt am Marktplatz, der von einem großen Springbrunnen dominiert wurde.

Das Innere des Ladens sah noch genauso aus wie vor zehn Jahren, als ich das letzte Mal hier gewesen war. Die Wände waren in einem weichen Pastellblau gestrichen, mit gerahmten Bildern alter Schiffe verziert, und die Regale bestanden aus dem gleichen Holz wie die Tische und Stühle. Vier Tische standen vor den breiten Fenstern, und es gab drei weitere in einer kleinen Ecke in der Nähe der Theke.

Für die frühe Tageszeit war die Bäckerei überraschend leer. Der vertraute Geruch von Backwaren stieg mir in die Nase, und mit einem Grollen erinnerte mich mein Magen daran, dass ich bisher nichts als Tee zu mir genommen hatte. Nachdenklich betrachtete ich die große Menütafel, die an der Wand hinter der Theke hing, als ein Keuchen erklang.

»Owen? Owen Stone?«

Einen Moment lang wusste ich nicht, woher die Stimme gekommen war, doch dann entdeckte ich in der Tür, die wohl nach hinten zur Küche führen musste, eine zierliche brünette Frau. Zuerst erkannte ich sie nicht, aber als sie um die Theke herum auf mich zukam, regte sich die Erinnerung.

Poppy Andrews hatte ihren Abschluss im gleichen Jahr wie ich gemacht und sogar die Abschlussrede gehalten. Ihrer Familie gehörte das *Mayflour*.

»Poppy. Hi.« Ein wenig unbeholfen streckte ich ihr meine Hand hin, aber sie ignorierte sie und zog mich prompt in eine Umarmung.

»Ich kann nicht glauben, dass du wieder hier bist! Ich meine, natürlich weiß ich, was mit Mirabel passiert ist, aber ... oh, es ist so schön, dich zu sehen!« Sie ließ mich los und trat ein paar Schritte zurück. Dann weiteten sich ihre Augen erschrocken. »Oh, tut mir leid, ich glaube, ich habe etwas Mehl auf dir verteilt.«

Ich schaute nach unten und entdeckte ein paar weiße Flecken auf meiner schwarzen Hose. »Ist schon in Ordnung, mach dir keinen Kopf.«

»Wirst du länger bleiben? Oder bist du nur zu Besuch?«, erkundigte sie sich, und ihr Lächeln kehrte zurück.

»Nur zu Besuch. Du weißt schon, um sicherzustellen, dass mit dem B&B alles in Ordnung ist«, log ich. Nana hatte mir erzählt, wie schwer es Poppy getroffen hatte, als ich Upper Hillford verlassen hatte. Nicht, weil wir damals zusammen gewesen waren oder etwas in der Art, sondern weil Poppy sich solche Dinge zu Herzen nahm. Das hatte sie schon immer. Poppy war der Typ Mensch, der sicherstellen wollte, dass alles in Ordnung und jeder glücklich war. Sie musste noch lernen, dass nicht alles repariert werden konnte. Ihr zuliebe hoffte ich, dass es noch lange dauern würde, bis die harte Realität sie einholte. Aber das Letzte, was ich wollte, war, bei ihr Hoffnungen zu wecken und sie glauben zu lassen, dass ich längerfristig in Upper Hillford war.

Das war ich nicht.

Das konnte ich nicht.

»Mirabel muss das Cottage schrecklich vermissen! Ich glaube nicht, dass sie je länger als einen Tag davon weg gewesen ist. Warst du sie schon besuchen? Wie geht es ihr?«, fragte Poppy nun besorgt.

»Gestern, als ich angekommen bin«, bestätigte ich. »Es geht ihr so weit ganz gut, aber ich konnte noch mit keinem Arzt sprechen. Ich wollte gerade wieder zu ihr. Hast du noch ein paar dieser Obsttörtchen, die sie so mag?«

Eifrig nickte sie. »Klar doch! Und ich gebe dir noch ein paar andere Teilchen mit. Sieh es als Willkommensgeschenk für dich und als Genesungswünsche für Mirabel an.«

»Danke, das ist wirklich nicht nötig ...«, begann ich, doch sie unterbrach mich fast augenblicklich.

»Doch, das ist absolut nötig. Ich hole sie für dich. Setz dich ruhig. Heute ist nicht so viel los, und du hast freie Platzwahl. Bin gleich zurück!« Damit wirbelte sie herum und eilte hinter die Theke.

»Lass dir Zeit«, rief ich ihr nach. »Ich habe keine Eile.«

Sobald sie verschwunden war, ließ ich meinen Blick durch die kleine Bäckerei schweifen. Vage erinnerte ich mich daran, dass Nana irgendwann erwähnt hatte, dass Poppy sie früh von ihren Eltern übernommen hatte. Hier und da entdeckte ich Spuren ihrer Persönlichkeit: Eine große Keksdose in Form einer blauen Telefonzelle, der TARDIS, und die Kreidetafel, auf der früher altbackene Glückskekssprüche standen, zierte nun das leicht abgewandelte Portal-Zitat »The cake is (not) a lie«. Tief im Inneren war Poppy anscheinend immer noch ein Nerd. Der Gedanke brachte mich unwillkürlich zum Lächeln.

»Owen Stone. Dass es dich noch mal hierher verschlägt, hätte ich nicht gedacht. Verdammt, das heißt, ich schulde Henry zehn Pfund!«

Beim Klang der männlichen Stimme drehte ich mich um. Ein Mann in Polizeiuniform stand am Eingang der Bäckerei und starrte mich ungläubig an. Im ersten Moment hielt ich ihn für irgendeinen Bewohner Upper Hillfords, der einfach nur sein Erstaunen ausdrückte, mich zu sehen. Der Himmel wusste, es hatte mehr als nur ein paar verwirrte Blicke in meine Richtung gegeben, als ich über den Marktplatz gegangen und in die Bäckerei gekommen war, doch zumindest hatten die sich zurückgehalten. Vielleicht, weil sie von Nanas Krankenhausaufenthalt wussten – oder meine finstere Miene sie abgeschreckt hatte. Wer wusste das schon. Aber dann erkannte ich den Mann vor mir.

»Colten! Verdammt, du hast dich definitiv verändert.« Von dem dürren Kerl, der er gewesen war, als ich ihn das letzte Mal gesehen hatte, war kaum noch etwas zu erkennen. Er war immer noch groß, aber kein bisschen schlaksig mehr. Von dem lispelnden, eher zurückhaltenden Jungen, der Henry und mir während unserer Schulzeit nachgelaufen und am Ende doch meistens bei Poppy hängen geblieben war, schien nichts mehr übrig zu sein. Stattdessen füllte er seine Uniform gut aus. Er hatte eher die Statur eines Läufers als die eines Bodybuilders. Sein Gesicht war schärfer geschnitten, seine dunklen Haare hingen ihm ein wenig zu lang über der Stirn. Aber das Lächeln, das er mir schenkte, war das gleiche, wenn auch etwas müder.

Da erst registrierte ich seine Worte. »Ihr habt gewettet, ob ich noch mal herkomme?«

Sein Lächeln verwandelte sich in ein jungenhaftes Grinsen, und er hob eine Schulter. »Tja, nun, was soll ich sagen. Ein bisschen Unterhaltung braucht jeder.«

Kopfschüttelnd setzte ich zu einer Erwiderung an, doch in dem Moment steckte Poppy ihren Kopf durch die offene Tür der Küche. »Ich bin gleich bei dir, Colt!«

Colten lächelte sie an. »Keine Eile«, sagte er, bevor er sich wieder an mich wandte. »Ich schätze, du bist wegen Mirabel hier?«

Ich nickte. »Und du?« Ich schaute mich kurz um und bemerkte, wie Poppy die Röte ins Gesicht schoss, als sie erneut aus der Küche zu uns herüberspähte. »Du bist vermutlich wegen Poppy hier?«

Coltens Lächeln wurde breiter. »Ja, sie macht die allerbesten Pasteten.«

»Pasteten.« Ich warf ihm einen wissenden Blick zu. »Klar.«

»Oh, halt die Klappe.« Colten stieß mir einen Ellenbogen in die Seite.

»Nein, nein, ich versteh schon. Wer mag keine guten Pasteten«, sagte ich und meine Mundwinkel zuckten.

»Eben! Außerdem bin ich verlobt.«

Ach herrje. Unwillkürlich spürte ich meine Gesichtszüge entgleisen, bevor ich es schaffte, mich wieder zu beherrschen. »Natürlich bist du das. Glückwunsch«, brachte ich hervor. »Wie lange hast du gebraucht, bis du Poppy endlich gefragt hast?« Die beiden waren bereits seit ihrer Geburt unzertrennlich gewesen, daher hätte mich Coltens Aussage nicht überraschen sollen.

»Was?« Er warf mir einen verwirrten Blick zu, bevor er begriff und grinsend den Kopf schüttelte. »Nein. Du und deine seltsamen Vorstellungen. Nicht Pops. Ich meine, sie ist großartig, sie ist schließlich meine beste Freundin! Aber nein.«

Aus dem Augenwinkel sah ich, wie Poppy, die gerade mit einer Papiertüte aus der Küche kam, bei seinen Worten zusammenzuckte. Ich hob die Augenbrauen. Damit hatte ich nicht gerechnet. Jeder in Upper Hillford hatte Wetten abgeschlossen, wie lange es dauern würde, bis die beiden endlich zusammenkamen. »Na ja, trotzdem meinen Glückwunsch.«

Poppys Ankunft bewahrte mich davor, mehr unangenehme Fragen zu dieser Hochzeit mit einer Unbekannten stellen zu müssen. »Hier, bitte«, sagte sie mit einem breiten Lächeln, das ihre Gefühle in keiner Weise verriet. Ich konnte nicht anders, als sie dafür zu bewundern.

Colten beugte sich vor und gab ihr einen Kuss auf die Wange. »Danke, Pops, du bist die Beste. Bis später!« Er drehte sich um und klopfte mir auf die Schulter. »Wenn du Zeit hast, lass uns auf einen Drink treffen, ja?«

»Sicher«, murmelte ich, meine Augen immer noch auf Poppy gerichtet, der es mit jeder Sekunde schwerer fiel, ihr Lächeln aufrechtzuhalten.

»Geht es dir gut?«, fragte ich, sobald Colten, der anscheinend nichts bemerkt hatte, gegangen war.

Poppy wandte sich mir zu. Ihre Lippen zitterten leicht. »Sicher!«, sagte sie etwas zu laut. »Ich bin in einer Sekunde fertig, ich hatte ein paar Kekse, die noch abkühlen mussten, aber sie sollten jetzt in Ordnung sein. Ich werde einfach ...« Unbeholfen machte sie eine Handbewegung in Richtung Küche.

»Nimm dir so viel Zeit, wie du brauchst«, sagte ich leise, und als sie wieder zusammenzuckte, wusste ich, dass sie die Doppeldeutung meiner Worte verstanden hatte.

»Es ist nicht –«, begann sie, aber ich hob meine Hand, um sie zu unterbrechen.

»Ich will mich nicht einmischen, Poppy. Wir müssen nicht darüber reden.« Upper Hillford konnte ich zwar nicht ausstehen, doch dafür konnte sie am allerwenigsten. Von allen Bewohnern war Poppy mir neben Nana immer noch eine der liebsten, und sie so zu sehen, schmerzte. Aber es bestätigte auch einmal mehr, dass die Liebe einfach nicht das einzig Wahre war, als das die Popkultur und Filmindustrie sie darstellten. Manchmal war sie eben einfach nur verdammt schmerzhaft.

»Danke.« Sie atmete zittrig aus. »Ich hole dir dein Gebäck. Tut mir leid, dass du warten musstest.«

»Kein Problem.«

Ein paar Augenblicke später kehrte Poppy mit einer großen Schachtel und einer kleinen Papiertüte zurück. »Hier. Die Törtchen sind ganz frisch.«

»Danke, Poppy. Wirklich.«

Sie winkte ab. »Das war doch nur eine Kleinigkeit.«

»Nicht deshalb. Dafür, dass du nicht versuchst, mich zum Bleiben zu überreden«, sagte ich ernst, denn damit hatte ich eigentlich gerechnet. »Also danke, dass du mich nicht gedrängt hast.«

Poppy legte mir eine Hand auf den Oberarm und drückte ihn leicht. »Dafür musst du mir nicht danken. Außerdem ist es nicht meine Aufgabe, dir zu sagen, was du tun sollst. Du wirst hier immer ein Zuhause haben, Owen, auch wenn du es nicht zugeben willst. Auch wenn du noch nicht bereit dafür bist. Ich verstehe das. Wirklich.«

In meiner Kehle bildete sich ein Kloß, und das Schlucken fiel mir mit einem Mal schwer. Da mir nichts einfiel, was ich darauf erwidern konnte, schenkte ich ihr ein letztes, schwaches Lächeln, bevor ich mich umdrehte und ging.

Törtchen – erledigt. Nächster Halt: Blumen.

Mit der Tüte von der Bäckerei machte ich mich auf den Weg zum Blumenladen. Aber je näher ich kam, desto langsamer wurde ich, und als ich nur ein paar Schritte entfernt war, verweigerten meine Füße mir völlig den Dienst. Wie das *Mayflour* und eigentlich die meisten Gebäude in Upper Hillford war auch das *Bed of Roses* Teil meiner Vergangenheit.

Und diesmal waren die Erinnerungen bei Weitem nicht so angenehm wie leckeres Gebäck.

Mit einem Seufzen zwang ich mich, die Tür zu öffnen. Der Blumenduft erschlug mich beinahe, als ich den kleinen Verkaufsraum betrat. Überall, wo ich hinsah, waren fertig gebundene Sträuße und Vasen mit unterschiedlichen Blumen aufgestellt. Nur ein schmaler Pfad führte dazwischen hindurch und zur Theke, hinter der eine ältere Dame mit grau meliertem Haar saß.

Vorsichtig bahnte ich mir meinen Weg bis zu ihr. Dann räusperte ich mich leise.

»Guten Morgen, Mrs Daly.«

Die Frau hob den Kopf und starrte mich für ein paar lange Momente nur an. »Owen Stone«, sagte sie schließlich. Betreten verlagerte ich mein Gewicht von einem Fuß auf den anderen.

»Hallo«, wiederholte ich, unsicher, was ich sagen sollte. Verdammt, ich hatte schon die schwierigsten Kundengespräche ohne Probleme hinter mich gebracht, aber der Mutter meiner Ex-Freundin gegenüberzutreten war eine völlig andere Sache.

»Ich habe schon gehört, dass du wieder zurück bist«, sagte Mrs Daly und wandte sich wieder dem Blumenstrauß vor ihr zu.

»Nur, bis Nana wieder fit ist«, antwortete ich.

»Hmpf.«

»Haben Sie ein paar weiße Rosen? Sie sind Nanas Lieblingsblumen.«

»Weiß, rot, rosa, gelb, lila und sogar schwarz.«

Sie klang überraschend ruhig, sogar beinahe freundlich. Vielleicht waren zehn Jahre genug gewesen, um sie vergessen zu lassen, was zwischen mir und ihrer Tochter vorgefallen war. Erst dann erreichten ihre Worte mein Gehirn, und ich blinzelte. »Schwarz?«

Mrs Daly deutete auf einen Eimer mit Wasser hinter mir. Tatsächlich schwammen dort einige schwarze Rosen. »Neu«, erklärte sie. »Gestern erst reingekommen. Vielleicht hast du vor, wieder jemandem das Herz zu brechen. Dafür wären sie perfekt.«

Okay, vielleicht hatte sie nicht ganz vergessen, was passiert war.

»Es tut mir leid, Mrs Daly, ich –«

»Hör auf«, unterbrach sie mich. »Wir haben das schon besprochen. Wenn du dich entschuldigen willst, dann bei ihr, nicht bei mir.«

»Das habe ich schon.«

»Gut. Dann verschwinde jetzt aus meinem Laden.«

Stirnrunzelnd machte ich einen Schritt rückwärts. »Warte, Sie wollen mir keine Rosen verkaufen?«

»Warum sollte ich? Wenn du gehst, kann ich sie vielleicht jemand anderem verkaufen. Zum Beispiel einem netten Paar für deren Hochzeit. Du willst doch nicht irgendeiner jungen Frau ihr Glück kaputtmachen, oder?«

»Ich möchte Nana nur ein paar Blumen bringen.«

»Und ich möchte gern eine Tochter, die nicht zwei Jahre ihres Lebens einem Kerl hinterhergeweint hat, der sie von einem auf den anderen Tag ignoriert hat. Die nicht dermaßen das Vertrauen in die Liebe verloren hat, dass es vier Anträge ihres Verlobten gebraucht hat, bis sie endlich zugestimmt und nicht das Gefühl gehabt hat, er könnte jede Sekunde verschwinden. Aber wir bekommen eben nicht alle das, was wir uns wünschen«, gab sie scharf zurück, und ich zuckte so heftig zusammen, als hätte sie mich geschlagen.

»Ich ...«, begann ich, brach dann jedoch ab, weil ich nicht wusste, was ich darauf erwidern sollte. Hatte Stephanie tatsächlich so sehr gelitten, oder übertrieb Mrs Daly, um mir ein schlechtes Gewissen zu machen? Es wäre ihr zuzutrauen. Sie war schon damals nicht mit unserer Beziehung einverstanden gewesen. Trotzdem traf mich der Gedanke, meine Ex-Freundin mehr verletzt zu haben, als ich geahnt hatte.

»Ich könnte später wiederkommen, wenn Sie mehr Zeit haben«, versuchte ich es ein letztes Mal, während ich einen weiteren Schritt rückwärts machte.

»Ich hoffe nicht.«

Selbst ich begriff, wenn ich keine Chance hatte. »In Ordnung. Auf Wiedersehen«, seufzte ich.

Auf dem Weg nach draußen stieß ich fast mit Henry zusammen. »Wow, tut mir leid, Mann, ich habe dich nicht gesehen!«

Überrascht hob ich die Augenbrauen. »Du, in einem Blumenladen? Hast du nicht mal gesagt, du hättest keine Verwendung für ›Unkraut in Vasen‹?«

Henry lachte. »Daran erinnerst du dich? Und ja, das ist immer noch wahr, aber wer sagt, dass die Blumen für mich sind? Ich bin nur hier, um die Damen glücklich zu machen.« Er zwinkerte, bevor er sich an mir vorbeischob und zu Mrs Daly ging. Jetzt lächelte sie natürlich so breit, als wäre James Corden, ihr Lieblings-Talkshow-Host, gerade hereingekommen. Da ich keine Lust hatte, dabei zuzuhören, wie sie und Henry plauderten, ging ich. Ich würde ohne Blumen zu Nana gehen und hoffen, dass die Törtchen sie positiv genug stimmten, um sich meinen Vorschlag anzuhören.

***

Zwanzig Minuten später öffnete ich die Tür zu Nanas Zimmer. Als sie mich sah, schenkte sie mir ein breites Lächeln und streckte die Arme nach mir aus.

Bereitwillig ließ ich mich in eine Umarmung ziehen, ehe ich sie losließ und nach meinen Mitbringseln aus der Bäckerei griff, die ich auf dem kleinen Tisch an der

Wand abgestellt hatte. »Hier. Mit den besten Genesungswünschen von Poppy. Und mir natürlich.«

»Oh, das sind meine Liebsten. Du hast ihr natürlich gedankt, hoffe ich?«

»Natürlich.«

»Das ist mein Junge.« Mit leuchtenden Augen zog sie sich ein Törtchen und eine der Servietten hervor, die Poppy in weiser Voraussicht miteingepackt hatte, und biss hinein. Genießerisch seufzte sie. »Köstlich! Möchtest du auch eins?«

Ich schüttelte den Kopf. »Kein Hunger«, murmelte ich, während ich überlegte, wie ich mein Anliegen am besten vorbringen sollte.

Nana hob die Brauen und legte ihr angebissenes Törtchen auf der Serviette ab. »Was ist los, Owen? Ich kann doch sehen, dass dir etwas auf dem Herzen liegt.«

Prompt setzte ich mich ein wenig aufrechter hin. »Du hast recht, ich wollte etwas mit dir besprechen. Ich möchte, dass du das B&B verkaufst.«

Sie kniff die Augen zusammen. »Nein.«

»Wie, nein? Einfach so? Ich war noch gar nicht fertig.«

»Spielt keine Rolle. Die Antwort lautet trotzdem Nein.«

»Du hast noch nicht einmal darüber nachgedacht!«, entgegnete ich stirnrunzelnd.

»Was gibt es da nachzudenken?«

»Nana, komm schon. Denk einmal darüber nach. Du bist sechsundachtzig. Ich weiß, dass das B&B dein Baby ist, aber du musst an deine Gesundheit denken. Du kannst nicht für immer allein im Cottage leben, und du weißt, dass ich mich nicht darum kümmern kann, wenn du stirbst.«

»Du kannst nicht oder du willst nicht?«, fragte sie. »Außerdem habe ich nicht vor, in absehbarer Zeit zu sterben.«

»Du weißt, dass du darauf keinen Einfluss hast«, sagte ich leise und nahm erneut eine ihrer faltigen Hände in meine.

»Dass du meiner Frage ausweichst, akzeptiere ich nur, weil ich dich liebe, nur dass du's weißt. Trotzdem werde ich es nicht verkaufen.« Dabei schüttelte sie rigoros den Kopf.

»Nana, bitte.« Meine Stimme nahm einen flehenden Unterton an. Ich kannte ihre Sturheit – immerhin hatte sie mir mehr als nur ein wenig davon vererbt. Dennoch hoffte ich, dass sie Vernunft annehmen würde.

»Nein.« Sie zog sich die Papiertüte näher heran und holte ein weiteres Fruchttörtchen heraus. »Die riechen mindestens genauso gut, wie sie schmecken, findest du nicht?«

Ich seufzte leise, unwillig, den Themenwechsel zu akzeptieren. »Nana.«

»Owen, hör auf. Es gibt keinen Grund, zu streiten. Ich werde das Cottage nicht verkaufen«, nuschelte sie um einen Bissen ihres Törtchens herum.

Frustriert ließ ich ihre Hand los und warf die Arme in die Luft. »Was ist dann dein Plan für die Zukunft? Wie lange kannst du noch so weiterarbeiten? Ich kann das Geld, das ich dir schicke, erhöhen, du könntest einfach … entspannen und deine Tage genießen.«

Augenscheinlich belustigt hob sie eine Braue. »Glaubst du, ich genieße meine Tage nicht? Ich würde dieses B&B nicht betreiben, wenn ich es nicht genießen würde.«

»Mag sein, aber ...«

»Du verstehst es nicht, mein Junge, und ich erwarte auch nicht, dass du es tust«, entgegnete sie leise, schob die Papiertüte beiseite und zerknüllte die Serviette. Ohne dass sie etwas sagen musste, stand ich auf und schüttelte ein Kissen auf, um es ihr hinter den Rücken zu stecken, damit sie es bequemer hatte.

»Aber ich will es verstehen! Es ist nur ein Haus, ein dummes, altes Haus! Warum ist es dir so wichtig?«, brach es aus mir heraus, sobald ich mich wieder auf den Stuhl neben ihrem Bett gesetzt hatte.

Nana schüttelte den Kopf und lächelte traurig. »Ivy Cottage ist nicht nur ein Haus. Es war nie einfach nur das. Für mich ist es ein Symbol.«

»Ein Symbol für was?«, fragte ich ungläubig.

»Ein Symbol des Lebens, des Glücks, eines Zuhauses. Ein sicherer Hafen. Ich weiß, für dich ist es schwer zu verstehen, aber ich war dort am glücklichsten. Es bricht mir jedes Mal das Herz, wenn ich mich daran erinnere, dass es für dich nie so war.«

»Es ist nur ein Haus«, argumentierte ich. »Du könntest ein anderes bauen. Irgendwo anders. Ich helfe dir!«

»Es gibt kein Haus wie das Ivy Cottage. Nicht für mich. Und selbst wenn ich das Geld hätte, um ein neues zu bauen, würde ich es nicht tun. Ich würde die Erinnerung daran nicht so verraten. Nein. Und damit basta.«

»Nana, komm schon, bitte. Wir können so nicht weitermachen.«

»Vielleicht können wir das nicht. Aber ich gebe das B&B nicht auf.«

Ich stöhnte. »Nana, du hörst mir nicht zu.«

»Du bist derjenige, der nicht zuhört. Ich werde meine Meinung nicht ändern. Dieser Ort bedeutet mir alles.«

»Also schön. Können wir es dann wenigstens so lange für Gäste schließen, bis du wieder … bis du wieder auf den Beinen bist?«

»Schließen?«, fragte sie empört und riss die Augen auf. »Das Ivy Cottage war seit seiner Eröffnung 1931 nicht einen Tag geschlossen, und damit werden wir jetzt nicht anfangen! Außerdem haben wir doch seit heute einen Gast. Oder hat sie ihre Buchung storniert?«

Beim Gedanken an ebenjenen *Gast* verzog ich missmutig das Gesicht. »Nein, sie ist da. Aber sie bekommt ohnehin kein Frühstück und im nächsten Ort wird sicher –«

»Kein Frühstück? Owen Stone, welches Bed and Breakfast bietet denn kein Frühstück an! Du wirst das auf der Stelle ändern!«

Ganz sicher nicht, lag mir bereits auf der Zunge, doch als ich Nanas Blick sah, schluckte ich die Worte herunter.

»Von mir aus«, knurrte ich und erhob mich abrupt. »Dann ist es eben so. Ich werde gehen.«

»Owen«, rief sie, aber ich drehte mich nicht noch einmal zu ihr um.

»Ich komme morgen wieder. Vielleicht bist du dann vernünftiger.« Man konnte schließlich hoffen.

»Owen«, wiederholte sie, und ich konnte den Schmerz in ihrer Stimme hören. Aber ich ignorierte ihn. Das musste ich. Denn je länger ich blieb, je länger ich ihren Argumenten zuhörte, desto schlechter fühlte ich mich.

Ich musste hier raus. Ohne darauf zu achten, wohin, lief ich durch die Krankenhausflure, mit den Gedanken noch immer bei Nana.

Warum musste sie so stur sein?

Warum zog sie dieses Cottage ihrer eigenen Gesundheit vor?

Ich war so tief in Gedanken versunken, dass ich nicht bemerkte, wie sich eine Tür rechts von mir öffnete und ich mit etwas kollidierte. Erschrocken riss ich die Arme nach vorne, um die Person davon abzuhalten, zusammen mit mir das Gleichgewicht zu verlieren und auf dem Boden zu landen. Sobald ich den Kopf hob, wünschte ich allerdings beinahe, ich hätte es nicht getan. »Shit, tut mir leid, ich – Thea?!«

Thea.

Natürlich war es Thea.

Und es war nicht nur sie. In den Armen hielt sie einen Bund jetzt leicht zerquetschter weißer Rosen.

Einfach großartig.

Kapitel 7

Thea

Mit weit aufgerissenen Augen starrte ich Owen an, dann trat ich ein paar Schritte zurück und zog die Blumen schützend gegen meine Brust.

»Bist du mir gefolgt?«, verlangte ich zu wissen.

Owen sah mich finster an. »Wenn hier jemand des Stalkings beschuldigt werden könnte, dann ja wohl du. Was zum Teufel machst du hier? Spionierst du mir nach?«

»Dir nachspionieren?«, schnaubte ich. »Bild dir bloß nichts ein. Was glaubst du wohl, warum ich hier bin? Kleiner Tipp: Es liegt nicht daran, dass ich ein heißes Date mit einem Arzt habe.« Ich verdrehte die Augen, während sein Stirnrunzeln tiefer wurde.

»Du besuchst jemanden. Wen?«

»Nicht, dass es dich etwas angeht, aber ich besuche Mirabel Stone. Deine Großmutter.«

»Warum?«, fragte er mit finsterem Blick.

Ich hob eine Braue. »Auch das geht dich eigentlich nichts an, aber ich bin gekommen, um mit ihr über das Cottage zu sprechen.«

»Vergiss es.«

»Werde ich nicht.«

»Du wirst das Ivy Cottage nicht bekommen. Und du wirst nicht mit Nana sprechen. Sie erholt sich von einem Herzinfarkt, verdammt noch mal, du wirst sie nicht wegen irgendeines Hochzeitsunsinns belästigen!«

»Es ist eine Verlobungsparty! Und es ist auch nicht für mich! Es ist für meine beste Freundin, und sie hat davon geträumt, seit wir Kinder waren!«

»Sehe ich aus, als würde mich das interessieren? Und wenn es die Hochzeitszeremonie von König Charles selbst wäre, wäre es egal. Niemand wird das Ivy Cottage für irgendetwas nutzen. Keine Hochzeit, keine Verlobung, kein Geburtstag, nichts. Das ist mein letztes Wort!«

»Kannst du mich nicht einfach mit ihr reden lassen?« Ich schämte mich nicht zuzugeben, dass ich mittlerweile beim Betteln angelangt war. »Sie könnte deine Meinung ändern. Es ist schließlich ihr Eigentum. Bitte, lass es mich wenigstens versuchen.«

»Das werde ich nicht«, knurrte er, packte mich überraschend sanft an den Schultern und drehte mich um. »Geh jetzt.«

»Aber –«

»Jetzt. Oder ich rufe den Sicherheitsdienst.«

Ich stöhnte. »Du bist unmöglich. Weißt du das?«

»Noch mal: Sehe ich so aus, als ob es mich interessiert? Und außerdem sind die Blumen, die du da hast, jetzt ohnehin nicht mehr zu gebrauchen.«

»Ich hole einfach noch ein paar«, murmelte ich und weigerte mich aufzugeben.

»Geh«, knurrte Owen. »Und komm ja nicht wieder.«

Mit einem verärgerten Seufzer ging ich, ohne es zu wagen, noch einmal zu ihm zurückzuschauen. Auch so spürte ich seinen Blick auf meinem Rücken. Vermutlich wollte er sicherstellen, dass ich wirklich ging.

Verdammt. So viel zu der Idee, mit Mrs Stone zu sprechen.

Als ich aus dem Gebäude trat, traf mich eine frische Brise, und ich atmete tief ein. Die Luft war viel sauberer als der Smog, den ich aus London gewohnt war. Mit einem kleinen, traurigen Lächeln ließ ich meinen Blick über die Straße schweifen.

Das Städtchen war noch immer so idyllisch wie eh und je. Kein einziges Auto kam vorbei. Nur das gelegentliche Vogelzwitschern war zu hören, und selbst das klang weniger aggressiv als das Zwitschern in der Großstadt.

Mit einem Seufzer lief ich los, noch nicht ganz bereit, zurück zum B&B zu gehen. Ziellos wanderte ich durch die Straßen, während ich über einen Weg nachdachte, Owen davon zu überzeugen, mich das Ivy Cottage benutzen zu lassen. Aber bei jedem neuen Argument, das mir einfiel, konnte ich beinahe sofort seine tiefe Stimme in meinem Kopf hören, mit der er es zurückwies.

Es war frustrierend.

Am Ende hatte ich keine andere Wahl, als zu akzeptieren, dass meine Chancen, das B&B als Location zu bekommen, ziemlich gering waren. Ich könnte versuchen, mich an einem anderen Tag ins Krankenhaus zu schleichen, aber ich traute Owen zu, dass er den Sicherheitsdienst bereits darüber informiert hatte, dass ich eine Persona non grata war.

Für einen langen Moment rang ich mit mir, ob ich Elena anrufen und erzählen sollte, was bisher passiert war. Aber allein der Gedanke, ihr zu erklären, dass ich es nicht geschafft hatte, das B&B zu buchen, ohne gleichzeitig eine adäquate Alternative anzubieten, ließ meinen Magen sich zusammenziehen.

Mit einem Stöhnen sank ich auf eine nahe gelegene Bank.

Das war ein Albtraum.

Ein schrecklicher, schrecklicher Albtraum.

»Dem finsteren Ausdruck auf deinem Gesicht nach zu schließen vermute ich mal, dass aus dem Gespräch mit Mirabel entweder nichts geworden ist oder sie abgelehnt hat, obwohl ich mir das kaum vorstellen kann. Es sei denn, in der Zwischenzeit hat dich noch irgendetwas anderes verärgert?«

Ich zuckte zusammen und hob den Blick. Henry stand neben mir, ein leichtes Grinsen auf den Lippen, die Arme vor der breiten Brust verschränkt. Einen Moment später spürte ich eine kühle, feuchte Hundenase an meiner Hand, als Annie mich anstupste. Bereitwillig streichelte ich ihr durch das weiche Fell.

Unwillkürlich seufzte ich. »Ersteres, fürchte ich.«

Henry setzte sich neben mich, während Annie sich auf unsere Füße legte. »Was ist passiert?«

»Ich bin mir nicht sicher, ob ich dir davon erzählen sollte«, gab ich zu. »Du und Owen scheint euch nahezustehen. Ich will keinen Keil zwischen euch treiben.«

Henry gluckste. »Ist notiert. Aber du brauchst dir keine Sorgen zu machen. Ich glaube nicht, dass Owen *irgendjemandem* nahesteht. Ich meine, er ist einer von uns, er gehört zu Upper Hillford, genau wie meine Freunde Poppy oder Colten oder wie Mirabel. Aber sag ihm das nicht, wahrscheinlich würde er sich nur aufregen. Auch wenn ich ihn mag, bedeutet das nicht, dass ich seinen Fehlern gegenüber blind bin. Also. Was hat er diesmal angestellt? Habt ihr euch wieder ›nicht gestritten‹?«, fragte er und setzte Anführungszeichen in die Luft.

Ich verzog das Gesicht. »So könnte man es sagen. Ich bin ihm im Krankenhaus begegnet, aber er hat mich nicht zu Mrs Stone durchgelassen. Und er hat sehr deutlich gemacht, dass ich in absehbarer Zeit nicht im Krankenhaus erwünscht bin.«

»Ah. Das ist … nicht gut.«

»No shit, Sherlock«, brummte ich. »Ich verstehe einfach nicht, warum er sich so kindisch benimmt. Ich will nur mit ihr reden, verdammt.«

»Hast du versucht, dich reinzuschleichen?«

»Er hat gedroht, den Sicherheitsdienst zu rufen.«

»Verdammt, er meint es also ernst. Hast du einen Termin, wann die Party stattfinden soll?«

»Elena hat auf nächsten Monat gehofft.«

»Wow, das ist nicht viel Zeit.«

»Wem sagst du das«, murmelte ich.

»Und was machst du, wenn du das Ivy Cottage nicht bekommst?«

»Keine Ahnung. Eine andere Location finden, nehme ich an. Auch wenn ich das nur wirklich ungern machen würde. Das Ivy Cottage ist perfekt in Elenas Augen.«

Und in meinen, aber das sagte ich nicht laut. Es ging hier nicht um mich. Es ging um Elenas perfekte Hochzeit, und dazu gehörte auch eine perfekte Verlobungsfeier.

»Hey, gib noch nicht auf. Ivy Cottage ist vielleicht perfekt, aber du bist doch Wedding Planner, oder? Du weißt, wie man dekoriert und all das. Also wirst du es auch schaffen, eine nicht ganz so perfekte Location strahlen zu lassen. Mein Punkt ist, du könntest deine Ideen immer noch verwirklichen, nur eben woanders. Ich könnte dir helfen, weißt du. Wenn du willst.«

»Helfen?«

»Sicher. Du könntest mir Fragen stellen. Ich lebe schon ewig hier, ich kenne den Ort wie meine Westentasche. Komm schon, schieß los. Was hast du für Els Party geplant?«

Normalerweise besprach ich meine Ideen mit niemand anderem. Ich hatte mein Geschäft nur mit meiner Fantasie und dem kleinen Erbe meiner Eltern begonnen, aber plötzlich schien die Vorstellung, die Pläne mit jemandem zu besprechen, nicht so schlecht.

»Okay. Also, El steht total auf Märchen. Sie glaubt sogar, dass sie wahr sind.«

»Ich wusste, dass es einen Grund gab, warum ich sie mochte. Damals in der Schule ist sie eine Zeit lang in der Theater-AG gewesen und hat bei den Requisiten mitgeholfen. Na ja, zumindest so lange, bis sie unsere Lehrerin mit einem riesigen, rotäugigen Wolf zu Tode erschreckt hat«, erinnerte Henry sich grinsend. »Also ein Prinzessinnen-Thema?«

Spöttisch verzog ich das Gesicht. »Nein. Keine Disney-Märchen, sondern Mythen und Legenden. Ich wollte es wie einen Wald aussehen lassen, vielleicht ein paar Tannen verwenden, um das Gefühl des Waldes zu vermitteln. Eine Feenlichtung, ein geheimer Garten. Das B&B hat einen Garten, der ...« Ich schüttelte den Kopf. »Verdammt, diese Situation macht mich ganz verrückt. Normalerweise bin ich nicht so ... versessen. Also, ich wollte viele Lichterketten, Blumen und Moos benutzen, es ein bisschen rustikal aussehen lassen, aber immer noch schick. Das würde der Location die richtige Note geben.«

Henry legte den Kopf schief. »Hm. Das könnte aber ziemlich in die Hose gehen, wenn es regnet.«

Ich verzog das Gesicht. »Ich habe versucht, nicht daran zu denken. Ich weiß, wir sind immer noch in England, aber Elena möchte draußen feiern. Trotzdem ist mir klar, dass wir eine Alternative brauchen.« Nachdenklich ließ ich meinen Blick über das Meer schweifen. »Okay, also ein Zimmer mit großen Fenstern wäre toll. So hätten wir immer noch einen Blick nach draußen, nur eben einen regnerischen.«

Henry machte ein interessiertes Geräusch. »Und das Thema? Eine Feenlichtung in einem Ballsaal?«

»Ja, genau. Wir bräuchten viel Efeu. Und vielleicht ein paar Blumenkränze. Und eine kleine Band oder ein kleines Orchester, eine kleine Tanzfläche.«

»Das hört sich gut an.«

»Danke.« Ich lächelte, immer noch in das Bild vertieft. »Ich finde es auch toll.«

»Siehst du? Du bekommst das hin. Vielleicht nicht im Ivy Cottage, aber woanders. Und ich denke, ich kann dir ein paar Optionen zeigen, die einen Besuch wert sein könnten. Komm!«

Bevor ich reagieren konnte, war er aufgesprungen, hatte meine Hand ergriffen und mich hochgezogen. Annie, die die Aufregung ihres Herrchens zu spüren schien, erhob sich ebenfalls, schüttelte sich einmal und lief dann zwischen unseren Beinen umher.

»Wow, warte mal, ich kann laufen, weißt du.«

»Ich weiß, aber warum sollte ich deine Hand loslassen?«

Bei seinem jungenhaften Grinsen musste ich lächelnd den Kopf schütteln. Sanft entzog ich ihm meine Hand. »Henry ...«

Er hob die Hände. »Sorry. Sorry. Konnte nicht widerstehen.«

»Du bist wirklich nett, und ich bin dankbar für deine Mühe, aber ich bin gerade aus einer ... na ja, eigentlich aus mehreren Trennungen herausgekommen. Ich glaube, ich brauche etwas Zeit, bevor ich ... das wieder tun kann.« Außerdem schwirrten mir noch immer Mandys Worte im Kopf herum, die mich fragen ließen, ob ich nicht wirklich wählerischer sein sollte. Henry wäre genau mein Typ – zumindest bis vor einigen Tagen. Bis Marc Schluss gemacht hatte und mir einmal mehr das Herz gebrochen worden war. Bis Mandy mich zum Nachdenken angeregt hatte.

Er hob eine Augenbraue. »Das?«

Ich wedelte mit einer Hand durch die Luft. »Dating?« Das Wort klang eher nach einer Frage als einer echten Antwort.

»Ah, keine Sorge, ich kann warten.« Er grinste spitzbübisch, und ich verdrehte die Augen. »Aber lass uns einfach als Freunde anfangen. Wie wäre es damit?« Er warf mir einen Welpenblick zu, der mich erneut zum Lächeln brachte.

»Freunde?«

»Ja. Freunde. Du weißt schon, eine Person, die einen unterstützt und mit der man sich trifft, um Spaß zu haben und all das.«

Meine Mundwinkel zuckten. »Alles klar. Freunde.« Obwohl ich oft auf Dates ging und mich mit meinen Kolleginnen gut verstand, war Elena meine einzige wahre Freundin. Aber schließlich hatte ich beschlossen, dass sich etwas ändern musste. Weniger Dates und dafür mehr Zeit mit Freunden oder solchen, die es werden konnten, zu verbringen, war sicherlich ein Schritt in die richtige Richtung.

Henry legte mir einen Arm um die Schulter. »Freundschaften schließen ist eine meiner Spezialitäten. Wir werden Folgendes tun. Du wirst mich dir die Stadt zeigen lassen, und wir werden uns unterhalten. Ich werde dir ein paar Leute vorstellen, und du wirst Smalltalk halten. Wie klingt das?«

»Wie ein typischer Arbeitstag«, sagte ich, bevor ich mich zurückhalten konnte.

Henry lachte. »Oje. Alles klar, dann kein Smalltalk. Ich glaube, darüber brauchst du dir aber ohnehin keine Sorgen machen. Kleinstädter haben die Angewohnheit, ziemlich schnell persönliche Fragen zu stellen.«

Amüsiert hob ich eine Augenbraue. »Ach ja?«

Er nickte bedächtig. »Jap. Darauf solltest du vorbereitet sein. Sie könnten zum Beispiel fragen …« Kurz hielt er inne und dachte nach. »Wie es dazu kam, dass du ausgerechnet Hochzeitsplanerin geworden bist.«

Ich warf ihm einen Seitenblick zu. »Das werden sie also fragen, ja?«

»O ja, ganz sicher. Vielleicht solltest du die Geschichte schon mal üben?«

Nun konnte ich mir ein Lachen nicht mehr verkneifen. »Du hättest mich auch einfach fragen können, weißt du?«

»Wo wäre denn da der Spaß?« Sein breites Grinsen ließ mich nur den Kopf schütteln. »Ich wette, es ist eine gute Geschichte.«

Das war es. Zumindest meiner Meinung nach. Während Henry mich durch die Altstadt von Upper Hillford führte, auf dieses oder jenes Gebäude hinwies, erzählte ich ihm von der Hochzeit meiner Eltern, als ich neun Jahre alt gewesen war. Wie sie sich die perfekte Zeremonie gewünscht hatten und ich sie hatte glücklich machen wollen. Also hatte ich sie, so gut ich konnte, unterstützt.

»Und du hast bei allen Vorbereitungen geholfen?«, fragte Henry.

Ich nickte. »Nach der Schule haben wir immer zusammen gebastelt, das war toll. Und obwohl meine Eltern sich oft gestritten haben, weiß ich noch, dass sie sich jeden Abend wieder versöhnt haben.«

»Aber die Hochzeit ist gut gelaufen?«

Ich lächelte. Vor meinem inneren Auge lief die Erinnerung wie ein Film ab. »Die Zeremonie war wunderschön. Und danach haben sie sich auch nur noch selten gestritten. Sie waren so glücklich, es war beinahe widerlich. Aber ich habe ihre Hochzeit geliebt. Es war der schönste Tag meines Lebens. Das wollte ich für andere Menschen schaffen.«

»Es geht also nicht nur ums Geld?«

Stirnrunzelnd schüttelte ich den Kopf. »Nein, überhaupt nicht. Tatsächlich versuche ich, so erschwinglich wie möglich zu sein. Ich weiß noch genau, wie anstrengend die Vorbereitungen für meine Eltern und mich gewesen sind, und ich möchte anderen Menschen helfen. Wenn sie mit einem Problem zu mir kommen, kann ich es in der Regel lösen. Meistens müssen die Kunden nicht einmal etwas extra bezahlen.«

»Das ist furchtbar edel von dir«, neckte Henry mich.

Hitze stieg in meine Wangen. »Ich würde es nicht edel nennen«, murmelte ich verlegen. »Ich will nur nicht, dass sie sich mehr Sorgen machen, als die meisten von ihnen es ohnehin tun. Also versuche ich, ihnen das Leben zu erleichtern.«

»Das klingt wie die Definition von edel. Und großzügig. Und freundlich.«

»Das ist es nicht«, beharrte ich. »Du stellst es viel selbstloser dar, als es ist. Immerhin verdiene ich damit meinen Lebensunterhalt.«

»Mag sein, aber ich habe trotzdem recht«, sagte Henry leise. »Aber in Ordnung, lassen wir das Thema fallen. Außerdem sind wir sowieso am Ziel. Ta-da!«

Mit einer übertriebenen Geste deutete er auf das Gebäude neben uns, und ich betrachtete es skeptisch. »Das ist ... ein Lagerhaus. Ein verlassenes Lagerhaus.«

»Und ein hübsches noch dazu, findest du nicht?«

»Wenn du das sagst ...«

»Nein, nein, hör zu, es ist perfekt! Komm mit!« Ohne zu zögern, zog er mich zu einer Tür in der Nähe und öffnete sie.

»Ist die immer unverschlossen?«, fragte ich skeptisch.

Henry machte eine wegwerfende Handbewegung. »Es ist leer, und wir sind hier im Nirgendwo. Das hier ist Upper Hillford und nicht London.«

»Mh«, machte ich, löste meine Hand aus seinem Griff und drehte mich langsam um die eigene Achse, um das Innere des Lagerhauses in Augenschein zu nehmen. Es war das ziemlich genaue Gegenteil von Henrys Pub – das hieß groß, geräumig und leer, aber das war auch schon das Positivste, was man über das Gebäude sagen konnte. Der Boden, die Wände, die Decke, alles war aus grauem, leblosem Beton, und es strahlte eine Kälte aus, die nichts mit den Temperaturen zu tun hatte.

»Schau, die Fenster sind groß genug, damit viel Licht reinkommt. Und wir könnten Vorhänge oder so etwas aufhängen, um die hässlichen Stellen an den Wänden zu bedecken. Und die Decke ist hoch genug, dass wir etwas dranhängen können, vielleicht diesen durchsichtigen Stoff?«

»Organza«, murmelte ich nachdenklich, schüttelte aber bereits den Kopf. Normalerweise hatte ich kein Problem damit, das Endergebnis an einem Veranstaltungsort vor meinem inneren Auge zu sehen, aber jedes Mal, wenn ich versuchte, mir einen anderen Ort vorzustellen, um Elenas Party abzuhalten, rebellierte mein Verstand. Das würde absolut nicht funktionieren.

Henry schnippte mit dem Finger. »Das ist es! Was brauchst du noch für diese Feenlichtung?«

»Blumen. Jede Menge Blumen. Aber hör zu, ich bin dir wirklich dankbar, dass du mir helfen willst, aber das hier ...« Ich machte eine Handbewegung, die das ganze Gebäude miteinschloss. »Das passt nicht.«

»Hey.« Henry trat vor mich und legte seine Hände sanft auf meine Schultern. »Ich hab's kapiert. Du bist noch nicht bereit, eine Niederlage einzugestehen. Und das ist okay. Hartnäckigkeit ist ein guter Charakterzug. Ich sage nur, *falls* es so weit kommt, dass du diese Alternativen brauchst, dann gibt es welche. Okay?«

Ich schaute auf seine Hände hinunter, dann zurück zu ihm und nickte schließlich. »Okay. Danke, Henry.«

»Jederzeit. Und jetzt komm, du hast längst noch nicht alles gesehen, was unsere Stadt zu bieten hat!«

Kapitel 8

Owen

Seit unserer Begegnung im Krankenhaus am Tag zuvor hatte ich Thea nicht mehr gesehen, aber Spuren ihrer Anwesenheit waren dennoch überall im B&B zu entdecken.

Ein frischer Blumenstrauß aus Lilien schmückte den Küchentisch, und die Gästezimmer waren in süße, blumige Düfte gehüllt. Im Essbereich lagen jede Menge Muster, Dekorationen und Listen, und das Wohnzimmer war ein Durcheinander aus bunten Stoffen und Papier.

Während ich das Chaos in mich aufnahm, packte ich den Laptop, den ich zum Arbeiten mit in die Küche genommen hatte, so fest, dass meine Fingerknöchel weiß hervortraten.

Auf der Suche nach Thea sah ich mich im Untergeschoss um, bis ich sie im Garten fand, wo sie mit dem Handy in der Hand langsame Kreise drehte und einen Videocall hatte. Augenscheinlich zeigte sie jemandem die Aussicht. Sie war barfuß, und ihre Füße schleiften über das Gras, als hätte sie nicht die Kraft, sie zu heben.

»... keine Sorgen machen, ich habe hier alles im Griff. Sobald du ankommst, können wir uns den ganzen schönen Dingen widmen«, sagte sie gerade und gähnte herzhaft, als ich nach draußen trat.

Der Garten war riesig, fast sechshundert Quadratmeter gepflegter grüner Rasen, der rechts und links von Büschen umsäumt war. Direkt gegenüber war der Blick auf das Meer frei, und nur ein Zaun mit einem Blumenbeet davor begrenzte den Garten auf dieser Seite. In einer Ecke stand ein altes Fußballtor, dessen weißer Lack an mehreren Stellen abblätterte. Als kleiner Junge hatte ich viel Zeit in diesem Garten verbracht und entweder Fußball gespielt oder mit meinem Vater getobt. Aber das war eine andere Zeit gewesen. Eine, die lange vorbei war.

Mühsam riss ich meinen Blick von dem Tor los und richtete ihn wieder auf Thea, die immer noch in ihr Handy sprach. Nur, dass sie ein wenig gequält wirkte, wie mir jetzt auffiel. Mittlerweile war ich nahe genug, dass ich auch die weibliche Stimme aus ihrem Telefon verstehen konnte.

»... bringst du diesmal endlich deinen Mr Geheimnisvoll mit? Im Ernst, diese Geheimniskrämerei macht mich echt verrückt! Willst du mir nicht wenigstens seinen Namen sagen? Ich bin schließlich deine beste Freundin!«

Mit hochgezogenen Brauen musterte ich Thea, die bei meinem Anblick errötete und sich räusperte. »Äh, ja, sicher, ich werde sehen, was sich machen lässt. Du, El, ich muss auflegen. Wir sprechen uns bald wieder, ja? Hab dich lieb!« Damit beendete sie eilig das Gespräch und wandte sich mir ganz zu.

»Guten Morgen, Owen«, sagte sie mit gespielter Fröhlichkeit, mit der sie mich allerdings nicht täuschen konnte. »Hast du gut ge-geschlafen?« Ein erneutes Gähnen unterbrach ihre Frage, und ich sah sie mit hochgezogenen Augenbrauen an.

»Mr Geheimnisvoll?«

Thea räusperte sich. »Geht dich nichts an«, entgegnete sie bemüht hoheitsvoll.

Für einen Moment musterte ich sie nachdenklich. Sie wirkte tatsächlich peinlich berührt, als hätte ich sie bei etwas Verbotenem erwischt, anstatt einem einfachen Telefonat mit ihrer Freundin. Aber was auch immer es war, sie hatte recht: Es ging mich nichts an.

»Wenn du mich entschuldigst, ich habe zu tun.«

Das erinnerte mich daran, warum ich sie überhaupt gesucht hatte, und ich blickte sie finster an. »Es ist mir egal, wie du geschlafen hast, und du kannst so viele Mr Geheimnisvoll haben, wie du willst, aber das Chaos da drin ...«, vage deutete ich auf das Haus hinter mir, »... muss verschwinden. Sofort.«

Thea verschränkte die Arme vor der Brust. »Entschuldige mal, ich arbeite. Das ist allerhöchstens kreatives Chaos, nicht mehr.« Ihr Blick fiel auf meinen Laptop, den ich immer noch in der Hand hielt. »Aber wenn du auch arbeiten willst, kann ich dir natürlich eine Ecke freiräumen. Es ist wie ein Co-Working-Space, eigentlich ziemlich perfekt.«

»Es ist ganz und gar nicht perfekt. Es ist ein verdammtes Durcheinander. Und du arbeitest hier nicht.«

»Warum nicht? Ich bin ein zahlender Gast, schon vergessen? Ich kann in diesem Haus sein, wo immer ich will.« Dabei wedelte sie mit einer der Broschüren herum, die an der Rezeption auslagen. Der Slogan ›Your Home Away From Home‹ stach mir ins Auge, und ich biss die Zähne zusammen. Nana und ihre lächerliche Idee, den Gästen freien Zugang zu allen Räumen des Cottages zu gestatten. »Warum kann ich also nicht arbeiten, wo ich will?«

»Weil das mein Haus ist.« Ich benahm mich wie ein trotziges Kind, das war mir vollkommen klar, aber aus irgendeinem Grund brachte diese Frau meine schlimmsten Seiten zum Vorschein.

»Eigentlich nicht.« Sie lächelte süß. »Dies ist ein Bed and Breakfast. Und zwar das deiner Großmutter.«

»Weißt du was? Schön. Bleib eben hier. Ich gehe in ein Café. Und du solltest besser alles aufräumen, bis ich zurück bin.«

Thea hob die Augenbrauen. »Bist du allergisch gegen Farben? Ist es das? Zuerst die rosa Tasse, jetzt das ...« Sie sah mich genauer an, als ob sie jetzt erst merkte, was ich anhatte. »Trägst du ernsthaft einen Anzug? Warum in aller Welt? Hast du heute ein Vorstellungsgespräch oder was?«

Ich biss die Zähne zusammen. »Nicht, dass es dich etwas angeht, aber manche Leute haben einen Job. Einen richtigen Job.«

Sie verdrehte die Augen. »Ja, und diese Jobs erfordern Anzüge, das weiß ich. Aber ich verstehe nicht, warum du jetzt einen trägst. Es ist *Samstagmorgen*.«

»Auch das geht dich nichts an«, erwiderte ich knapp, während ich einen imaginären Fussel von meiner Schulter wischte. Einer der Lieblingssätze meines Vaters war ›Dress for the job you want, not the job you have‹. Und obwohl ich bereits ein erfolgreicher Makler war, wusste ich, dass es gefährlich war, in Freizeitkleidung zu arbeiten. Es versetzte einen nicht in das richtige Mindset. Und genau deshalb, ganz gleich, wie viel oder wenig Arbeit ich an diesem Tag hatte, trug ich immer einen Anzug. Es war eine Gewohnheit, die ich von Dad übernommen hatte und die ich weder brechen konnte noch wollte. Mal ganz abgesehen davon, dass für mich ohnehin praktisch jeder Tag ein Arbeitstag war. Es gab schließlich immer etwas zu tun.

»Wie auch immer. Vergiss nicht, aufzuräumen. Ich werde es überprüfen«, warnte ich sie ein letztes Mal.

»Natürlich wirst du das.« Sie verdrehte die Augen.

»Das hab ich gesehen.«

»Hab's nicht versteckt.«

Mit einem Stirnrunzeln verließ ich das B&B und ging zum *Mayflour*. Dort würde ich hoffentlich mehr Ruhe haben – zumindest vor *ihr*.

Typisch für einen Samstagmorgen war die Bäckerei voller Kunden, aber es war nicht vergleichbar mit Coffeeshops in London zu dieser Zeit. Poppy winkte mir zu, als ich eintrat und einen Platz in der Ecke auswählte. Ich schenkte ihr ein knappes Lächeln und klappte meinen Laptop auf.

Zwischendurch brachte sie mir einen Kaffee und einen Blaubeermuffin vorbei, und für einige Zeit konnte ich mich konzentrieren, aber der Frieden hielt nicht an.

»Hey, Owen. Alles okay? Du siehst aus, als hätte gerade jemand deinen Hund überfahren.« Natürlich hatte ausgerechnet die Person, die ich nach Thea am wenigsten sehen wollte, die Bäckerei betreten.

»Lass mich in Ruhe, Henry«, brummte ich und hielt den Blick starr auf den Bildschirm meines Laptops gerichtet. In der Spiegelung konnte ich ihn hinter mir sehen. Er trug ein paar abgeschnittene Jeans und T-Shirt und hielt etwas in den Händen, das aussah wie ein Netz mit ... Babybel-Käse? Offensichtlich hatte er seine Liebe für Käse immer noch nicht überwunden. Dabei erinnerte ich mich genau daran, wie seine Mutter während unserer Jugend behauptet hatte, das sei nur eine Phase.

»Da hat aber jemand großartige Laune«, stellte er amüsiert fest. »Kein guter Tag?«

»Nein.«

»Mh«, summte er. »Ich wüsste etwas, was dir helfen könnte.«

»Das bezweifle ich«, spottete ich.

»Doch, ganz sicher! Warum kommst du nicht heute Abend in den Pub. Es ist Friends Night. Poppy und Colten kommen auch, und ich bin sicher, Thea könnten wir auch überreden.«

Nun hob ich doch den Kopf und starrte ihn finster an. »Damit hast du dich gerade selbst ins Aus katapultiert. Was hast du überhaupt mit ihr zu schaffen?«

»Wir sind befreundet«, erklärte Henry schlicht und lächelte dabei so selbstzufrieden, dass ich ihn am liebsten schütteln wollte.

»Seit wann denn das?«

»Seit gestern.«

Ich schnaubte abfällig. »Seit gestern? Ihr kennt euch seit einem Tag und jetzt seid ihr Freunde?«

»Ja. So funktioniert das normalerweise.«

»Im Kindergarten vielleicht. Nicht in der realen Welt«, spottete ich.

Henry hob die Augenbrauen. »Na und? Glaubst du, wir sind keine Freunde, weil wir erwachsen sind?«

»Ihr habt euch vor zwei Tagen kennengelernt. Das reicht nicht aus, um zu entscheiden, ob man befreundet ist oder nicht.«

Seine Gesichtszüge wurden weicher. »Nur, weil es dir schwerfällt, Freundschaften zu schließen, heißt das nicht, dass es jedem so geht.«

»Mir fällt es nicht schwer –«, begann ich, aber Henry schüttelte den Kopf und unterbrach mich.

»Komm schon, lassen wir das. Also, was ist nun, kommst du heute Abend in den Pub?«

»Zu euch und *Thea*?« Ich blickte ihn finster an. Aus irgendeinem Grund verärgerte mich der Gedanke, dass Henry und Thea Freunde waren. Etwas daran fühlte sich falsch an. Wie ein Kleidungsstück, das zu eng war. Oder ein Juckreiz, den man nicht erreichen konnte.

Henry verdrehte die Augen. »Ja, wir und Thea. Meine Güte, bist du eifersüchtig?«

Ich lachte hart. Die Vorstellung war einfach absurd. Warum sollte ich auf Henrys und Theas Freundschaft eifersüchtig sein? »Warum sollte ich? Nur weil du so verzweifelt nach Freunden suchst, nutzt du jede Gelegenheit, dich mit Fremden anzufreunden. Sogar eine Fremde wie sie. Du kennst sie nicht einmal.«

Henrys Augen verengten sich. »Hast du jemals mit ihr gesprochen? Und ich meine, geredet und nicht mit ihr diskutiert oder über irgendein dummes Thema gestritten. Denn wenn du das getan hättest, würdest du wissen, dass sie tatsächlich eine sehr nette Person ist.«

»Und das reicht dir? Nettsein. Mehr brauchst du nicht?«

»Ich hätte sie nicht gebeten, meine Freundin zu sein, wenn sie es nicht wäre.«

Kopfschüttelnd klappte ich meinen Laptop zu. Es hatte ohnehin keinen Sinn mehr. Mit Henry und seinem Gerede war auch das letzte bisschen Konzentration dahin. »Dann hast du ein schreckliches Urteilsvermögen.«

»Was ist los mit dir? Sie versucht, eine Verlobungsfeier für ihre beste Freundin zu organisieren. Warum kannst du nicht nett zu ihr sein?«

»Ich ...« Plötzlich schien alles zu viel. Henry, seine Fragen, der Lärm. Meine Kopfschmerzen hämmerten in meinem Schädel und alles, was ich wollte, war zu verschwinden. »Lass mich in Ruhe«, murmelte ich, schob den Laptop in die Tasche und stand auf. Ohne weiter auf Henry zu achten, verließ ich die Bäckerei.

»Wohin willst du? Wir haben dieses Gespräch noch nicht beendet«, rief er mir nach.

»Doch, haben wir« rief ich zurück.

Ich wusste, dass ich mich wie ein zickiger Teenager verhielt, aber ich konnte mir nicht helfen. Dieser Ort erstickte mich. Henry mit seinen Erwartungen. Thea mit ihrem dauernden Gerede von Liebe in einem Haus, in dem genau das das Problem war. Selbst Nana, obwohl ich ihr das niemals sagen würde. Poppy mit ihrer fröhlichen Art und der stoische, ruhige Colten waren einige der wenigen Personen, die ich ertragen konnte. Aber je schneller ich wieder gehen konnte, desto besser.

»Owen«, sagte Henry, und als ich über die Schulter blickte, sah ich, dass er mir gefolgt war. Sein Gesicht zeigte eine Mischung aus Verärgerung und Besorgnis. »Geht's dir gut?«

Genervt blieb ich stehen. »Mir geht es gut«, log ich, und er schürzte die Lippen.

»Nein, tut es nicht. Komm schon, wir können einen Drink holen und irgendwohin gehen, um zu reden. Du musst nicht zur Friends Night kommen. Ich –«

»Ich bin kein Projekt, Henry. Ich bin kein Wohltätigkeitsfall. Und du bist nicht meine Mutter. Du bist nicht für mich verantwortlich.«

Er holte tief Luft, und sein Blick wurde weicher. »Das weiß ich. Und ich habe dich nie als Wohltätigkeitsfall gesehen. Aber ich mache mir Sorgen um dich. Das tun wir alle. Wir wollen nur helfen.«

»Verdammte Kleinstadtmenschen«, murmelte ich, meine Stimme voller Verachtung. »Versuchen immer, ihre Nasen in die Angelegenheiten anderer Leute zu stecken. Ihr seid alle gleich. Ich kann es kaum erwarten, diesen verdammten Ort hinter mir zu lassen.«

Henrys Miene fiel in sich zusammen, und ich bereute meine Worte sofort. Er war neugierig und stur, aber das hatte er nicht verdient. Das hatte niemand.

»In Ordnung«, sagte er resigniert. Kurz hob er eine Hand, als wollte er mich berühren, ließ sie dann jedoch wieder sinken. »Nur, denk darüber nach, was ich gesagt habe, okay? Vielleicht brauchst du keinen Freund, aber manchmal kann ein Gespräch Wunder bewirken.«

Ohne auf eine Antwort zu warten, ging er an mir vorbei und ließ mich allein auf der Straße zurück.

***

Ich brauchte ein paar Sekunden, um mich zu sammeln, bevor ich zum B&B zurückkehrte. Als ich ankam, hatte Thea all ihre Sachen weggeräumt, und dafür war ich dankbar. Ich verstaute meinen Laptop in meinem Zimmer, ehe ich ins Auto stieg und zum Krankenhaus fuhr. Der Arzt hatte in der Zwischenzeit angerufen und um ein Gespräch gebeten, was ich mit einem weiteren Besuch bei Nana verbinden wollte.

Wie erwartet war es ein Herzinfarkt gewesen, und diese Gewissheit ließ meinen Magen unangenehm schlingern. Ich war so kurz davor gewesen, sie zu verlieren …

Mit der Ermahnung, dass sie sich schonen sollte, entließ er mich schließlich, und ich machte mich nachdenklich auf den Weg zu ihrem Zimmer.

Als ich leise an ihre Tür klopfte und sie öffnete, begrüßte sie mich mit einem Lächeln. »Guten Morgen, Owen«, sagte sie.

»Morgen. Wie fühlst du dich?«

»So gut, wie man es erwarten kann. Besser als gestern. Aber sie weigern sich immer noch, mich gehen zu lassen.« Sie schüttelte seufzend den Kopf. »Ich bin sicher, das ist die Entscheidung des Arztes. Der Mann ist ein Kontrollfreak.«

»Deine Blutwerte sind noch nicht optimal, Nana«, erklärte ich ihr das, was mir der Arzt gesagt hatte. »Und du brauchst Ruhe. Erzähl mir nicht, du würdest nicht sofort wieder anfangen zu arbeiten, wenn du zurück im B&B wärst. Du erholst dich von einem Herzinfarkt!«

Sie schnaufte. »Einem leichten Herzinfarkt.«

»Macht keinen Unterschied.«

Kopfschüttelnd und mit zusammengezogenen Augenbrauen musterte sie mich. »Was machst du eigentlich schon wieder hier? Hast du nichts Besseres zu tun, als deine alte Nana täglich zu besuchen?«

Ich runzelte die Stirn. »Natürlich nicht. Ich bin schließlich wegen dir hier. Was sollte ich denn sonst zu tun haben?«

Nana neigte den Kopf und seufzte tief. »Aber was ist mit deiner Freundin? Sie ist doch jetzt ganz allein in London. Oh, wahrscheinlich hat sie so kurzfristig keinen Urlaub bekommen, oder? Als was arbeitet sie noch mal? Ich kann mich nicht erinnern ...« Sie runzelte die Stirn, als würde sie in ihrem Gedächtnis kramen, während ich sie nur verwirrt anstarren konnte.

»Meiner was?«

Nana warf mir einen missbilligenden Blick zu. »Also wirklich, Owen, ich weiß ja, dass du dein Privatleben gern für dich behältst, und das habe ich bisher immer respektiert. Aber das eine Mal, dass wir uns persönlich sehen, darf ich mich doch wohl nach ihr erkundigen, oder nicht?«

»Aber ich habe keine Freundin!«, platzte es völlig verwirrt aus mir heraus, während ich versuchte, mir einen Reim auf ihre Worte zu machen. *Natürlich* gab es keine Freundin. Meine Abneigung gegen Beziehungen hatte ich immer deutlich gemacht, also warum glaubte sie das?

Erst jetzt bemerkte ich, dass Nana nichts mehr gesagt hatte, und ich hob den Kopf.

Es war, als würde man einer Naturkatastrophe in Zeitlupe zusehen. Der Ausdruck auf ihrem Gesicht wandelte sich von Unglaube zu Schock, dann Traurigkeit und schließlich Enttäuschung.

»Was meinst du damit, du hast keine Freundin? Ich dachte ... Ich weiß, dass du diesen ... unruhigen Lebensstil führst und deine Arbeit liebst, aber ich habe gedacht, dass es da noch mehr gibt. Dass du jemanden hast, der dich auffängt und auf dich wartet, wenn du nach Hause kommst und ...« Sie brach ab und schüttelte den Kopf. Ihre Stimme klang seltsam hohl, und eine Welle der Sorge überkam mich. Eilig überprüfte ich den Monitor neben ihrem Bett, dessen Piepen lauter und unregelmäßiger geworden waren, ohne dass es mir zuvor aufgefallen war.

Das war der Moment, in dem mir siedend heiß einfiel, wie Nana auf diese absurde Idee gekommen war. Das hier war meine Schuld.

›Ihre Grandma ist in der Leitung.‹

›Ich kann jetzt nicht.‹

›Das haben Sie letzte Woche auch schon gesagt.‹

›Denken Sie sich irgendwas aus! Erfinden Sie meinetwegen eine Freundin oder so!‹

Und meine Assistentin musste mich beim Wort genommen haben. Ich konnte mir nicht vorstellen, wie wir sonst heute in diesem Schlamassel stecken würden. Doch hier ging es um Nana. Um sie glücklich zu machen, würde ich alles tun, und wenn es dafür eine Lüge brauchte, dann war es eben so.

»Nana, du musst dich beruhigen, okay? Ich ...« Wahrscheinlich war es das bittere Gefühl der Panik und Hilflosigkeit, das mich zu meinen nächsten Worten trieb. »Ich habe mit ... meiner Ex Schluss gemacht, aber ich date jemanden. Es ist noch ziemlich frisch, also wollte ich eigentlich noch nicht darüber reden, aber es gibt jemanden!« Ich sprach so schnell, dass ich mich beinahe verhaspelte.

Das war natürlich gelogen. Es gab niemanden. Ich hatte seit Jahren keine Beziehung gehabt.

Quälend langsam beruhigte sich ihr Herzschlag, und sie hob den Kopf. »Wirklich?«, fragte sie, und der hoffnungsvolle Ausdruck in ihrem Gesicht brach mir beinahe das Herz.

Es ist nur so lange, bis es ihr besser geht, erinnerte ich mich im Stillen, während ich nickte und mich dabei wie der größte Schuft unter der Sonne fühlte.

»Erzählst du mir von ihr?«

Unbehaglich wand ich mich auf meinem Stuhl, zwang mich aber, damit aufzuhören. Nana kannte mich gut genug, und wenn es ihr gerade nicht so schlecht gehen würde, hätte sie vermutlich längst begriffen, dass ich sie anlog.

»Beim nächsten Mal«, versprach ich, in der Hoffnung, sie würde es bis dahin vergessen haben. »Du solltest dich ausruhen und ein bisschen schlafen.«

Und ich musste einen Weg aus diesem Chaos finden.

»Ich werde es versuchen«, sagte sie seufzend. »Und Owen?«

»Ja, Nana?«

»Danke. Für deinen Besuch. Ich weiß, es ist nicht einfach für dich, aber ich weiß es sehr zu schätzen.«

»Jederzeit.«

Kapitel 9

Thea

»Anzüge an einem Samstag«, murmelte ich kopfschüttelnd, während ich den Wohnzimmertisch aufräumte. »Mit dem Kerl stimmt doch was nicht. Und zwar ganz gewaltig. Und dann auch noch diese Einstellung. Ernsthaft, wie kann man nur so ... ugh!«

Ich fand nicht die richtigen Worte, um Owen zu beschreiben, nicht einmal für mich selbst. Er war einfach zu widersprüchlich.

Mal konnte man beinahe zivilisiert mit ihm reden, dann benahm er sich plötzlich wieder wie ein Stier, dem ein rotes Tuch vorgehalten wurde – nur, dass es bei Owen das schlichte Wort ›Hochzeit‹ war, das diese Reaktion auszulösen schien.

Weiter vor mich hingrummelnd verstaute ich sämtliche Utensilien wieder in meinem Zimmer. Dann holte ich mein Handy hervor und schickte Elena eine SMS.

Thea: Ich vermisse dich.

Obwohl ich erst vor einer Stunde mit ihr telefoniert hatte, fehlte sie mir bereits jetzt. Andererseits linderte die Entfernung das schlechte Gewissen ein wenig, dass ich ihr immer noch nichts von Marc erzählt hatte. Oder einem der anderen.

Himmel, wenn ich ihr irgendwann endlich die Wahrheit sagen würde, wäre Elena zu Recht stinksauer auf mich. Dabei war das Timing einfach immer eine absolute Katastrophe gewesen. Nur gut, dass sie die Sache mit dem ›Mr Geheimnisvoll‹ bisher zu schlucken schien.

Bald, schwor ich mir. *Bald werde ich ihr alles erzählen.*

Das Handy vibrierte neben mir, und als ich einen Blick darauf warf, sah ich, dass El bereits geantwortet hatte.

Elena: Aww, ich dich auch! Was hast du heute vor? Irgendwelche Pläne?

Meine Finger schwebten über dem Display meines Telefons. Ich hatte ihr zwar gesagt, dass ich mich spontan entschieden hatte, persönlich nach Upper Hillford zu kommen, doch von den Problemen mit der Location hatte ich natürlich nichts erzählt. Trotz Henrys Hilfe am Vortag hatte ich noch keine Alternative zum B&B gefunden, und es hatte keinen Sinn, ihr das aufzubürden. Nicht, bis ich alle Möglichkeiten ausgeschöpft hatte.

Thea: Ich hatte überlegt, deinen Dad zu besuchen. Irgendwelche anderen Tipps für arglose Touristen in Upper Hillford?

Elena: Sag mir, dass du schon bei Poppy im Mayflour warst! Du musst unbedingt ihre Cronuts probieren, das sind einfach die besten auf dieser Seite des Atlantiks.

Elena: Und bei der Gelegenheit kannst du gleich meiner treulosen Tomate von Schwester in den Hintern treten. Abbie hat mir schon wieder seit einer Woche nicht geantwortet. Ich schwöre dir, wenn ich ankomme, werde ich sie an den Ohren aus diesem Kabuff zerren, das sie ›Büro‹ nennt.

Meine Mundwinkel zuckten. Ich erinnerte mich nur vage an Elenas Zwillingsschwester Abigail, würde aber sicher nie vergessen, wie unterschiedlich die beiden waren. Und das, obwohl sie äußerlich vollkommen identisch aussahen. Aber der Gedanke an Cronuts ließ mir das Wasser im Mund zusammenlaufen. Außerdem war es gut zu wissen, dass es eine Bäckerei in der Stadt gab, die Elenas Wünschen entsprach. Das wäre ein Punkt weniger auf der langen Liste von Dingen, um die ich mich kümmern musste.

Thea: Wird gemacht, Chefin.

Elena: Schick mir ein Bild von einem Cronut, ja? Ich muss jetzt los. Letzter Tag auf der Arbeit, woohoo!

Mein Herz verkrampfte sich, als ich ihre Worte las. Ihr letzter Tag. Das bedeutete, dass ich nur noch wenig Zeit hatte, bevor sie selbst hierherkommen würde. Ich musste endlich eine Location finden, und zwar schnell.

Während ich mich mental auf einen weiteren Tag voller Enttäuschungen einstellte, machte ich mich auf den Weg zu meinem Mietwagen.

Bevor ich den Motor startete, warf ich einen letzten Blick auf mein Handy. Als ich entdeckte, dass Henry mir geschrieben hatte, keimte kurzzeitig Hoffnung in mir auf. Doch anstelle einer neuen möglichen Location, lud er mich zu einem Abend im Pub mit ein paar Freunden ein. Und obwohl ich mir nicht sicher war, ob ich mir eine solche Ablenkung leisten konnte, sagte ich zu. Durch meinen Job lernte ich normalerweise täglich neue Leute kennen, und irgendwie fehlte mir der Kontakt. Außerdem war jeder Moment, den ich nicht mit Owen im selben Gebäude verbrachte, ein guter Moment.

***

Der *White Willow* Pub war völlig überfüllt, als ich später am Abend ankam. Einen Moment stand ich nur am Eingang und schaute mich um. Überall waren Menschen, die Luft war stickig und es roch nach einer Mischung aus Bier, Schweiß und fettigem Essen. Ich war schon sehr lange nicht mehr an einem Ort wie diesem gewesen, und all die Menschen und der Lärm waren ein wenig überwältigend.

Während ich mir langsam einen Weg durch den Raum bahnte, fing ich an, meine Entscheidung, hierhergekommen zu sein, zu bereuen. Ich hatte das Gefühl, im Zentrum der Aufmerksamkeit zu stehen, und immer wenn ich zu nahe an einen Tisch kam, hielten die Leute mitten im Gespräch inne, um mich neugierig zu mustern.

Oh, wie schön sind Kleinstädte, schoss es mir sarkastisch durch den Kopf. Es war offensichtlich, dass alle von meiner Ankunft gehört hatten, und ich fragte mich, wie viel sie schon über mich sprachen. Obwohl ich nicht der einzige Neuling war. Schließlich war auch Owen zurück, und sicherlich gab es über ihn mehr zu reden als über mich.

»Thea!«, ertönte Henrys dröhnende Stimme plötzlich irgendwo zu meiner Rechten. Ich schaute mich um und entdeckte den großen, breitschultrigen Mann, der hinter der Bar stand und mir zuwinkte. Sein Lächeln war warm und echt, und ich konnte nicht anders, als mich schon besser zu fühlen.

Endlich ein Ziel vor Augen schaffte ich es diesmal weit schneller zwischen den Tischen und Stühlen hindurch, bis ich schließlich bei der Bar ankam. »Hey, Henry, musst du heute Abend arbeiten?«

Er schüttelte den Kopf. »Nein, ich habe nur für einen meiner Jungs ausgeholfen. Aber jetzt, da du hier bist, kann Liz von übernehmen, oder, Liz? Es macht dir nichts aus, oder?« Er wandte sich an eine Schönheit mit brauner Haut und kurzen schwarzen Haaren. Sie verdrehte die Augen, lächelte aber trotzdem.

»Klar, geh ruhig, Boss.«

Henry zwinkerte ihr zu, schnappte sich dann eine Flasche Bier und öffnete sie. »Hier, versuch das mal. Es ist von einer lokalen Brauerei. Die Biere sind fantastisch.«

»Danke«, antwortete ich lächelnd und nahm ihm die Flasche ab. Henry lehnte sich an die Theke und verschränkte die Arme vor seiner Brust.

»Poppy und Colten sind hinten und haben einen Platz für uns reserviert. Warst du heute erfolgreich?«

Als ich daran dachte, wie ich die örtliche Kunstgalerie, das Rathaus und sogar noch einmal das verlassene Lagerhaus besucht hatte, das er mir am Tag zuvor gezeigt hatte, verzog ich das Gesicht und schüttelte den Kopf. »Nicht wirklich«, gab ich zu.

Henry stöhnte enttäuscht. »Verdammt, ich habe wirklich gehofft, dass du heute etwas findest. Und immer noch kein Glück mit Owen?«

»Immer noch so stur wie ein Maultier«, sagte ich ernst. »Aber könnten wir bitte heute Abend nicht darüber reden? Ich habe den ganzen Tag damit verbracht, nach Inspiration zu suchen, und ich brauche wirklich eine Pause. Außerdem möchte ich die Stimmung wirklich nicht dämpfen. Lass uns über etwas anderes sprechen. Bitte.«

Mir war klar, dass ich verzweifelt klang, aber in diesem Moment war es mir egal. Wenn es jemanden gab, der das verstand, dann er. Er sah mich noch einen Augenblick lang an, dann nickte er und richtete sich auf.

»In Ordnung, warum schließen wir uns nicht Poppy und Colten an. Es ist höchste Zeit, dass ihr drei euch endlich kennenlernt.«

»Poppy gehört die Bäckerei, oder? El hat mir von ihr erzählt.«

»Stimmt! Els Schwester arbeitet für sie. Manchmal vergesse ich, dass sie Schwestern sind, weil sie so unterschiedlich sind.« Er führte mich in den hinteren Bereich des Pubs, wo es etwas ruhiger war. Sie hatten es geschafft, sich eine Sitznische in der Ecke zu schnappen, und winkten, als sie sahen, dass wir uns ihnen näherten.

»Da seid ihr ja!«, begrüßte Poppy uns herzlich. »Ich bin so froh, dich endlich kennenzulernen. Henry hat uns schon so viel über dich erzählt, dass ich das Gefühl habe, dich schon seit Ewigkeiten zu kennen. Setz dich, setz dich.«

Henry deutete auf den Mann, der sich nun erhob, um uns zu begrüßen. Er war groß, mindestens zwei Köpfe größer als ich. Und die Polizeiuniform, die er trug, betonte die natürliche Aura der Autorität, die ihn umgab, noch mehr. Aber keiner seiner Freunde, allen voran Poppy, die bis eben dicht neben ihm gesessen hatte, schien auch nur im Geringsten davon eingeschüchtert zu sein.

»Leute, das ist Thea. Und das hier ist Colten. Lass dich von der Uniform und seinem rauen Äußeren nicht täuschen, innen drin ist er ein riesiger Teddybär.«

Colten verdrehte die Augen. »Ja, und wenn du nicht aufhörst zu reden, zeige ich dir, wie gefährlich dieser Bär werden kann«, drohte er gutmütig, während er mir die Hand schüttelte.

Ich lachte. »Schön, dich kennenzulernen, Colten.«

»Und das ist natürlich Poppy. Wie du schon weißt, gehört ihr das *Mayflour*«, fuhr Henry fort. Er und ich setzten uns den beiden gegenüber, und ich beugte mich ein Stück vor.

»Was ich mich die ganze Zeit schon gefragt habe – ist das ein Wortspiel mit der *Mayflower*?«, erkundigte ich mich neugierig.

Poppys Grinsen wurde breiter, und ihre Augen leuchteten. »Ganz genau! Meine Familie kommt aus Amerika. Meine Eltern haben in Boston gelebt, sind aber kurz vor meiner Geburt hierhergekommen. Sie haben die Bäckerei eröffnet und mir alles beigebracht, was sie wussten.«

»Warte, bis du ihre Teilchen probiert hast«, versicherte Henry mir. »Du wirst nie wieder woanders essen wollen.«

»Ich kann es kaum erwarten, dein Essen auszuprobieren«, stimmte ich zu. »El hat mir gesagt, dass deine Cronuts zum Niederknien sind.«

»Wie süß von ihr! Ich bin so aufgeregt, dass sie wieder nach Upper Hillford zieht!«

Henry schüttelte den Kopf. »Ich bin immer noch nicht darüber hinweg, dass du von ihrer Hochzeit und dem Teil mit dem Hierherziehen vor mir gewusst hast. Was ist aus dieser Stadt geworden!«

Poppy lachte laut. »Oh, sei ruhig, du Baby! Ich wusste es nur vor dir, weil Abbie es mir gesagt hat. Und schließlich bin ich auch mit El verwandt.«

»Wirklich?«, fragte ich überrascht.

Poppy wedelte eine Hand durch die Luft. »Entfernt. Sie ist meine Cousine dritten Grades oder so ähnlich. Das habe ich nie wirklich herausgefunden. Aber am Ende kennen sich alle, die hier aufgewachsen sind. Es ist so schön, dieses Jahr so viele bekannte Gesichter zu sehen. Erst Owen, dann Elena.«

Bei der Erwähnung von Owen verspannte ich mich. Wahrscheinlich war es Wunschdenken gewesen, zu hoffen, seinen Namen heute Abend nicht zu hören.

Henry, der meinen Stimmungsumschwung bemerkte, wechselte schnell das Thema. »Übrigens, hat jemand etwas von Abbie gehört?«

»Sie hat mir vorhin eine Nachricht geschickt. Sagte, sie bliebe heute Abend bei ihrem Dad und schaue nach seinen Zahlen. Ich habe kein Wort verstanden, das sie gesagt hat, aber das ist sowieso ihr übliches Kauderwelsch«, sagte Poppy schulterzuckend.

Henry gluckste. »Das macht sie immer. Sie liebt Zahlen und Tabellen. Und schließlich ist sie eine verdammt gute Buchhalterin. Sie könnte in Edinburgh oder London verdammt viel Geld verdienen.«

»Sie ist ein Geschenk des Himmels, das ist sie. Die Bäckerei wäre längst pleite, wenn ich sie nicht hätte. Ohne sie wären wir verloren«, sagte Poppy feierlich. »Aber jetzt genug von der Arbeit. Henry, wo ist mein Drink?«

Augenblicklich erhob Henry sich und salutierte spielerisch. »Kommt sofort, Ma'am!«

Poppy deutete grinsend eine Verbeugung an. »Ich danke Ihnen, edler Herr.«

Colten schüttelte den Kopf über die Faxen seiner Freunde. »Manchmal frage ich mich, was ich in meinem früheren Leben getan habe, um es zu verdienen, mit diesen beiden festzustecken.«

Mit einem übertriebenen Keuchen legte Poppy sich eine Hand auf die Brust. »Sag nicht, du genießt unsere Gesellschaft nicht.«

»Das habe ich nicht behauptet. Was ich in Frage stelle, ist, ob sich euer Gerangel wirklich lohnt.«

Grinsend stieß sie ihm einen Ellenbogen in die Seite. »Oh, gib es ruhig zu, das ist doch der wahre Grund, warum du immer wieder zurückkommst. Du willst etwas

Drama in deinem Leben. Deshalb bist du schließlich auch Polizist geworden.«

»In einer Kleinstadt, Pops. Das sollte dir deutlich sagen, was ich von Dramen halte.« Stöhnend fuhr sich Colten mit einer Hand durch sein dunkles Haar. »Warum bin ich mit euch beiden befreundet? Thea, bitte sag mir, dass du ein geistig gesunder Mensch bist.«

Ich lachte und hob abwehrend meine Hände. »Zieh mich da nicht mit rein.«

»Sehr klug«, grinste er. »Ich mag dich.«

»Hey, das ist mein Spruch«, beschwerte Henry sich, der in just diesem Moment zurück an unseren Tisch kam und vor Poppy ein Cocktailglas abstellte, ehe er sich wieder neben mich setzte.

»Ich mag euch auch«, sagte ich mit einem Glucksen, und alle anderen schlossen sich dem Lachen an.

Das hier war wirklich gut. Hier mit Henry und seinen Freunden zu sein, war die Ablenkung, die ich gebraucht hatte, und ich konnte nicht anders, als mich leichter zu fühlen. Nachdem ich mir seit Tagen Sorgen wegen Elenas Verlobungsfeier gemacht hatte, war dieser Abend eine willkommene Atempause.

»Also, Thea. Wie gefällt dir Upper Hillford bisher? Woher kommst du eigentlich?«, erkundigte Colten sich.

»Ich komme aus London, also ist es definitiv eine Veränderung«, sagte ich inbrünstig.

Colten grinste, und ein kleines Grübchen erschien auf seiner rechten Wange. »Eine gute Veränderung oder eine schlechte?«

Einen Moment lang dachte ich darüber nach. »Kann ich später noch mal darauf zurückkommen, wenn ich mir eine endgültige Meinung gebildet habe?«

Henrys dröhnendes Lachen hallte durch den Pub. »Gesprochen wie eine echte Geschäftsfrau! Sie weiß, was sie will, und sie verpflichtet sich zu nichts, bis sie alle Informationen hat.«

Abwehrend hob Colten die Hände und grinste schief. »Alles klar.«

»Thea«, sagte Poppy. »Wie lange kennst du El? Ihr seid seit Ewigkeiten befreundet, oder?«

Ich nickte. »Wir haben uns in unserem ersten Jahr an der Universität kennengelernt. Wir waren Mitbewohnerinnen.« Und dann, innerhalb weniger Monate, wurde sie so viel mehr. Sie wurde zu Familie. Die Schwester, die ich nie gehabt hatte. Meine beste Freundin.

Poppy klatschte aufgeregt in die Hände. »Das ist so cool! Oh, ich wette, du kennst jede Menge guter Geschichten über sie! Erzähl mir alles. Hat sie sich sehr verändert?«

»Ja und nein. Sie hasst es immer noch, früh aufzuwachen und liebt es, so lange wie möglich im Bett zu bleiben, aber sie ist jetzt ruhiger. Weniger wild, aber das könnte auch daran liegen, dass sie kurz vor der Hochzeit steht und einen Job hat, der sie auf Trab hält. Ich schwöre, sie ist die meiste Zeit nur dank Koffein ansprechbar gewesen. Ich habe mir ständig Sorgen gemacht, dass sie jeden Moment tot umfallen könnte. Und dann hat sie Nate getroffen, und alles hat sich verändert. Sie ist zwar definitiv noch genauso chaotisch wie früher, aber es ist schön, sie so entspannt und verliebt zu sehen.«

Poppy seufzte verträumt. »Ich bin so froh, dass sie ihn gefunden hat. Sie sehen so süß zusammen aus. Abbie hat mir ein paar Bilder gezeigt.«

»Ja, nicht wahr? Ich freue mich so für sie.« Ich lächelte ein wenig wehmütig. Es hatte eine Weile gedauert, aber als sie Nate gefunden hatte, war es Liebe auf den ersten Blick gewesen. Sie waren so perfekt zusammen und so verliebt, dass es manchmal wehtat, sie zu betrachten.

Ich war so abgelenkt von meinen eigenen Gedanken, dass ich nicht einmal bemerkte, dass jemand an den Tisch trat.

»Ich weiß, ich weiß, ich bin spät dran«, sagte eine weibliche Stimme hinter mir.

Henry und Poppy wechselten einen Blick, während Colten den Neuankömmling anlächelte. »Kein Problem, Baby. Hauptsache, du bist jetzt hier. Thea, das ist meine Verlobte Carla. Carla, das ist Thea, eine Freundin von Abbies Schwester Elena.«

»Deine Ver– oh!« Innerhalb von Sekunden musste ich einige Gedanken neu verdrahten, bevor ich die Frau richtig begrüßen konnte. »Es ist schön, dich kennenzulernen«, sagte ich mit einem erzwungenen Lächeln und einem Winken. Carla setzte sich neben Colten und küsste ihn leicht auf den Mund, wobei ihre Lippen etwas zu lange auf seinen lagen. Sie war eine schöne Frau mit langen blonden Haaren und braunen Augen, aber nachdem ich Colten vorher mit Poppy gesehen hatte, konnte ich nicht anders, als zu bemerken, dass etwas an dem Bild der beiden nicht stimmte. Es gab keinen Funken zwischen ihnen, nichts, was mich an ein Paar denken ließ, das wahnsinnig verliebt war. Und schließlich war es mein Job, von verliebten Pärchen umgeben zu sein.

Aber zwischen ihm und Poppy ... da war eine Vertrautheit, die nicht nur von jahrelanger Freundschaft stammte. Vorhin hatte Poppy ihre Gabel fallen gelassen, und als sie sich gebückt hatte, um sie aufzuheben, hatte Colten ganz automatisch den Arm ausgestreckt und mit der Hand die Tischkante bedeckt, damit sie sich nicht den Kopf anstieß. Er schien es nicht einmal bemerkt zu haben, denn er war die ganze Zeit mit Henry in ein Gespräch verwickelt gewesen. Doch ich hatte Poppys zärtliches Lächeln gesehen, als es ihr aufgefallen war. Das zwischen den beiden war definitiv mehr, andererseits war es nicht meine Aufgabe, andere Paare zu beurteilen, also wandte ich meinen Blick ab.

Da erst bemerkte ich Poppys Gesichtsausdruck und erstarrte. Ihr Lächeln war in sich zusammengefallen, und sie hatte die Lippen fest zusammengepresst. Sie sah blass und elend aus, und ich wollte instinktiv nach ihr greifen, um sie zu umarmen.

»Pops«, flüsterte Henry und lehnte sich dicht an sie heran.

Hastig schüttelte sie den Kopf. »O Gott, wisst ihr was, ich habe völlig vergessen, dass ich eine große Bestellung für morgen habe. Damit sollte ich heute Abend schon anfangen, sonst werde ich damit vielleicht nicht fertig. Wir sehen uns morgen.« Sie stand auf und umarmte erst Henry schnell, dann mich, und ohne ein weiteres Wort eilte sie aus dem Pub.

»Dieses Mädchen«, sagte Carla mit einem Lächeln auf den Lippen. »Es ist so schade, dass wir nie reden können! Ich glaube, ich habe während der Videotelefonate mit Colt mehr von ihr gesehen, als er und ich noch eine Fernbeziehung geführt haben. Aber jetzt wohne ich schon seit einem Jahr hier und sie ist immer auf dem Sprung. Manchmal habe ich das Gefühl, dass sie mich nicht mag.« Sie sah sich um. »Ist sie wirklich einfach so gegangen?«

Henry räusperte sich, während Colten stirnrunzelnd in die Richtung sah, in die Poppy verschwunden war. »Anscheinend schon.«

Für einen Moment legte sich eine unangenehme Stille über den Tisch. Mir war schmerzlich bewusst, dass die beiden Männer mehr darüber wussten als ich, und ich hatte keine Ahnung, was ich sagen sollte.

Henry war der Erste, der das Schweigen brach. Er drehte sich mit einem Lächeln zu mir um, und es schien aufrichtig genug zu sein, aber in seinen Augen lag eine unbestimmte Traurigkeit. »Also, Thea, hast du Lust, noch ein lokales Bier zu probieren?«

Ich sah auf die Flasche in meiner Hand. Mir war gar nicht aufgefallen, dass ich sie bereits geleert hatte, aber das hieß auch, dass es nicht allzu furchtbar gewesen war. »Sicher.«

Er grinste. »Gute Antwort. Du wirst es lieben.«

Danach wurde Poppys abrupter Abgang nicht mehr erwähnt. Henry sorgte dafür, dass sich das Gespräch von allem fernhielt, was im Entferntesten ernst war, und am Ende der Nacht musste ich zugeben, dass sein Plan funktioniert hatte. Ich lachte, hatte Spaß und dachte kein einziges Mal an Els Verlobungsfeier. Wie gehofft half mir der soziale Kontakt, mich in Upper Hillford etwas wohler zu fühlen und richtig anzukommen, auch wenn ich mit Carla zugegebenermaßen nicht richtig warm wurde. Doch Henry und Colten machten ihre An- und Poppys Abwesenheit mit ihren Witzen und den gelegentlichen Kabbeleien definitiv wett.

»Ich hatte eine tolle Zeit heute Abend, Henry. Danke, dass du mich deinen Freunden vorgestellt hast«, sagte ich ein paar Stunden später mit einem aufrichtigen Lächeln, nachdem wir den Pub verlassen hatten und draußen auf der Straße standen.

Er grinste. »Jederzeit, Thea. Wir sind jetzt auch Freunde, erinnerst du dich? Dies war eine Teambuilding-Übung.«

»Oh, das war es also?«

Er nickte feierlich. »Selbstverständlich. Ich kann dich nicht aus den Augen lassen, sonst könntest du anfangen, dich mit den falschen Leuten anzufreunden.«

Ich lachte. »Was bist du, der Babysitter der Stadt?«

»Ganz genau. Jemand muss es ja tun. Kann genauso gut ich sein.«

»Du bist ein guter Mann, Henry«, sagte ich ernst.

Er zuckte mit den Schultern. »Ich tue nur das, was getan werden muss. Wie auch immer, lass mich dich nach Hause bringen. Du weißt schon, für den Fall, dass ein betrunkener Kerl beschließt, dich anzugreifen.«

»Bist du nicht selbst ein betrunkener Kerl?«

»Nun, ja. Aber ich bin ein freundlicher betrunkener Kerl.«

Grinsend hakte ich mich bei ihm ein. »Wenn du das sagst.«

Kapitel 10

Owen

Stunden später, als die Sonne bereits unterzugehen drohte, versuchte ich immer noch, Mara zu erreichen. Ich musste wissen, was sie Nana gesagt hatte, damit ich mich nicht verplapperte.

Beinahe hatte ich die Hoffnung für diesen Tag bereits aufgegeben, als der Anruf endlich entgegengenommen wurde.

»Na endlich!«, stöhnte ich entnervt, während ich im Wohnzimmer des B&B auf und ab lief. »Ich versuche schon seit Stunden, Sie zu erreichen.«

»Das habe ich den zehn Millionen verpassten Anrufen entnommen«, gab Mara trocken zurück und gähnte dann herzhaft. »Worüber wollen Sie denn so dringend sprechen?«

»Ich muss wissen, was Sie Nana erzählt haben. Über meine … meine Fake-Freundin«, presste ich hervor – allein das Wort ließ mich schaudern.

Mara stöhnte. »Darum geht es hier? Genau so viel, wie ich musste, damit sie es Ihnen abkauft. Und jetzt ist sie glücklich. Wo ist also das Problem?«

»Das Problem ist, dass Sie geglaubt hat, dass ich in einer ernsthaften Beziehung bin und ich …«

»Sie haben es vergessen und sich verplappert«, schlussfolgerte meine Assistentin korrekt.

»Ich habe ihr gesagt, dass ich keine Freundin habe und sie …« Ich brach ab und schluckte bei dem Gedanken an den beängstigenden Moment im Krankenhaus. »Sie hat es nicht gut aufgenommen.«

»Nun, niemand mag es, angelogen zu werden«, argumentierte Mara.

Mit zusammengebissenen Zähnen atmete ich einige Male tief durch. »Suchen Sie mir eine Frau.«

Einige Sekunden lang war es still am anderen Ende der Leitung, ehe Mara fragte: »Lassen Sie mich raten: Ihre Großmutter war enttäuscht, Sie haben sich schlecht gefühlt und ihr eine neue Lüge aufgetischt?«

»Finden Sie mir einfach jemanden, der die Rolle für ein paar Tage spielt, bis ich wieder von hier verschwinden kann.«

Mara stöhnte. »Auch auf die Gefahr hin, dass Sie gleich wieder das Bedürfnis verspüren, mich zu feuern: Was stimmt nicht mit Ihnen? Nein. Das wird nicht passieren.«

»Aber ich –«

»Nein«, wiederholte Mara. »Das ist lächerlich. Sagen Sie ihr einfach die Wahrheit. So schlimm wird es schon nicht werden. Es ist ja nicht so, dass sie Sie rauswerfen könnte oder etwas in der Art. Sie ist Ihre Großmutter. Sie liebt Sie.«

»Das weiß ich«, schnappte ich. »Und genau deshalb kann ich es ihr nicht sagen. Außerdem hatte sie gerade erst einen Herzinfarkt. Mehr Stress braucht sie nicht.

Finden Sie mir einfach jemanden, Mara. Ich mache keine Witze. Wenn Sie es nicht tun, werde ich Sie feuern.«

»Das würden Sie nicht.« Das würde ich nicht. Mara hatte sich unersetzlich gemacht, das wussten wir beide. Aber verzweifelte Zeiten ...

»Wissen Sie, allein dafür denke ich, dass ich Ihnen erst recht keine Freundin finden werde«, sagte Mara langsam, und ihre Stimme troff vor falscher Süße. »Tatsächlich werde ich sogar besonders nett sein und Ihre Großmutter anrufen, um ihr die gute Nachricht zu überbringen, dass Sie darüber nachdenken, Ihrer Freundin einen Antrag zu machen. Ist das nicht toll? Ich weiß, ich freue mich so für Sie beide, Sie und Ihre nicht-existente Freundin, die bald Ihre nicht-existente Verlobte sein wird. Sie werden heiraten und glücklich bis ans Ende Ihrer Tage leben. Vielleicht gibt es sogar ein paar nicht-existente Enkelkinder für Ihre Großmutter?«

»Das würden Sie nicht wagen«, keuchte ich.

»Wollen wir wetten?«

»Schön!«, presste ich aus zusammengebissenen Zähnen hervor. »Schön, Sie haben gewonnen. Sagen Sie ihr nichts. Ich werde dieses Chaos selbst beheben. Sind Sie jetzt zufrieden?«

»Und wie«, sagte Mara, und ich konnte das selbstgefällige Lächeln auf ihren Lippen beinahe vor mir sehen. »Gibt es sonst noch irgendwas?«

»Nein, das ist alles.«

»Wunderbar. Gute Nacht, Sir.«

»Gute Nacht.«

Stöhnend ließ ich mich in den nächstgelegenen Sessel fallen. Meine Augen brannten vor Erschöpfung, und ich rieb mir über das Gesicht. Was für eine Katastrophe. Wie zum Teufel sollte ich diese Situation wieder geradebiegen?

Der vernünftige Teil in mir verstand Maras Kritik durchaus, aber der wesentlich größere, besorgte Teil in mir schrie mich an, alles Menschenmögliche zu tun, um Nana zu beschützen. Und wenn ich sie dazu anlügen musste, dann war es so.

Ein irritierendes Klingeln, das dem Geräusch eines Windspiels ähnelte, drang durch meine rotierenden Gedanken. Es dauerte mehrere Momente, bis mir klar wurde, dass es sich dabei um die Türklingel handelte, die ich bis dahin noch nie gehört hatte. Anscheinend hatte Nana den Ton seit meinem Auszug geändert.

Misstrauisch durchquerte ich das Foyer und öffnete die Tür. Obwohl ich erst seit ein paar Tagen wieder in Upper Hillford war, hatte ich mich bereits daran gewöhnt, dass die Leute ein- und ausgingen, ohne sich anzukündigen.

Zu meiner Überraschung fand ich mich einem Paar älterer Damen gegenüber, die mich freundlich anlächelten.

»Guten Tag!«, sagte die linke der beiden, eine kurvige Frau mit hellroten, schulterlangen Haaren, jeder Menge Sommersprossen und einem starken schottischen Akzent. »Hätten Sie noch ein Zimmer für uns frei? Wir machen eine Rundreise durch England und sind im Internet über Ihr hinreißendes B&B gestolpert – da konnten wir einfach nicht dran vorbei!«

Ihre Freundin, eine größere Frau, deren schwarze Haare zu einem Bob geschnitten waren, nickte vehement. »Die ganze Stadt ist entzückend, aber dieses B&B!« Sie seufzte schwärmerisch, und ich schluckte.

Am liebsten hätte ich ihnen gesagt, dass das Cottage bis auf Weiteres geschlossen war, doch ich erinnerte mich nur zu gut an Nanas entsetzte Miene, als ich ihr das vorgeschlagen hatte. Mit einem erzwungenen Lächeln trat ich beiseite und ließ die beiden herein.

Sobald ich sichergestellt hatte, dass ein Gästezimmer vorzeigbar war, nahm ich den Check-in vor und fühlte mich dabei instinktiv in meine Jugend zurückversetzt. Wie oft hatte ich Nana geholfen, die Zimmer vorzubereiten und ihr sogar eine Buchungssoftware eingerichtet, um den Check-in zu erleichtern.

Nur in der Küche hatte ich nie geholfen, weil ich entweder ausschlafen wollte oder zu der Zeit bereits in der Schule war.

Was mich daran erinnerte – ich würde den beiden Frauen am nächsten Morgen Frühstück servieren müssen.

Fuck.

Dieses Problem verschob ich gedanklich auf später. Ich würde mich zu gegebener Zeit darum kümmern.

***

Das Geräusch der sich öffnenden Haustür weckte mich einige Zeit später. Gähnend richtete ich mich in dem Sessel auf, in dem ich eingenickt war, während ich das Internet nach Escort-Agenturen durchsucht hatte.

Doch wirklich fündig geworden war ich nicht. Automatisch warf ich einen Blick auf die Uhr.

Fast Mitternacht.

Da zurzeit nur eine weitere Person im B&B wohnte, stellte sich die Frage, wer so spät kam, gar nicht erst.

Miss Theodora Jordan.

Auch bekannt als mein persönliches Fegefeuer.

Mit finsterem Blick beobachtete ich von meinem Platz aus, wie sie die Haustür hinter sich schloss und auf den Treppenaufgang zuging. Selbst bis hierher konnte ich die Duftwolke aus Bier und Burger riechen, die sie mitbrachte.

Erst als sie zusammenzuckte und in meine Richtung sah, wurde mir bewusst, dass ich irgendein Geräusch gemacht haben musste.

»Du«, sagte sie mit einem Seufzen. »War ja klar. Und ich dachte, ich würde heute Abend meine Ruhe vor dir haben.«

Instinktiv knirschte ich mit den Zähnen und wollte zu einer bissigen Erwiderung ansetzen, konnte mich aber gerade noch zurückhalten. Stattdessen beobachtete ich sie genau. Der einzige Hinweis, dass sie getrunken hatte, war die Tatsache, dass sie sich am Türrahmen festhielt. »Es ist mein Haus. Ich lebe hier. Warum kommst du so spät?« Verdammt, das klang, als wäre ich ihr Vater oder als würde mich interessieren, was sie tat.

Was nicht stimmte.

»Ich war mit Henry und seinen Freunden unterwegs.« Sie lächelte, und dieses Lächeln stellte irgendetwas mit meinem Magen an. Henry. Schon wieder.

»Du machst ziemlich viel mit Henry.«

Sie kniff die Augen zusammen. »Da *jemand* sich weigert, mir die perfekte Location für Els Verlobungsfeier zu überlassen, muss ich schließlich eine neue finden. Henry kennt die Stadt in- und auswendig.«

»Natürlich«, sagte ich abschätzig. »Ich bin sicher, er denkt das auch.«

Thea biss die Zähne zusammen. »Hör auf, dich wie ein Arsch zu verhalten. Es ist spät und ich habe zu viel getrunken. Ich habe keine Lust, mit dir zu diskutieren.« Sie drehte sich um, aber bevor sie weggehen konnte, hatte ich sie eingeholt.

Sie sah mich finster an. »Was willst du? Ich brauche meinen Schönheitsschlaf. Schließlich ist es deine Schuld, dass ich durch die Stadt rennen muss, um einen neuen Veranstaltungsort zu finden.«

Einen langen Moment starrte ich sie nur an, die Zahnräder in meinem Gehirn drehten sich in Höchstgeschwindigkeit.

»Warum starrst du mich so an? Habe ich etwas im Gesicht?«

»Was würdest du tun, um die Location zu bekommen?« Die Worte waren aus meinem Mund, ehe ich sie aufhalten konnte. Das war garantiert eine schreckliche Idee, aber vielleicht auch eine brillante.

Thea verdrehte die Augen. »Alles. Es ist der perfekte Ort, alles, wovon Elena und ich geträumt haben, seit wir an der Universität gewesen sind. Aber dank dir muss ich jetzt umplanen.«

Ich nickte und traf eine Entscheidung. »Gut. Dann habe ich einen Deal für dich. Wenn du so tust, als wärst du meine Freundin, kannst du das B&B für deine Party nutzen.«

Ihr Mund öffnete und schloss sich einige Male, während sie mich anstarrte, als würde sie auf die Pointe eines Witzes warten. »Entschuldige, ich habe mich ganz sicher verhört. Wiederhol das bitte noch mal.«

»Du hast mich schon verstanden. Spiel meine Fake-Freundin, während ich hier bin, und ich überlasse dir das Cottage.«

»Du bist verrückt«, flüsterte sie, die Augen groß und rund wie Untertassen. »Du bist total durchgeknallt. Wie traurig.«

Einen Moment lang richtete ich den Blick gen Himmel und bat innerlich um Geduld. »*Theodora* ...«

»Vielleicht liegt es daran, dass du so lange allein warst«, fuhr sie unbeirrt fort. »Hast du mal darüber nachgedacht, dich in psychiatrische Behandlung zu begeben? Gib dich nicht auf, es gibt mit Sicherheit Hilfe für Leute wie dich!«

»Hör auf, mich zu verspotten und beantworte die Frage«, knurrte ich.

»Nein, danke«, entgegnete sie. »Ich habe Besseres mit meiner Zeit zu tun, als deine kleinen Spiele zu spielen. Gute Nacht.«

»Warte.« Instinktiv griff ich nach ihrem Handgelenk, als sie sich umdrehte. Die Berührung fühlte sich an wie ein Stromschlag, und ich ließ sie hastig wieder los. »Denk einfach darüber nach. Ich meine es ernst. Es ist nur eine kurze Zeit. Du kannst das Cottage für Elenas Party nutzen. Es ist eine Win-win-Situation.«

Kopfschüttelnd starrte sie mich an. »Es ist ein dummer Plan. Nein, es ist nicht einmal ein Plan, es ist eine schreckliche *Idee*. Warum brauchst du überhaupt eine

Fake-Freundin? Ich bin mir sicher, dass es mehr als genug Frauen gibt, die alles dafür tun würden, um deine Freundin zu sein.«

»Ich will keine echte«, sagte ich vehement. Allein beim Gedanken daran erschauerte ich. »Deshalb muss es ja Fake sein.«

»Wie beziehungsphobisch kann man sein? Owen – ja!«, murmelte Thea mit einem Augenverdrehen. »Schön. Und wofür brauchst du unbedingt eine ›Fake-Freundin‹?«

Ich presste die Lippen zusammen und schwieg.

»Ich stimme nichts zu, es sei denn, du sagst es mir«, erklärte sie resolut. »Warum brauchst du eine Fake-Freundin? Was ist los? Bist du ein Spion? Hat dich das FBI geschickt, um die Stadt auszukundschaften? Ist der Bürgermeister ein kriminelles Genie und du musst das Rathaus infiltrieren?«

Spöttisch verdrehte ich die Augen, konnte aber nichts dagegen tun, dass mein Mundwinkel zuckte. »Das ist absurd. *Du* bist absurd. Wenn du es wissen musst: Es ist wegen Nana.«

»Warum? Hat sie Regierungsgeheimnisse gestohlen? Das würde erklären, warum du immer so geheimnisvoll und grüblerisch bist. Und ständig am Arbeiten.«

»Hörst du jetzt mit diesem Spionage-Unsinn auf?«

»Erst wenn du mir sagst, was los ist. Ohhh, oder müsstest du mich töten, wenn du das tust? Brauchst du deshalb eine Fake-Freundin, um deine Tarnung zu schützen?«

»Hör auf damit!«

»Schon gut.« Thea verdrehte die Augen. »War ja nur ein Gedanke. Du könntest aber wirklich ein Geheimagent sein. Es wäre irgendwie cool. Sehr James-Bond-mäßig. Aber gut. Wenn du keiner bist, worum geht es dann?«

»Das ist eine lange Geschichte.«

»Ich höre.«

»Nana hatte vor kurzem einen Herzinfarkt.«

»Ich weiß, das hast du schon gesagt. Und das tut mir immer noch sehr leid. Aber warum –«

»Und meine Assistentin hat ihr vor einer Weile gesagt, dass ich eine Freundin habe. Jetzt hat Nana gefragt, ob ich sie mitgenommen hätte.«

»Und warum kannst du sie nicht mitnehmen?«

»Weil es diese Freundin nie gegeben hat, Himmelherrgott!«, brach es aus mir heraus.

»Oh«, sagte sie und blinzelte.

»Ja, oh.«

»Okay. Ich verstehe. Aber warum sagst du deiner Großmutter nicht einfach die Wahrheit? Es ist keine große Sache. Warum kann sie nicht einfach wissen, dass du keine Freundin hast? Sag ihr von mir aus, dass ihr Schluss gemacht habt, dann musst du nicht einmal sagen, dass du sie angelogen hast. Ich bin sicher, sie würde das verstehen. Es ist nicht das Ende der Welt.«

Ich schluckte schwer. »Das habe ich versucht. Sie hat ... es nicht gut aufgenommen. Sie hatte gerade einen Herzinfarkt. Sie ist alt, und sie macht sich ständig Sorgen um mich und ...«

»Du sorgst dich um sie«, beendete sie unerwartet sanft meinen Satz, und ich nickte.

»Sie ist die einzige Familie, die ich noch habe.«

»Hm.«

»Was?« Forschend sah ich sie an, und sie zuckte mit den Schultern

»Nichts. Es ist nur ... Das ist viel rücksichtsvoller, als ich von dir erwartet hätte.«

Wieder biss ich die Zähne zusammen. »Ich bin kein herzloses Monster.«

»Was du nicht sagst.«

Ich machte eine ungeduldige Geste mit der Hand. »Können wir zu den wichtigen Dingen zurückkehren? Haben wir einen Deal? Spielst du meine Fake-Freundin?«

»Äh, nein«, sagte sie und schüttelte den Kopf. »Tut mir leid, aber da bin ich raus. Ich spiele niemandes Fake-Freundin. Ganz besonders nicht deine.«

»Warum nicht? Was stimmt nicht mit mir?«

»Abgesehen von deinen schlechten Manieren und der Tatsache, dass du der unhöflichste Mann der Welt bist? Nichts«, sagte sie trocken. »Absolut nichts.«

Ich biss mir auf die Innenseite der Wange. Es war nicht das erste Mal, dass sie mich unhöflich nannte. Und ganz unrecht hatte sie dabei wohl nicht. Vielleicht sollte ich mich entschuldigen.

»Du bist auch nicht gerade ein Sonnenschein.« Verdammt. Das war das Gegenteil von Entschuldigung. Ich holte tief Luft und versuchte es noch einmal. »Hör zu, es tut mir leid. Aber eigentlich spielt der Grund doch überhaupt keine Rolle. Es ist nur eine geschäftliche Vereinbarung.«

»Das reicht mir nicht.«

»Wenn du vorgibst, meine Freundin zu sein, bekommst du das B&B für deine dä- für die Party. Ist das nicht das, was du wolltest?«

Thea runzelte die Stirn. »Schon. Aber ... nein. Es ist einfach zu merkwürdig. Und ehrlich gesagt, ist es eine schlechte Idee.«

»Warum?«

»Weil du mich hasst«, sagte sie und verschränkte die Arme vor der Brust. »Wie soll ich mich wie deine liebende Freundin verhalten, wenn du mich die ganze Zeit finster anstarrst.«

»Das tue ich nicht«, protestierte ich.

»Doch, tust du. Ich bin nicht blind, weißt du. Du siehst mich an, als wäre ich irgendein ekliges Insekt.«

»Tu ich nicht. Und selbst wenn«, unterbrach ich sie eilig, weil sie bereits den Mund geöffnet hatte, vermutlich um mir zu widersprechen, »es ist nichts Persönliches. Ich mag einfach keine ... Hochzeiten und so.«

»Was gibt es da nicht zu mögen?«, fragte sie, und dabei lag ein Hauch von Traurigkeit in ihren Augen.

Mein Gesichtsausdruck versteinerte. »Das geht dich nichts an«, sagte ich knapp. »Das ist deine letzte Chance. Nimm den Deal an oder lass es, aber wenn du es nicht tust, dann wirst du dir garantiert eine andere Location suchen müssen. Ich will nicht, dass es der Ort für eine alberne Hochzeit ist.«

Ihre Nasenlöcher blähten sich, und sie starrte mich mit vor Wut blitzenden Augen an. »Albern?«, knurrte sie. »Hochzeiten sind nicht albern.«

Ich hob meine Schultern. »Einigen wir uns darauf, dass wir bei dieser Sache unterschiedlicher Meinung sind. Also, was wird es sein? Haben wir einen Deal oder nicht?«

»Schön!« Sie warf die Hände in die Luft. »Du hast gewonnen. Ich werde deine Fake-Freundin spielen, bist du jetzt glücklich? Stell dich auf jede Menge Qualen ein, denn ich werde es dir sicher nicht leicht machen.«

Ich machte mir nicht die Mühe zu antworten. Stattdessen drehte ich mich um und ließ sie kochend stehen. Aber irgendwie fand ein Lächeln seinen Weg in mein Gesicht.

Eine Sorge weniger.

Kapitel 11

Thea

Der erste Gedanke, der mir beim Aufwachen durch den Kopf schoss, war: *Was habe ich getan?*

»Verdammt«, stöhnte ich und zog mir das Kissen über das Gesicht. »Nein, nein, nein.«

Warum hatte ich dieser Dummheit zugestimmt? Und was stimmte mit Owen nicht? Diese Geheimniskrämerei war prädestiniert dazu, uns beiden innerhalb kürzester Zeit um die Ohren zu fliegen.

Aber das Schlimmste war, dass er mich neugierig gemacht hatte. Er schien letzte Nacht so verzweifelt zu sein und solche Angst zu haben, seiner Großmutter die Wahrheit zu sagen. Es war geradezu … *süß* gewesen.

Am Ende musste ich mir jedoch eingestehen, dass sein Angebot zu gut war, um es abzulehnen.

Auch wenn es dumm und lächerlich war und höchstwahrscheinlich nach hinten losgehen würde. Die letzten achtundvierzig Stunden hatten deutlich gezeigt, dass Owen und ich ungefähr so gut zusammenpassten wie ein Pulverfass und ein Streichholz.

Seufzend warf ich das Kissen beiseite und setzte mich auf. Es hatte keinen Sinn, sich jetzt darum zu sorgen. Der Handel war geschlossen, und ich musste damit leben. Vielleicht würde es ja doch klappen, und er wäre kein allzu großer Arsch. Vielleicht würde sich das alles lohnen.

Und vielleicht würden Schweine fliegen lernen.

Mit einem Schnauben schwang ich die Beine über die Bettkante.

Am liebsten hätte ich den ganzen Morgen im Bett verbracht und so getan, als wäre nichts davon passiert und alles nur ein Traum gewesen. Doch das war leider unmöglich.

Mandy hatte mich gebeten, sie am Vormittag anzurufen und das ein oder andere Projekt mit ihr durchzugehen, also musste ich mich dem Tag eher früher als später stellen.

Ich war mir nicht sicher, was ich erwartet hatte, als ich kurz darauf die Küche betrat, aber es war definitiv nicht Owen, der Teig knetete.

In einem verdammten Anzug.

Außerdem roch es, als würde etwas anbrennen.

Blinzelnd versuchte ich zu begreifen, was ich sah, aber es ergab überhaupt keinen Sinn. Für einen Moment beobachtete ich ihn, wie er zwischen einer rauchenden Pfanne, dem Teig und der Kaffeemaschine hin- und herrannte, bevor ich schließlich fragte: »Was zum Teufel machst du da?«

Mitten in der Bewegung hielt er inne, und seine Augen verengten sich. »Ich mache Frühstück. Wonach sieht es denn aus?«

»Wie ein absolutes Chaos«, sagte ich und zeigte auf die Pfanne. »Soll da Rauch sein oder versuchst du, das Haus niederzubrennen?«

»Übertreib nicht«, schnappte er. »Der Bacon ist am Braten.«

»Warum brätst du Bacon?«

»Weil wir Gäste haben und Nana von mir erwartet, dass ich sie auch so behandle«, sagte er zwischen zusammengebissenen Zähnen.

»Wir haben Gäste?«, wiederholte ich und fühlte mich von Minute zu Minute verwirrter. »Seit wann?«

»Seit gestern, und nicht ›wir‹ wie in ›du und ich‹, sondern ›wir‹ wie in ›das B&B‹. Jetzt hör auf, mich abzulenken, das Frühstück soll um neun Uhr fertig sein!«

Ich warf einen Blick auf die Uhr. Es war halb neun. »Nun, das wird wohl nichts«, sagte ich und ging zum Herd.

»Was machst du da?«, fragte er alarmiert.

»Natürlich aufräumen«, antwortete ich und nahm die Pfanne in die Hand. »Es sei denn, du wolltest das servieren und deinen Gästen eine Lebensmittelvergiftung verpassen? Oh, warte, das ist es, was du anstrebst, oder?«

»Unsinn«, murrte er und versuchte, mir die Pfanne zu entreißen. »So schlimm ist es nicht. Er braucht nur noch ein bisschen.«

»Er ist verbrannt«, sagte ich trocken und zog die Pfanne näher an mich heran. »Kein Kochen dieser Welt wird daran noch etwas ändern.«

»Gib mir einfach die Pfanne. Du hast keine Ahnung, was du tust.«

»Ich weiß zumindest mehr als du.«

»Ich habe alles im Griff.«

»Das wünschst du dir vielleicht«, gab ich schnaubend zurück. »Wie wäre es, wenn du dich an etwas hältst, was du tatsächlich kannst? Wie Kaffee oder Tee zu machen. Oder vielleicht nur ein Glas Wasser.«

»Du bist unmöglich! Hör einfach auf, dich einzumischen.«

»Dann hör du auf, das Essen zu verbrennen!«

»Ich verbrenne kein –«

»Doch, tust du. Was soll das eigentlich werden?«, fragte ich und nickte in Richtung des Teigballs.

»Scones. Es sollen Scones werden.«

»Scones«, wiederholte ich. »Klar, darauf hätte ich auch selbst kommen können. Und sollte Backpulver im Teig sein?«

»Natürlich«, sagte er mit solcher Überzeugung, dass meine Mundwinkel zuckten.

»Tatsächlich. Und warum liegt das Päckchen noch daneben?«

»Da liegt kein –« Er wirbelte herum und starrte besagtes Päckchen so finster an, als hätte es ihn persönlich beleidigt. »Fuck.«

Amüsiert sah ich zu, wie er den Beutel aufriss und die Hälfte des Inhalts über den Teig schüttete.

»Bist du sicher, dass das eine gute Idee ist?«

»Ich weiß, was ich tue!«

»Schön, mach, was du willst, kann mir ja egal sein.« Ich schnappte mir einen Teller aus dem Schrank. »Soll ich den Tisch decken?«

»Ja. Aber bring zuerst den Müll raus«, murmelte er abgelenkt.

Empört schnaubte ich. »Ich bin doch nicht dein Dienstmädchen. Wenn du den Müll weg haben willst, bring ihn selbst raus.«

»Bitte«, sagte er und warf mir einen Blick zu, der für Owens Verhältnisse geradezu flehend wirkte.

Mit zusammengebissenen Zähnen knurrte ich leise. »Ich mache das nur ein einziges Mal und auch nur, weil du offensichtlich verzweifelt bist.« Ich ging zum Müll und wollte gerade die Enden des Beutels zusammenknoten, als mir der Inhalt auffiel. »Wie viele Eier hast du benutzt?«, rief ich, schockiert über die Menge an Eierschalen.

Owen wich meinem Blick aus und sah stur auf den Teig vor sich. »Ich habe versucht, Omeletts zu machen. Es lief nicht ... gut.«

Jetzt, wo er es sagte, bemerkte ich einige verbrannte Klumpen unter den Eierschalen, von denen ich annahm, dass es sich dabei um besagte Omeletts handelte.

»Alles klar.«

»Hör auf zu starren. Du verschwendest Zeit.«

»Ich starre nicht«, entgegnete ich. »Ich versuche nur herauszufinden, wie du überhaupt am Leben bist. Du kannst nicht kochen. Überhaupt gar nicht.«

»Ich kann hervorragend Essen beim Lieferdienst bestellen«, sagte er.

»Das ist kein Kochen.«

»Ich werde nicht mit dir darüber streiten, was als Kochen gilt und was nicht. Bring einfach den Müll nach draußen und beeil dich. Wir müssen den Tisch decken, bevor die Gäste nach unten kommen.«

»Ja, *Liebling*«, sagte ich spöttisch.

Sein Blick traf auf meinen, und für einen Moment hielt ich den Atem an. Etwas an ihm war plötzlich anders, weicher irgendwie, und ich konnte nicht wegschauen.

Doch genauso schnell, wie der Moment gekommen war, war er auch schon wieder vorbei. Sein Gesichtsausdruck verhärtete sich, und er wandte den Blick ab.

»Der Müll«, sagte ich unnötigerweise und räusperte mich. »Richtig. Bin gleich zurück.«

Als ich zurückkam, hatte er den Teig anscheinend aufgegeben und briet irgendetwas.

»O Gott, was machst du jetzt wieder?«, stöhnte ich. »Ich hoffe, du benutzt nicht dieselbe Pfanne wie eben. Die ist nämlich absolut widerlich.«

»Sag mir nicht, was ich tun soll. Ich habe alles im Griff.«

»Sicher«, murmelte ich und begann, den Tisch zu decken. »Möchtest du mir erklären, warum du das alles auch noch in einem Anzug tust? Es ist Sonntag, und du ruinierst ihn mit deinem Aufzug.«

Er verdrehte die Augen, antwortete jedoch nicht darauf.

»Ich kann so früh am Morgen nicht mit dir umgehen«, murmelte ich, ging zu den Schränken und begann, sie durchzusehen.

»Suchst du nach etwas Bestimmtem?«

»Schokolade. Gibt es irgendetwas Süßes in diesem Haus?«

»Es gibt Süßstoff.«

»Oh, welch Freude. Das ist ja fast dasselbe.«

»Wir haben auch Mandelmilch.«

»Warum bin ich nicht überrascht, dass du auch noch so etwas trinkst?« Ich wandte mich wieder meiner Suche zu und fand schließlich ein paar Earl-Grey-Teebeutel. »Und wie immer denkt niemand an die armen Nüsse.«

»Nüsse«, wiederholte Owen perplex. »Du machst dir Sorgen um die Nüsse.«

»Ja, klar«, sagte ich, und da ich immer noch mit dem Rücken zu ihm stand, machte ich mir keine Mühe, mein Grinsen zu verbergen. »Diese Mandeln hatten auch Gefühle, weißt du.«

»Ich kann dir versichern, dass dem nicht so ist. Aber wenn du dir solche Sorgen machst, kenne ich ein paar Nüsse, um die du dich kümmern könntest.«

Ich wirbelte zu ihm herum und starrte ihn einige Sekunden lang an. Seine Miene wirkte auf den ersten Blick völlig ausdruckslos, doch bei näherem Hinsehen erkannte ich das Zucken seiner Mundwinkel.

»O Gott.« Fassungslos bedeckte ich meine Ohren mit den Händen. »Das hast du nicht gerade gesagt. O mein Gott, was habe ich getan, um das zu verdienen? Du bist furchtbar.«

Jetzt breitete sich ein echtes Grinsen auf seinem Gesicht aus, und der Anblick war so ungewohnt, dass ich ihn einen Moment lang nur anstarren konnte. Ich war nicht blind. Natürlich war mir schon zuvor aufgefallen, dass er attraktiv war, doch seine Persönlichkeit hatte bisher ziemlich erfolgreich alle positiven Merkmale überschattet.

Aber wenn er so grinste wie jetzt ...

Schwer schluckend wandte ich mich ab.

Für ein paar Minuten herrschte gesegnete Stille, während ich darauf wartete, dass das Wasser kochte und dann den Tee ziehen ließ.

Schließlich, nachdem ich ein paar Schlucke getrunken hatte, konzentrierte ich mich wieder auf Owen. Sein Grinsen war mittlerweile verschwunden, und ich spürte einen Stich des Bedauerns in mir. Er stand so aufrecht, dass man denken würde, er hätte dort, wo normalerweise seine Wirbelsäule sein sollte, stattdessen eine Metallstange. Er wirkte, als wäre er jede Sekunde bereit, eine Präsentation vor einem Vorstand zu halten. Obwohl ich zugeben musste, dass seine Schultern in diesem Anzug phänomenal aussahen.

»Also«, sagte ich, »was hast du gesagt, was du dieses Mal machen wolltest?«

»Spiegelei. Und ich habe Toast in den Ofen getan, während du den Müll rausgebracht hast.«

Ich richtete mich auf. »Das war vor einer Ewigkeit!« Unsanft stieß ich ihn vom Herd weg, und als ich die Klappe vorsichtig öffnete, kam mir eine Rauchwolke entgegen.

»Verdammt!«

»Was ist los?« Owens Stimme kam von irgendwo hinter mir.

»Was glaubst du wohl? Der Toast ist natürlich verbrannt. Hast du schon mal was von einem Timer gehört? Oder sind die zu fortschrittlich für deinen Höhlenmenschenverstand?«

»Mein Höhlenmenschverstand ist völlig intakt, danke«, sagte er trocken.

Beim Anblick des geschwärzten Toasts zuckte ich zusammen. »Den kannst du vergessen«, sagte ich seufzend und warf die Briketts in eine neue Mülltüte. »Lass mich die Eier fertig machen, ich traue dir nicht zu, sie nicht wieder zu töten.« Ich versuchte, an die Pfanne zu kommen, aber er stellte sich mir in den Weg.

»Nein«, widersprach er. »Ich schaffe das.«

»Ja, klar«, sagte ich und rollte mit den Augen. »Komm schon, beweg dich.«

Er verschränkte die Arme vor der Brust und schüttelte energisch den Kopf.

»Glaubst du wirklich, das wird mich aufhalten?«, fragte ich belustigt. »Du kennst mich wirklich überhaupt nicht.« Ohne zu zögern, drängte ich mich zwischen ihn und die Pfanne. Zu spät erkannte ich meinen strategischen Fehler, denn jetzt war ich zwischen ihm und der Theke gefangen, sein warmer Körper drückte gegen meinen.

»Äh«, sagte ich und blinzelte, ein seltsames Gefühl breitete sich in meiner Brust aus. Ich schaute hoch in sein Gesicht, und plötzlich vergaß ich, wie man atmete. Seine Augen weiteten sich leicht, und sein Blick fiel für einen Moment auf meine Lippen. Es war nur ein winziger Moment, aber ich sah es. Seine Reaktion verursachte ein merkwürdiges Kribbeln in meinem Bauch. War es möglich, dass er mich attraktiv fand? Zumindest ein kleines bisschen?

Und das war der Moment, in dem ich jemanden im Foyer rufen hörte.

»Hallo, hallo? Jemand zu Hause?«

Meine Augen weiteten sich vor Schock. Mit aller Kraft versuchte ich, mich freizukämpfen, aber Owens

Arme um mich herum waren genauso unnachgiebig wie Stahlseile.

»Benimm dich«, raunte er mir ins Ohr, und ein Schauer lief mir über den Rücken.

»Ich schwöre bei Gott, ich werde dich erwürgen«, stieß ich hervor. »Lass mich los.«

Er machte keinerlei Anstalten, meinem Befehl Folge zu leisten. Stattdessen rief er laut: »In der Küche!«

Sekunden später betrat niemand Geringeres als meine beste Freundin Elena den Raum.

»Ach, hier bist du, ich hatte mich schon gewundert, wo –« Als sie uns entdeckte, blieb sie abrupt stehen und ihr Mund klappte auf. »Oh.«

Endlich ließ Owen mich los, und ich rannte auf sie zu, um sie zu umarmen.

»O mein Gott, es ist so schön, dich zu sehen! Aber was machst du denn schon hier? Du wolltest doch erst Ende nächster Woche ankommen!«

»Ehrlich gesagt habe ich mir Sorgen gemacht«, sagte El, bevor sie mich losließ und zwischen Owen und mir mit einem unlesbaren Gesichtsausdruck hin und her sah. »Aber es scheint, dass das völlig unnötig war.«

»Was? Ich – oh.« Plötzlich wurde mir klar, wie Owen und ich ausgesehen haben mussten, als Elena die Küche betreten hatte. Über die Schulter hinweg warf ich ihm einen finsteren Blick zu, aber er schenkte mir nur ein falsches Lächeln. Er hatte das absichtlich getan.

»Ähm, Owen, Elena. El, ich weiß nicht, ob du dich noch an Owen erinnerst ...«

»Natürlich erinnere ich mich! Und du glaubst nicht, wie viele Fragen ich habe. Eigentlich bin ich hierhergekommen, weil ich gesehen habe, dass Ben – du weißt schon, Mr Geheimnisvoll – mit einer anderen öffentlich in seiner Instagram-Story rumknutscht. Eigentlich war ich darauf vorbereitet, dich mit Eiscreme und schlechten Liebesfilmen zu trösten.« Verwirrt schüttelte Elena den Kopf. »Aber stattdessen ...« Sie machte eine vage Handbewegung zwischen Owen und mir hin und her, während ich sie nur mit offenem Mund anstarren konnte.

»B-Ben?«, krächzte ich.

Elena hob eine Augenbraue. »Hast du wirklich geglaubt, du könntest einen Kerl so lange vor mir geheim halten, Süße? Du vergisst, dass ich euch einander vorgestellt habe. Geheimnisvoll hin oder her, ich war nun mal verdammt neugierig.«

»Oh«, war alles, was ich von mir geben konnte, während meine Gedanken rasten. Es stimmte, dass Elena mir Ben vor einem guten Jahr vorgestellt hatte. Er war der Erste einer langen Pechsträhne gewesen. Aber jedes Mal, wenn ich ihr endlich alles gestehen wollte, kam etwas dazwischen. Und jetzt war sie hier, und ich musste sie erneut anlügen.

Als ich merkte, wie lange ich sie schon schweigend anstarrte, räusperte ich mich. »Tja, also ... Ben und ich, das ist ... vorbei. Ich wollte es dir eigentlich schon längst sagen, aber dann kam die Verlobung und ...«

Elena winkte ab und lächelte. »Ich bin einfach nur froh, dass du nicht am Boden zerstört bist. Und jetzt läuft also was zwischen euch beiden, hm?«

Ein kleines, leicht hysterisches Lachen brach aus mir heraus. »Genau.« Ich räusperte mich und versuchte, mich daran zu erinnern, wie man lächelte. Himmel, so wie ich mich verhielt, könnte man meinen, ich wäre noch nie in einer Beziehung gewesen.

Plötzlich spürte ich Owens Hand auf meinem unteren Rücken, als er neben mich trat. »Hey, Elena. Lange nicht gesehen. Herzlichen Glückwunsch zur Verlobung. Ich hoffe, das mit Thea und mir ist für dich in Ordnung?«

Oh, kluger Schachzug, die beste Freundin um ihren Segen zu bitten. Zu schade, dass ich ihn erwürgen würde, sobald wir das nächste Mal allein waren.

Elena legte den Kopf schief und musterte Owen und mich kritisch, bevor sich ein breites Lächeln auf ihrem Gesicht ausbreitete. »Wenn Thea dich für gut genug hält, bin ich auch einverstanden.«

Bei dem Vertrauen, das El damit in mich bewies, wurde mir ganz schlecht. Ich hatte das nicht verdient.

»Aber ich warne dich«, fuhr sie fort. »Wenn du ihr wehtust, kannst du etwas erleben. Ich bin mir nicht zu schade, zu Mirabel zu gehen und mich bei ihr über dich zu beschweren.«

Hinter mir spürte ich, wie Owen zusammenzuckte, und ich konnte mir ein Grinsen nicht verkneifen. Damit hatte El exakt ins Schwarze getroffen.

»Ist vermerkt«, gab er gleichmütig zurück.

Elena grinste. »Dann haben wir das ja geklärt. Was machst du eigentlich hier, Owen? Du bist doch nicht wegen meiner Verlobungsfeier hier, oder?«

»Nein!«, platzte es aus ihm heraus, und beinahe hätte ich gelacht. Aber nur beinahe. Sein Entsetzen war in diesem Moment so deutlich zu hören, dass es einfach zu komisch war. Er räusperte sich. »Nein. Meine Großmutter hatte einen Herzinfarkt, deshalb bin ich hier.«

Augenblicklich verwandelte sich Els Belustigung in Betroffenheit. »O nein, das tut mir so leid! Wie geht es ihr?«

»Es geht aufwärts, aber sie muss noch im Krankenhaus bleiben. Währenddessen kümmere ich mich um das B&B.«

»Wie lieb von dir!«, sagte Elena und lächelte. »Sagt mal, habt ihr schon gefrühstückt? Ich habe einen Bärenhunger und könnte gerade für einen Cronut jemanden ermorden.«

Ich räusperte mich und warf einen bedeutungsschweren Blick zu dem Herd hinter mir. »Nein, noch nicht.«

»Ich muss noch etwas Arbeit erledigen, aber ihr zwei solltet auf jeden Fall gehen. Iss einen Cronut für mich mit, ja?«, sagte Owen, drückte unerwartet einen Kuss auf meine Schläfe und schob mich in Elenas Richtung.

Irritiert drehte ich den Kopf und starrte ihn an. Wer war dieser Mann, und was hatte er mit Owen Stone gemacht? Wie konnte jemand anscheinend alles hassen, was mit Beziehungen und Liebe zu tun hatte, aber sich gleichzeitig so liebevoll verhalten?

Ein Mysterium für einen anderen Tag.

»Bye«, murmelte ich ihm über die Schulter hinweg zu. »Versuch, nicht die Küche abzufackeln, ja?«

Daraufhin hob er lediglich eine Augenbraue, während Elena lachte und mich aus der Küche zur Haustür zog. »Na, dann komm. Ich will alles hören. Wann seid ihr zusammengekommen? Und wie ist es dazu gekommen? Ernsthaft, deine Geheimniskrämerei wird mich eines Tages umbringen. Warum hast du mir nicht wenigstens von ihm erzählt? So einen Hottie kannst du doch nicht für dich behalten! Und was zum Teufel ist mit Ben passiert?«

Ich ließ mich aus der Tür ziehen. »Es tut mir leid, El. Es gab nicht wirklich einen Grund, es zu erwähnen. Es ist nicht so ernst. Und, nun, ich schätze ... er sieht ganz gut aus, ja.«

»Ganz gut?«, wiederholte sie, während wir den Weg zur Innenstadt von Upper Hillford einschlugen. »Girl, das ist weit von ›ganz gut‹ entfernt. Du könntest es weitaus schlimmer treffen. Ich glaube, ich kann mich an niemanden erinnern, der *so* gut aussieht. Außer Nate natürlich, aber du weißt, was ich meine. Owen ist GQ-Level-heiß.«

Ich schluckte hart. Diesen Aspekt hatte ich versucht zu verdrängen – und war bislang erfolgreich gescheitert.

»Er ist außerdem irgendwie ein Arsch.«

El lachte. »Ich auch. Genauso wie Nate. Und du.«

»Bin ich nicht!«

»Red dir das nur ein, Süße. Du brauchst jemanden, der mit dir mithalten kann. Und dieser Kerl kann das definitiv. Er war in der Schule schon ein Bad Boy.«

»Das kann ich mir vorstellen«, murmelte ich und versuchte, das Bild eines jungen, draufgängerischen Owen aus meinem Kopf zu vertreiben.

Ohne Erfolg.

Hastig räusperte ich mich. »Warum reden wir eigentlich nur von mir? Erzähl mir lieber –«

»Thea«, machte El langgezogen und warf mir einen strafenden Blick zu. »Du hast meine Frage nicht beantwortet. Was ist mit Ben passiert?«

Ich stieß einen tiefen Seufzer aus und erinnerte mich daran, dass es für Elena noch frisch war, während ich längst damit abgeschlossen hatte. »Er hat mich betrogen«, gab ich knapp zurück. »Die ganze Zeit. Das war der Grund für die Heimlichtuerei. Er wollte nicht, dass seine Freundin davon erfährt.«

»Dieses Arschloch«, stieß Elena hervor. »Ich werde –«

»Nicht«, unterbrach ich sie hastig. »Bitte, ich will es einfach nur vergessen.« Außerdem war die Sache viel zu lange her. Jetzt noch ein großes Fass aufzumachen, wäre irgendwie ... peinlich gewesen. Schließlich war es nicht so, als hinge ich noch an ihm. »Bitte, lassen wir das einfach. Wann bist du angekommen? Und wo ist Nate?«

Der Seitenblick, den meine beste Freundin mir zuwarf, sagte deutlich: ›*Ich weiß, was du hier tust, und ich akzeptiere diesen Themenwechsel nur, weil ich dich liebe.*‹ »Eins nach dem anderen. Erstens – vor genau fünfundvierzig Minuten. Und zweitens – Nate muss ein Projekt abschließen, aber er kommt in ungefähr einer Woche nach. Außerdem hätte ich mir keinen besseren Moment aussuchen können, um anzukommen. Ich habe mich schon gewundert, warum du dich entschieden hast, so früh hierherzukommen, aber jetzt ergibt das natürlich Sinn. Das mit Owens Großmutter tut mir wirklich leid, ich mag sie sehr. Hast du sie schon kennengelernt?«

Ich zupfte ein langes Haar von meinem Oberteil. »Noch nicht, nein. Aber Owen hat von ihr gesprochen, und sie klingt nach einer netten Dame.« Das war nur die halbe Wahrheit. Das meiste, was ich über Mirabel

Stone wusste, hatte ich tatsächlich von Henry, aber das musste El ja nicht wissen.

»Das ist sie wirklich. Wie hast du Owen überhaupt kennengelernt?«

»Äh, na ja.« Scheiße, wir hatten noch keine Zeit gehabt, unsere Geschichten aufeinander abzustimmen. Ich hatte keine Ahnung, was ich sagen sollte. »Wir –«

Lautes Bellen unterbrach mich, und ich schickte ein schnelles Gebet an jeden, der eingriff. Ein paar Sekunden später rannte ein vertrauter Golden Retriever auf uns zu.

»Annie!« Lächelnd ging ich in die Hocke, um sie zu streicheln. Beinahe hätte sie mich umgeworfen, so aufgeregt wedelte sie mit dem Schwanz und leckte mir über die Wangen.

»Braves Mädchen«, murmelte ich und zerzauste ihr Fell. »Wer ist ein braves Mädchen? Bist du das? Ja, das bist du.«

Annie bellte, was ich als Zustimmung interpretierte.

»Na, wenn das nicht meine liebsten Ladies sind. El, wie schön, dich wiederzusehen!«

Ich schaute auf und sah, wie Henry sich uns näherte, ein breites Lächeln auf den Lippen. Annie bellte erneut, rannte zu ihm zurück und umkreiste ihn aufgeregt.

»Hey, Henry. Auch schön, dich zu sehen.« Elena grinste und umarmte ihn.

»Ich hatte keine Ahnung, dass du heute ankommst! Thea hat gar nichts gesagt.«

»Das liegt daran, dass *Thea* keine Ahnung hatte«, sagte ich trocken. »Sie steckt eben voller Überraschungen.«

Henry lachte. »Klingt nach Elena. Wohin geht ihr Hübschen? Kann ich euch begleiten? Ich war gerade mit Annie spazieren und konnte eine Tasse Kaffee und etwas zu essen vertragen.«

»Gern. Wir wollten gerade zu Poppy. Je schneller wir dort sind, desto eher bekomme ich endlich einen ihrer Cronuts. Und, noch viel wichtiger, vielleicht hört Thea dann auf, mir auszuweichen, und erzählt mir mehr über ihre Beziehung mit Owen.«

Henry stolperte über ein unsichtbares Hindernis. »Ihre ... Beziehung«, wiederholte er langsam und warf mir einen fragenden Blick zu.

»Ja, wusstest du davon?« Sie verengte die Augen, doch Henry hob eilig beide Hände und schüttelte den Kopf. Augenblicklich entspannte El sich wieder. »Ich habe es auch gerade erst herausgefunden. Das scheint aber schon eine Weile zu laufen. Aber *natürlich* hat sie nichts gesagt. Thea und ihre Geheimnisse.« Elena verdrehte die Augen, aber auf ihren Lippen lag ein amüsiertes Lächeln.

»Ja, ich bin sicher, Thea wird uns alles darüber erzählen«, sagte er, und ich warf ihm einen finsteren Blick zu.

El stieß mir ihren Ellenbogen in die Seite. »Na, hoffentlich. Aber zuerst Kaffee und einen Cronut!«

Wir hatten das *Mayflour* erreicht. Ohne auf uns zu achten, stieß Elena die Tür auf und verschwand nach drinnen. Sobald sie außer Hörweite war, drehte ich mich um und blickte Henry an.

»Das war nicht nötig«, murrte ich.

Er hob eine Augenbraue. »Eine Beziehung, ja?«

Ich verzog das Gesicht. »Es ist ... kompliziert.«

»Das ist ein Facebook-Status, aber keine Beschreibung der Realität.«

»Es ist wirklich kompliziert. Ich erzähle es dir. Bald. Aber bitte spiel vorerst mit, ja? El darf es nicht herausfinden.«

Henrys Blick wurde weicher. »In Ordnung. Wenn es das ist, was du willst. Aber versprich mir, dass du mir alles erzählen wirst.«

»Versprochen.«

Wir betraten die Bäckerei und fanden Elena Arm in Arm mit Poppy. Anscheinend hatten die beiden das Begrüßungsritual schon hinter sich, denn ich hörte meine beste Freundin gerade fragen: »Wo versteckst du eigentlich meine kleine Schwester? Hältst du sie wieder in deinem Kerker angekettet?«

Poppy lachte. »Dass du sie immer noch ungestraft ›klein‹ nennen kannst, überrascht mich immer wieder. Wie viel jünger ist sie? Fünf Minuten?«

»Zwei«, korrigierte El sie verschmitzt.

»Du bist unverbesserlich. Abbie ist hinten in ihrem Büro, wie immer.« Poppy deutete auf den Durchgang, der an der Küche vorbei in einen kleinen Flur führte.

El löste sich von ihr und grinste mir zu. »Dann werde ich Abbie mal auf die gute Seite der Macht ziehen. Ich bin gleich zurück.«

Poppy schüttelte kichernd den Kopf, ehe sie sich uns zuwandte. »Guten Morgen, ihr beiden – nein, ihr drei. Hallo, Annie, meine Süße«, begrüßte sie die Hündin und streichelte sie, als diese sie auffordernd anstupste. »Was kann ich euch bringen?«

Wir gaben unsere Bestellung auf und setzten uns dann an einen kleinen Tisch in der Ecke, während Annie es sich auf dem Boden neben uns bequem machte.

Ich war mir Henrys durchdringenden Blicks überdeutlich bewusst, aber ich ignorierte ihn und kraulte stattdessen Annies Ohr, während wir darauf warteten, dass Elena und Abbie zurückkehrten.

Es dauerte nicht lange. Nur ein paar Minuten später kam meine beste Freundin heraus und zog ihre Zwillingsschwester am Arm hinter sich her. »Schau, wen ich in der Dunkelheit über ein paar staubige Zahlen brütend gefunden habe!«, rief Elena und grinste breit.

»Ich habe nicht gegrübelt, es war nicht dunkel und die Zahlen waren auch nicht verstaubt. Dass du immer so dramatisch sein musst.« Abbie verdrehte die Augen, doch das liebevolle Lächeln, mit dem sie ihre Schwester bedachte, sprach für sich. Es war immer wieder faszinierend, die beiden nebeneinander stehen zu sehen, denn abgesehen von der Haarlänge – Els Haare waren zu einem praktischen Bob geschnitten, während Abbies Locken ihr bis zur Mitte des Rückens reichten – waren sie völlig identisch.

»Hey, Abbs, lange nicht gesehen«, sagte ich lächelnd.

Sie drehte sich zu mir um und strahlte. »Thea, hi! Poppy hat mir gesagt, dass du hier bist. Tut mir leid, dass wir uns nicht schon eher treffen konnten. Es war so viel zu tun.«

Ich stand auf, um sie zu umarmen. »Keine Sorge, das kenne ich nur zu gut. Jetzt bist du ja hier.«

Verlegen verlagerte Abbie ihr Gewicht von einem Bein auf das andere und räusperte sich. »Ehrlich gesagt habe ich gleich einen Termin ...« Sie zog ihr Handy aus der Hosentasche und verzog das Gesicht, als sie auf das Display schaute. »Ziemlich genau jetzt. Tut mir leid.«

»Was? Nein!«, protestierte Elena. »Ich bin gerade angekommen! Du kannst nicht schon wieder gehen.«

Abbie schloss die Augen und schien mehrmals tief durchzuatmen, ehe sie Elena ansah. »Es tut mir leid. Ich hatte nicht erwartet, dass du heute ankommen würdest, sonst hätte ich meinen Terminkalender entsprechend angepasst. Da du aber ohnehin hierherziehst, gehe ich nicht davon aus, dass du nur ein paar Stunden Zeit hast. Wir können uns später unterhalten.«

Einen Moment lang war es so still, dass man eine Stecknadel fallen hätte hören können, bevor Elena seufzte. Besorgt beobachtete ich sie. Ich wusste, dass El viel an einer guten Beziehung zu ihrer Schwester lag, doch aus irgendeinem Grund ging Abbie ihr seit einigen Jahren aus dem Weg. Schon oft hatte meine beste Freundin sich darüber beklagt, dass sie nicht verstand, was passiert war und wann oder warum sie sich derart entfremdet hatten. Trotzdem versuchte sie immer wieder, den Kontakt herzustellen, auch wenn es oft in Situationen wie diesen endete, in denen Abbie sie mehr oder weniger offensichtlich mied.

»In Ordnung«, murmelte Elena. »Wir sehen uns später.«

Abbie entspannte sich etwas. »Gut.« Sie beugte sich vor, um die Wange ihrer Schwester zu küssen, bevor sie sich auch von uns anderen verabschiedete.

»Nun«, sagte Poppy und balancierte vier Tassen und einen Teller mit Schokoladenkeksen auf einem Tablett. »Das lief ja wunderbar.«

»Und wie.« Elena seufzte und griff sich eine Tasse. »Danke, Pops.«

»Gern. Getränke gehen aufs Haus«, sagte Poppy und stellte den Rest der Tassen auf den Tisch.

»Nein!«, widersprach El augenblicklich, aber Poppy winkte nur ab.

»Doch. Sieh es als Willkommensgeschenk. Außerdem gehörst du zur Familie.«

»Also schön. Danke dir, Cousinchen.« Elena schnupperte nach dem Kaffee und lächelte genießerisch. »Ah, das riecht göttlich. Ich liebe Starbucks, aber das? Ist viel besser. Aber jetzt.« Sie beugte sich vor. »Du hast viel zu erklären, Theodora. Denk nicht, dass ich das vergessen habe. Ich will alle Details.«

»Details worüber?«, fragte Poppy neugierig, und ich zuckte zusammen. Kleinstadtbewohner. Sie waren wirklich alle gleich.

»Wusstest du von ihr und Owen?«, fragte Elena sie anklagend. Anscheinend glaubte sie tatsächlich, ich hätte nur ihr etwas verheimlicht.

»Es wusste niemand davon«, rief ich entnervt, doch die anderen ignorierten mich.

»Warte, was? Nein! Henry, wusstest du das? Warum hast du gestern nichts gesagt, Thea? Oder noch besser, warum hast du ihn nicht mitgebracht? Oh, warte, nein, vergiss das, ich erinnere mich daran, wie sehr er sich gesträubt hat, als Henry ihn gestern gefragt hat. Wie ist das überhaupt passiert?«

»Wie hast du es herausgefunden?«, fragte Henry Elena.

»Ich war im B&B und habe sie beim ... Schmusen erwischt.«

»Beim Schmusen?«, wiederholte Henry und lachte ungläubig.

»Wir haben nicht geschmust!«, protestierte ich.

»Wie auch immer du es nennen willst, ich habe euch gesehen. Noch ein paar Minuten und du hättest auf der Arbeitsplatte gesessen – mit ihm zwischen deinen Beinen.«

»Wirklich?« Poppys Mund öffnete sich, und ihre Augen weiteten sich. Sie sah aus, als hätte sie gerade eine neue Cupcake-Maschine im Lotto gewonnen. Zumindest vermutete ich, dass sie so aussehen würde.

»Das erklärt die ganze sexuelle Spannung, die seit eurer Ankunft zwischen euch herrscht«, sagte Henry grinsend.

Ich trat ihm unter dem Tisch gegen das Schienbein.

»Au! Entschuldigung. Mein Fehler.«

El hob die Augenbrauen und grinste. »Sexuelle Spannung, mh? Davon musst du mir erzählen.«

»Ich muss los«, sagte Henry plötzlich, und ich war mir nicht sicher, ob ich dankbar oder angefressen sein sollte, dass er ausgerechnet diesen Moment wählte, um zu verschwinden. Dankbar, weil ich wirklich nicht vor ihm über irgendwelche Details meines Liebeslebens reden wollte – und angefressen, weil dieses Liebesleben nun einmal nicht existierte und er mir sicherlich hätte helfen können, El irgendwie von ihrer Mission abzubringen. »Tut mir leid. Ich habe ganz vergessen, dass heute Morgen eine große Lebensmittellieferung kommt. Wir sehen uns später, ja? El, ich bin wirklich froh, dass du zurück bist. Du hast gefehlt.«

»Danke, Henry. Bis bald!«

Er winkte uns zu und eilte nach draußen, wobei die Glocke fröhlich läutete, als er die Tür öffnete.

»Also, was höre ich da über sexuelle Spannung?«, fragte Elena und nahm einen Schluck Kaffee. »Schieß los.«

Ich stöhnte. Das würde ein langer Morgen werden.

Kapitel 12

Owen

Am Türrahmen des *Mayflour* gelehnt beobachtete ich die drei Frauen an einem der Ecktische.

Elena und Poppy redeten ohne Pause und schienen über alles und nichts zu diskutieren, während Thea ruhig zwischen ihnen saß und ab und zu an ihrer Tasse nippte. Allein wirkte sie immer so selbstbewusst, wie eine Naturgewalt, laut und lebhaft und damit wie das genaue Gegenteil von mir.

Doch neben ihren Freundinnen wirkte sie stoisch, beinahe zurückhaltend. Es war ein seltsamer Anblick, sie so zu sehen. Ihr Körper war reglos, die Schultern entspannt. Zum ersten Mal, seit ich sie kannte, sah sie nicht so aus, als wäre sie jeden Moment bereit für einen Angriff. Stattdessen hörte sie aufmerksam zu, ihre Augen flackerten zwischen ihren Freundinnen hin und her und sie schien jeden subtilen Unterton, jedes Wort in sich aufzunehmen.

Es war faszinierend, ihr dabei zuzusehen.

Als hätte sie gespürt, dass ich sie beobachtete, blickte Thea plötzlich auf und ihr Blick begegnete meinem. Ein heißer Funke wanderte meine Wirbelsäule empor, und ich schluckte schwer.

Verdammt, diese Frau war ein Rätsel.

Eine von Theas Augenbrauen hob sich herausfordernd, und beinahe konnte ich ihre Stimme in meinem Kopf hören.

Na, traust du dich?

Nur, dass es keine Frage des Mutes war, sondern der Vernunft.

Wir hatten in der vergangenen Nacht einen Handel abgeschlossen, doch der beinhaltete nicht, dass ich ihr hinterherlief wie ein vernarrter Welpe.

Abrupt drehte ich mich um und ging mit schnellen, effizienten Schritten zurück zum B&B. Ich hatte keine Ahnung, warum ich überhaupt in die Bäckerei gekommen war. Diese Sache zwischen Thea und mir war nichts weiter als ein Mittel zum Zweck, und das sollte ich mir immer wieder vor Augen halten.

Mit ihr Zeit zu verbringen war nichts, was ich meinem eigenen Vergnügen zuliebe tat. Davon hatte es in den letzten Jahren insgesamt herzlich wenig gegeben. Ein One-Night-Stand hier und da war alles, was ich mir neben den gelegentlichen Abenden im *Nostalgia* gönnte.

Das war mein Leben, und ich war zufrieden damit.

Theodora Jordan war eine Ablenkung, die ich mir weder leisten konnte noch wollte.

Dieser Morgen hatte mir das wieder einmal vor Augen geführt. Wobei ich ihr nicht die ganze Schuld an dem Frühstücksdebakel geben konnte. So ungern ich es auch zugab, aber Thea hatte mit ihrer Einschätzung, was meine Kochkünste betraf, recht gehabt.

Am Ende hatte ich Mrs und Mrs Hillyard einen Gutschein für das *Mayflour* ausgestellt, weil ziemlich schnell klar geworden war, dass ich nichts Essbares zustande bringen würde.

Mein Handy klingelte, als ich gerade am Ivy Cottage angekommen war. Ein Blick auf das Display verriet mir, dass es Mara war.

»Haben Sie ein naives Frauchen gefunden, das Ihre Freundin spielt, oder haben Sie beschlossen, vernünftig zu sein und Ihrer Großmutter die Wahrheit zu sagen?«, fragte sie, ohne sich mit Begrüßungsfloskeln aufzuhalten.

»Ihnen auch einen guten Morgen«, antwortete ich trocken.

»Jaja, guten Morgen«, sagte sie ungeduldig. »Also?«

»Ich habe jemanden gefunden.«

Mara stöhnte deutlich hörbar. »Das hatte ich befürchtet. Darf ich fragen, wen?«

Einen Moment zögerte ich, dann antwortete ich: »Theodora Jordan. Sie ist für kurze Zeit hier, um die Verlobungsfeier für ihre Freundin auszurichten.«

Einen Moment herrschte Schweigen, dann hörte ich deutlich das unterdrückte Lachen am anderen Ende der Leitung. »Die Verlobungsfeier?«, brachte Mara kichernd hervor. »Oh, das ist ja noch besser, als ich erwartet habe. Sie wollen Ihrer Großmutter ja wirklich nichts sagen, was?«

Ich biss die Zähne zusammen. »Das sagte ich doch bereits.«

Immer noch glucksend sagte Mara: »Schon gut, schon gut. Tja, dann bleibt mir wohl nur, Ihnen viel Erfolg bei Ihren Schauspielkünsten zu wünschen.«

Augenverdrehend beendete ich das Gespräch.

***

Auch wenn ich Nana noch immer nicht davon hatte überzeugen können, dass es für alle Beteiligten besser wäre, das B&B zu verkaufen, beschloss ich, die Zeit, bis Thea wieder zurückkam, zu nutzen. Ich würde eine digitale Besichtigungstour erstellen und damit ein Exposé und das Inserat vorbereiten. Zugegebenermaßen brauchte ich die Arbeit auch für meinen persönlichen Seelenfrieden. Ich musste einfach daran glauben, dass ich in naher Zukunft endlich mit dem Cottage und Upper Hillford abschließen konnte.

In den nächsten Stunden war ich völlig in die Arbeit vertieft, probierte verschiedene Blickwinkel aus und schnitt die Videos. In weiser Voraussicht hatte ich mein Fotografie-Equipment, wie die 360-Grad-Kamera und ein Stativ, von zu Hause mitgebracht. Es war eine Menge Arbeit, aber ich war mir sicher, dass es sich am Ende auszahlen würde, ganz gleich, wie viel Überwindung es mich kostete, mich so intensiv mit dem Cottage zu beschäftigen.

Die erste Etage bestand aus sechs Schlafzimmern und einem großen Badezimmer. Während Thea das erste in Beschlag genommen und sich die beiden Damen im Zimmer nebenan einquartiert hatten, war meine Wahl automatisch auf das hinterste gefallen. Es war schon während meiner Kindheit *mein* Zimmer gewesen. Der Raum, in dem ich meinen Mittagsschlaf gehalten hatte, meine Hausaufgaben gemacht und gespielt hatte, während Nana und meine Eltern sich um das B&B gekümmert hatten.

Und der Raum, in den ich geschickt worden war, wenn das Unausweichliche passiert war und meine Eltern Streit angefangen hatten.

So sehr ich auch versuchte, mich von den kleinen Details und den Erinnerungen, die sie für mich bargen, zu distanzieren, es war beinahe unmöglich, sie völlig zu ignorieren.

Wie die Delle in der Wand neben dem Kleiderschrank, bei deren Anblick ich prompt zusammenzuckte. Ich hatte damals versucht, so schnell wie möglich in mein Zimmer zu gelangen, als Dad einmal mehr betrunken nach Hause gekommen war und Mum wegen irgendeiner dummen Kleinigkeit angeschrien hatte.

Oder das alte Bett, in dem ich mehr Zeit verbracht hatte als in meinem eigenen in unserem damaligen Haus. Wie oft war ich hier eingeschlafen, während Dad sich um die ewig tropfenden Rohre gekümmert und Mum und Nana das Abendessen in der Küche vorbereitet hatten.

Und der Ausblick. Unzählige Male hatte ich am Fenster gesessen, auf das Meer gestarrt und von einem Piratenschiff geträumt, das am Horizont auftauchte und mich in eine Welt voller Abenteuer entführte.

Aber am Ende waren Träume und Hoffnungen nichts anderes als hübsche Lügen, die man sich selbst erzählte, genau wie die Familie.

Seufzend fuhr ich mir mit einer Hand durch die Haare. Die Vergangenheit war vorbei, und es hatte keinen Sinn, weiter darüber nachzudenken.

Es war beinahe eine Erleichterung, als ich endlich das Wohnzimmer erreichte. Irgendwann in den letzten Jahren war es renoviert worden und fühlte sich wesentlich weniger vertraut an als die restlichen Räume.

Ich war gerade dabei, einige Fotos zu machen, als plötzlich eine Stimme hinter mir fragte: »Was machst du da?«

Vor Überraschung schreckte ich hoch und wirbelte herum. Henry lehnte am Türrahmen, die Arme vor der Brust verschränkt, und betrachtete mich schief gelegtem Kopf.

Einen Augenblick lang überlegte ich, ihn einfach wieder wegzuschicken, doch ich traute ihm zu, allein deshalb länger als ursprünglich geplant hierzubleiben. »Ich arbeite«, sagte ich letztendlich.

Er runzelte die Stirn. »Du filmst?«

»Offensichtlich.«

»Woran arbeitest du?«

»An einer virtuellen Besichtigungstour.«

»Huh.« Henry hielt inne und blinzelte überrascht. »Das ist eine ziemlich gute Marketingidee. So etwas auf die Website zu stellen, würde sicherlich mehr Gäste anlocken.«

Ich biss die Zähne zusammen. »Ja. Das dachte ich auch«, behauptete ich schließlich. Selbst wenn Henry vermutlich noch nichts von Theas und meiner angeblichen Beziehung wusste, hatte ich nicht vor, ihm etwas von den wahren Beweggründen zu erzählen. Es wäre schwer zu erklären, warum ich das Cottage verkaufen wollte, wenn Thea es für Els Verlobungsparty brauchte. Ganz abgesehen davon, dass noch nichts in trockenen Tüchern war und Henry, so wie ich ihn kannte, Nana sofort verraten würde, was ich hier tat. Besser, ihn glauben zu lassen, dass das alles für eine Marketingstrategie war.

In der Hoffnung, damit seine Neugier gestillt zu haben, wandte ich mich demonstrativ wieder meiner Kamera zu. Ich spürte Henrys Blick auf mir, und je länger er schwieg, desto angespannter wurde ich. Schließlich hielt ich es nicht mehr aus.

Hinter meinen Schläfen begann der inzwischen vertraute Kopfschmerz zu pochen, und am liebsten hätte ich ihn angeschrien. Stattdessen fixierte ich einen Fleck über seiner rechten Schulter und fragte mit bemüht gelassener Stimme: »Wolltest du etwas Bestimmtes?«

Henry zögerte und musterte mich einen Moment lang schweigend, ehe er sagte: »Ich dachte, du hättest es dir vielleicht anders überlegt.«

»Was anders überlegt?«, fragte ich stirnrunzelnd.

»Du weißt schon. Reden.«

Ich biss die Zähne zusammen und schwieg beharrlich.

Er seufzte. »Komm schon, wir waren früher Freunde, weißt du nicht mehr? Bevor ... du weißt schon.«

Bevor alles den Bach runtergegangen war, meinte er wohl. »Das ist lange her. Und ich habe keine Ahnung, worüber du reden möchtest.«

»Wirklich?« Er hob die Brauen. »Ich hätte ein paar Ideen. Thea, zum Beispiel.«

»Ich wüsste nicht, was es da zu sagen gibt.«

»Komm schon, Owen, rede mit mir. Erinnerst du dich, wie wir waren, als wir jung waren? Wir haben alles zusammen gemacht.«

Mit einem Mal fühlte ich mich unendlich müde. Ich stieß einen langen Atemzug aus und rieb mir über die Schläfen. »Ja, wir waren wie Pech und Schwefel, wie Nana immer sagte. Aber wir waren damals Kinder. Seitdem hat sich vieles verändert.«

»Ich weiß«, sagte Henry mit einem wehmütigen kleinen Lächeln. »Aber du bist für mich da gewesen, wenn ich dich gebraucht habe. Und wenn du mich lässt, würde ich den Gefallen gern erwidern.«

»Ich brauche niemanden.« Die Worte waren aus meinem Mund, bevor ich sie aufhalten konnte.

Henry zuckte kaum merklich zusammen. »Jeder braucht manchmal jemanden«, entgegnete er ernst.

»Mir geht's gut«, gab ich scharf zurück. »Also danke, aber nein, danke.«

»Okay«, sagte er langsam. »Wie wäre es dann, wenn wir einfach ein bisschen rumhängen, wie in alten Zeiten? Ich will immer noch über Thea reden. Auch wenn du beschlossen hast, dass du keine Freunde brauchst, sie *ist* meine Freundin und sie ist mir wichtig.«

Ich biss die Zähne zusammen.

›*Sie ist mir wichtig.*‹

Seine Worte hallten in meinem Kopf wider, und etwas, das sich verdächtig nach Eifersucht anfühlte, flammte in mir auf.

Was völlig lächerlich war.

Ich hatte überhaupt kein Interesse an Thea. Abgesehen von unserem Deal, könnte sie mir nicht gleichgültiger sein.

»Wir sind zusammen«, sagte ich trotz alledem. »Also, was auch immer du dir erhofft hast, es ... tut mir leid. Wird nicht passieren. Sie gehört jetzt zu mir.«

»Ja, das habe ich schon gehört.« Henry studierte mich mit einem unlesbaren Gesichtsausdruck. »Interessante Wendung. Ich meine mich an ein Telefonat erinnern zu können, in dem zuerst sie sich über dich und du dich anschließend über sie beschwert hast. Oder habe ich mir das nur eingebildet?« Fragend zog er die Augenbrauen hoch.

Das Blut rauschte durch meine Ohren. »Dinge ändern sich.«

»Tun sie das?« Henry legte den Kopf schief, und langsam breitete sich ein Grinsen auf seinem Gesicht aus. »Und ihr seid zusammen, ja?«

»Das habe ich doch gerade gesagt.«

Er nickte. »Wollte mich nur noch mal vergewissern. Die Dinge ändern sich ja recht schnell zurzeit.«

»Wir sind zusammen.« Je häufiger ich die Worte wiederholte, desto bitterer schmeckten sie. »Gibt es sonst noch etwas?«

»Ja. Tu ihr nicht weh.« Henrys plötzlich so ernste Worte wirkten wie Eiswasser auf mich.

Ich räusperte mich. »Das habe ich nicht vor.«

Er musterte mich noch einen Moment länger, und was immer er in meiner Miene fand, es schien ihn zu beruhigen. »Gut.« Dann stahl sich ein verschmitztes Grinsen auf seine Lippen. »Keine Sorge, du bist mich gleich los, aber ich lasse dich noch an einem Geheimtipp teilhaben: Wenn ihr euch mal streitet und alles andere scheitert, behaupte einfach, dass Merkur rückläufig zu sein scheint. Das ist die universelle Ausrede für

Beziehungsprobleme, glaub mir. Das ist, als würde man sagen: ›Der Hund hat meine Hausaufgaben gefressen‹, nur eben für Erwachsene.«

Ich starrte ihn an. »Du hattest schon ... wie viele Beziehungen?«

Henry runzelte die Stirn. »Ab wie viel Stunden zählt es?«

»Alles über zweiundsiebzig Stunden, würde ich sagen, aber ich bin kein Experte«, gab ich trocken zurück.

»Dann ... keine. Aber das heißt nicht, dass ich keine großartigen Tipps gebe! Ein Psychologe muss schließlich auch nicht selbst psychisch krank sein, um zu helfen, oder nicht?«

Seufzend schüttelte ich den Kopf. »Klar. Ich werd's mir merken. Lässt du mich jetzt in Ruhe arbeiten?«

Henry lachte. »Klar, Alter. Bis dann.«

Ich wartete, bis die Tür hinter ihm zugefallen war, dann lehnte mich an die Wand und schloss die Augen.

Anscheinend war die erste Phase des Plans erfolgreich gewesen. Wenn Elena, Henry und seine Freunde die Lüge glaubten, würde sicher auch Nana keine Schwierigkeiten haben, Thea als meine Freundin zu akzeptieren.

Meine Freundin.

Für einen Moment erinnerte ich mich, wie sich ihr Körper an meinem angefühlt hatte, als ich sie an diesem Morgen gegen die Arbeitsplatte gedrängt hatte. Wie weich sich ihre Haut angefühlt hatte. Wie perfekt ihre Kurven in meine Hände gepasst hatten.

Kopfschüttelnd rief ich mich zur Raison. Was war nur mit mir los? Ich war schon mit Frauen zusammen gewesen, mit jeder Menge. Aber noch nie hatte mein Körper so reagiert.

Es musste Zufall sein. Oder vielleicht auch ein Zeichen, dass ich flachgelegt werden musste.

Mit einem tiefen Seufzen stieß ich mich von der Wand ab. Die Arbeit rief. Zeit, sich zu konzentrieren und alles andere in den hintersten Winkel meines Verstandes zu schieben.

Thea inklusive.

Kapitel 13

Thea

Entgegen der allgemeinen Meinung liebte ich Montage.

›*Jedem Anfang liegt ein Zauber inne*‹ war einer der liebsten Sätze meines Vaters gewesen, und er hatte ihn bei jeder sich bietenden Gelegenheit angewandt. Daher konnte ich gar nicht anders, als mit einem positiven Gefühl in eine neue Woche zu starten.

Allerdings gab ich gern zu, dass diese Liebe auch daher kam, weil meine Agentur montags geschlossen hatte. Samstag war im Hochzeitsbusiness der anstrengendste Tag der Woche, weshalb sich das Wochenende für uns verschob.

Für mich bestanden Montage aus ellenlangen To-do-Listen, Besorgungen, für die ich unter der Woche keine Zeit fand, und – dem besten Teil – Brainstorming. Technisch gesehen zählte das zwar als Arbeit, aber ich liebte es so sehr, meine Kreativität auszuleben, dass es sich nicht danach anfühlte.

Ich konnte Ewigkeiten damit verbringen, mit Ideen zu jonglieren und sie auf dem riesigen Whiteboard in meinem Wohnzimmer zu notieren.

Der einzige Unterschied an diesem Montag war, dass ich nicht in meiner gemütlichen Wohnung in London saß, sondern im sonnigen Garten des B&B.

Es war das perfekte Wetter für ein bisschen Outdoor-Brainstorming. Die Sonne stand zwar bereits hoch am Himmel, doch es wehte eine leichte Brise, sodass es noch nicht zu heiß war.

Nachdem ich El am vergangenen Tag endlich vom Thema Owen abgebracht hatte, waren wir unsere alte Liste mit Hochzeitsideen durchgegangen, die wir bereits während unserer Uni-Zeit zusammengestellt hatten.

Es war schnell klar geworden, dass sich daran nur Kleinigkeiten verändert hatten, sodass ich mich heute in die Detailplanung stürzen konnte. Die Party sollte in rund einem Monat stattfinden; so war sichergestellt, dass Nate in Ruhe sein Projekt abschließen und nach Upper Hillford kommen konnte.

Der nächste Schritt auf meiner To-do-Liste betraf das Catering, doch dafür würde ich Elenas Hilfe brauchen. Da ich wusste, dass sie und Abbie höchstwahrscheinlich den vergangenen Abend zusammen verbracht hatten, rief ich sie erst am späten Vormittag an, um zu sehen, ob sie mittlerweile wach war.

»Dank dir bin ich's jetzt«, stöhnte Elena in ihr Handy. »Ich habe noch nicht einmal gefrühstückt.«

»Echt? Normalerweise wärst du doch inzwischen längst am Verhungern. Was hältst du von einem frühen Mittagessen? Einer der Caterer, die ich in die engere Auswahl gezogen habe, hat mich heute Morgen angerufen. Sie haben spontan einen Platz für ein Probeessen frei, weil ein Paar abgesagt hat. Was hältst du davon? Ich habe mir ihre Speisekarte angesehen, sie haben sogar dieses Lachs-Tartar, das du so magst.«

»Oh, bitte erwähn kein – urgh!« Sie stöhnte laut, und dann erklang ein klapperndes Geräusch, als ob sie das Handy fallen gelassen hatte.

»El?«, fragte ich erschrocken. »Alles in Ordnung?«

Würgegeräusche drangen durch das Telefon, und ich hielt es ein Stück von meinem Ohr entfernt.

»Mir geht es gut«, keuchte Elena nach ein paar Momenten.

»Bist du sicher?«, fragte ich besorgt. »Du klingst nicht so. Ich komme rüber, okay? Halt durch.«

»Nein, nein. Mir geht es gut. Komm nicht vorbei. Das mit dem Caterer ist eine gute Idee. Holst du mich ab?«

Ich verzog das Gesicht. »Würde ich gern, aber ich wollte vorher bei der Druckerei vorbeifahren und eure Einladungskarten drucken lassen.« Während des Frühstücks am Tag zuvor hatte ich El meinen Entwurf gezeigt, von dem sie sofort begeistert gewesen war.

»Oh! Das ist wichtiger. Dann treffen wir uns dort, ja? Sagen wir, in einer Stunde? Reicht dir das? Bis dahin bin ich bestimmt wieder fit. Schick mir die Adresse, okay?«

»Das reicht. Aber nur, wenn du sicher bist. Ich kann den Termin sicher noch mal versch-«

»Kommt nicht in Frage!«, widersprach El, immer noch schwer atmend. »Nein, das kriegen wir schon hin. Wir sehen uns in einer Stunde.«

Sie legte auf, und ich starrte stirnrunzelnd auf mein Handy.

Irgendetwas stimmte nicht.

Fürs Erste schob ich die Sorge jedoch beiseite und nahm mir vor, sie später im Restaurant zu fragen. Ich schrieb ihr schnell die Adresse, bevor ich mir den USB-Stick griff, den ich bereits vorbereitet hatte, und das Haus verließ.

Der Nachbarort Bradfordshire lag etwa eine halbe Stunde von Upper Hillford entfernt, jenseits der schottischen Grenze. Die Stadt war nur unbedeutend größer, dennoch gab es hier das ein oder andere Geschäft, das man in Upper Hillford nicht fand. Die Druckerei war eins davon.

Glücklicherweise waren wir uns schnell einig, und ich kam fünfzehn Minuten zu früh beim Caterer an. E-lena war nirgendwo zu sehen, aber das überraschte mich nicht sonderlich. Selbst an guten Tagen kam sie meist erst auf den letzten Drücker. Und ich hatte das Gefühl, dass das heute doppelt und dreifach zutraf.

Während ich auf sie wartete, blieb ich in meinem Wagen sitzen, öffnete jedoch die Fenster, um etwas Luft reinzulassen. Die Sonne stand mittlerweile hoch am Himmel und brannte heiß auf den Asphalt herab. Für Nordengland – oder Südschottland, je nachdem, mit wem man sprach – war es verdammt warm, und ich wünschte, ich hätte ein Zopfgummi oder eine Klammer dabei, um meine Haare hochzustecken.

Zwanzig Minuten später war sie immer noch nicht da. Ich hatte versucht, sie anzurufen, aber die Leitung war besetzt gewesen und auf meine Nachrichten reagierte sie nicht.

Da ich mittlerweile in meinem Auto weichgekocht wurde, beschloss ich, ins Innere des Restaurants zu flüchten. Wenn El meinen Wagen auf dem Parkplatz sah, würde sie sich schon denken, wo ich war.

»Guten Morgen, Miss«, begrüßte mich ein junger Mann, kaum dass ich durch die Tür getreten war. Er trug eine schwarze Hose, ein weißes Hemd mit einer schwarzen Krawatte darüber und hatte den stärksten schottischen Akzent, der mir je untergekommen war. »Willkommen im *La Mesa Real*. Mein Name ist Finlay, wie kann ich Ihnen helfen?«

Es dauerte einen Moment, ehe ich ihn verstand, dann lächelte ich ihn an und hielt ihm meine Karte hin. »Hallo, ich habe einen Termin mit einem Ihrer Kollegen vereinbart. Mein Name ist Thea Jordan von *A Series Of Fortunate Events*, der Agentur für Hochzeitsplanung. Wir überlegen, Ihr Catering zu buchen. Ich bin hier für ein Probeessen, mit der Braut, Elena Moss. Sie verspätet sich leider etwas.«

»Selbstverständlich, Miss. Das ist kein Problem. Bitte folgen Sie mir.«

»Danke.« Ich lächelte und folgte ihm hinein.

Er führte mich durch einen großen Saal mit Tischen aus dunklem Holz. Die Stühle waren aus dem gleichen Material und mit cremefarbenem Polster bespannt. Auf dem Boden waren Fliesen in einem diagonalen Schachbrettmuster ausgelegt, und große Glasfenster mit Rundbogen markierten die Abgrenzung zu unterschiedlichen Bereichen. Der Kontrast zu den steinernen Wänden und Decken ergab eine faszinierende Mischung. Am Ende des Raumes gab es eine kleine Bühne und eine Tanzfläche.

»Wir bieten unseren Kunden auch die Möglichkeit, hier zu feiern. Natürlich mit unserem Catering«, erklärte Finlay. »Sie könnten alles hier organisieren, einschließlich dem Empfang. Wir haben selbstverständlich auch eine Bar und können eine Cocktail- und Weinkarte anbieten. Zum Restaurant gehört außerdem ein sehr großzügiger und schön angelegter Garten. Wir haben oft Bräute, die die Zeremonie gern draußen hätten. Würden Sie ihn gern sehen, solange die Braut noch nicht hier ist?«

»Einen Moment.« Ich holte mein Handy heraus, und als ich sah, dass Elena sich immer noch nicht gemeldet hatte, schickte ich ihr eine weitere SMS, in der ich fragte, wo sie sei und ob es ihr gut gehe. Dann wandte ich mich wieder Finlay zu. »Ich würde gern den Garten sehen. Die Hochzeit wird im Frühjahr stattfinden, aber ich muss zugeben, ich bin mir immer noch nicht sicher, wo. Aber wenn das eine Option ist, werde ich mir das auf jeden Fall genauer ansehen.« Das Innere des Gebäudes war hübsch, aber nicht außergewöhnlich. Für meinen Geschmack war der Restaurantflair zu ausgeprägt, als dass ich mir eine Hochzeit hier vorstellen konnte, doch vielleicht würde mich der Garten ja tatsächlich überzeugen.

»Gern. Hier entlang, bitte.«

Finlay führte mich nach rechts durch eine der großen Glastüren und dann geradeaus hinaus auf eine Terrasse. Entlang der Mauern waren enorme Pflanztöpfe aufgereiht, in denen verschiedene Bäumchen wuchsen, und um das Steingeländer, das die Terrasse begrenzte, wickelte sich Efeu. Eine kleine Treppe an der linken Seite führte hinunter in den riesigen Garten, den man von hier oben überblicken konnte. Der Sonnenschein ließ den ganzen Ort in einem sanften Licht erstrahlen.

Neugierig sah ich mich um. Da das B&B für die Hochzeitsfeier zu klein war, wäre das hier ein passender Ort. Ich konnte mir Els Hochzeit hier gut vorstellen. Der Garten war weitläufig und wunderschön angelegt. Das Restaurant lag am äußeren Rand der Stadt, und hinter dem Rasen begann ein dichter Laubwald, sodass außer ein wenig Vogelgezwitscher eine betörende Stille herrschte.

»Es ist wunderschön, nicht wahr?«, ergriff Finlay hinter mir das Wort.

»Das ist es«, antwortete ich wahrheitsgemäß. »Ich werde es auf jeden Fall im Hinterkopf behalten, aber Sie verstehen natürlich, dass ich ohne die Braut keine finale Aussage treffen kann. Darf ich hier warten?«

»Selbstverständlich. Möchten Sie in der Zwischenzeit etwas trinken?«

»Ein Wasser wäre toll, danke.«

»Ich bringe es Ihnen sofort.«

Er verschwand zurück ins Innere des Restaurants und ließ mich auf der Terrasse allein. Seufzend stützte ich die Unterarme auf dem steinernen Geländer ab und betrachtete den Garten. Genau wie in dem Moment, als ich die Bilder des B&B zum ersten Mal gesehen hatte, konnte ich Els Hochzeit augenblicklich vor mir sehen.

Stehtische, die über den Rasen verteilt waren und auf denen kleine Blumengestecke aus Wildblumen standen.

Einen Rundbogen, an dem sich Efeu entlangrankte.

Eine Tanzfläche im hinteren Bereich mit einer kleinen Band daneben …

»Dein Wasser«, sagte plötzlich eine Stimme.

Erschrocken zuckte ich zusammen. Ich war so in Gedanken vertieft gewesen, dass ich nicht gehört hatte, wie jemand zu mir auf die Terrasse gekommen war. »Oh, danke –«

Die Worte erstarben auf meinen Lippen, als ich mich umdrehte und ausgerechnet Owen vor mir stand, ein Glas in der Hand. Einen Moment lang war ich so irritiert von seiner plötzlichen Anwesenheit, dass ich ihn nur sprachlos anstarren konnte. Ganz langsam wanderte mein Blick an seinem schwarzen Anzug – *natürlich* – mit dem weißen Hemd darunter und sogar einer verdammten Krawatte hinauf bis zu Owens Gesicht. Sein Haar war feucht, und eine widerspenstige Locke fiel ihm über die Stirn. Meine Fingerspitzen kribbelten bei dem plötzlichen Bedürfnis, sie zur Seite zu streichen, und ich ballte die Hand zur Faust.

Schweigend und mit hochgezogenen Augenbrauen reichte er mir das Glas Wasser. Als ich es entgegennehmen wollte und unsere Hände sich berührten, durchfuhr mich ein Stromschlag, wodurch ich es beinahe fallen ließ. Nur Owens Reflexen war es zu verdanken, dass das Glas unversehrt blieb.

»Vorsicht.« Bildete ich mir das nur ein oder klang seine Stimme heiser? »Nicht, dass man dich noch rauswirft, bevor du das Essen probieren konntest.«

Jep, definitiv Einbildung, genauso wie dieser merkwürdige Stromschlag. Owen Stone war zwar attraktiv, aber nicht so attraktiv. Dafür sorgte allein schon seine Persönlichkeit.

»Was ...« Ich räusperte mich und setzte noch einmal an. »Was machst du denn hier?«

»Elena hat mich angerufen und mir ... befohlen, dir Gesellschaft zu leisten. Sie meinte, es ginge ihr nicht gut und dass ich an ihrer Stelle herkommen solle. Sie sagte – und ich zitiere: ›Ihr zwei Workaholics könnt jede freie Zeit zusammen gebrauchen, die ihr bekommen könnt‹.« Er hob eine Braue. »Irgendeine Ahnung, was sie damit gemeint hat?«

»Was? Nein!« Hektisch zog ich mein Handy aus der Tasche und entsperrte es. Tatsächlich waren innerhalb der letzten Minuten mehrere Nachrichten von El eingetroffen.

El: Tut mir so leid, mein Magen spielt heute nicht mit. Ich glaube, ich hab mir irgendwas eingefangen.

El: Hab dir Owen als Rückendeckung geschickt! Er müsste in ein paar Minuten da sein.

El: Bitte sei nicht sauer. Ich bin mir sicher, alles, was du aussuchst, wird großartig sein!

Seufzend tippte ich eine schnelle Antwort, ehe ich mich wieder an Owen wandte, der mich weiterhin abwartend ansah.

»Ich habe ihr gesagt, dass wir vor dieser ... Reise nach Upper Hillford nicht viel Zeit für uns selbst hatten, weil wir beide zu sehr in unsere Arbeit involviert waren. Aber das war anscheinend ein Fehler.«

»Offensichtlich. Also, warum sind wir hier?«

»*Ich* treffe mich mit einem Caterer, der sich hoffentlich um Els Verlobungsfeier kümmert. Die Speisekarte klingt wirklich gut, und wenn das Essen so gut schmeckt, wie es klingt, unterschreibe ich heute den Vertrag mit ihnen. Aber wenn nicht, gibt es mehrere andere Optionen, die ich gefunden habe. Und falls die Verlobungsfeier zu kurzfristig ist, können sie vielleicht zumindest das Catering für die Hochzeit übernehmen.«

Beinahe konnte ich hören, wie er mit den Zähnen knirschte. »Ja. Die Hochzeit. Großartig. Es klingt, als hättest du alles unter Kontrolle. Warum bin ich dann hier? Oder warum hätte Elena kommen sollen?«

Ich verdrehte die Augen. »Ich hätte ihren Input gebraucht. Ich kann so viel planen, wie ich will, aber die Braut hat natürlich das letzte Wort.«

»Nun, anscheinend nicht heute. Also, können wir jetzt gehen?«

»Nein.«

»Aber –«

»Ich habe Nein gesagt, Owen. Dieser freie Termin war ein Glücksfall, ein anderes Paar hat abgesagt, sonst hätten wir viel länger warten müssen. Ich werde das nicht verschwenden. Aber du kannst jederzeit gehen. Da ist die Tür. Niemand hält dich auf.«

Er starrte mich finster an.

Ich starrte zurück.

»Schön«, knurrte er. »Lass uns das hinter uns bringen.«

»Prima«, stimmte ich zu.

»Wunderbar.«

»Genial.«

»Hervorragend.«

»Fantastisch.«

Ein Räuspern unterbrach unser Wortduell. Finlay stand ein paar Schritte entfernt und beobachtete uns mit unleserlicher Miene.

»Verzeihung«, sagte ich und lachte nervös. Meine Wangen brannten vor Verlegenheit. »Ich habe nur versucht, Owen beizubringen, wie man ein normales Gespräch führt, wissen Sie.«

Finlay hob die Brauen, sagte aber nichts dazu. Vermutlich musste er vor diesem Job eine Elektroschocktherapie durchlaufen, um nicht auf irgendwelchen Blödsinn, den die Gäste von sich gaben, zu reagieren. »Möchten Sie, dass ich Sie jetzt zu Ihrem Tisch führe?«

»Ja, bitte. Leider ist die Braut nicht verfügbar, aber das ist mein Freund, er wird mir heute bei der Auswahl helfen.« Ich packte Owens Arm und zog ihn mit, während ich versuchte, das mulmige Gefühl in meinem Bauch zu ignorieren. Es war das erste Mal, dass ich ihn Freund nannte, und obwohl es technisch gesehen der Wahrheit entsprach, fühlte es sich einfach absurd an.

Finlay führte uns zu einem Tisch in einer abgelegenen Ecke. Er war mit einem Blumenarrangement verziert und Teller, Gläser und Besteck lagen bereit. Nachdem er sich erkundigt hatte, ob wir noch etwas trinken wollten, verschwand er erneut, um den ersten Gang zu bringen.

»Also, was jetzt?«, erkundigte Owen sich, sobald er außer Hörweite war.

Ich verdrehte die Augen. »Jetzt warten wir, bis das Essen ankommt, dann essen wir und danach zahlen wir. Ehrlich, warst du noch nie in einem Restaurant? Was dachtest du, was passieren würde?«

»Natürlich war ich schon in Restaurants«, knurrte er. »Ich meinte nur –«

Bevor er seinen Satz beenden konnte, kehrte Finlay zurück und stellte drei verschiedene Servierteller mit winzigen Portionen zwischen uns. Obwohl mir der Magen knurrte, wusste ich, dass das hier ein Probeessen war, keine richtige Mahlzeit in einem normalen Restaurant.

»Räucherlachs mit Zitronenrahm und Dillsauce, Tomate-Mozzarella mit Basilikum, Balsamico und Oliven und verschiedene Antipasti«, verkündete er.

»Danke, das sieht köstlich aus«, sagte ich lächelnd und sah Owen an. »Findest du nicht auch, *Liebling*?«

»Sicher«, murmelte er.

Ich holte tief Luft. »Lass uns anfangen.«

Während ich mir von allem etwas auf den Teller lud, warf ich Owen einen scharfen Blick zu.

»Weißt du, wir sollten diese Zeit nutzen. Niemand hier weiß, wer wir sind, also können wir uns etwas besser kennenlernen. Und zumindest absprechen, wie wir uns kennengelernt haben.«

Er kniff die Augen zusammen. »Onlinedating, ganz einfach. Und warum sollten wir uns besser kennenlernen? Wir daten nicht wirklich, schon vergessen?«

»Ernsthaft?« Mit einem Schnauben schüttelte ich den Kopf. »Na schön, wie du meinst. Und keine Sorge, das werde ich nicht vergessen. Aber glaubst du im Ernst, irgendjemand wird uns das hier abkaufen, wenn wir nichts übereinander wissen?«

Owen zuckte mit den Schultern, während er den Teller mit dem Lachs beäugte, ehe er sich etwas von den

Antipasti nahm. »Ich weiß genug«, erwiderte er schlicht.

Daraufhin hob ich eine Augenbraue. »Ach ja?«

Als er nur schweigend nickte und sich ein Stück gefüllte Paprika in den Mund schob, ließ ich mein Besteck sinken und verschränkte die Arme vor der Brust. »Schön, dann lass mal hören, was du über mich zu wissen glaubst.«

Wenn ich geglaubt hatte, dass er sich von meiner Herausforderung provozieren ließ, dann hatte ich mich getäuscht. Bedächtig kauend musterte er mich, bevor er schluckte und sein Besteck ebenfalls beiseitelegte. Ohne den Blickkontakt zu unterbrechen, begann er aufzuzählen: »Du bist Hochzeitsplanerin, entsprechend übermäßig romantisch veranlagt und intolerant.«

Mir klappte der Mund auf. »Intolerant?«, wiederholte ich fassungslos. »Warum? Weil ich nicht verstehe, wie man ein Leben ohne Liebe führen kann?«

Owen verdrehte die Augen himmelwärts. »Ich habe *theatralisch* vergessen. Außerdem hast du eine Tendenz, Dinge zu verkomplizieren.«

»Ich?«, lachte ich fast. »Oh, das sagt der Richtige, Mister ›Ich brauche eine Fake-Freundin, um meine Oma glücklich zu machen‹. Ich kann echt nicht glauben, dass ich diesem Unsinn zugestimmt habe.«

Owen zuckte mit den Schultern und wandte sich wieder seinem Teller zu. »Das gehört zu dem Punkt mit dem Verkomplizieren. Du hättest dir schlichtweg eine andere Location suchen können.«

Ich presste die Lippen aufeinander und atmete mehrfach tief durch. Als das immer noch nicht reichte, um den Drang, ihm ein paar ausgewählte Schimpfworte an den Kopf zu werfen, loszuwerden, stürzte ich mich auf den Lachs, der noch übrig war. Sobald ich gekaut und geschluckt hatte, trank ich einen großen Schluck Wasser. Erst dann begann ich wieder zu sprechen.

»Diese Location ist perfekt«, erklärte ich leise und betonte dabei jedes Wort so überdeutlich, als würde ich einem Kleinkind etwas erklären. »Das ist nichts, was man mal eben durch etwas anderes ersetzen kann. Und wenn du glaubst, dass ich nicht die ersten Tage hier genau das versucht habe, dann kennst du mich nicht so gut, wie du behauptest. Fakt ist aber, dass wir, wenn deine Oma, nein, wenn *irgendjemand* fragt, mehr übereinander wissen müssen als ›keiner von uns kann kochen, ich bin *übermäßig romantisch* und du kannst Hochzeiten nicht ausstehen‹. Wenn du diese Einstellung beibehältst, wird uns niemand jemals glauben. Du musst zumindest so tun, als wärst du an mir interessiert. Menschen, echte Menschen, werden nicht glauben, dass du mit einer Frau zusammen bist, die dich so sehr nervt.«

Betont desinteressiert sah Owen sich im Raum um, ehe er sich wieder mir zuwandte. »Es ist mir egal, was die Leute denken. Nana ist die Einzige, deren Meinung zählt, und wenn ich ihr sage, dass du meine ...«, er verzog das Gesicht zu einer Grimasse, »... meine Freundin bist, wird sie mir glauben.«

Ich starrte ihn an. »Ist das dein Ernst? Glaubst du ernsthaft, dass deine Großmutter dir glauben wird, dass du dich plötzlich in eine Frau verliebt hast, die alles ist, was du zu hassen vorgibst?«

Darauf schwieg er, und ich deutete mit der Gabel auf ihn.

»Siehst du? Das ist genau das, was ich meine.«

»Schön. Was schlägst du vor?«, knurrte er mit zusammengebissenen Zähnen.

Bevor ich antworten konnte, kehrte Finlay mit den Hauptgerichten zurück.

»Das sind unsere drei beliebtesten Optionen für den Hauptgang, Miss, Sir. Brathähnchen mit Bratkartoffeln und grünen Bohnen. Gegrilltes Steak mit Bratkartoffeln und Gemüse. Und unsere vegetarische Option, Tomatensuppe mit gegrilltem Brot und Mozzarella. Guten Appetit.«

»Vielen Dank.« Ich drehte mich wieder zu Owen um, sobald Finlay verschwunden war. »Okay, das Wichtigste zuerst. Wenn du nicht aufhörst, mich anzuknurren, wird das hier ungemütlich. Zweitens sollten wir mit etwas Einfachem beginnen. Etwas, das nicht zu persönlich und nicht zu schwierig ist.«

»Und das wäre?«

Mit den Schultern zuckend bediente ich mich an der Suppe und nahm einen Löffel. Sie war gut, ein intensiver, cremiger Geschmack, der mich an warme Sommernächte in Italien denken ließ. »Du könntest mir von dem Cottage erzählen.«

»Nein«, gab Owen knapp zurück, während er sich einige Bohnen und Bratkartoffeln auf den Teller lud.

Ich ließ den Löffel klirrend in meine Suppenschale fallen und warf die Arme in die Luft. »Ernsthaft? Warum bist du so schwierig? Es ist nur eine Frage.«

»Nein.«

»Es ist nun wirklich nicht so schwer. Ich zeige es dir: ›Thea, wie geht es dir?‹ Super, danke. ›Also, Thea, möchtest du die Geschichte des Cottages hören?‹«

»Thea, weißt du, wie nervig du bist?«

»Ja, das ist Teil meines Charmes. Außerdem war ich noch nicht fertig. Du könntest sogar sagen: ›Thea, ich fühle mich unwohl dabei, eine Familiengeschichte mit dir zu teilen, da ich dich nicht gut genug kenne.‹«

»Thea, ich fühle mich unwohl bei diesem Gespräch«, gab er trocken zurück, und ich zuckte zusammen. Damit hatte er mir den Wind aus den Segeln genommen, und einen Moment lang konnte ich ihn nur schweigend anstarren.

Schließlich sagte ich leise: »Tut mir leid. Aber ...« Hilflos hob ich die Hände. »Dann erzähl mir etwas anderes. Irgendetwas. Wie war es, in Upper Hillford aufzuwachsen?«

Wenn ich ihn nicht so genau angesehen hätte, wäre mir vermutlich nicht aufgefallen, wie seine Miene versteinerte. Abrupt schob Owen den Stuhl zurück und warf seine Serviette neben seinen kaum berührten Teller. »Das reicht. Ich bin fertig. Viel Spaß dabei, all das allein zu essen.«

Mit offenem Mund starrte ich ihm hinterher. *Fuck.* Was zum Teufel war gerade passiert? Ich hatte ihn nur besser kennenlernen wollen, doch irgendwie hatte ich es geschafft, jedes Fettnäpfchen zu treffen, das es gab.

Kurz keimte ein schlechtes Gewissen in mir auf, und ich fragte mich, ob ich netter hätte sein sollen. Doch genauso schnell wie es gekommen war, verschwand es wieder.

Nein. Ich hatte mir Mühe gegeben, er war derjenige, der mich wieder und wieder abgeblockt hatte. Dabei war diese ganze Fake-Dating-Sache seine Idee gewesen!

Auch mein Appetit war verschwunden, nichtsdestotrotz zwang ich mich, etwas von dem Brathühnchen zu essen. Es schmeckte wie Asche auf meiner Zunge, und ich ließ seufzend das Besteck sinken.

Als hätte er uns beobachtet, kehrte in diesem Moment Finlay zurück. »Hat es Ihnen geschmeckt? Möchten Sie noch einen Nachtisch?«, fragte er.

»Ich – nein. Danke. Das Essen war lecker, aber ich fürchte, mein Magen ist heute nicht ganz in Stimmung. Aber was ich gegessen habe, hat mich definitiv überzeugt. Deshalb würde ich gern ein Buffet für die Verlobungsfeier bestellen, wenn das für Sie in Ordnung ist. Vielleicht auch für die Hochzeit, aber ich müsste noch einmal mit der Braut sprechen, bevor ich das bestätigen kann.«

»Natürlich, Miss. Das können wir machen. Rufen Sie uns einfach an, wenn Sie das Datum kennen. Wir senden Ihnen eine Broschüre und den Vertrag zu, und alles kann per E-Mail arrangiert werden.«

»Perfekt. Vielen Dank.« Ich schenkte ihm noch ein letztes schwaches Lächeln, bevor ich bezahlte und das Restaurant verließ.

Irgendetwas war während des Gesprächs mit Owen mächtig schiefgelaufen, und ich konnte nur hoffen, dass Finlay keine Freunde in Upper Hillford hatte, denn sonst würden wir vermutlich am nächsten Tag einen Termin bei einem Paartherapeuten von irgendeinem wohlmeinenden Kleinstadtbewohner gesponsert bekommen.

***

Nach dem gescheiterten Mittagessen hatte ich überhaupt keine Lust, ins B&B zurückzukehren. Stattdessen beschloss ich, ein weiteres überfälliges Gespräch in Angriff zu nehmen.

Eine Dreiviertelstunde später war ich zurück in Upper Hillford und betrat den *White Willow* Pub. Nur vereinzelt saßen ein paar Gäste an den Tischen und genossen ein spätes Mittagessen. Liz stand wieder hinter der Bar und lächelte mir zu, als ich näher kam.

»Hey, Thea«, begrüßte sie mich. »Willst du zu Henry?«

Ich nickte, während mein Magen sich vor Anspannung zusammenzog. »Ja. Weißt du, wo er ist?«

»Als ich das letzte Mal nachgesehen habe, ist er oben in seinem Büro gewesen«, sagte sie und deutete auf einen Durchgang seitlich der Bar. »Du kannst direkt durchgehen, wenn du willst. Treppe rauf, die linke Tür.«

»Danke.«

Ich ging an der Bar vorbei und eine steile Treppe hinauf. Noch bevor ich anklopfen konnte, hörte ich von drinnen ein Bellen.

»Herein, wer auch immer es ist«, rief Henry, und ich öffnete vorsichtig die Tür. Augenblicklich schob sich eine dunkle Hundenase durch den Spalt, und Annie begrüßte mich euphorisch.

»Hallo, Süße«, murmelte ich und stieß die Tür weiter auf, um sie besser zu streicheln. »Hey, Henry, hast du etwas Zeit?«

Henry lächelte mir zu, doch seine Miene wurde besorgt, als er mich musterte. »Klar, ist alles in Ordnung? Hat Owen wieder etwas Dummes gesagt?«

»Entweder er oder ich. Oder wir beide.«

Seine Mundwinkel zuckten. »Das schränkt es überhaupt nicht ein. Willst du dich hinsetzen und mir sagen, was los ist? Vielleicht könntest du damit beginnen, warum ihr beide plötzlich ›in einer Beziehung‹ seid«, sagte er und malte Anführungszeichen in die Luft.

Ich nickte verlegen. Sanft schob ich Annie weiter in den Raum hinein, um die Tür hinter mir zu schließen. Dann ging ich zu Henrys Schreibtisch und ließ mich auf einen der beiden Stühle davor fallen.

»Deshalb bin ich hier. Ich wollte mich entschuldigen, dass ich es dir nicht gesagt habe. Es war ... ziemlich spontan. Außerdem hatte ich nicht erwartet, dass Elena so früh ankommt ... und dann auch noch in dem Moment.« Ich verzog das Gesicht bei der Erinnerung daran, wie sie uns gefunden hatte.

»Nein, ich hatte auch nicht gedacht, dass du das geplant hast.«

»Owen und ich, wir sind kein Paar«, erklärte ich. »Es ist nur ... Seine Großmutter denkt, dass er mit jemandem zusammen ist, und ich schätze, ich war die einzige Wahl, weil sie jeden in der Stadt kennt? Er hat mir versprochen, dass ich das B&B für Els Verlobungsfeier nutzen kann, wenn ich seine Freundin spiele.« Verdammt, laut ausgesprochen klang das echt dämlich. »Ich weiß nicht ... ich weiß nicht einmal, warum ich zugestimmt habe. Nur, die Location. Das war ein echt guter Anreiz.«

Henry lachte leise. »Das glaube ich dir. Ich habe ja erlebt, wie sehr du daran hängst.«

»Und es ist nicht so, dass ich Gefühle für ihn habe oder so. Oder besser gesagt, keine *positiven* Gefühle. Er macht mich wahnsinnig. Ich meine, mal ernsthaft! Der Mann trägt rund um die Uhr einen Anzug, ich bin davon überzeugt, dass er sogar darin schläft. Und ich habe noch nie so einen Beziehungsphobiker wie ihn getroffen. Dieser Mann hasst das Wort Liebe. Und Beziehung. Und Hochzeiten. Er bekommt vermutlich einen Schlaganfall, wenn er jemals einer Frau sagen müsste, dass er sie liebt. Es ist lächerlich. Wahrscheinlich würde er lieber gefedert und geteert werden, als auf einer Hochzeit zu bleiben. Wenn er sich nicht so offensichtlich Sorgen um seine Oma machen würde, wäre ich überzeugt, dass er dort, wo andere Menschen ein Herz haben, einen Stein hat. Aber er sorgt sich um sie, und aus irgendeinem Grund denkt sie, dass er mit jemandem zusammen ist. Und natürlich ist sie begeistert davon, schließlich ist er unfassbar anstrengend. Sie ist wahrscheinlich jedem dankbar, der ihn länger erträgt als unbedingt notwendig.« Das alles brach aus mir heraus, und schwer atmend hielt ich inne. Ich hatte viel mehr preisgegeben, als ursprünglich geplant.

»Wow«, lachte Henry. »Da hat sich ja eine Menge Frustration aufgestaut. Aber, um ehrlich zu sein, war das eine ziemlich treffende Beschreibung von ihm.«

»Ja. Aber wie auch immer, es tut mir leid, dass ich es dir nicht gesagt habe.«

»Kein Problem. Es gab keinen passenden Moment dafür. Aber warum hast du Elena nicht die Wahrheit gesagt? Ich dachte, sie ist deine beste Freundin.«

»Das ist sie.« Ich seufzte und ließ die Schultern hängen. »Es ist kompliziert.«

»Versuch es mal«, redete er mir gut zu.

Also erzählte ich ihm in knappen Worten von Ben und seiner Geheimniskrämerei. Wie er mich gebeten hatte, die Beziehung geheim zu halten, und ich viel zu spät erst verstanden hatte, dass er die ganze Zeit eine andere Frau gehabt hatte. Wie ich Elena davon erzählen wollte, aber es einfach nie den richtigen Zeitpunkt gegeben hatte. Und wie sie dann in die Küche des B&B geplatzt war und die Zeichen falsch – oder besser gesagt *richtig* – gedeutet hatte.

»Wenn ich ihr die Wahrheit sage, wird sie sich schuldig fühlen, und das will ich nicht. Sie hat keinen Grund dazu. Und es ist ja nicht so, als ob das für immer ist. Es sind nur ein paar Wochen bis zur Party, dann werden Owen und ich Schluss machen, seine Oma wird darüber hinwegkommen und alles wird wieder normal. Alles wird wieder beim Alten sein.«

»Hoffst du«, fügte er hinzu.

»Ja. Und vielleicht ist das egoistisch, aber ich möchte, dass ihre Hochzeit perfekt ist. Sie ist für mich wie meine Familie. Die einzige, die ich noch habe. Und das ist die Hochzeit, von der sie geträumt hat. Das Kleid, die Blumen, der Kuchen, die Lage. Alles ist perfekt. Ich werde ihr das nicht verderben.«

»Und deshalb willst du ihr nicht die Wahrheit sagen.«
Ich nickte stumm.

»Thea, hör zu. Das ist deine Entscheidung. Wofür du dich auch immer entscheidest, ich werde dir den Rücken freihalten. Aber bist du sicher, dass es richtig ist, das vor ihr geheim zu halten?«

Ich seufzte. »Rein rational? Nein. Emotional? Ich hoffe es. Und außerdem, was ist die Alternative? Es ihr jetzt zu sagen, wäre noch schlimmer, als es ihr überhaupt nicht zu sagen.«

»Ja, aber du solltest keine Entscheidungen treffen, die auf Emotionen basieren.«

Unter meinen Wimpern warf ich ihm einen Blick zu und grinste leicht. »Ich bin Hochzeitsplanerin. Emotionsbasierte Entscheidungen gehören zu meinem Beruf.«

Auch seine Mundwinkel zuckten. »Okay, das mag sein. Aber es geht nicht um einen Kunden, es geht um dich. Und Elena.«

»Ich weiß«, sagte ich mit hängenden Schultern.

»Denk einfach darüber nach.«

»Das werde ich.« Ich lächelte ihn an. »Danke. Fürs Zuhören.«

»Immer doch.«

***

Nach dem Gespräch mit Henry war mir weitaus leichter ums Herz. Wir machten noch einen ausgedehnten Spaziergang mit Annie am Strand, bevor ich in den frühen Abendstunden zum B&B zurückkehrte.

Von Owen war keine Spur zu sehen. Sein Auto stand nicht auf dem Parkplatz, und als ich ins Haus kam, entdeckte ich, dass seine Laufschuhe ebenfalls fehlten.

Erleichtert, dass ich mich damit heute nicht mehr auseinandersetzen musste, ging ich nach oben und duschte ausgiebig. Als ich jedoch das Badezimmer verließ und zurück in mein Zimmer kam, lag ein Zettel auf meinem Bett.

Wir müssen reden.

Ich verzog das Gesicht. Dass wir reden mussten, war mir klar, aber nach dem Gespräch mit Henry fühlte ich mich ohnehin schon emotional ausgelaugt. Also tat ich so, als hätte ich den Zettel nicht gesehen, und setzte mich mit meinem Laptop an den kleinen Schreibtisch. Auf mich warteten E-Mails von El und einigen potenziellen Kunden sowie Notizen zu möglichen Veranstaltungsorten und Caterern.

Ich schickte eine E-Mail an die Cateringfirma von heute Mittag und ging dann die anderen Möglichkeiten durch, die ich gefunden hatte.

Ein Klopfen unterbrach meine Nachforschungen, und nur eine Sekunde später öffnete sich die Tür.

Owen erschien, sein übliches Stirnrunzeln im Gesicht. Einen Moment lang sah er zuerst mich und den Laptop an, bevor sich sein Gesichtsausdruck verhärtete. »Hast du meine Notiz nicht bekommen? Wir müssen reden.«

Seufzend lehnte ich mich zurück. »Bitte, komm doch rein. Fühl dich ganz wie zu Hause.« Sofort biss ich mir auf die Lippe. Eigentlich hatte ich nicht vorgehabt, ihn schon wieder zu reizen, doch ich konnte nicht anders. Nicht, wenn ich daran dachte, dass er einfach aufgestanden und mich sitzen gelassen hatte, und nicht, wenn er sich benahm, als hätte er das Sagen in dieser Fake-Beziehung.

Er starrte mich finster an und sah aus, als wäre er kurz davor zu explodieren. Doch dann hielt er inne und atmete tief durch. »In Ordnung, das habe ich wohl verdient. Es tut mir leid. Dass ich dich einfach sitzen gelassen habe. Das war nicht okay. Aber irgendwie hast du es geschafft, mit deinen beiden Fragen voll ins Schwarze zu treffen, und ... es hat mich unvorbereitet erwischt.«

Für einen langen Moment musterte ich ihn. Ich hatte nicht mit einer Entschuldigung gerechnet, daher war ich zugegebenermaßen ein wenig beeindruckt. »Mir tut es auch leid. Aber ich kann keine Gedanken lesen. Und wenn du es wirklich nicht ertragen kannst, so viel in meiner Nähe zu sein, müssen wir eine Lösung finden. Sonst klappt das nicht.«

Er schloss die Augen und kniff sich mit zwei Fingern in den Nasenrücken. »Es liegt nicht an dir. Wie gesagt, du hast es geschafft, die Fragen zu stellen, die mir am unangenehmsten sind. Vielleicht können wir einen Weg finden ... besser zu kommunizieren.«

»Was, brauchst du jetzt ein Safeword, um mit mir zu reden?«, erkundigte ich mich mit hochgezogenen Augenbrauen. Sofort tauchte in meinem Kopf das Bild von uns in einer ganz anderen Situation auf, in der man ein Safeword brauchen würde. Hitze kroch meinen Nacken empor, und ich biss mir auf die Unterlippe.

Owen räusperte sich. »Nicht ganz. Aber vielleicht könnten wir etwas anderes versuchen? Wenn einer von uns eine Frage stellt und der andere sie nicht beantworten möchte, könnte derjenige stattdessen eine andere Frage wählen. Wäre das in Ordnung?«

Ich blinzelte ein paarmal, um die Bilder zu vertreiben und nickte. »Ja, okay, dann versuchen wir das.« Es würde trotz allem immer noch einer Menge schauspie-

lerischen Talents bedürfen, um den Leuten weiszu-
machen, dass wir tatsächlich ein Paar waren. Gegens-
ätze zogen sich zwar bekanntlich an, aber auf einer
Skala waren Owen und ich so weit voneinander entfernt, dass wohl nicht mal mehr dieses altbekannte
Sprichwort zutraf. Wenn wir wenigstens nur Wild-
fremde überzeugen müssten, aber nein, es ging hier um
seine Großmutter und meine beste Freundin. Apropos ...

Stirnrunzelnd sah ich ihn an. »Wir sollten deine
Großmutter besuchen, oder? Damit du mich ihr vor-
stellen kannst. Keine Sorge, danach werde ich mir eine
Ausrede ausdenken und gehen, damit ihr beide etwas
Zeit für euch allein haben könnt. Passt das für dich?«

Einen Moment lang sah er mich überrascht an. Sein
Gesichtsausdruck wurde weicher. »Ja, das ist eine gute
Idee. Danke.«

»Großartig. Wir können morgen gehen, nach dem
Frühstück, wenn das für dich funktioniert.«

»Klingt gut.«

»Prima.«

»Perfekt.«

Stirnrunzelnd sah ich ihn an. »Spielen wir schon wieder dieses Spiel?«

Ein Grinsen breitete sich auf seinem Gesicht aus. »Du
hast angefangen.«

Einen Moment lang konnte ich ihn nur anstarren.
Dieser fremdartige Ausdruck ließ ihn wie verwandelt
wirken, und ich konnte den Blick nicht von ihm abwenden.

Plötzlich erstarb das Lächeln und er wurde wieder
nüchtern. »Thea –«

Bevor er seinen Satz beenden konnte, ertönte ein lautes Klingeln. Es dauerte einen Moment, bis ich begriff, dass es mein Handy war.

»Tut mir leid«, sagte ich und griff danach.

Owen räusperte sich. »Du solltest da vermutlich rangehen. Wir sehen uns morgen früh.«

»Ja«, murmelte ich, starrte auf den Bildschirm und zwang mich, das seltsame Gefühl in meinem Bauch zu verdrängen.

Schweigend verließ er den Raum und schloss die Tür hinter sich.

Nachdem ich noch einmal tief durchgeatmet hatte, nahm ich den Anruf an. »Hey, El. Geht es dir besser?«

Kapitel 14

Owen

Als Thea und ich am nächsten Morgen im Krankenhaus ankamen, winkte mich die Krankenschwester an der Rezeption einfach durch. Anscheinend reichten drei Mal aus, um als Stammgast angesehen zu werden.

»Hier entlang«, sagte ich und führte sie über den Korridor zu Nanas Zimmer. Kurz bevor wir ihre Tür erreichten, merkte ich, wie sich meine Schritte verlangsamten. Etwas, das sich verdächtig nach Nervosität anfühlte, durchströmte mich, doch ich schob es konsequent beiseite. Dieses Treffen war von keinerlei Bedeutung. Es war schließlich nicht so, als würde Nana eine richtige Freundin kennenlernen – wenn es nach mir ging, würde es dazu nie kommen.

Trotzdem wäre es … unschön, wenn sie Thea nicht leiden könnte, erinnerte mich eine kleine Stimme in meinem Kopf, die ich ebenfalls ignorierte. Ehrlicherweise machte ich mir keine Sorgen darum, dass die beiden sich nicht verstehen könnten. Bisher kam Thea anscheinend mit jedem klar – außer mit mir.

Nana saß mit einer Decke im Schoß in ihrem Bett und sprach gerade mit der Schwester, die neben ihr stand. Als die jüngere Frau uns entdeckte, lächelte sie und verließ den Raum.

»Du bist zurück«, sagte Nana glücklich, als sie mich sah. »Das ist gut. Ich habe die Krankenschwestern und die anderen Patienten satt. Sie sind alle langweilig.«

Unwillkürlich zuckten meine Mundwinkel. »Das tut mir leid.«

»Du kannst es wiedergutmachen, indem du mir Gesellschaft leistest. Und ... oh!« Sie hatte Thea hinter mir entdeckt und ihre Augen weiteten sich.

»Nana, darf ich dir Thea vorstellen? Meine ...«

Als hätte Thea gemerkt, dass ich das Wort nicht über die Lippen bekam, trat sie an mir vorbei nach vorne und schenkte Nana ein strahlendes Lächeln. »Ich bin seine Freundin. Freut mich sehr, Sie kennenzulernen.«

Nanas Augen leuchteten, und sie streckte die Arme nach Thea aus. »Lass mich dich ansehen! Meine Güte, Owen, sie ist eine Schönheit. Es ist so schön, dich endlich kennenzulernen.«

»Vielen Dank, Mrs Stone. Ich wünschte, es wäre unter anderen Umständen.«

»Oh, papperlapapp. Mir geht es gut, die Ärzte reagieren einfach über.« Sie wedelte ihre Hand durch die Luft. »Und bitte, nenn mich Mirabel. Mrs Stone klingt, als wäre ich uralt.«

»Es war ein Herzinfarkt, Nana«, tadelte ich sie sanft.

»Jaja, ein sehr kleiner. Nicht annähernd so schlimm, wie die Ärzte es darstellen. Man könnte meinen, mit all ihren Abschlüssen würden sie das wissen. Wie auch immer. Ich habe schon mit dem Arzt gesprochen, und die Krankenschwester hat gerade meinen Blutdruck überprüft und gemeint, er sei normal. Haben sie dir gesagt, wann ich voraussichtlich gehen darf?«

»Ich habe es dir doch schon beim letzten Mal gesagt, Nana, du musst noch etwas länger bleiben. Mindestens noch eine weitere Woche, eher mehr.«

»Noch eine Woche? Das ist absurd. Was soll ich denn noch eine ganze Woche hier tun?«

»Dich ausruhen?«, bot ich an, und sie lachte.

»Mach dich nicht lächerlich, mein Lieber. Wenn ich mich ausruhen will, kann ich das zu Hause machen. In meinem eigenen Bett. Wo es bequem ist. Und wo es keine Ärzte gibt, die mir sagen, dass ich weder Schokolade noch Wein haben darf.«

Thea neben mir sog hörbar die Luft ein. »Keine Schokolade? Das ist einfach grausam! Wie soll man denn ohne Schokolade durch den Tag kommen?«

»Genau meine Rede!«, stimmte Nana zu.

»Nana, der Arzt weiß, was er tut.«

»Der Arzt ist ein Armleuchter«, murrte sie.

»Wenn er einer wäre, hätte er keinen Abschluss«, argumentierte ich.

»Dann ist er eben ein intelligenter Armleuchter.«

Thea versteckte ein Lachen hinter ihrer Hand, und ich schüttelte den Kopf.

»Nana –«

»Hör auf, Owen. Ich bin alt, nicht senil. Und ich bin durchaus in der Lage, zu entscheiden, wann es mir gut genug geht, um zu gehen.«

»Gut«, seufzte ich. »Ich werde noch einmal nachfragen. Aber vorerst werden wir ihren Rat befolgen und dich nicht aufregen.«

»In Ordnung«, brummte Nana stirnrunzelnd.

»Großartig«, stimmte Thea zu.

»Hervorragend«, ergänzte ich trocken.

Thea warf mir einen amüsierten Blick zu. ›Fang nicht an‹, formte sie tonlos mit den Lippen.

»Ich denke nicht im Traum daran«, murmelte ich zurück.

»Also, ihr beiden«, unterbrach Nana uns. »Wie habt ihr euch kennengelernt?«

»Onlinedating.« – »Eine Dating-App«, sagten wir gleichzeitig. Ich unterdrückte ein erleichtertes Seufzen.

Nana runzelte nachdenklich die Stirn. »Tatsächlich? Welche?«

»Äh«, stammelte ich überfordert. Ich hatte beim besten Willen nicht damit gerechnet, dass sie näher nachfragen würde.

»Tinder.« Kaum war das Wort aus Theas Mund, riss ich den Kopf herum und starrte sie an.

»Ist das nicht nur für … wie nennt ihr jungen Leute es heute? One-Night-Stands?«, fragte Nana.

Stöhnend rieb ich mir die Augen. »Woher weißt du überhaupt so etwas? Nein, sag nichts, ich will es gar nicht wissen. Aber ja, deshalb habe ich es dir nicht gesagt. Außerdem waren wir uns nicht sicher, was das genau zwischen uns ist.«

»Das bist du immer noch nicht«, murmelte Thea so leise, dass nur ich sie verstehen konnte.

Mit zusammengebissenen Zähnen legte ich ihr einen Arm um die Schultern, um sie näher zu ziehen. »Umso glücklicher bin ich, wo wir heute stehen«, sagte ich laut genug. Um dem Ganzen die Krone aufzusetzen, drückte ich noch einen Kuss auf Theas Schläfe.

Innerlich wand ich mich bei dem Gesülze, was ich da von mir gab. Zur Hölle, es hatte einen Grund, warum ich Liebe, Beziehungen und das alles mied. Ich spürte, wie Thea unter meiner Berührung starr wurde, und hoffte, dass Nana es nicht merken würde.

Das tat sie nicht. Stattdessen strahlte sie. »Oh, ich freue mich so für euch. Ich hatte schon befürchtet, dass du nie jemanden finden würdest.«

»Ich habe auch nicht mehr daran geglaubt«, log ich. Theas Körper in meinen Armen fühlte sich an, als wäre er aus Stein, aber das Gefühl ihrer weichen Strähnen, die meinen Unterarm kitzelten, lenkte mich ab.

Und ihr Geruch.

Sie roch nach … Sonnenschein und Blumen.

Zum Teufel, dieser Kitsch nahm wirklich überhand. Ich brauchte dringend Abstand.

»Was steht ihr da noch länger herum? Setzt euch, setzt euch!«, forderte Nana uns auf.

»Es tut mir wirklich leid, aber ich kann nicht viel länger bleiben. Ich weiß nicht, ob Owen es dir erzählt hat, aber ich plane die Verlobungsfeier und die Hochzeit meiner besten Freundin Elena Moss. Vielleicht erinnerst du dich an sie? Und ich hinke im Zeitplan schon ziemlich hinterher.«

»Oh, Elena heiratet? Wie schön! Natürlich erinnere ich mich an sie, sie war so ein liebes Mädchen. Lass dich nicht aufhalten. Dann wird Owen mir einfach die Geschichte erzählen, wie ihr euch kennengelernt habt.«

»Ich bin sicher, er wird sich freuen, nicht wahr, *Schatz*?« Thea sah mich an, ein spöttisches Funkeln in den Augen.

»Natürlich«, krächzte ich.

»Großartig.« Sie lächelte, küsste meine Wange und einen Moment später hatte sie bereits das Zimmer verlassen.

Ein wenig überfordert sah ich ihr nach. Ein Teil von mir hätte sie am liebsten zurückgerufen, obwohl das natürlich völlig lächerlich war.

»Ich mag sie«, entschied Nana. Ich wandte mich wieder ihr zu und bemühte mich, mir meine Gefühle nicht anmerken zu lassen.

Stattdessen räusperte ich mich. »Das freut mich. Ich … äh, ich mag sie auch.«

»Nun, das ist offensichtlich für jeden, der Augen hat.« Bei diesen Worten musste ich ein Schnauben unterdrücken. Anscheinend waren wir bessere Schauspieler, als ich gedacht hatte. Dabei war die Vorstellung von uns als Paar doch nun wirklich lachhaft. »Aber Owen, warum stehst du immer noch da? Setz dich, ich will eure Geschichte hören.«

»Ja … richtig.« Ich sank auf den Stuhl neben ihrem Bett. »Es ist wirklich nicht so aufregend. Wir haben uns in der App gematcht, ein paar Mal getextet und uns dann getroffen.«

»Nein, nein. Versuche nicht, mich auszutricksen, junger Mann. Ich möchte die Details hören! Erzähl mir alles. Wo habt ihr euch getroffen? War es romantisch? Wann wusstest du, dass sie die Eine war?«

»Nana …«

»Nichts da. Fang einfach an zu reden. Je eher du fertig bist, desto eher kannst du zu ihr zurück.«

Stöhnend ergab ich mich meinem Schicksal und spann eine Geschichte über ein paar fehlgeschlagene Dates mit der anschließenden Erkenntnis, dass man sich doch mehr mochte, als anfangs angenommen. Ich wusste, das würde Nana gefallen. Allerdings achtete ich penibel darauf, mir jedes Detail einzuprägen, um es später wortgetreu an Thea weiterzugeben.

***

Stunden später verließ ich schließlich das Krankenhaus und hatte das Gefühl, zum ersten Mal seit einer Ewigkeit wieder atmen zu können.

Mein Kopf drehte sich immer noch von den Geschichten, die Nana mich gezwungen hatte zu erzählen. Ich hatte mir bereits einige Notizen in meinem Handy gemacht, aber ich musste dringend mit Thea sprechen, damit es keine Widersprüche zwischen unseren Versionen der Geschichte gab.

Gerade als ich das Auto vor dem B&B parkte, klingelte mein Telefon. Ein Blick auf das Display verriet mir den Anrufer.

»Hallo, Henry«, begrüßte ich ihn.

»Yo, O! Was hast du heute Abend vor?«

Misstrauisch kniff ich die Augen zusammen, obwohl ich wusste, dass er mich nicht sehen konnte. »Wieso?«

»Jetzt, da El wieder da ist, wollten wir ein kleines Treffen veranstalten. Nur die übliche Gruppe. Du, ich, Thea, Elena, Pops und Colten, eventuell Carla. Komm schon, du kannst nicht Nein sagen!« Ich konnte praktisch seine Welpenaugen vor mir sehen.

»Nein«, antwortete ich trocken, und Henry keuchte gespielt.

»Alter, es ist ja nicht so, als hättest du etwas Besseres zu tun, oder? Oder – warte, sag mir nicht, dass du und Thea bereits Pläne gemacht habt?«

»Doch!«, platzte es aus mir heraus, bevor ich mich eines Besseren besinnen konnte. »Thea und ich, wir ... gehen auf ein Date.«

»Ein Date, was? Das klingt spannend. Wohin geht ihr?«

»Ähm«, machte ich überfordert, bevor ich hervorstieß: »Kino! Und Abendessen.« War das immer noch der Standardablauf von Dates? Ich war seit Ewigkeiten auf keinem gewesen.

Henry gluckste. »Ah, na, da will ich euch ... *Turteltauben* natürlich nicht aufhalten. Dann beim nächsten Mal.« Damit legte er auf und ließ mich mit hämmerndem Herzen zurück.

Ein Date. Fuck.

Warum zum Teufel hatte ich das gesagt?

Weil du keine andere Wahl hattest, flüsterte mein Unterbewusstsein. *Wenn du dich einfach nur geweigert hättest, hätte er darauf* bestanden, *dass du mitkommst.*

Und ich hatte nicht die Absicht, meine Zeit mit Beziehungen zu verschwenden, die keine Zukunft hatten.

Upper Hillford und ich waren fertig miteinander, und so sollte es auch bleiben.

Seufzend stieg aus dem Auto.

»Hey, Owen«, sagte Thea, kaum dass ich das Haus betreten hatte. Sie saß im Foyer auf dem Boden, den Laptop vor sich, und mehrere Broschüren lagen um sie herum verteilt.

Abrupt kam ich zum Stehen und starrte sie an. »Ich habe fast Angst zu fragen, aber ... gibt es einen Grund, warum du auf dem Boden sitzt?«

»Es ist ein neuer Ansatz.«

»Ein neuer ... was?«

Sie winkte ab. »Ansatz. Für die Party. Eine andere Perspektive. Die Dinge aus einem anderen Blickwinkel sehen, weißt du?«

»Und dieser Winkel ist ... der Boden.«

»Jepp.«

»Du bist verrückt.«

»Nee, einfach kreativ. Was ist mit dir los? Du siehst ein wenig ... hm, verkniffen aus? Hat jemand schon wieder Hochzeiten erwähnt?«

Ich knirschte mit den Zähnen. »Nein. Henry hat angerufen.«

Sie legte den Kopf in den Nacken, um mich anzusehen. »Und?«

»Er hat uns heute Abend in den Pub eingeladen. Anscheinend haben sie eine Art Versammlung. Nur er und seine Freunde.«

»Okay ... und?«

»Ich habe vielleicht erwähnt, dass wir ein Date haben.«

Theas Augen weiteten sich, und sie rutschte herum, um mich richtig ansehen zu können. »Ein Date? Wie in ... ein Date-Date?«

»Was denn sonst?«

»Ich weiß es nicht! Du hättest einfach sagen können, dass du etwas zu tun hast.«

Genervt presste ich die Lippen zusammen. Als ob es meine Schuld war, dass ... ja, okay, es war meine Schuld.

Aber nun war daran nichts mehr zu ändern. »Sie hätten mir nicht geglaubt. Also habe ich mir etwas ausgedacht.«

»Und warum musstest du sagen, dass wir auf ein Date gehen?«

Ich verdrehte die Augen. »Das ist das Erste, was mir in den Sinn gekommen ist. Wir gehen angeblich ins Kino. Und in ein Restaurant.«

»Das Erste –« Sie brach ab. »O mein Gott, du bist ein schrecklicher Lügner.«

»Wie bitte?«

»Du hast mich gehört. Du bist ein schlechter Lügner. Du kannst überhaupt nicht lügen. Zumindest nicht gut. Du hättest einfach sagen sollen, dass du arbeitest. Oder fernsiehst. Du hättest sogar sagen können, dass wir einen Filmabend machen! Aber weißt du, dass sie jetzt erwarten, uns in der Stadt zu sehen? Also gehen wir heute wohl auf ein Date. Herzlichen Glückwunsch, du hast uns beide in diese Situation gebracht.«

»Das ist lächerlich.«

»Da sind wir uns zumindest einig.« Sie schob die Broschüren zusammen und stand auf. Für ein paar glorreiche Sekunden hatte ich den perfekten Blick auf ihren Hintern in ihren Jeans-Shorts, und bevor ich mich aufhalten konnte, stellte ich mir vor, wie meine Hände über ihre Taille glitten und sie eng an mich zogen.

Mein Schwanz regte sich, und hastig wandte ich den Blick ab. »Wir bleiben einfach hier. Sie werden es nicht einmal bemerken –«

»Manchmal frage ich mich, wer von uns hier aufgewachsen ist. Natürlich werden sie es merken! Wir machen es nur schlimmer, wenn wir nicht auftauchen. Das würde zu viele Fragen aufwerfen.«

»Was schlägst du dann vor?«

Sie zuckte mit den Schultern und verdrehte dann die Augen, als wäre ich schwer von Begriff. »Wir gehen auf ein Date.«

Verdammt, so war das nicht geplant gewesen. Irgendwie hatte ich gehofft, mir mit dieser Lüge schlicht Henry vom Leib zu halten, aber das hier … Stöhnend fuhr ich mir mit einer Hand durch die Haare. »Schön, dann werde ich … dich wohl um … sieben Uhr einsammeln?«

Sie verdrehte wieder die Augen. »Weißt du was? Mach acht draus. Ich brauche etwas Zeit, um mich seelisch auf diese Folter vorzubereiten.«

»Folter«, wiederholte ich ungläubig und spürte bei ihren Worten einen winzigen Stich, obwohl das lächerlich war. Schließlich war sie auch nicht gerade die Person, mit der ich am liebsten meine Zeit verbrachte.

»Fake-Date. Mit dir. In der Öffentlichkeit. Was soll es sonst werden?«, fragte sie und zwinkerte mir zu, bevor sie den Raum verließ.

»Biest«, murmelte ich.

Ich war so damit beschäftigt, sie und die ganze Situation zu verfluchen, dass mir erst viel zu spät bewusst wurde, wie sehr mein Herz bei dem Gedanken raste, einen ganzen Abend mit ihr zu verbringen.

Ein ganzer Abend, an dem wir so taten, als ob wir … was? Einfach nur dateten? Oder noch schlimmer … ineinander verliebt waren? Waren die Leute schon verliebt, wenn sie miteinander ausgingen? Ich hatte keine Ahnung.

Stöhnend ließ ich den Kopf an die Wand hinter mir sinken.

Was für ein Durcheinander. Ich hatte nie die Absicht gehabt, so viel Zeit mit ihr zu verbringen. Wenn ich das gewusst hätte, dann ... Was dann?

Es war ja nicht so, als hätte es noch andere Bewerber auf die Stelle als meine Fake-Freundin gegeben.

Mir blieb also nichts anderes übrig, als mich mit dem zu arrangieren, was auf uns zukam.

***

Da ich schon einen Anzug trug, sah ich keinen Sinn darin, mich umzuziehen. Stattdessen saß ich in der Küche und versuchte, etwas Arbeit zu erledigen – wenn auch mit minimalem Erfolg. Meine Gedanken wanderten immer wieder zu dem bevorstehenden Date zurück.

Ich hatte Karten für einen Film im alten Kino im südlichen Viertel gekauft und einen Tisch in einem kleinen indischen Restaurant reserviert, das gute Bewertungen auf Yelp hatte.

Trotzdem störte mich etwas.

Es war nicht einmal das Date an sich, sondern viel mehr die Tatsache, dass sie recht hatte.

Ich war kein guter Lügner. Überhaupt nicht. Ich hatte keine Ahnung, wie ich vorgeben sollte, ein liebevoller Freund zu sein. Ganz zu schweigen davon, dass sie eine verdammte Hochzeitsplanerin war, etwas, das ich mit Leidenschaft hasste.

»Ich bin so weit«, verkündete Thea in diesem Moment und betrat die Küche.

Ich blickte auf und erstarrte.

Sie trug ein schwarzes Kleid, das ihr bis zu den Knien reichte. Es war eng anliegend, hatte dünne Träger und einen tiefen V-Ausschnitt, der ihr großzügiges Dekolleté zeigte.

Für einen viel zu langen Moment konnte ich meine Augen nicht von ihr lassen.

Dann räusperte sie sich.

»Du siehst gut aus«, sagte ich heiser.

Sie lächelte und drehte sich einmal um sich selbst. »Ich weiß.«

Ich verdrehte die Augen.

»Du siehst auch nicht schlecht aus«, sagte sie. »Wobei ...« Sie runzelte die Stirn. »Ist das nicht der gleiche Anzug, den du schon den ganzen Tag anhast? Du trägst sogar noch die gleiche Krawatte. Du kannst nicht die gleiche Kleidung für ein Date tragen.«

Irritiert blickte ich an mir hinab. »Was? Warum nicht?«

»Weil das ein Date sein soll. Du solltest zeigen, dass dir die Person wichtig ist, mit der du ausgehst.«

»Mir ist mein Job wichtig«, protestierte ich. »Das ist im Grunde dasselbe, oder nicht? Meine Arbeit ist für mich das, was für die meisten anderen ihre Partnerschaft ist.«

»Nein. Das reicht nicht. Geh und zieh dich um. Ich warte hier.«

»Du kannst mir nicht sagen, was ich tun soll«, knurrte ich.

»Doch, kann ich. Du hättest eben das Kleingedruckte besser lesen sollen. Jetzt geh!« Sie zeigte auf die Tür und hob die Augenbrauen.

Für einen kurzen Moment überlegte ich, mich ihr zu widersetzen, aber ich hatte nicht die Energie, sie in dieser Sache zu bekämpfen. Seufzend stand ich auf und ging an ihr vorbei.

»Und lass die Krawatte weg«, rief sie mir nach. »Das ist definitiv ein Kein-Krawatten-Date!«

»Von mir aus«, murmelte ich und stapfte die Treppe hinauf.

Zehn Minuten später kehrte ich zurück, trug einen neuen Anzug und keine Krawatte. Das Unwohlsein kehrte mit voller Macht zurück. Ohne die Krawatte fühlte ich mich ... unvollständig, wie eine Rüstung, bei der ein wichtiger Teil fehlte. Ein Teil, den ich an diesem Abend dringender denn je gebraucht hätte. Doch ich würde einen Teufel tun und mir das anmerken lassen.

»Besser«, erklärte Thea und nickte zufrieden.

»Können wir jetzt gehen? Oder möchtest du auch noch die Farbe des Hemdes kritisieren?«

»Nein, du hast dich für ein schönes entschieden.« Sie lächelte süßlich und schob ihren Arm durch meinen. »Jetzt lass uns gehen.«

»Das gefällt dir, oder?«

»Natürlich«, sagte sie und grinste. »Es macht immer Spaß, dich zu ärgern.«

Ungläubig schüttelte ich den Kopf und ging mit ihr zum Wagen.

»Also, Abendessen und Kino, hast du gesagt?«, fragte sie, sobald sie eingestiegen war und neben mir saß.

»Ja. Das ist der Plan.« Sobald ich die Worte ausgesprochen hatte, spürte ich, wie mich eine merkwürdige Anspannung überfiel, während ich auf ihre Reaktion wartete. Dann erinnerte ich mich daran, dass dies kein richtiges Date war. Was auch immer sie davon hielt, spielte keine Rolle.

»Hm. Okay.«

Ich hielt es genau sechsundvierzig Sekunden aus, bevor ich fragen musste. »Stimmt was nicht?«

»Nicht unbedingt. Schätze ich. Es ist nur … irgendwie langweilig.«

»Langweilig«, wiederholte ich und redete mir ein, dass der Stich, den ich bei ihren Worten verspürte, von meinem leeren Magen herrührte und nicht von Enttäuschung.

»Ja. Nicht das originellste Date, aber auch nicht schlecht. Du hast dich für das indische Restaurant entschieden, oder?«

»… ja?« Woher wusste sie das? Es gab nicht so viele Optionen in Upper Hillford, und selbst ich fand, Italienisch wäre zu langweilig, aber wir hätten genauso gut in einen der Nachbarorte fahren können.

»Nun, mal sehen, ob es gut ist. Vielleicht können wir das nächste Mal an einen anderen Ort gehen. Welchen Film hast du ausgewählt?«

Ich zuckte mit den Schultern. »Keine Ahnung. Den ersten, den sie beworben haben.«

Aus den Augenwinkeln sah ich, wie sie den Kopf zu mir herumriss und mich anstarrte, aber ich hielt meinen Blick fest auf die Straße gerichtet.

»Du hast nicht ins Programm geschaut«, sagte sie tonlos.

»Nein.«

»Warum nicht?«

»Warum ist das so wichtig?«

»Weil wir angeblich in einer Beziehung sind. Was bedeutet, dass du dich für den Film interessieren solltest.«

»Ich dachte, ich sollte mich für dich interessieren«, entgegnete ich trocken.

»Beides. Wie heißt der Film?«

»Irgendwas mit ... Leben. Das Leben von ... keine Ahnung.«

»O mein Gott«, rief Thea und warf ihre Hände in die Luft. »Du hast nicht mal nachgesehen? Weißt du, wie lächerlich das klingt?«

»Entschuldige mal«, knurrte ich. »Ich bin es nicht gewohnt, so tun zu müssen, als wäre ich jemandes Freund.« Eigentlich war ich es nicht gewohnt, überhaupt jemandes Freund zu *sein*, selbst ohne Vortäuschen, aber das war eine andere Sache.

»Offensichtlich.«

Ich stöhnte. »Schau, es tut mir ... leid, wenn meine Auswahl nicht deinen Standards entspricht. Wenn wir das noch mal durchmachen müssen, überlasse ich dir gern die Organisation, okay? Aber können wir für heute einfach das Beste daraus machen? Bitte?«

»Na schön.« Thea verschränkte seufzend die Arme vor ihrer Brust und lehnte sich zurück.

Der Rest der Fahrt verlief schweigend, und ich war erleichtert, als ich das Auto vor dem Restaurant abstellte.

»Guten Abend«, begrüßte uns die Kellnerin, sobald wir eintraten. Der Duft nach Knoblauch, Kurkuma und Koriander stieg mir in die Nase und ließ meinen Magen knurren.

»Reservierung für zwei Personen. Der Name ist Stone«, sagte ich, während ich mich umsah. Das Restaurant war nicht besonders groß und bot Platz für höchstens fünfzig Personen. Tische und Stühle aus dunklem Mahagoni waren gerade so weit voneinander entfernt platziert worden, um den jeweiligen Gästen genug Privatsphäre zu bieten. Dunkelrote Vorhangbahnen hingen in regelmäßigen Abständen von den cremefarbenen Wänden herab und goldene Rahmen mit Bildern von indischen Frauen waren dazwischen platziert. Das leise Gemurmel von Stimmen erfüllte den Raum, doch als ich mich umsah, stellte ich zu meiner Erleichterung fest, dass ich auf den ersten Blick keine bekannten Gesichter entdecken konnte.

»Natürlich. Folgen Sie mir bitte.« Die Kellnerin führte uns zu einem kleinen Tisch für zwei Personen in der Ecke und reichte uns die Speisekarten. Ich bestellte ein Glas Wasser und Thea eine Cola, bevor die Kellnerin wieder davoneilte.

»Warst du schon einmal hier?«, fragte Thea.

Ich schüttelte den Kopf. Das war einer der Gründe, warum ich mich für dieses Restaurant entschieden hatte. Es waren keine Erinnerungen daran gebunden. »Als ich noch hier lebte, gab es das noch nicht.«

»Nun, das Essen sieht gut aus.« Thea studierte interessiert die anderen Tische.

»Versuchst du, dir die Mahlzeiten zu merken, damit du danach eine Yelp-Rezension schreiben kannst?«

»Vielleicht.« Sie grinste und legte die Speisekarte ab. »Aber eigentlich bin ich, was Essen angeht, ziemlich leicht zufriedenzustellen.«

»Aber auch nur da«, murmelte ich, ehe ich mich zurückhalten konnte. Glücklicherweise erschien in diesem Moment bereits die Kellnerin mit unseren Getränken. Wir gaben unsere Bestellung auf und lehnten das Angebot für ein Glas Wein ab.

Erst als sie wieder verschwunden war, legte Thea den Kopf schief und musterte mich nachdenklich. »Du warst schon lange nicht mehr auf einem Date, oder?«

Ich hob eine Braue. »Wie kommst du darauf?«

Sie zuckte mit den Schultern. »Nenn es weibliche Intuition. Oder schlichtweg meine eigene. Aber ich habe das Gefühl, du hast keine Ahnung, wie du dich verhalten sollst.«

Ach was. Nur mühsam konnte ich ein Schnauben unterdrücken. »Tja, es gibt eben leider kein Handbuch für Fake-Dates.«

Langsam schüttelte Thea den Kopf. »Für Fake-Dates nicht, das stimmt. Aber für normale schon.«

Verwirrt starrte ich sie an. »Dafür gibt es Regeln?«

»Natürlich gibt es die!« Was daraufhin folgte, war eine Litanei an Vorschriften, die von lächerlich bis hin zu völlig unlogisch reichten.

Erwähne deine Ex-Partner nicht. Sprich nicht zu viel über die Arbeit. Stell Fragen. Aber nicht zu viele. Es ist ein Geben und Nehmen.

Schweigend hörte ich ihr zu, erschlagen von der schieren Absurdität dieses Gesprächs. Es war schließlich nicht so, als hätte ich vorgehabt, in absehbarer Zeit jemanden zu daten.

»Das klingt, als ob du … viel Erfahrung damit hast. Daten, meine ich«, sagte ich schließlich.

Thea erstarrte und senkte den Kopf. »Ja, schätze schon«, murmelte sie.

Instinktiv wusste ich, dass ich einen Nerv getroffen hatte. Ich öffnete den Mund, um mich zu entschuldigen, aber in dem Moment kam die Kellnerin mit unserem Essen zurück und ich schwieg. Während Thea sich für das Lammcurry entschieden hatte, war meine Wahl auf *Dal Tarka* gefallen, ein Gericht aus indischen Linsen und Kräutern. Obwohl es köstlich aussah und mir der Geruch das Wasser im Mund zusammenlaufen ließ, wandte ich mich zuerst Thea zu, sobald die Kellnerin verschwunden war. »Alles in Ordnung?«

»Natürlich«, antwortete sie, aber mied meinen Blick. Stattdessen sah sie auf ihren Teller und schaufelte eine kleine Portion ihres Currys auf die Gabel.

Seufzend schob ich mein Glas weg. »Schau, ich wollte dich nicht beleidigen.« Zumindest glaubte ich, genau das getan zu haben, und nach dem Desaster bei der Cateringfirma fühlte es sich an, als würde ich versagen – schon wieder.

Sie schnaubte. »Das ist es, worüber du dir Sorgen machst? Hast du nicht. Es ist okay. Wirklich. Ich habe gedatet, ja. Vergangenheitsform.«

»Ist vermutlich besser so«, platzte es aus mir heraus, ehe ich mich zurückhalten konnte.

Thea kniff die Augen zusammen. Während sie kaute und schluckte, musterte sie mich kritisch. »Richtig, ich hätte beinahe vergessen, dass du allergisch gegen die Liebe bist. Und Hochzeiten. Und Beziehungen. Und –«

Genervt hob ich eine Hand, um sie zu unterbrechen. »Okay, ich hab's kapiert. Außerdem habe ich das nur gesagt, weil wir ja schließlich ...« Kurz sah ich mich um, ehe ich die Stimme senkte. »Fake-daten.«

Ohne auf meine Erklärung einzugehen, sprach sie weiter: »Weißt du, wir sollten wirklich einen Weg finden, damit du darüber hinwegkommst. Ich habe gehört, dass Konfrontationstherapie der neueste Hit in der Psychologie ist. Vielleicht sollten wir das versuchen.«

»Konfrontationstherapie?«, fragte ich skeptisch und hielt mit dem Löffel auf dem Weg zum Mund inne.

»Ja, sich seinen Dämonen stellen.«

»Meine Dämonen?«

»Du weißt schon, all die Dinge, vor denen du Angst hast.«

»Ich habe keine Angst«, knurrte ich.

»Natürlich nicht.« Sie trank einen Schluck. »Ich meine ja nur, wenn wir mehr Zeit miteinander verbringen, was sehr wahrscheinlich ist, da wir schließlich angeblich in einer Beziehung sind, dann wäre es eine gute Möglichkeit für dich, deine Probleme zu überwinden.«

»Ich habe keine Probleme«, fauchte ich.

»Was immer du sagst«, sagte sie und lächelte. »Aber jetzt im Ernst. Das ganze Konzept von Beziehungen, Ehe, Hochzeit und all das stört dich. Und das ist ein Problem.«

»Es ist kein Problem, es ist eine Lifestyle-Entscheidung. Eine, mit der ich sehr zufrieden bin.«

Ihre hochgezogene Augenbraue machte deutlich, dass sie mir kein Wort glaubte. »Wenn du meinst. Aber wenn du mich fragst –«

»Ich frage dich aber nicht«, unterbrach ich sie ruppig und warf den Löffel beinahe zurück auf meinen Teller.

»Ich sage ja nur«, fuhr sie seelenruhig fort, während sie einige verstreute Reiskörner auf ihrem Teller zusammenschob, »dass du, wenn du wirklich alle von dieser Beziehung überzeugen willst, zumindest nicht so aussehen solltest, als würdest du gefoltert werden, wenn ich dich berühre. Dieser ›Jemand hat mich gerade mit tausend Nadeln erstochen‹-Blick ist nicht sehr überzeugend. Du weißt schon, dass Paare sich berühren, oder? Das ist Teil einer Beziehung.«

Ehe ich meine Hand zurückziehen konnte, legte sie plötzlich ihre eigene darauf. Instinktiv verspannte ich mich und sog scharf die Luft ein. Thea hob die Augenbrauen.

»Genau das meine ich«, sagte sie leise und deutete mit der Gabel in meine Richtung. Ich brauchte meine eigene Miene nicht zu sehen, um zu wissen, dass ich das Gesicht verzogen hatte. Allerdings hatte das absolut nichts damit zu tun, dass mir ihre Berührung unangenehm war.

Leider war das genaue Gegenteil der Fall.

Dort, wo ihre Haut auf meine traf, prickelte sie. Es fühlte sich an wie dieses stechende Gefühl Tausender Nadeln, nachdem ein Körperteil eingeschlafen war und die Nervenenden langsam wieder zum Leben erwachten. Unangenehm, aber gleichzeitig ... befreiend? Ich konnte es nicht wirklich beschreiben.

Nur um ihr nicht die Genugtuung zu verschaffen, recht zu haben, zwang ich mich, den Körperkontakt mehrere Sekunden lang zuzulassen, bevor ich meine Hand endlich zurückzog. In meinem Schoß, außerhalb ihres Sichtfelds, ballte ich sie mehrmals zur Faust, in der Hoffnung, dieses merkwürdige Gefühl abschütteln zu können.

Schließlich hob ich den Blick und sah ihr ins Gesicht. »Wird es nicht langsam langweilig, all meine Fehler aufzuzählen?«

Mit einem süßlichen Lächeln zuckte sie die Schultern. »Ich versuche nur zu helfen.«

»Was du nicht sagst. Bist du jetzt fertig damit? Ich würde gern zu Ende essen«, sagte ich und nickte zu meinem beinahe leeren Teller vor mir.

»Ich habe nur das Offensichtliche festgestellt. Aber wenn du es lieber ignorieren möchtest, bitte.« Sie schenkte mir ein schiefes Grinsen, und einen Augenblick lang starrten wir uns nur an.

Unwillkürlich spürte ich, wie die Spannung zwischen uns stieg. Mein Puls beschleunigte sich, und der Atem stockte in meiner Kehle. Obwohl ich es nicht wahrhaben wollte, erkannte ich dieses Gefühl, das sich in mir ausbreitete. Es war Jahre her, seit ich es zuletzt gespürt hatte.

Es war das Gefühl erster Funken, die zu einem Feuer führen konnten, das alles niederbrannte.

Theas Zunge kam hervor, sie leckte sich über die Lippen und mein Unterleib spannte sich.

Krampfhaft versuchte ich, mich zu konzentrieren. Ich konnte jetzt nicht den Verstand verlieren. Das hier war ein Fake-Date, kein echtes.

Ich konnte nicht ... konnte nicht ...

Tief holte ich Luft und zwang mich, an etwas anderes zu denken.

»Wir sollten bald gehen«, sagte ich mit heiserer Stimme. »Der Film startet bald. Es sei denn, du möchten

ihn lieber überspringen?« Verdammt, klang das sugges-
tiv? »Ich meine, wenn du müde bist oder so. Wenn
nicht, sollten wir langsam aufbrechen.«

Thea neigte den Kopf, und sie musterte mich für einen Moment. Dann nickte sie. »Okay, klar. Ich kann es
kaum erwarten zu sehen, welche Art von Film du *nicht*
ausgewählt hast.«

Meine Mundwinkel hoben sich lapidar, und ich trank
noch einen Schluck Wasser, während ich mir
wünschte, es wäre etwas Stärkeres.

Kapitel 15

Thea

Während des restlichen Essens sprachen wir nicht mehr viel miteinander. Owen war abgelenkt und ich war … nicht wirklich wütend. Eher genervt. Er verstand es nicht. Das Date mochte gefaked sein, aber es sollte trotzdem überzeugend wirken. Und er machte es mir nicht gerade leicht.

Es war ja nicht so, dass er mich mögen musste. Dass das nicht passieren würde, war uns beiden wohl von Anfang an klar gewesen. Aber es würde nicht schaden, wenn er sich etwas Mühe gab.

Seufzend folgte ich ihm ins Kino. Zu meiner Überraschung war es viel kleiner, als ich erwartet hatte. Soweit ich sehen konnte, gab es nur einen Saal, aber obwohl das Foyer klein war, der Teppich abgenutzt und die Poster an der Wand Filme von vor langer Zeit bewarben, war es sauber und der typische Geruch von Popcorn hing in der Luft.

Ein junger Mann, nicht älter als zwanzig, stand hinter der Theke und war ganz in sein Handy vertieft. Als

Owen und ich uns ihm näherten, zuckte er so heftig zusammen, dass es ihm beinahe aus der Hand fiel.

»Guten Abend, willkommen im alten Kino. Zwei Tickets?«

»Wir haben eine Reservierung. Auf Stone«, sagte Owen und nannte ihm die Bestellnummer.

Der junge Mann tippte auf seinem Computer herum, ehe er nickte. »Ah, ja, da sind sie. Es gibt freie Platzwahl, also gehen Sie ruhig durch. Ah, Popcorn gibt's heute Abend leider keins, die Maschine ist kaputt, aber ich kann Ihnen …«, er musterte die Theke neben sich, »… Eis anbieten, oder Schokolade, Biskuits …«

»Schokolade!«, unterbrach ich ihn schnell, als ich sah, wie Owen seinen Mund öffnete, zweifellos, um ihm so einen Unsinn wie ›*Wir haben gerade zu Abend gegessen, danke*‹ oder so etwas zu erzählen. Wenn ich den Rest der Nacht mit halbwegs intaktem Verstand überstehen wollte, brauchte ich Zucker. Dringend.

»Ein Schokoriegel für die Dame, für mich nichts.«

»Alles klar.« Er nahm Owens Geld, gab ihm die Tickets und deutete in Richtung des Saals.

»Vielen Dank.« Ich lächelte ihm zu und schnappte mir die Schokolade. Sobald wir den Tresen hinter uns gelassen hatten, verabschiedete ich mich kurz zur Toilette, und Owen versprach, vor dem Saal zu warten.

Beinahe wäre ich auf dem Rückweg gestolpert, als ich bemerkte, dass er nicht mehr allein war. Bei ihm standen Henry, Poppy, Colten – und Elena.

Könnte mich bitte jemand umbringen? Genau jetzt? Das wäre großartig, danke, dachte ich, während ich mich langsam auf sie zubewegte. Es war schlimm genug, dass sie dachten, wir würden einander daten. Aber es war eine Sache, vor fremden Leuten ein Paar zu spielen, und eine ganz andere, es vor unseren Freunden zu tun. Ich blieb erst stehen, als ich Owen erreicht hatte. Nicht nahe genug, um ihn zu berühren – wir hatten ja im Restaurant gesehen, wie gut das funktionierte –, aber dicht genug, um seine Körperwärme zu spüren.

»Thea! Da bist du ja«, rief Henry. »Also, wie findest du dein Date bisher?«

»Du meinst das, das ihr gerade stört?«, fragte ich trocken und hob eine Braue.

Elena kicherte. »Ich habe dir gesagt, dass sie es ansprechen würde!« Sie drehte sich zu mir um. »Ich habe ihm auch gesagt, dass wir euch Turteltäubchen den Abend genießen lassen sollten, aber er war so enttäuscht, weil Owen abgesagt hat ...« Sie zuckte mit den Schultern. »Ich glaube, er hat ihn vermisst.« Die letzten Worte sagte sie in einem Bühnenflüstern, sodass jeder sie hören konnte.

»Halt die Klappe, El«, murmelte Henry und schaute überallhin, außer zu seinen Freunden, die breit grinsten.

»Aber ich muss sagen, es überrascht mich, dass ihr ausgerechnet heute zu einem Kino-Date gegangen seid. Jeder weiß doch, dass sie dienstags nur Dokumentationen zeigen«, fuhr Elena fort.

Langsam, sehr langsam drehte ich mich um und sah Owen mit hochgezogenen Brauen an. Zumindest hatte er den Anstand, verlegen auszusehen.

»Ach, ist das so?«, fragte ich mit leiser, süßlicher Stimme.

»Schon immer gewesen. Solange ich mich erinnern kann«, sagte Henry, und ich war mir ziemlich sicher, dass er sich einen extragroßen Eimer besorgt hätte, wenn die Popcornmaschine heute funktioniert hätte.

»Ich kann es kaum erwarten, den Film zu sehen. Wie hieß der noch mal, Schatz?«, fragte ich und lehnte mich leicht an Owen.

»... irgendetwas mit Leben«, wiederholte er seine früheren Worte, und trotz des schwachen Lichts im Foyer hätte ich schwören können, dass sich seine Wangen leicht röteten.

»Wie aufregend«, zischte ich zurück, bevor ich mich an Henry wandte. »Und warum seid ihr hier?«

Er zuckte lässig mit den Schultern. »Ich mag Dokumentationen, schon immer.«

Skeptisch runzelte ich die Stirn, aber Colten nickte und wandte sich an Poppy. »Tut er wirklich. Erinnerst du dich, als er uns gezwungen hat, uns die über den Ozean anzusehen? Ich glaube, ich bin in den ersten zehn Minuten eingeschlafen. Ich schwöre, ich habe danach tagelang Delfine in meinen Träumen gesehen.«

»Oder die über Heinrich VIII.«, sagte Poppy mit leichtem Schaudern. »Ich hatte Albträume von diesen Enthauptungsszenen!«

»Hey, es ist interessant«, protestierte Henry. »Wie auch immer, ich dachte, wir könnten danach alle zusammen in den Pub gehen. Es sei denn, ihr habt Besseres vor?« Dabei wackelte er zweideutig mit den Augenbrauen, und ich spürte, wie mir die Hitze in die Wangen schoss. Wenn ich nicht wollte, dass jeder dachte, wir würden heute Abend Sex haben, blieb uns praktisch nichts anderes übrig, als zuzusagen.

Also seufzte ich und nickte, auch wenn ich Henry dabei einen finsteren Blick zuwarf. »Von mir aus, wir kommen.«

Owen räusperte sich. Bevor er ein Wort sagen konnte, öffnete sich die Tür zum Saal und die Lichter verdunkelten sich.

»Oh, es fängt an!« Henrys Augen funkelten. »Kommt schon, wir wollen schließlich den Anfang nicht verpassen!«

»Natürlich nicht«, sagte ich schwach, während ich zusah, wie sie in der Dunkelheit des Kinosaals verschwanden. Als ich ihnen folgen wollte, spürte ich Owens Hand auf meiner Schulter. Ich drehte mich um und bemerkte, dass er mich finster anstarrte. »Was stimmt jetzt wieder nicht?«

»Ich dachte, das wäre ein Date«, zischte er.

»Ist es doch auch. Aber hätten wir sie einfach ignorieren sollen?«

Er runzelte die Stirn. »Wir gehen danach nicht in den Pub. Dieses Date sollte dafür sorgen, dass ich mich nicht mit ihnen treffen muss!«

Ich verdrehte die Augen. »Das sind deine Freunde, Owen«, erklärte ich geduldig. »Auch wenn du dein Allerbestes gibst, um sie wie die Pest zu meiden. Ein Abend wird sie nicht dazu bringen, dich zu heiraten, vertrau mir. Komm schon, bringen wir den verdammten Film hinter uns.« Bevor ich mich in Bewegung setzte, fiel mir noch etwas ein. »Es sei denn natürlich ...«

Owen biss die Zähne zusammen. »Es sei denn, was?«

Ein Grinsen breitete sich auf meinem Gesicht aus. »Es sei denn, du willst, dass sie glauben, wir mussten dringend nach Hause und ...« Ich hob die Hand und ließ sie ein paar Millimeter über seiner Brust in der Luft schweben, ehe ich langsam nach unten fuhr.

Er riss die Augen auf und packte mein Handgelenk, nicht grob, aber fest genug, um mich davon abzuhalten, mich zu bewegen. »Ich hab's kapiert« zischte er und ließ mich schließlich los. »Also willst du damit sagen, dass du den Film tatsächlich sehen willst?«

Ich zuckte mit den Schultern. »Du bist nicht der Einzige, der sich Mühe geben kann«, schoss ich zurück und war seltsam stolz, als seine Lippen zuckten und er beinahe lächelte.

»Na dann, lass uns gehen.«

***

Soweit ich in der Dunkelheit sehen konnte, war der größte Teil des Kinosaals leer. Elena, Henry und die anderen saßen ganz hinten und winkten uns aufgeregt zu.

Ich ließ mich neben meiner besten Freundin in den Sessel fallen und genoss für ein paar Augenblicke einfach nur, wie bequem es war. Wir hätten uns auch weiter weg setzen können, allerdings hätte ich mich dann erst recht nicht entspannen können. Auch so wusste ich, dass unsere Freunde uns beobachteten, aber wir waren weit weniger auf dem Präsentierteller.

Owen setzte sich auf meine andere Seite, und ich konzentrierte mich darauf, geradeaus zu schauen. Es waren nur ein paar Zentimeter zwischen uns. Ich spürte, wie seine Körperwärme von ihm ausstrahlte.

Warum fühlte sich der Film plötzlich wie die schlechteste Idee aller Zeiten an?

Ich konnte mich keine Sekunde auf die Leinwand konzentrieren. Stattdessen war ich mir des Mannes neben mir über alle Maßen bewusst. Sein Arm berührte meinen, wann immer er sich bewegte, und ich wünschte inständig, ich hätte einen anderen Sitzplatz gewählt.

Je länger der Film dauerte, desto mehr war ich davon überzeugt, dass es sich dabei um eine Art neumodischer Foltermethode handelte. Die einschläfernde Stimme und die immer gleiche goldgelbe Landschaft der Sahara waren das genaue Gegenteil von *mitreißend*. Wie konnten die Leute das entspannend finden?

Plötzlich beugte sich El näher zu mir und flüsterte: »Ich kann genau sehen, wie sehr du dich langweilst. Du weißt schon, dass diese Art Film entweder für Leute ist, die so etwas *wirklich* lieben oder eine Ausrede wollen, um rumzumachen.«

»El!«, protestierte ich leise.

»Ich sage ja nur, eine Doku ist die perfekte Gelegenheit, um ...« Selbst im schwachen Licht konnte ich sie mit den Augenbrauen wackeln sehen. »Mach schon, ich werde nichts verraten!«

»Schlägst du vor, ich soll den Film als Ausrede nutzen, um ... um ...«

»Rumzumachen«, bestätigte sie nickend.

»Ja, das ...« Hastig überprüfte ich, wie viel die anderen mitbekamen. Owens hochgezogene Augenbraue sagte mir, dass er mindestens einen Teil gehört hatte, und ich spürte Hitze in meine Wangen steigen. Aber die anderen schienen sich tatsächlich auf den Film zu konzentrieren. Immerhin. »Das ist verrückt.«

»Verrückt gut! Nate und ich machen das mindestens einmal im Monat. Schade, dass er noch nicht hier ist.« Sie seufzte dramatisch.

»Ja, sehr schade«, sagte ich trocken. »Aber ich habe nicht vor ... den Film als Ausrede zu benutzen.«

»Feigling«, verspottete mich El mit einem Grinsen.

»Bin ich nicht.«

»Ach ja?« Herausfordernd sah sie mich an.

El hatte recht. Wenn Owen irgendein anderer Kerl wäre – wenn er Marc oder Ben oder einer der Kerle wäre, mit denen ich dieses Jahr ausgegangen war –, hätte ich ihm längst meine Zunge in den Mund gesteckt.

Was bedeutete, dass es verdächtig war, wenn ich es nicht tat.

Fuck.

»Gut, okay, vielleicht bin ich ein Feigling. Können wir das Thema jetzt fallen lassen?«

»O nein, Süße, keine Chance. Ich habe seit Wochen versucht, dich dazu zu bringen, mir etwas über deine Beziehung zu erzählen, und endlich habe ich ein paar mehr Informationen. Auf keinen Fall höre ich jetzt auf.«

»Großartig«, murmelte ich und starrte geradeaus. Der Sprecher intonierte gerade etwas über die Fauna einer Oase im Nirgendwo. Das erinnerte mich daran, dass ich als Nächstes das Thema Blumengestecke mit El besprechen sollte.

»Also, ist er ein schlechter Küsser? Ist es das?«

Ich verschluckte mich beinahe, als ich Els Frage hörte. »Nein! Ist er nicht!« *Glaube ich. Vermute ich. Bin ich mir leider ziemlich sicher.* »Und das ist nicht der Grund! Können wir über etwas anderes reden?«

»In Ordnung! Also, ist er gut?«

Das war's. Ich konnte das hier keine Sekunde länger ertragen.

Abrupt wirbelte ich zu Owen herum und packte ihn am Hemdkragen. »Es tut mir leid«, flüsterte ich, bevor ich meine Lippen gegen seine presste.

Vor Überraschung öffnete er sie leicht, und ich nutzte die Gelegenheit, um mit meiner Zunge in seinen Mund vorzudringen. Er schmeckte schwach nach den Gewürzen unseres Abendessens, und der Geruch seines Aftershaves überwältigte mich.

Für den Bruchteil einer Sekunde hatte ich Angst, er würde sich zurückziehen, mich zurück in meinen Sitz schieben und weggehen. Ehrlich gesagt hätte ich es ihm nicht einmal verübelt.

Doch was er stattdessen tat, war möglicherweise noch schlimmer.

In einer fließenden Bewegung packte er meine Taille und hob mich auf seinen Schoß. Seine Finger glitten über die nackte Haut an meinen Armen und verursachten eine Gänsehaut. Als er dann den Kuss auch noch vertiefte, hatte ich das Gefühl zu verbrennen. Ich konnte mich nicht erinnern, jemals so geküsst worden zu sein.

Es war berauschend.

Langsam glitten seine Hände nach oben, bis sie die nackte Haut zwischen meinen Schulterblättern berührten und er sich von mir löste.

Schwer atmend starrte ich ihn an und bemerkte, dass seine Pupillen erweitert waren.

»Das sollte sie überzeugen«, flüsterte er mit heiserer Stimme.

Richtig. Sie überzeugen. Das war der ganze Grund, warum ich es getan hatte.

Der einzige Grund.

Genau.

»Richtig«, antwortete ich, räusperte mich und ignorierte, wie zittrig meine Stimme klang.

Weit weniger elegant als er mich zu sich gehoben hatte, rutschte ich wieder auf meinen eigenen Sessel. Ich war mir nicht sicher, ob ich mir wünschen sollte, dass die anderen zu sehr von dem Film abgelenkt gewesen waren oder ob ich wollte, dass jeder es gesehen hatte, nur um ein für alle Mal Ruhe zu haben.

Aber natürlich stieß El mich kurz darauf in die Seite und schenkte mir ein breites Grinsen und einen Daumen hoch. Zumindest sagte sie für den Rest des Films nichts mehr. Oder vielleicht hörte ich sie auch wegen des Summens in meinen Ohren nicht, ich war mir nicht sicher.

Als endlich der Abspann begann, war ich völlig durcheinander.

Mein Körper schmerzte, meine Finger kribbelten und der Drang, ihn zu packen und wieder zu küssen, war fast unerträglich.

Fuck.

***

Als wir im Pub ankamen, entschuldigte ich mich sofort, um auf die Toiletten zu verschwinden. Ich brauchte eine Verschnaufpause, von allen, aber vor allem von Owen. Es war nicht so, dass er mich seit dem Kuss ignorierte oder etwas in der Art. Tatsächlich verhielt er sich ... exakt wie vorher. Und zugegebenermaßen ärgerte mich das, denn während ich das Gefühl hatte, dringend eine kalte Dusche zu brauchen, schien es ihm überhaupt nichts ausgemacht zu haben.

In der Damentoilette ließ ich mir kaltes Wasser über die Handgelenke laufen und wartete darauf, dass mein Puls sich endlich beruhigte.

»Reiß dich zusammen«, erklärte ich der Frau im Spiegel. »Das war nur ein verdammter Kuss.« Auch wenn es sich wie viel mehr angefühlt hatte. Leider.

Fünf Minuten später kam ich zurück in den vollen Schankraum. An der Bar entdeckte ich Poppys flachsblondes Haar und trat zu ihr. Neben ihr standen bereits zwei Tabletts mit Gläsern und Flaschen.

»Hey, soll ich dir tragen helfen?«

Sie lächelte, als sie sich zu mir umwandte. »Das wäre toll.«

Je einer von uns griff sich ein Tablett, und gemeinsam gingen wir zurück zu den anderen.

»Okay, Bier für Henry und Colten, Gin Tonic für mich«, sagte Poppy, während sie begann, die Getränke zu verteilen.

»Ich nehme an, das Wasser ist für meinen langweiligen Freund.« Ich grinste Owen an, schaute aber schnell weg, als ich unweigerlich wieder an unseren Kuss dachte. »Ein Virgin Mojito für mich und ... einen für dich, El? Moment, was? Seit wann trinkst du ...« Ich brach ab und starrte sie an, als die Erkenntnis dämmerte. »Neeeeiiin.«

El nickte mit einem breiten Grinsen. »Doch.«

»O mein Gott, das ist so großartig, ich kann es nicht glauben!« Ich stellte die Drinks ab und zog sie in eine enge Umarmung. »Das erklärt auch deine Übelkeit! O Mann, ich freue mich so für dich!«

»Ich auch.« Sie strahlte. »Ich habe es Nate vor ein paar Tagen gesagt. Zuerst habe ich gedacht, das ist der Grund, warum er mir den Antrag gemacht hat, aber das wäre dumm, nicht wahr? Ich meine ...« Sie verstummte, und ich wusste, woran sie dachte. Im vergangenen Jahr hatte Elena eine Fehlgeburt erlitten. Noch immer gab sie sich die Schuld, obwohl die Ärzte ihr immer wieder versicherten, dass dem nicht so war.

»Er liebt dich«, flüsterte ich in ihr Ohr. »Und ich dich auch.« Gleichzeitig versprach ich mir, alles in meiner Macht Stehende zu tun, um ihr das Leben zu erleichtern. Mit einem Mal war die Last, sie anzulügen, leichter zu tragen.

Sie löste sich von mir und lächelte mich an. In ihren Augen konnte ich Tränen glitzern sehen. »Danke«, flüsterte sie.

»Nicht dafür.«

»Hey, nicht weinen«, tadelte Henry und reichte ihr eine Serviette.

»Danke.« Sie nahm sie und wischte sich die Wangen ab.

»Wir feiern immer noch, nicht wahr? Kein Grund, traurig zu sein.«

»Tränen sind nicht immer schlecht«, widersprach ich ihm.

Henry grinste. »Nein, natürlich nicht. Aber die Stimmung soll fröhlich sein. Also keine Tränen.«

»Yes, Sir«, sagte El und kicherte.

»Gut. Und jetzt trinken wir!«

»Auf eine wunderbare Zukunft!«

»Cheers!«

»Auf euch!«

Unsere Gläser klirrten, und ich lächelte Elena beruhigend an. Ich würde dafür sorgen, dass alles perfekt war. Ich würde alles dafür tun.

Über die Schulter warf ich Owen einen Blick zu. Ich hatte nicht darauf geachtet, wie er auf Elenas Verkündung reagiert hatte, doch jetzt war sein Gesichtsausdruck nachdenklich und sein Blick auf mich gerichtet. Ob er wusste – oder zumindest ahnte –, was in mir vorging? Ich wusste es nicht, aber mit einem Mal war es völlig egal, was ich hier tat. Die Lügen, das Fake-Dating ... der Kuss. Alle Gedanken daran lösten sich in Luft auf, als hätte es ihn nie gegeben.

Kapitel 16

Owen

Dieser verfluchte Kuss raubte mir den Schlaf.

Immer wieder wachte ich von dem Gefühl von Theas Körper an meinem, ihren Lippen auf meinem Mund, ihrem Stöhnen an meinem Ohr auf. Aber so präsent dieser verdammte Kuss in meinem Kopf war, so abwesend war Thea in der Realität. Seit unserem Date war sie praktisch vom Erdboden verschwunden. Manchmal konnte ich hören, wie sie spät in der Nacht ins B&B zurückkam, doch ich erwischte sie nie. Sie schien mir aus dem Weg zu gehen, auch wenn ich keine Ahnung hatte, weshalb. Falls tatsächlich Zweifel an unserer Fake-Beziehung bestanden hatten, so hatte der Kuss diese sicherlich restlos beseitigt, weswegen ich mir keine allzu großen Gedanken machte.

Und dann, fast eine Woche später, tapste sie barfuß in die Küche und sah müde und zerzaust aus.

Ich saß vor meinem Laptop, genau wie in den letzten Tagen, und versuchte zu arbeiten, obwohl mein Verstand sich viel zu oft in Erinnerungen an diesen dummen Kuss verlor.

»Morgen«, murmelte Thea und gähnte herzhaft, während sie nach dem Wasserkocher griff.

»Guten Morgen«, antwortete ich vorsichtig und wandte mich wieder meinem Bildschirm zu. Aus dem Augenwinkel beobachtete ich sie jedoch weiterhin.

Sie hatte ihre Haare zu einem dieser Knoten gesteckt und trug nur ein Top und Schlafshorts. Der Anblick ihrer langen Beine erinnerte mich daran, wie sie auf meinem Schoß gesessen hatte und ...

Ich schüttelte den Kopf, versuchte, die Erinnerung loszuwerden, und räusperte mich mehrmals, um meine Contenance wiederzugewinnen.

Thea warf mir einen Blick zu und runzelte die Stirn. »Alles okay?«

»Natürlich«, antwortete ich steif.

Sie zuckte mit den Schultern und drehte mir wieder den Rücken zu. »Okay.«

Ein paar Minuten vergingen, ohne dass einer von uns etwas sagte. Das einzige Geräusch war das Gluckern des Wasserkochers.

Sobald sie sich Wasser in eine Tasse gegossen hatte, kam sie an den Tisch und setzte sich mir gegenüber, einen dampfenden Becher in der Hand. Einige lange Momente blieb sie einfach so sitzen, starrte auf ihren Tee, gähnte von Zeit zu Zeit und es sah so ... entzückend aus, dass meine Mundwinkel zuckten. »Du bist kein Morgenmensch, oder?«

Sie hob den Kopf und blinzelte. »Nicht … wirklich«, sagte sie langsam, als ob die Verarbeitung meiner Worte und die anschließende Formulierung einer Antwort mehr Energie erfordern würden, als sie derzeit besaß. »Ich … hasse den Morgen nicht«, sagte sie, stolperte über die Worte und gähnte erneut. »Aber er ist … nicht mein Favorit.«

»Offensichtlich«, bemerkte ich und wandte mich wieder meinem Laptop zu. Ein kleines Lächeln konnte ich mir allerdings nicht verkneifen.

Sie schnaubte, protestierte aber nicht. Stattdessen trank sie noch einen Schluck von ihrem Tee, dann lehnte sie sich zurück und schloss die Augen.

»Woran arbeitest du?«, fragte sie schläfrig.

»Der Bau eines Apartmentkomplexes in York ist fast fertig, also muss ich jetzt die Innenarchitektur absegnen«, erklärte ich und klickte mich durch ein paar E-Mails.

»Cool«, murmelte Thea und seufzte.

»Nicht wirklich. Eigentlich überhaupt nicht.«

»Warum nicht?«

»Weil ich es nicht mag. Ich würde meine Zeit lieber damit verbringen, die Wohnungen Interessenten zu zeigen. Dieser Teil vorher … es fühlt sich unnötig an. Der Kunde bekommt seine Immobilie, die Mieter bekommen ein Zuhause. Wen interessiert schon, wie das Interieur vorher aussieht. Die Leute, die einziehen, können doch selbst bestimmen, wie es innen aussehen soll.«

Thea öffnete die Augen und beugte sich vor. »Die meisten Menschen haben Schwierigkeiten, sich vorzustellen, wie ein Raum aussehen kann. Es ist weniger wahrscheinlich, dass sie eine Unterkunft kaufen oder mieten, wenn sie keine Ahnung haben, was sie damit machen sollen. Innenarchitektur ist wichtig.«

»Es ist Zeitverschwendung«, antwortete ich stirnrunzelnd.

»Es braucht Kreativität, und das ist nie Zeitverschwendung. Sie ist es, die die Welt am Laufen hält«, antwortete sie und klang plötzlich hellwach.

Nachdenklich betrachtete ich sie. »Wenn du meinst.«

»Ich meine das nicht nur, ich weiß es. Schau dich um. Kreativität ist überall. Die Gebäude, die Straßen, die Autos, die Kleidung, das Essen, die Musik ... ohne sie wäre die Welt nicht dieselbe. Wir hätten natürlich immer noch Nahrung und Wasser und Sauerstoff. Aber ohne Kreativität hätten wir nie die Dinge erfunden, die unser Leben verbessern.«

»Bist du bei allem so leidenschaftlich?«, fragte ich und verspürte den plötzlichen Drang, sie an ihrem Stuhl näher zu ziehen und meine Nase in ihr Haar zu stecken.

Dieses verdammte Haar ...

Sie lachte, und ich war froh, dass sie keine Ahnung hatte, was mir gerade durch den Kopf ging. »Meistens. Du hättest mich in der Schule hören sollen. Meinen Lehrern war ich ein Dorn im Auge, weil ich immer zu viel geredet habe.«

»Und jetzt?«

Sie zuckte mit den Schultern. »Ich habe gelernt, meine Kämpfe mit Bedacht zu wählen. Außerdem bin ich jetzt erwachsen. Ich kann entscheiden, mit wem ich befreundet bin. Und die meisten meiner Kollegen sind nicht wie die Leute in der Schule.«

»Das freut mich zu hören«, sagte ich und meinte es genau so.

»Aber«, fuhr sie fort, »sag mir nicht, dass du dich noch nie für etwas begeistert hast. Jeder hat schließlich ein Hobby.«

»Ich habe keine Zeit für Hobbys.«

»Niemand *hat* die Zeit dafür. Man muss sie sich nehmen«, argumentierte Thea mit funkelnden Augen. »Wenn du es nicht tust, wirst du verrückt. Oder du rutschst in einen Burn-out.«

»Davon bin ich noch weit entfernt.«

»Dann sag mir etwas, was du magst. Etwas, das nichts mit deiner Arbeit zu tun hat. Komm schon – was ist zum Beispiel dein Lieblingsbuch?«

»Ich habe keins.«

»Lieblingsfilm? Lieblingsessen? Lieblingsfarbe? Lieblings-irgendwas!«

»Rot«, platzte es aus mir heraus.

»Was?«

»Meine Lieblingsfarbe, sie ist Rot. Zufrieden?« Ob sie die Verbindung zu ihrem Haar herstellen würde? Ich hoffte nicht.

Sie grinste. »Nein. Ich glaube immer noch nicht, dass du nicht kurz vor einem Burn-out stehst.«

Ich verdrehte die Augen. »Dann kann ich dir auch nicht helfen«, brummte ich. Dieses ganze Gerede machte mich noch verrückt. Burn-out, pah. Dass ich ein Workaholic war, gab ich ja gern zu. Ich liebte meine Arbeit, ich war gut in dem, was ich tat, und ich würde auch noch vierzig Jahre so weitermachen können. Selbst wenn da manchmal diese Stimme war, die mich fragte, ob ich sonntags wirklich meine Mails checken musste, anstatt einfach auf der Couch zu liegen und eine Serie anzuschauen. Aber bisher hatte ich es immer geschafft, sie rechtzeitig auszublenden.

»Anscheinend nicht.« Thea stand auf und stellte ihre Tasse auf die Arbeitsplatte, bevor sie sich wieder zu mir umdrehte. »Ich werde mich zu dir setzen, okay? Bin gleich zurück.«

Bevor ich etwas erwidern konnte, war sie bereits verschwunden.

Theas ›gleich‹ entsprach zwanzig Minuten, in denen sie duschte und sich umzog, ehe sie wieder nach unten kam, ihren Laptop in der einen Hand und das allgegenwärtige Notizbuch in der anderen.

Der Anblick erinnerte mich an etwas. »Du warst die letzten Tage viel unterwegs«, merkte ich an, und obwohl es keine eindeutige Frage war, verstand Thea auch so, was ich meinte.

»O ja. Poppy hat mich gebeten, dem Komitee für das Festival der Lichter beizutreten. Sie ist das erste Jahr dabei und macht sich Sorgen, dass es nicht reibungslos klappt. Seit dem Treffen letzte Woche kann ich definitiv sagen, dass diese Sorge nicht unbegründet ist. Es war ... na ja, sagen wir mal ›nicht vielversprechend‹.«

Meine Augenbrauen hoben sich. Das Festival war ein jährliches Ereignis in Upper Hillford. Ein Abend im Frühsommer, an dem sich die Bewohner auf dem Marktplatz trafen, tanzten, aßen und die warmen Temperaturen genossen. Und das alles in kitschigstem Lichterkettenschein. Es überraschte mich kaum, dass Thea davon zu begeistern war, allerdings ... »Warum in aller Welt hast du da zugestimmt?«

»Warum sollte ich nicht?« Verständnislos sah sie mich an, worüber ich nur den Kopf schütteln konnte.

»Weil du hier bist, um die Verlobungsfeier deiner besten Freundin zu planen. Ist das nicht schon ein Vollzeitjob? Du hast keine Zeit, zwei Veranstaltungen gleichzeitig durchzuführen.«

»Es ist nur ein Tag. Ein Abend. Das Festival der Lichter beginnt erst mit der Abenddämmerung. Ich kann beides schaffen«, antwortete sie hartnäckig.

»Wenn du meinst«, murmelte ich und hatte keine Lust, mit ihr zu streiten.

Wir arbeiteten eine Weile schweigend, das einzige Geräusch war das Klappern der Tastatur. Hin und wieder konnte ich dem Drang nicht widerstehen und warf ihr einen Blick zu. Das Sonnenlicht fiel durch das Fenster und erschuf ein Leuchten um sie herum. Es sah fast wie ein Heiligenschein aus, und für einen Moment fragte ich mich, was sich unter ihren Schichten sarkastischer Kommentare und ihrer Entschlossenheit noch verbarg.

Da ich sie so genau beobachtete, bemerkte ich, wie sich ihr Stirnrunzeln von Sekunde zu Sekunde verstärkte, während sie auf ihren Bildschirm starrte.

»Stimmt was nicht?«

Sie schüttelte den Kopf. »Ich schaue mir gerade die Pläne für das Festival an und bin mir nicht sicher, wie das funktionieren soll. Es gibt keinerlei System bei den Dekorationen. Alles scheint einfach willkürlich zu sein. Außerdem kenne ich die Stadt nicht, also habe ich keine Ahnung, was die Abkürzungen bedeuten oder wie es am Ende aussehen wird. Die Bilder sind nicht einmal beschriftet, geschweige denn organisiert.« Sie seufzte. »Das ist hoffnungslos. Ich werde Poppy suchen und sie bitten, das mit mir vor Ort durchzugehen. Obwohl ich keine Ahnung habe, ob sie überhaupt Zeit hat ...«

»Ich helfe dir.« Die Worte waren aus meinem Mund, bevor ich sie aufhalten konnte.

Mit hochgezogenen Augenbrauen sah Thea mich an. »Du?«

»Ja.«

»Aber ... du hasst die Stadt. Du bist den anderen aus dem Weg gegangen. Und ich hatte den Eindruck, dass du lieber weniger Zeit als mehr mit mir verbringen willst. Warum würdest du das tun?«

Ich hatte keine Ahnung. Sie hatte recht damit, dass es völlig widersprüchlich war, aber sie hatte etwas an sich, das mich dazu brachte, ihr helfen zu wollen. Vielleicht war es ihre Entschlossenheit, die Art, wie sie alles anging wie eine Schlacht, die gewonnen werden musste, oder die Art, wie sie Poppy half, obwohl niemand je ihr, Thea, zu helfen schien.

Vielleicht war es auch schlicht die Tatsache, dass ich den Geschmack ihrer Lippen nicht vergessen konnte.

Oder wie weich sich ihre Haut unter meinen Fingern angefühlt hatte.

Oder das Feuer in ihren Augen.

Fuck.

»Weil ich die Stadt und die Menschen kenne und du meine Hilfe gebrauchen kannst«, antwortete ich und hielt meine Stimme ruhig.

Sie nickte, auch wenn der misstrauische Ausdruck in ihren Augen noch nicht ganz verschwunden war. »Das stimmt wohl. Okay, dann danke. Wann hast du Zeit?«

»Jetzt. Carpe diem und all das.«

Ihre Augen weiteten sich vor Erstaunen. »Oh. Okay. Sicher.«

Ich erhob mich und umrundete den Tisch, bis ich direkt hinter ihr stand. »Lass mal sehen.« Über ihre Schulter gebeugt musterte ich die Karte auf dem Bildschirm. Ihr Duft, der mir dabei in die Nase stieg, vernebelte mir für einige Sekunden derart die Sinne, dass es einen Moment dauerte, bis ich mich auf den Laptop vor ihr konzentrieren konnte. »Das ist der Marktplatz, dort ist die große Kirche. Hier oben sind wir und ... hörst du mir überhaupt zu?« Fragend blickte ich auf sie herab. Seit ich hinter sie getreten war, hatte ich den Eindruck, dass sie sich noch kein einziges Mal bewegt oder auch nur geatmet hatte.

»Sicher!«, sagte sie ein wenig zu schnell, und ich verdrehte die Augen.

»Komm, ich zeig es dir vor Ort.« Das würde mir auf jeden Fall helfen, wieder ein wenig Abstand zwischen uns zu bringen.

Ich konnte ihren Blick auf mir spüren, tat aber so, als würde ich es nicht bemerken, als wir das Haus verließen. Schweigend gingen wir die Straße in Richtung Altstadt entlang.

Die Sonne schien, und eine leichte Brise kräuselte ihr Haar. Sie hatte es mittlerweile zu einem Pferdeschwanz zusammengebunden, aber mehrere Strähnen waren entkommen und tanzten um ihr Gesicht.

Wieder einmal erwachte der Drang in mir, sie an mich zu ziehen und erneut zu küssen.

Was dumm war.

Ich sollte sie nicht noch einmal küssen wollen. Der einzige Grund, warum wir uns überhaupt geküsst hatten, war, um die anderen von unserer List zu überzeugen.

Aber meinem Körper war das natürlich egal.

Bevor ich genauer darüber nachdenken konnte, was ich tat, griff ich nach ihrer Hand und verschränkte unsere Finger.

»Was –« Sie versuchte, sich zurückzuziehen, aber ich hielt sie fest.

»Wir werden beobachtet«, erklärte ich.

Das war nicht einmal eine Lüge. Eine Gruppe Frauen stand an einer Bushaltestelle und starrte tuschelnd in unsere Richtung.

Theas Schultern entspannten sich, und sie drückte meine Hand. »Oh, klar.«

»Ich spiele nur meine Rolle«, fügte ich hinzu.

»Klar ...«, murmelte Thea. »Aber ich brauche meine Hand wieder.« Sie ließ mich los, zog ihr Notizbuch aus der Tasche und öffnete es vorsichtig.

Es war dasselbe, das in der ersten Nacht, als ich sie für einen Einbrecher gehalten hatte, auf ihrem Bett gelegen hatte. Auch wenn seitdem noch mehr Klebezettel die Seiten füllten.

Während sie hindurchblätterte, sah ich ihr neugierig über die Schulter. Die meisten Seiten waren mit ihrer unordentlichen Handschrift bedeckt, ergänzt durch kleine Zeichnungen und viele Fragezeichen.

»Das ist ein absolutes Chaos«, stellte ich kopfschüttelnd fest.

»Es ist kein Code. Es ist nach einem System geordnet. Du würdest es nicht verstehen.«

»Wenn du das sagst. Warum ist da ein Fragezeichen neben ›Essen‹?«

»Weil Poppy und die anderen sich noch nicht sicher sind, ob sie ein Buffet, Food Trucks oder etwas ganz anderes wollen. Oder ob es überhaupt etwas zu essen geben soll. Was meiner Meinung nach keine gute Idee ist, wenn man bedenkt, wie viele Leute teilnehmen werden, aber es ist ihr Festival.«

»Ich halte dich übrigens immer noch für verrückt, weil du dich dazu bereit erklärt hast.«

»Ist notiert.« Thea seufzte. »Bitte zeig mir einfach die Route für die Lichter?« Sie blätterte auf die richtige Seite. Diesmal zeigte es die Karte von Upper Hillford, auf der Gebäude und einige Hauptattraktionen markiert waren.

»In Ordnung. Normalerweise ist der Mittelpunkt des Festivals auf dem Marktplatz um den Brunnen herum. Ich schätze, das werdet ihr dieses Jahr auch so machen?« Ich warf ihr einen fragenden Blick zu, und sie nickte. »Okay. Gut. Das macht es leichter.«

»Warum?«

»Der Marktplatz ist die Hauptattraktion. Das bedeutet, dass ihr dort die meisten Lichter braucht. Wenn du dich von der Mitte aus nach außen arbeitest, weißt du in etwa, wie viele Lichter du an den Ausläufern brauchst.«

»Dann also zuerst der Marktplatz. Klingt nach einem Plan.«

Wir liefen los, und ich führte sie in Richtung Stadtzentrum, wo sich der Marktplatz befand. Dabei zeigte ich ihr die alte Kirche und Teile der alten Stadtmauer, die angeblich noch aus der Zeit des Römischen Reichs stammte.

»Als ich ein Kind war, haben Henry und ich oft Verstecken rund um die Ruinen gespielt.«

»Das klingt nach Spaß«, bemerkte Thea abgelenkt, während sie ein paar Wörter neben die Karte kritzelte.

»Ich schätze schon ...« Ich erinnerte mich an die Tage, die Henry und ich draußen verbracht hatten, als wir die Mauer hochgeklettert waren und uns voreinander und vor unseren Eltern versteckt hatten. Das war, bevor ich verstand, wie grausam die Welt sein konnte und wie wichtig es war, niemals seine wahren Gefühle zu zeigen.

Sobald ich der Stadt den Rücken gekehrt hatte, war das einzig Wichtige gewesen, jeden anschließenden Besuch so kurz wie möglich zu halten. Mein Vergangenheits-Ich hätte wohl nie erwartet, dass ich einmal einer Frau eine Tour durch die Stadt geben würde.

Vor allem keiner, zu der ich mich hingezogen fühlte.

Und definitiv nicht, während wir Händchen hielten.

Aber es war egal. Thea war niemand, den ich als Partnerin betrachten würde.

Sie war nur ein Mittel zum Zweck.

Auch wenn es sich anders anfühlte als jedes andere *Mittel zum Zweck.*

Mit einem Kopfschütteln vertrieb ich diese Gedanken und konzentrierte mich wieder auf die Gegenwart, doch der Schaden war bereits angerichtet. Meine Stimmung war rapide gesunken, und je weiter wir ins Stadtzentrum vordrangen, desto mehr wollte ich in die entgegengesetzte Richtung laufen.

Abrupt blieb ich stehen und sagte knapp: »Da vorne ist das Rathaus. Es ist das größte Gebäude neben der Kirche, also solltest du viele Lichter für diese beiden planen. Ich nehme an, du willst auch ein paar in die Bäume hängen?«

»Natürlich!«

Ich nickte. »Gut. Es gibt einige alte Weidenbäume in der Stadt, die würden dekoriert vermutlich ganz nett aussehen. Und was den Rest angeht ... das musst du wohl selbst herausfinden, schätze ich.«

Verwirrt hob sie den Kopf von ihrem Notizbuch. »Aber ...«

»Ich muss zurück an die Arbeit.« Mir war klar, dass ich mich gerade wie das letzte Arschloch verhielt, aber ich hatte das Gefühl, dass mir mit jedem Schritt die Luft abgeschnürt wurde. Einen Moment lang starrte sie mich noch finster an, ehe sie entschieden nickte. »Ich werde das auch allein hinkriegen«, murmelte sie, mehr zu sich selbst als zu mir.

»Das wirst du«, antwortete ich leise.

Überrascht hob sie den Kopf und lächelte mich an. »Danke«, sagte sie leise. »Dafür, dass du mir alles gezeigt hast und ... na ja.«

Ich nickte steif. »Gern geschehen, es war mir ein Vergnügen.«

Und obwohl ich Upper Hillford nicht mochte, war das keine Lüge.

Mit ihr zusammen zu sein, war auf beängstigende Weise schön, selbst wenn es mich nicht ewig vergessen ließ, wo ich mich befand.

Und ich war mir nicht sicher, was ich davon halten sollte.

Kapitel 17

Thea

Dank der Stadttour mit Owen konnte ich beim nächsten Komitee-Treffen jede Menge neue Informationen beisteuern, wofür Poppy mich anstrahlte, als hätte ich ihr den Mond vom Himmel geholt. Es war ihr erstes Jahr als Komitee-Leitung, und sie hatte mich kurz nach Owens und meinem Kino-Date gebeten, sie zu unterstützen, da das Festival bereits eine Woche vor Elenas und Nates Verlobungsparty stattfinden sollte.

Dabei war es nicht einmal so, als wäre sie eine schlechte Vorsitzende. Sie hatte gute Ideen und war nicht gänzlich unorganisiert, doch sie hatte sowohl mit dem Vermächtnis ihrer Vorgänger zu kämpfen als auch mit den anderen Mitgliedern.

Ich half ihr, so gut ich konnte, doch so ungern ich es zugab, hatte Owen möglicherweise recht, als er behauptete, zwei Events zur selben Zeit wären verrückt.

Es war zumindest weitaus kräftezehrender, als ich erwartet hatte, was auch daran lag, dass Elena einen Großteil der Entscheidungen mir überließ. Von den meisten Bräuten war ich es gewohnt, dass sie bei jeder

Kleinigkeit das letzte Wort haben wollten, doch El war das genaue Gegenteil. Was ein Segen sein sollte, ich jedoch als zusätzliche Belastung empfand.

Jede Nacht rannten die Gedanken in meinem Kopf Amok, und es dauerte Stunden, bevor ich der Grübelei entfliehen und endlich einschlafen konnte, obwohl mein Körper vom vielen Hin- und Herrennen während des Tages völlig erschlagen war.

Doch immer wieder liefen Horrorszenarien vor meinem inneren Auge ab, in denen Elena sich über dieses oder jenes beschwerte oder – noch schlimmer – gar nichts sagte und die Party mit einem falschen Lächeln über sich ergehen ließ.

Es war grauenvoll und sorgte nur dafür, dass ich jede Entscheidung, die zu treffen war, zehntausendfach hinterfragte.

Zumindest hatte ich seit unserer Stadttour vor drei Tagen nicht mehr mit Owen gesprochen. Obwohl ich es diesmal nicht, wie in der Woche zuvor, darauf anlegte, ihm aktiv aus dem Weg zu gehen, kam mir das gelegen. Ihn lediglich morgens und abends zu sehen, reichte voll und ganz. Wenn ich allerdings glaubte, dass sich dadurch die Ablenkung, die er darstellte, minimierte, hatte ich mich geirrt.

Während ich beim Einschlafen nur an Elena und die Party denken konnte, gehörten meine Nächte voll und ganz ihm. Immer wieder durchlebte ich in meinen Träumen den Kuss im Kino – nur, dass es nie damit endete, dass ich zurück auf meinen Sessel rutschte, um zusammen mit unseren neugierigen Freunden den Rest eines grässlichen Films anzusehen.

Nein.

In meinen Träumen waren wir allein in dem großen Kinosaal. Niemand konnte sehen, wie ich Owens Hemd öffnete, Knopf für Knopf. Auch wenn ich nicht wusste, wie er tatsächlich darunter aussah, hielt das meine Fantasie nicht davon ab, ihn mir bis ins kleinste Detail vorzustellen.

Genauso wenig wie die Tatsache, dass ich seine Hände bisher lediglich auf meinen Armen und meinen Schulterblättern gespürt hatte, mich davon abhielt, mir vorzustellen, wie es sich anfühlen würde, wenn er mich an ganz anderen Stellen berührte.

Es hatte keinen Sinn, sich etwas anderes einzureden. Ich wollte Owen Stone.

Und obwohl er noch immer nicht zu meinen liebsten Personen auf dieser Erde gehörte, musste ich zugeben, dass sich seit der Stadttour etwas zwischen uns verändert hatte. Oder vielleicht schon vorher, ich war mir nicht sicher.

Andererseits hatte ich keine Zeit für eine solche Ablenkung. Und nichts anderes war Owen. Auch wenn ich nicht verhehlen konnte, dass es angenehm war, mit einem Mann näher zu tun zu haben, ohne dass in meinem Kopf augenblicklich Hochzeitsglocken läuteten. Anscheinend hatte ich aus der Geschichte mit Marc doch mehr gelernt als gedacht.

Aber es gab zu viele Dinge, um die ich mich kümmern musste, und Owens Abwesenheit in den letzten Tagen wies darauf hin, dass auch er nicht sonderlich scharf darauf zu sein schien, Zeit mit mir zu verbringen.

Also würde ich die FSK-18-Filme, die mein Kopf jeden Abend einlegte, einfach hinnehmen. Irgendwann würden diese Gefühle wieder verschwinden, da war ich mir sicher.

Bis dahin schob ich die Erinnerung an die erregenden Träume tagsüber in den hintersten Winkel meines Verstandes und konzentrierte mich voll und ganz auf die beiden Events, die es zu planen galt.

Es gab E-Mails zu schreiben, Absprachen mit dem Caterer zu treffen, Dekorationen zu bestellen und, und, und. Langweilig wurde es zumindest nie.

Als die Uhr drei schlug, klappte ich den Laptop zu und beschloss, den Rest meiner To-do-Liste persönlich anzugehen. Es blieb ohnehin nur eines für diesen Tag übrig: die Blumen. Für meinen ersten, gescheiterten Versuch, mit Mirabel zu sprechen, hatte Henry sie für mich besorgt, aber mittlerweile wusste ich, wo sich der Laden befand.

Sobald ich eintrat, traf mich der süße Geruch Dutzender von Blumen und ich atmete tief ein. Obwohl es jedes Mal wieder ein Ansturm auf meine Sinne war, liebte ich die einmaligen Duftmischungen von Blumenläden. Das *Bed of Roses* war ein kleiner Laden, aber Henry war sich so sicher gewesen, dass sie in der Lage waren, den Auftrag zu stemmen, dass ich diesen Punkt auf meiner Liste immer weiter nach hinten geschoben hatte. Es kam schließlich selten genug vor, dass es etwas gab, um das ich mir keine Sorgen machen musste.

»Kann ich Ihnen helfen?«, fragte eine weibliche Stimme, und ich drehte mich um. Über das Blumenmeer hinweg entdeckte ich eine ältere Frau, die etwa um die Fünfzig sein musste und mich mit einem freundlichen Gesichtsausdruck ansah.

»Das hoffe ich. Ich würde gern eine Bestellung für eine Verlobungsparty aufgeben.«

Ihre perfekt gezupften, hellgrauen Augenbrauen hoben sich. »Eine Verlobungsfeier?«

»Ja, für meine beste Freundin Elena. Vielleicht kennen Sie sie? Elena Moss. Sie ist hier aufgewachsen und zieht mit ihrem zukünftigen Ehemann hierher zurück. Ich bin Hochzeitsplanerin und kümmere mich um ihre Verlobungsfeier und die Hochzeit.«

»Ah.« Der Gesichtsausdruck der älteren Frau veränderte sich so drastisch, dass ich kaum mithalten konnte. Urplötzlich sah sie aus, als hätte sie in eine Zitrone gebissen. »Das heißt, Sie sind die Thea, von der alle reden.«

»Ich ... äh, ja? Schätze schon? Es sei denn, hier läuft noch eine Thea herum und gibt sich für mich aus«, versuchte ich zu scherzen, doch der Witz lief ins Leere.

»Die, die mit Owen Stone zusammen ist.« So, wie sie seinen Namen aussprach, klang es, als hätte er ihren Welpen überfahren oder etwas in der Art.

Am liebsten hätte ich gelogen – oder die Wahrheit gesagt, wie man es nahm –, doch ich schluckte den Impuls herunter. »Ja.«

»Und Sie wollen, dass ich die Blumen für die Verlobungsfeier Ihrer Freundin übernehme. Eine Party, die im B&B der Stones stattfinden wird. Oder irre ich mich?«

»Ja ...?«

Sie lächelte, aber es lag keinerlei Wärme darin. »Dann tut es mir leid, aber ich kann Ihnen nicht helfen. Auf Wiedersehen.«

»Wie bitte?« Ungläubig starrte ich sie an. »Warum nicht?«

»Es ist nichts gegen Sie, es ist nur so, dass Owen Stone und ich uns nicht gut verstehen. Haben wir nie und werden wir nie. Also nein, ich werde nicht mit ihm zusammenarbeiten.«

»Sie sollen nicht mit ihm zusammenarbeiten! Er hat weder mit der Party noch mit der Hochzeit etwas zu tun. Er ist nur zufällig mein –« temporärer Fake- »-Freund.«

Sie zuckte mit den Schultern und wandte sich ab. »Spielt keine Rolle. Es ist ein Familienunternehmen, und mit dieser Familie will ich nichts zu tun haben«, erklärte sie entschlossen, und mir blieb nichts anderes übrig, als sie verwirrt anzustarren. Was zum Teufel hatte Owen dieser Frau angetan?

»Ich kann Ihnen nicht helfen«, wiederholte sie.

»Aber –«

»Ich bin sicher, Sie werden jemand anderen finden. Wenn Sie mich jetzt entschuldigen würden, ich habe zu tun.«

»Warten Sie, bitte, ich bin –«

»Einen schönen Tag noch«, sagte sie und verließ den Verkaufsraum.

Einige Sekunden lang konnte ich nichts anderes tun, als ihr hinterher zu starren. Dann endlich bekam ich meinen Körper wieder unter Kontrolle und drehte mich um. Wie in Zeitlupe ging ich zur Tür hinaus und versuchte, zu begreifen, was gerade passiert war.

So viel zum Thema, sich keine Sorgen machen müssen,
schoss es mir ein wenig hysterisch durch den Kopf.

Ich war so mit mir selbst beschäftigt, dass ich den
Mann, der mir entgegenkam, erst bemerkte, als es bereits zu spät war und ich mit ihm zusammenstieß.

»Entschuldigung«, murmelte ich zerstreut und sah
nicht einmal auf.

»Thea?«

Beim Klang meines Namens hob ich endlich den Kopf
und erstarrte. »Owen.«

»Was machst du hier?«, fragte er, und sein Blick flackerte zu dem Geschäft hinter mir. »Warst du –«

»Ja. Und bevor du fragst, nein, es ist nicht gut gelaufen. Anscheinend hast du ihren Welpen getötet oder etwas in der Art, weil sie partout nichts mit dir zu tun haben will. Was, wie ich hinzufügen möchte, neu für mich
ist. Kann es sein, dass du vergessen hast, mir etwas zu
sagen?«

Unter meinem finsteren Blick zuckte er zusammen
und fuhr sich mit einer Hand durch die Haare. »Äh,
möglicherweise.«

»Möglicherweise?«

»Es ist keine große Sache. Finde einfach jemand anderen. Das ist doch nicht das einzige Blumengeschäft …
glaube ich.«

»Oh, es ist keine große Sache«, gab ich süßlich zurück,
ehe ich die Hand um seinen Oberarm schloss. »Weil du
mit ihr reden wirst. *Jetzt.* Und du wirst sie davon überzeugen, ihre Meinung zu ändern.«

Irritiert blinzelte er und sah auf meine Hand. »Warum sollte ich das tun?«

»Weil sie mich nicht einfach ablehnen kann, nur weil sie ein Problem mit dir hat.«

»Eigentlich kann sie das schon. Es ist das Vorrecht jedes Geschäftsführers, dass er oder sie sich entscheiden kann, mit wem er Geschäfte –«

»*Owen*«, unterbrach ich ihn scharf.

»Ich weiß nicht, was ich dir sagen soll«, gab er zurück. »Sie verkauft mir auch nichts. Ich bezweifle, dass ich etwas tun kann, um ihre Meinung zu ändern.«

»Zumindest könntest du es versuchen!«, fauchte ich.

Einen Moment lang starrte er mich nur an, ehe er seufzend nickte. »Schön, ich werde sehen, was ich tun kann. Aber ich mache keine Versprechungen.«

»Sei einfach ein einziges Mal in deinem Leben charmant!«, zischte ich, während ich ihn mit beiden Händen zurück in den Laden schob.

»Hallo noch mal«, sagte ich laut.

Die Frau saß wieder hinter der Theke und sah von dem Blumenstrauß auf, den sie vorbereitete. Als sie Owen sah, richtete sie sich kerzengerade auf, ihre Miene war eisig. »Was gibt es?«

»Ich möchte noch einmal mit Ihnen reden«, erklärte ich resolut. »Ich habe verstanden, dass zwischen Ihnen und Owen eine Meinungsverschiedenheit besteht, aber er hat mit dem Auftrag nichts zu tun.«

»Ich habe Ihnen schon gesagt –«, begann sie, doch ich ließ sie nicht ausreden.

»Du hast nichts mit der Feier zu tun«, sagte ich an Owen gewandt. »Nicht wahr?«

»Absolut nichts«, stimmte er zu.

»Sehen Sie?« Ich wandte mich wieder der Frau zu. »Es geht hier nicht um Owen. Es geht um meine beste Freundin. Um ihre Verlobungsfeier. Bitte.«

Sie musterte uns schweigend. Für einen Moment glaubte ich fast, so etwas wie Mitleid in ihrer Miene zu sehen. »Es tut mir leid, das tut es wirklich. Aber ich kann nicht mit ihm zusammenarbeiten. Ich empfehle Ihnen, es woanders zu versuchen. Wenn Sie mich jetzt entschuldigen würden.«

»Nein, nein, nein, Sie verstehen nicht.« Mein Griff um Owens Arm wurde fester und er zuckte ein wenig zusammen, aber es war mir egal. Hier ging es um Elena. Ich konnte nicht aufgeben. Noch nicht. »Ich habe schon viel zu lange gewartet, weil Henry mich davon überzeugt hat, dass Sie ganz sicher zusagen würden. Ich bitte Sie!«

Die Frau seufzte, und für eine Sekunde traf ihr Blick meinen. Er war voller Sympathie. »Es tut mir leid«, sagte sie erneut.

»Aber –«

»Mrs Daly«, sagte Owen und unterbrach damit mein Flehen. Seine Stimme war ruhig, sanft. »Ich weiß, dass wir unsere Differenzen haben, aber bitte, um Theas willen, würden Sie es sich noch einmal überlegen? Sie ist eine großartige Hochzeitsplanerin, und das ist ein wichtiger Tag für ihre Freundin. Und ich weiß, dass Sie wissen, dass ich mich bereits entschuldigt habe, aber ich werde es wieder tun. Es tut mir sehr leid, wie die Dinge mit Ihrer Tochter gelaufen sind. Ich hatte das nicht geplant, aber es ist passiert. Aber wir sind keine Kinder mehr, und ich denke, das wissen Sie. Bitte lassen Sie Ihren Groll gegen mich nicht an Thea aus.«

Mrs Daly sah uns schweigend an, die Lippen fest aufeinandergepresst.

Owens Finger strichen hauchzart über meine Hand, und ich ließ ihn los, damit er einen Schritt nach vorne treten konnte. Schweigend starrte ich auf seinen Rücken. Was auch immer zwischen ihm und Mrs Dalys Tochter geschehen war, es war offensichtlich, dass er es bereute. Aber ich hätte nie erwartet, dass er sich so für mich einsetzte. Das hier ... das war neu.

Genauso wie das kribbelige Gefühl, das sich daraufhin in mir ausbreitete. Noch nie hatte jemand so für mich ... *gekämpft*. Und ich wusste nicht, was ich davon halten sollte, dass es jetzt ausgerechnet Owen tat.

»Ich verstehe, dass Sie nicht mit mir arbeiten wollen. Und wenn Sie es nicht für Thea tun können, dann für Elena. Sie erinnern sich an sie, nicht wahr? Ich glaube, Ihre Tochter hatte in der Highschool einige Kurse mit ihr. Sie ist eine wunderbare Frau und verdient eine wunderbare Verlobungsfeier und Hochzeit. Und sie verdient den perfekten Blumenschmuck dafür.«

Für einen Moment war es so still, dass man eine Stecknadel hätte fallen hören können. Dann atmete Mrs Daly aus und ihre Schultern sanken herab. »Elena war wirklich ein nettes Mädchen und sie verdient es, glücklich zu sein. Aber ich kann die Vergangenheit nicht einfach vergessen.«

»Niemand bittet Sie darum«, sagte Owen leise. »Aber Sie können ihr helfen, die Feierlichkeiten zu etwas Besonderem zu machen. Ich werde Abstand halten. Sie werden nichts mit mir zu tun haben.«

»Hm. Nun gut. Ich werde es tun. Aber nur, weil es für Elena ist. Ich mache das nicht für Sie.«

Erleichtert seufzte ich. »Vielen, vielen Dank.«

»Danken Sie mir noch nicht. Es gibt noch viel zu tun, und es wird nicht billig sein.«

»Selbstverständlich«, sagte ich und nickte. »Ich danke Ihnen dennoch, wirklich. Ich verspreche, dass Sie es nicht bereuen werden.«

Mrs Daly grummelte leise. »Besser nicht.«

Unsicher biss ich mir auf die Unterlippe und warf Owen einen Blick zu. »Dann, äh, würde ich morgen noch einmal kommen, um die Details zu besprechen, wenn das für Sie in Ordnung ist?«

Die ältere Dame nickte. »Achten Sie nur darauf, dass der da nicht auch kommt.«

»Auf keinen Fall.« – »Natürlich«, sagten Owen und ich gleichzeitig.

»Gut.« Mrs Daly nickte.

»Auf Wiedersehen«, sagte ich eilig und griff nach Owens Hand, um ihn aus dem Laden zu ziehen, bevor er noch etwas sagen konnte. Sobald die Tür hinter uns zugefallen war, konnte ich nicht an mich halten und fiel ihm um den Hals.

»Danke!«, stöhnte ich inbrünstig, bevor ich mich wieder von ihm löste und ihn gegen die Schulter boxte. »Aber worum zum Teufel ging es da?«

Seufzend schüttelte er den Kopf. »Das ist eine lange Geschichte.«

Stirnrunzelnd sah ich ihn noch einen Moment länger an. Am liebsten hätte ich nachgehakt, doch er wirkte so verschlossen, dass ich es nicht wagte. »Wie auch immer, das Wichtigste ist, dass sie die Blumenlieferung übernimmt. Also ... danke. Das war wirklich ... nett von dir.«

Seine Miene verfinsterte sich ein wenig, und er wandte den Blick ab. »Nichts zu danken. Es ist ja irgendwie mein Job als dein Fake-Freund, oder?«

»So kann man es auch sehen«, murmelte ich, obwohl mir seine Antwort aus irgendeinem Grund gegen den Strich ging. »Ich werde dann mal Elena anrufen und ihr die guten Nachrichten überbringen, und dann mache ich mich wieder an die Arbeit.«

Owen nickte. »Bis später.« Ohne ein weiteres Wort drehte er sich um und ging davon.

Nachdenklich sah ich ihm hinterher. Wieder einmal hatte er sich so ganz anders als der unhöfliche, mürrische Kerl verhalten, als den ich ihn kennengelernt hatte. Es kostete mich viel zu viel Anstrengung, meinen Blick von seiner kleiner werdenden Gestalt loszureißen.

Das zwischen uns war nur eine Fake-Beziehung.

Es war nicht von Dauer.

Und es würde kein Happy End für uns geben.

Das sollte ich mir schleunigst wieder in Erinnerung rufen, bevor ich mich wieder einmal in etwas verrannte, was keine Zukunft hatte.

Kapitel 18

Owen

Noch immer war Thea so beschäftigt, dass sie kaum zu Hause war.

Zu Hause.

Verdammt.

Das B&B war kein Zuhause. Ganz besonders nicht meins. Selbst wenn ich hier schlief, aß und arbeitete, war es immer noch nichts anderes als eine Unterkunft. Immerhin waren die beiden älteren Frauen mittlerweile nicht mehr da, und ich konnte mich voll und ganz auf die Zusammenstellung des Exposés für das Cottage konzentrieren. Obwohl ich alle zwei Tage mit neuen Argumenten, die für den Verkauf sprachen, zu Nana ging und sie im Krankenhaus besuchte, blieb sie hart wie Granit.

Mit Thea zusammen fühlt es sich ziemlich genau wie ein Zuhause an, flüsterte eine kleine Stimme in meinem Hinterkopf. Was stimmte. Die wenigen Male, die wir hier zusammen Zeit verbracht hatten – das Co-Working und die anschließende Stadttour, selbst das Frühstück am ersten Tag auf seine Art –, waren … schön gewesen.

Aber das war nicht der Punkt. Was auch immer es war, das sie von frühmorgens bis spätnachts tat, ich … mochte es nicht.

Und es fiel nicht nur mir auf. Auch Henry hatte mich bereits darauf angesprochen und gefragt, warum man uns seit der Stadttour nicht mehr zusammen in der Öffentlichkeit gesehen hatte.

Verdammte Kleinstadt-Gerüchteküche.

Das war auch der Grund, weshalb ich ein paar Tage nach unserer Konfrontation mit Mrs Daly um halb eins nachts im Wohnzimmer saß und darauf wartete, dass meine Fake-Freundin nach Hause kam.

Das Geräusch des Schlüssels, mit dem die Haustür entriegelt wurde, weckte mich aus dem leichten Schlummer, in den ich gefallen war.

Mir die Augen reibend stand ich auf und lehnte mich gegen den Türrahmen des Wohnzimmers.

Als Thea die Tür öffnete und mich entdeckte, machte sie erschrocken einen Satz nach hinten. »Was zum Teufel?«, rief sie, die Augen weit aufgerissen. »Du hast mich zu Tode erschreckt.« Sie klang nicht wütend, stellte ich fest. Und als ich nichts sagte, schloss sie lediglich kopfschüttelnd die Haustür hinter sich und ging zur Treppe.

Stirnrunzelnd beobachtete ich sie. Die Thea von vor drei Wochen hätte mir einiges mehr an den Kopf geworfen und wäre trotz der späten Stunde nicht einfach gegangen.

Ich schaute sie mir genauer an. Sie sah nicht nur erschöpft aus, sondern todmüde, bereit, jeden Moment zusammenzubrechen.

»Ist etwas passiert?«, fragte ich, und sie hielt mitten in der Bewegung inne.

»Nein, wie komm'u darauf?«, murmelte sie, und ihre Worte verschmolzen ineinander.

»Warum siehst du dann so grauenvoll aus?«

»Wow, danke«, brummte sie trocken. »Das ist genau das, was ein Mädchen hören möchte.«

Ich verdrehte die Augen. »Du weißt, was ich meine. Warum beantwortest du nicht einfach meine Frage, anstatt so zu tun, als hätte ich dich beleidigt? Was ist los?«

»Nichts. Wie kommst du darauf, dass etwas los ist?«

»Vielleicht, weil ich dich seit einer Woche kaum gesehen habe und du plötzlich aussiehst, als hättest du seit Tagen nicht geschlafen.«

Sie gähnte und hielt sich eine Hand vor den Mund. »Schon mal auf die Idee gekommen, dass das daran liegen könnte, *weil* ich kaum geschlafen habe? Es ist einfach ... viel zu tun.«

Mit zusammengebissenen Zähnen verschränkte ich die Arme vor der Brust. »Ich habe dir gesagt, dass es Irrsinn ist, sowohl Elenas Party auf die Beine zu stellen als auch dem Festival-Komitee zu helfen.«

»Fühlst du dich jetzt besser?«, fragte Thea genervt. »Jetzt, wo du dein ›Ich hab's dir ja gesagt‹ losgeworden bist?« Sie rieb sich über das Gesicht. »Ich weiß nicht, warum wir überhaupt reden. Ich muss ins Bett.«

Mit einem Mal kam mir eine Erkenntnis, und ich kämpfte – und verlor – gegen den Drang zu grinsen.

»Du«, sagte ich und zeigte auf sie. »Du bist ein Workaholic. Du nervst mich immer, weil ich angeblich zu viel arbeite, aber du bist genauso schlimm.«

»Das liegt daran, dass du wirklich zu viel arbeitest. Und ich habe nie gesagt, dass ich besser bin. Aber das heißt nicht, dass ich möchte, dass andere Leute die gleichen Fehler machen wie ich.« Sie verdrehte die Augen. Als sie ein wenig schwankte, verschwand der Drang zu grinsen und sie zu necken so schnell, wie er erschienen war.

»Wann hast du das letzte Mal etwas gegessen?«, fragte ich scharf, und sie seufzte schulterzuckend.

»Keine Ahnung. Ich glaube, ich habe heute irgendwann einen Cronut gegessen, aber frag mich nicht, wann.« Sie schwankte erneut, und ihre Hand schoss hervor, um sich am Handlauf festzuhalten.

»Okay, das reicht, du musst dich hinsetzen und etwas essen.« Mit schnellen Schritten durchquerte ich den Flur, um zu ihr zu gelangen.

»Ich muss schlafen«, jammerte sie, aber als ich einen Arm um ihre Taille legte und sie in Richtung Küche bugsierte, protestierte sie nicht.

Ich brachte sie zu einem der Stühle, und nachdem sie sich gesetzt hatte, musterte ich sie. »Du arbeitest doch morgen nicht, oder?«

»Natürlich. Auch wenn es technisch gesehen heute ist. Aber wer zählt schon, oder?«

»Nein.«

»Huh?«

»Du wirst morgen nicht arbeiten.«

»Versuchst du etwa mir zu sagen, was ich tun soll?« Der finstere Blick, den sie mir dabei zuwarf, wäre wesentlich effektiver gewesen, wenn sie die Worte nicht genuschelt hätte.

»Jemand muss es tun«, sagte ich trocken, während ich eine Scheibe Brot in den Toaster schob. »Ich verstehe wirklich nicht, warum du dir das antust. Sag Poppy einfach, dass sie jemand anderen finden muss. Du wohnst nicht einmal hier, also warum kümmert es dich?«

»Weil sie meine Freundin ist. Weil es zur Tradition dieser Stadt gehört und es wirklich schade wäre, wenn es nicht stattfinden würde. Weil ich ihnen helfen kann. Und weil«, fügte sie leise hinzu, »es ihr viel bedeutet. Ich kann dem nicht einfach den Rücken zukehren. Außerdem ist es schon so bald.«

»Sicher kannst du«, gab ich zurück, nahm das getoastete Brot, beschmierte es mit Butter und legte eine Scheibe Käse darauf, bevor ich ihr den Teller vor die Nase stellte. »Sag ihnen einfach, dass du es nicht schaffst, sowohl das Festival als auch die Verlobungsfeier zu planen, und schon bist du es los. Poppy und die anderen hätten viel früher damit anfangen sollen, aber das darf nicht dein Problem sein. Oder willst du, dass Els Feier leidet, nur weil du nicht Nein sagen kannst?«

»Els Feier wird perfekt sein!«, fauchte Thea, und für einen Moment konnte ich durch die Erschöpfung einen Blick auf ihr altes Selbst werfen. »Ich bekomme beides wunderbar hin. Das Festival ist erst in einer Woche, kein Grund zur Panik.«

»Es ist *schon* in einer Woche, und du siehst jetzt schon aus wie der lebende Tod. Und ich bin sicher, das ist nicht das erste Mal, dass du dir zu viel aufhalst, oder?«

Thea biss von ihrem Toast ab, kaute mehrere Sekunden lang und musterte mich dabei, bevor sie fragte: »Was kümmert es dich überhaupt?«

»Ich ...« Das war eine verdammt gute Frage. Warum interessierte es mich? Warum stand ich immer noch hier in der Küche und versuchte, eine Frau, die ich nicht einmal wirklich mochte, davon zu überzeugen, dass sie einen Schritt zurücktreten musste?

Weil es falsch war, sie so zu sehen. Es erinnerte mich schmerzlich an mich selbst, und zum ersten Mal gefiel mir nicht, was ich sah. Diese Frau, diese lebhafte, nervige, starke Frau sollte nicht so ausgelaugt und erschöpft aussehen. Sie sollte lachen, mich anschreien, sarkastische Kommentare loslassen und mich verrückt machen. Aber nicht so. Niemals so.

»Du brauchst eine Pause«, sagte ich nach einem Moment der Stille.

Sie lachte humorlos. »Oh, schau an, das Blatt hat sich gewendet. Das ist schließlich genau das, was ich dir predige, seit ich hier bin. Und jetzt bin ich plötzlich diejenige, die eine Pause braucht?«

»Wechsle nicht das Thema. Es geht hier um dich, nicht um mich.« Eine Pause würde ich mir leisten, sobald ich Nana vom Verkauf dieses vermaledeiten Cottages überzeugt hatte. Bis dahin ... nein.

»Nein, weißt du was? Ich mache eine Pause, wenn *du* eine machst. Bis dahin, lass mich einfach in Ruhe arbeiten, ja? Und wenn es dir nichts ausmacht, werde ich jetzt schlafen gehen.«

Sie stand auf, und ich konnte nicht anders, als zu bemerken, wie sehr sie darum kämpfte, nicht zu wanken.

Ohne nachzudenken, holte ich sie ein, schob einen Arm unter ihre Kniekehlen, den anderen unter ihren Rücken und hob sie hoch. Dabei ignorierte ich ihren überraschten Aufschrei.

»Was machst du?«

»Ich bringe dich auf dein Zimmer.«

»Ich brauche deine Hilfe nicht.«

»Natürlich nicht«, sagte ich und ignorierte, wie gut sie sich in meinen Armen anfühlte. Stattdessen konzentrierte ich mich darauf, einen Schritt vor den anderen zu setzen. »Du musst schlafen.«

»Ja, Mum«, murmelte sie, und für einen Moment war ich überzeugt, dass ich mir nur eingebildet hatte, wie ihre Hand mein Hemd umklammerte.

»Gut.« Ich öffnete die Tür, trug sie hinein und legte sie sanft auf dem Bett ab. »So. Zufrieden?«

»Ja.« Ich wollte gerade gehen, als sie mich plötzlich am Handgelenk packte und aufhielt. »Owen?«

»Hm?«

»Diese Hochzeit muss wirklich perfekt werden. Und die Party. Elena ist schwanger und sie ...« Sie brach ab und schluckte.

»Sie was?«

»Nichts. Sie ... sie verdient einfach das Beste. Sie war immer für mich da und ...«

Vorsichtig ließ ich mich auf der Bettkante nieder, und die Matratze sank ein wenig unter meinem Gewicht.

»Du liebst sie wirklich«, stellte ich fest, und meine Kehle wurde eng.

»Sie ist meine beste Freundin. Natürlich liebe ich sie. Deshalb ... deshalb ist es so wichtig. Diese Hochzeit und die Party müssen perfekt sein. Es ist ihr großer Tag. Ihrer und Nates.«

Plötzlich verspürte ich den Drang, sie zu trösten. Dieser ganze Abend wurde von Sekunde zu Sekunde bizarrer.

»Es wird perfekt«, versprach ich ihr und bedeckte ihre Hand mit meiner. »Du wirst schon sehen.«

Sie nickte und schenkte mir ein kleines, müdes Lächeln. »Danke. Und, äh, gute Nacht.«

»Gute Nacht«, echote ich, erhob mich und ging zur Tür. »Schlaf gut.«

»Du auch«, flüsterte sie hinter mir.

Nachdem ich die Tür geschlossen hatte, lehnte ich mich an die Wand und holte tief Luft.

Das war überhaupt nicht so gelaufen wie geplant.

Ich konnte nur hoffen, dass sie, wenn schon nicht auf ihren gesunden Menschenverstand, zumindest auf ihren Körper hören würde.

***

Anscheinend war Thea taub.

Um fünf Uhr dreißig am nächsten Morgen hörte ich das Wasser in der Dusche laufen, und eine halbe Stunde später wurde die Haustür im Erdgeschoss geschlossen.

So viel zu unserem Gespräch. Aber ich konnte sie nicht zu ihrem Glück zwingen, oder?

Ich mache eine Pause, wenn du eine machst. Theas Worte hallten in meinem Kopf wider, und ich biss die Zähne zusammen. Ich konnte meine eigene Arbeit nicht für ... nicht für *sie* zurückstellen.

Trotzdem hatte ich den Rest des Tages Schwierigkeiten, mich zu konzentrieren. Ich war von mir selbst genervt. Sie war kein Kind, sie wusste eindeutig, was sie tat, und doch ...

Und doch.

Um drei Uhr nachmittags, Stunden vor dem üblichen Ende meines Arbeitstags, schloss ich den Laptop und seufzte. Es hatte keinen Sinn. Ich würde nur Fehler machen, wenn ich weitermachte.

Ich stand auf und streckte mich. Es sprach nichts dagegen, einen kleinen Spaziergang zu machen und mir einen Cronut zu holen. Vielleicht konnte ich sogar herausfinden, wie schlecht die Vorbereitungen für das Festival tatsächlich liefen.

Die Bäckerei war voller Menschen. Anscheinend hatte an diesem Tag jeder Lust auf süße Teilchen. Es dauerte fünf Minuten, nur um hineinzukommen, und erst als nur noch drei Leute vor mir waren, entdeckte ich Thea an einem der Ecktische. Allein von ihrem Anblick, wie sie sich über einige Papiere beugte, schmerzte mein eigener Nacken.

Poppy war nirgends zu sehen, aber da das Geschäft so gut lief, hatte sie wahrscheinlich in der Küche zu tun.

»Zwei Cronuts und einen Kaffee, bitte«, sagte ich dem Mädchen hinter der Theke und beobachtete Thea, während ich wartete. Hin und wieder ließ sie die Schultern kreisen und drehte ihren Kopf. Ihr Stirnrunzeln vertiefte sich mit jeder Sekunde, und sie schien etwas zu suchen, weil sie immer wieder den Papierstapel vor sich durchblätterte.

Unwillkürlich fiel mein Blick auf ihren Mund. Sie hatte die Zunge zwischen die Lippen geklemmt, und bei dem Anblick musste ich ein Stöhnen unterdrücken. Wieder kam mir unser Kuss im Kino in den Sinn. Das wiederum führte dazu, dass ich mich an das Gefühl erinnerte, sie in den Armen zu halten.

Zuerst im Kino, dann gestern Abend.

Wie sie sich in meinen Armen angefühlt hatte, die Wärme, die von ihr ausstrahlte, ihr Duft in meiner Nase.

Zum Teufel, was war nur los mit mir?

»Ihre Bestellung, Sir«, sagte das Mädchen und brachte mich damit zurück in die Gegenwart.

»Danke.« Ich bezahlte und griff mir das Tablett, ehe ich auf Theas Tisch zuging.

»Du hast eine interessante Interpretation des Wortes Pause«, sagte ich zu ihr, stellte das Tablett auf die Papiere vor ihr und setzte mich ihr gegenüber.

Überrascht riss Thea den Kopf hoch, und für den Bruchteil einer Sekunde war ich mir sicher, dass sie mich anschnauzen würde. Stattdessen schenkte sie mir ein müdes Lächeln. »Bist du hier, um dich an meinem Leid zu erfreuen?«

»Nein. Ich bin hergekommen, um dir das zu bringen.« Mit dem Kinn nickte ich zu dem Kaffee, und ihr Gesichtsausdruck hellte sich auf.

Sie trank einen großen Schluck, bevor sie die Tasse absetzte und schief lächelte. »Okay, dafür bekommst du einmal Schadenfreude umsonst. Danke übrigens.«

»Gern geschehen. Also, wirst du jetzt eine Pause machen?«

»Nope.«

»Thea, ernsthaft.«

»Hör zu, Owen, es ist nett, dass du es versuchst, aber
es wird nicht funktionieren. Meine To-do-Liste ist ungefähr einen Kilometer lang und ich –«

»Und du kannst so nicht weitermachen. Du hast doch
Kopfschmerzen, oder?«

»Woher weißt du –«

»Ich erkenne die Anzeichen. Du hast Kopfschmerzen,
dein Nacken schmerzt, du bist müde und hast wahrscheinlich leichtes Fieber.«

»Du übertreibst.«

»Tue ich das? Sieh dich an, du bist völlig erschöpft.
Deine Augen sind blutunterlaufen, deine Hände zittern
und ich bin bereit, alles, was ich habe, darauf zu wetten,
dass du Schwierigkeiten hast, dich zu konzentrieren.
Wenn du so weitermachst, versagt dein Immunsystem
und du wirst krank. Würde das irgendjemandem helfen? Elena? Poppy?«

»Mir geht's gut. Danke für den Kaffee, aber würdest
du mich jetzt bitte in Ruhe lassen? Ich muss das hier
wirklich fertig machen.«

»Nein, du kommst mit mir nach Hause.« Nach Hause.
Das klang ... seltsam. »Ich meine zum B&B«, korrigierte
ich. »Ich werde Poppy sagen, dass ich dich entführt
habe, damit sie mir die Schuld dafür geben kann.« Obwohl es eigentlich überhaupt keine Schuldzuweisun-
gen geben sollte. Und wenn irgendjemand schuld war,
dann Poppy, die ihr Komitee so schlecht geführt hatte
und Theas Gutmütigkeit ausnutzte, um über ihre eigene Unfähigkeit hinwegzutäuschen.

Das mochte harsch klingen, aber wenn ich Thea so
sah, war ich nicht in Stimmung, nachsichtig zu sein.

Thea öffnete den Mund, und ich rechnete mit weiterem Widerspruch, doch nach ein paar Sekunden des Zögerns sagte sie leise: »Okay. Du hast gewonnen. Aber nur, weil ich müde bin und eine Pause brauche.«

Zum Teufel, wenn sie es selbst zugab, war es noch schlimmer, als ich gedacht hatte.

Entschieden nickte ich und stand auf. »Gut. Pack deine Sachen, ich werde Poppy Bescheid geben.«

»Schön.«

Fünf Minuten später waren wir draußen. Wortlos machte ich mich auf den Weg zurück zum B&B. Ich spürte ihren Blick auf mir und war überzeugt, dass sie sich jeden Moment umdrehen und gehen würde.

Aber sie folgte mir ohne Protest.

Fünfzehn Minuten später kamen wir im B&B an. Thea stand ganze zehn Sekunden reglos im Foyer, bevor sie mich mit einem kraftlosen Blick ansah. »Ich habe keine Ahnung, wie ich eine Pause machen soll«, gab sie schließlich zu.

Meine Mundwinkel zuckten. »Geh nach oben und nimm ein Bad«, befahl ich leise. »Ich besorge in der Zwischenzeit etwas zu essen.«

»Du gibst wirklich nicht auf, oder?«

»Keine Chance. Geh. Ich werde hier sein, wenn du fertig bist. Hopp, hopp.« Ich erkannte mich selbst kaum wieder. So fürsorglich hatte ich mich noch nie verhalten, außer vielleicht Nana gegenüber. Aber aus irgendeinem Grund war es wesentlich einfacher, sich um jemand anderen zu kümmern, als um sich selbst.

»Sklaventreiber«, murmelte sie, aber ihr Lächeln war zurück und ich wusste, dass alles in Ordnung kommen würde.

Das hoffte ich zumindest.

Ich hatte selbst keine Ahnung, wie man eine Pause einlegte. Es war ein wenig ironisch, dass ausgerechnet ich Ratschläge dazu gab. Aber es war offensichtlich, dass sie diese brauchte.

Um mich von den unwillkommenen Bildern von ihr, nackt, in der Badewanne, abzulenken, verließ ich das Haus und lief wieder in die Innenstadt, um in Henrys Pub etwas zum Mitnehmen zu bestellen.

Damit kam ich knappe vierzig Minuten später zurück und fand Thea auf der Couch im Wohnzimmer. Ihr Haar war an den Enden feucht, und soweit ich sehen konnte, trug sie nichts außer einem weichen Bademantel.

Und sie schlief tief und fest.

Für einen langen Moment konnte ich sie nur anstarren. Sie sah so friedlich aus. Die Sorgenfalten auf ihrer Stirn waren verschwunden und ihre Lippen waren leicht geöffnet.

Himmel, sie war wunderschön. Ihre langen dunkelroten Haare waren das Erste, das ich bemerkt hatte, und sie waren noch genauso atemberaubend wie zu Beginn.

Je länger ich sie beobachtete, desto mehr fiel mir auf.

Zum Beispiel die kleine Narbe über ihrer rechten Augenbraue, die Sommersprossensprenkel auf ihrer Nase und die winzigen Grübchen in ihren Wangen.

Vorsichtig stellte ich das Essen auf den Couchtisch. Was nun?

Langsam setzte ich mich neben sie. Ich wollte sie nicht aufwecken. Sie brauchte Schlaf. Aber mindestens genauso dringend benötigte sie etwas zu essen und die

Art, wie sie lag, sah nicht gerade bequem aus. Wahrscheinlich hatte sie nicht vorgehabt, hier einzuschlafen.

Sanft berührte ich ihre Schulter und achtete darauf, sie nicht zu erschrecken. »Thea«, sagte ich leise und beobachtete, wie sie langsam aufwachte.

Sie blinzelte mich an, ihre grünen Augen noch ein wenig verschwommen vom Schlaf, und gähnte. »Tut mir leid, ich wollte nicht einschlafen.«

»Ist schon in Ordnung. Möchtest du nach oben gehen oder ...?«

»Nein. Wenn ich jetzt nach oben gehe, schlafe ich einfach wieder ein, und eigentlich bin ich ziemlich hungrig.«

»Ich habe dir etwas aus Henrys Pub besorgt. Ich hoffe, du magst Burger und Pommes.«

Ihre Augen leuchteten auf. »Das klingt perfekt!« Sie beugte sich vor, um nach der Tüte zu greifen. Dabei klaffte ihr Bademantel ein Stück auf und enthüllte milchweiße Haut.

Hitze schoss durch meinen Körper, und ich wandte hastig den Blick ab. »Es gibt auch ein paar Zwiebelringe und einen Milchshake.«

Sie stöhnte. »Oh, lecker. Klingt himmlisch. Hast du dir auch etwas mitgebracht?«

Ich schüttelte den Kopf und versuchte, die Bilder ihres Stöhnens in einer anderen Situation zu vertreiben. »Nein, ich habe keinen Hunger.«

»Wie du meinst.« Sie zuckte mit den Schultern, griff in die Tüte und holte einige Schachteln heraus.

Ihr beim Essen zuzusehen, befriedigte den kleinen Teil in mir, der den ganzen Tag durchgedreht war. Aber ab und zu rieb sie sich über den Nacken und verzog das Gesicht.

»Hast du immer noch Schmerzen?«, fragte ich, verärgert über mich selbst, weil ich nicht aufhören konnte, mir Sorgen zu machen.

»Hm?«, nuschelte sie mit vollem Mund, bevor sie ihren Bissen herunterschluckte. »Geht schon.«

Ich seufzte schwer. »Dreh dich mal um.«

»Was?«

»Dreh dich um«, wiederholte ich. »Ich massiere dir die Schultern.«

Sie schnaubte. »Ja, sicher, und morgen werden Kühe fliegen.« Sie schüttelte den Kopf, zuckte erneut zusammen und schnappte sich ein paar Pommes.

»Kühe können nicht fliegen«, sagte ich, stand auf und umrundete das Sofa, damit ich mich hinter sie stellen konnte. »Aber ich massiere dich trotzdem.«

»Du musst nicht –« Sie verstummte, als meine Hände ihre Haut berührten.

Ihre *nackte* Haut, denn der Bademantel war beim Essen ein Stück weiter aufgeklafft, sodass ihre Schultern bloßlagen.

Scheiße, ich hätte das besser durchdenken sollen.

Langsam knetete ich ihre Muskeln und bemühte mich, nicht auf ihren Geruch oder das Gefühl ihrer Haut unter meinen Händen zu achten.

Aber es half nichts.

Sie roch nach Kokos, und darunter lag der einzigartige Geruch, der ganz Thea war.

Ihre Haut war warm und weich, und der Drang, mehr von ihr zu berühren, war fast überwältigend.

»Das fühlt sich gut an«, sagte sie mit heiserer Stimme. Mein Schwanz zuckte in meiner Hose, und als sie leicht stöhnte, tat ich es beinahe ebenfalls.

»Machst du ... das oft?«, fragte sie, ihre Stimme immer noch ein wenig kratzig.

»Was?«

»Andere Leute massieren.«

Sicher nicht. »Nein. Aber ich bekomme einmal im Monat eine Massage, dabei habe ich einige Kniffe aufgeschnappt. Ist das in Ordnung?«

»In Ordnung? Es fühlt sich großartig an.« Sie holte erschauernd Luft.

»Du hast Knoten, die so groß wie eine Faust sind«, murmelte ich, und sie seufzte.

»Nun, ich habe die letzten Tage nicht gerade kerzengerade sitzend verbracht, also ist das nicht verwunderlich. Vielen Dank übrigens. Es ist ... wirklich gut.«

»Kein Problem.«

»Kannst du ein wenig tiefer an meinen Nacken gehen?«

Ich räusperte mich. »Sicher. Ich ... Vielleicht sollte ich mir etwas Lotion holen. Das würde die Dinge einfacher machen.« Und es würde mir einige dringend benötigte Momente zum Durchatmen geben.

»Okay.«

Im Badezimmer spritzte ich mir kaltes Wasser ins Gesicht und starrte mein Spiegelbild an.

Reiß dich zusammen!, rief ich mir ins Gedächtnis, aber meine Erektion ließ sich davon nicht beirren.

Die Tatsache, dass sie nichts unter dem Bademantel trug, war mir nicht entgangen. Aus meiner Perspektive hatte ich einen perfekten Ausblick auf die Rundung ihrer Brüste gehabt, was nicht dazu beitrug, mich zu beruhigen.

Leise fluchend schaltete das Licht aus und ging zurück ins Wohnzimmer. »Ich habe die Lo-«

Im ersten Moment dachte ich, sie wäre vernünftig geworden und gegangen. Aber dann machte ich einen weiteren Schritt in den Raum und mir stockte der Atem.

Thea lag mit dem Gesicht nach unten auf dem Sofa. Den Bademantel hatte sie hinuntergeschoben, sodass ihr gesamter oberer Rücken nackt war.

Fuck.

Hart schluckte ich und fragte mich, ob das eine Art Bestrafung für meine früheren Gedanken war.

»Owen?«

»Ja.« Meine Stimme war ein wenig kratzig.

»Ist das okay? Ich dachte nur, es wäre so einfacher, und ich wollte nicht, dass Lotion auf den Bademantel kommt und ...«

»Nein, das ist schon okay.« Es war alles andere als okay. Tatsächlich war es absolut *nicht* okay. »So ist es auf jeden Fall einfacher.«

So waren viele Dinge einfacher.

Dinge, die rein gar nichts mit Massieren zu tun hatten.

Aber wenn es für sie in Ordnung war, würde ich einen Teufel tun und sie darauf hinweisen. Stattdessen stützte ich mich mit einem Knie auf dem Sofa ab und goss etwas Lotion auf meine Hände. Für den Bruchteil einer Sekunde zögerte ich, aber dann bewegte sie sich ein wenig. Sie drehte den Kopf zur Seite und ihre Augen schlossen sich.

»Ich kann dich denken hören, Owen«, murmelte sie.

Unwillkürlich lächelte ich. »Ich denke nicht, das ist nur meine normale Gehirnfunktion.«

»Was auch immer es ist, es nervt. Gibst du mir jetzt eine Massage oder nicht?«

Anstatt ihr eine verbale Antwort zu geben, legte ich meine Hände auf ihre Haut.

Sie zuckte zusammen. »Kalt! Wie wäre es mit einer Warnung beim nächsten Mal?«

»Es wird kalt«, entgegnete ich trocken, und obwohl die Spannung noch lange nicht gebrochen war, lockerte unser Geplänkel die Stimmung ein wenig.

Darauf bedacht, mich auf ihre Muskeln und Knoten zu konzentrieren und auf nichts anderes, ließ ich meine Hände über ihren Rücken gleiten. Aber je länger ich sie berührte, desto schwieriger wurde es.

Egal, wie sehr ich versuchte, an andere Dinge zu denken – an die Arbeit, das Wetter, das Buch, das ich vor einigen Tagen begonnen hatte, weil mich Theas Frage nach einem Lieblingsbuch nicht losgelassen hatte – meine Gedanken kehrten immer wieder zu ihr zurück.

»Das tut so gut«, murmelte sie, und ihr leises Stöhnen stellte meine Entschlossenheit auf eine harte Probe. Ich war mir zu achtundneunzig Prozent sicher, dass sie es nicht absichtlich tat, aber das Geräusch allein reichte aus, um mich noch härter zu machen.

Mir war völlig schleierhaft, wie lange ich sie bereits massierte. Fünf Minuten? Zehn? Eine Stunde? Es fühlte sich an wie eine Ewigkeit und doch längst nicht genug.

Selbst als keine Knoten mehr da waren, hörte ich nicht auf. Es war irgendwie ... schön, etwas für jemand anderen zu tun. Ihr zu helfen, sich zu entspannen, war beruhigend und auf unbekannte Weise befriedigend.

Aber es war auch reine Folter.

Je länger ich sie berührte, desto schwieriger wurde es, nicht weiter zu gehen.

Nicht mit den Fingern ihre Wirbelsäule nach unten zu streichen, sie zu umfassen und umzudrehen, um ihre zweifellos perfekten Brüste zu sehen, zu spüren, zu schmecken ...

Fuck.

Mein Schwanz pochte, und sie würde es garantiert bemerken, wenn ich nicht bald etwas tat. In Gedanken zählte ich von zehn rückwärts und zog dann abrupt die Hände von ihrem Körper.

Thea gab ein leises Wimmern von sich, und ich erstarrte.

»Bitte, hör nicht auf«, flüsterte sie. »Es fühlt sich so gut an.«

Fuck.

Fuckfuckfuckfuckfuckfuck.

Wusste sie, wie es mir ging?

Fühlte sie das Gleiche?

Ich hatte keine Ahnung, aber der Gedanke, jetzt aufzuhören, der Gedanke, ihre Haut nicht mehr unter meiner zu fühlen, verursachte mir beinahe körperliche Schmerzen.

Ich wollte nicht aufhören.

Ich konnte nicht.

Langsam, zögerlich fuhr ich mit den Händen über ihre Haut, und sie seufzte wohlig. Mein Herz hämmerte

in meiner Brust, und ich wusste, dass ich das später bereuen würde.

Aber im Moment war es mir egal.

Im Moment wollte ich einfach nur das tun, was mir
gefiel.

Was *uns* gefiel.

Kapitel 19

Thea

Owens Hände an meinem Körper machten mich verrückt.

Und nicht auf die langsame und stetige Art, sondern die alles verzehrende, heiße Art.

Überall, wo seine Finger mich berührten, hinterließen sie eine Spur glühender Funken, die die Lust in mir weiter schürten.

Die Massage hatte unschuldig begonnen, aber je länger seine Hände auf meiner Haut lagen, desto schwieriger wurde es, die Empfindungen zu ignorieren, die sie auslösten.

Und als er sich dann zurückgezogen hatte, war ich nicht in der Lage gewesen, das Wimmern zu unterdrücken. Ich wollte nicht, dass er aufhörte.

Nicht jetzt.

Möglicherweise nie.

Dieser verdammte Kuss hatte mich seit Tagen verfolgt. Mich mit Arbeit abzulenken, funktionierte nur bis zu einem bestimmten Grad – die Nächte zeigten mir jedoch deutlich, dass ich diesen Gedanken und Gefühlen nicht entkommen konnte.

Ich brannte. Mein ganzer Körper stand in Flammen und glühte vor Begierde.

Und noch immer glitten seine Finger über meine Haut.

Es war zu viel.

Es war nicht genug.

Unruhig bewegte ich mich unter ihm. »Owen ... ich muss ...«

Sofort ließ er von mir ab. »Habe ich dir wehgetan?« Seine Stimme klang tiefer als sonst und ein wenig heiser.

»Nein. Gott, nein.« Endlich schaffte ich es, mich umzudrehen. Dabei machte ich mir nicht die Mühe, den Bademantel aufzuheben, dessen Stoff sich jetzt um meine Taille bauschte.

Der Ausdruck in Owens Gesicht war reine Lust, die gleiche Begierde, die auch mich durchlief. Zum ersten Mal, vielleicht seit ich ihn getroffen hatte, verbarg er nicht, was er fühlte. Und es war das Heißeste, was ich je gesehen hatte.

Ganz zu schweigen von dem Mann selbst.

Die obersten Knöpfe an seinem Hemd waren geöffnet und enthüllten leicht gebräunte Haut und Brusthaar. Das dunkle Haar stand im starken Kontrast zu dem weißen Stoff, und es juckte mich in den Fingern, ihn anzufassen. Ihn endlich zu spüren.

Mit der Zunge fuhr ich mir über die Unterlippe, während ich ihn anstarrte, und seine Augen folgten der Bewegung.

»Thea, was tust du?«

»Ich? Was machst du?«, fragte ich ihn ungläubig, als mein Blick über seinen Körper nach unten wanderte und ich die große Wölbung in seiner Hose bemerkte. »Ernsthaft, hast du die Selbstbeherrschung eines Gottes oder so? Wie kannst du nicht schon längst –«

Bevor ich den Satz beenden konnte, lag sein Mund auf meinem und beantwortete im Wesentlichen die Frage.

Stöhnend schlang ich die Arme um seinen Hals und zog ihn näher heran. Seine Zunge glitt gegen meine, und er schmeckte nach Kaffee und den Cronuts, die er uns vorhin gekauft hatte.

Eine seiner Hände glitt in mein Haar, packte die Strähnen und hielt mich fest.

Sein Kuss war hart, fast brutal, und ich liebte es. Am liebsten hätte ich nie wieder aufgehört, aber leider mussten wir atmen.

»Ich denke ... ich denke, wir sollten aufhören«, krächzte er und drückte seine Stirn gegen meine.

»Das Einzige, mit dem wir aufhören sollten, ist das Denken«, keuchte ich, strich über seine Brust und genoss das Gefühl seiner harten Muskeln unter meiner Handfläche. Dann fiel mir etwas ein, und ich zögerte. »Es sei denn, du ... es sei denn, du willst es nicht...«

»Ich wollte dich seit Tagen«, stöhnte er, und die Hand in meinem Haar griff fester zu. »Ich wollte dich seit diesem verdammten Date.«

»Worauf warten wir dann?«

Er zog sich zurück und warf mir einen Blick zu, der nur als wild beschrieben werden konnte. Diesen Mann, der die ganze Zeit so kontrolliert und gelassen war, wegen mir den Verstand verlieren zu sehen, war eine höllische Erregung.

»Ich kann jetzt nicht sanft sein, Thea«, warnte er mit heiserer Stimme. »Dafür will ich dich zu sehr.«

»Gut«, entgegnete ich leidenschaftlich, »weil ich nicht will, dass du sanft bist. Ich will, dass du mich fickst, Owen.«

Er knurrte, und das Geräusch schoss direkt zwischen meine Beine.

Bevor ich wusste, wie mir geschah, lag sein Mund wieder auf mir. Er stieß mich zurück und drückte mich gegen das Sofa. Sein harter Körper nagelte mich fest und seine Hände waren überall, berührten, streichelten und kneteten mein Fleisch.

»Thea«, stöhnte er in unseren Kuss. Sein Gewicht auf mir fühlte sich köstlich an, und als sich seine Hand meinen Körper hinabbewegte, wölbte ich mich ihm entgegen, begierig darauf, ihn tiefer zu spüren.

Seine Finger schlüpften unter den Stoff des Bademantels, und die Berührung war elektrisierend. Ich keuchte, als er zwischen meine Beine glitt.

»Du bist so nass«, murmelte er mit einem anerkennenden Stöhnen, sein Blick bohrte sich in meinen.

»Das passiert, wenn ein gutaussehender, sexy und kluger Mann dir eine Massage gibt.«

»Das reicht also, mh?« Grinsend streichelte er mich weiter, und ich zuckte, als seine Finger meine Klitoris fanden.

Stöhnend hob ich ihm mein Becken entgegen.

»So ist es gut«, murmelte er, seine Stimme tief und dunkel.

Er drückte den Daumen gegen das kleine Nervenbündel, während sich seine Finger in mich schoben und diese eine Stelle fanden, die mich wie Wachs in seinen Händen schmelzen ließ.

»Owen, ich kann nicht ...«

»Psst, du kannst.« Er presste seine Lippen wieder auf meine, seine Zunge spielte mit meiner und sein Daumen bewegte sich immer noch.

»Ich brauche dich«, keuchte ich, und meine Hände ballten sich an seinen Schultern.

»Ich bin genau hier.«

»Nein. In mir. Bitte. Ich brauche dich in mir. Jetzt.«

Er fluchte, nahm aber seine Hand weg und lehnte sich zurück. Dann packte er meine Beine und zog mich nach unten, bis mein Hintern am Rand des Sofas lag.

»Bleib so«, befahl er, seine Augen dunkel und glühend. Er stand auf, den Blick immer noch auf mich gerichtet. »Beweg dich nicht«, wiederholte er und öffnete seinen Gürtel. Das Metall klirrte, und aus irgendeinem Grund ließ das Geräusch einen Schauer durch mich hindurchrieseln.

Dann riss er den Knopf und den Reißverschluss seiner Hose auf und schob sie zusammen mit seinen Boxershorts nach unten.

Mein Mund wurde trocken, und für einen Moment konnte ich ihn nur anstarren.

Sein Schwanz war ... groß.

Ein Tropfen Flüssigkeit perlte an der Spitze ab, und eine dicke Ader lief an der Unterseite entlang.

Ich biss mir auf die Unterlippe, und er stöhnte. »Wenn du nicht willst, dass das hier schneller vorbei ist, als dir lieb ist, solltest du das lassen.«

»Dann solltest du dich vielleicht beeilen«, sagte ich mit einem unschuldigen Lächeln und leckte mir über die Lippen.

»Du bringst mich um«, murmelte er und machte einen Schritt nach vorne.

»Das würde den Sinn und Zweck von dem hier irgendwie zunichtemachen«, lachte ich und streckte dann die Hand nach ihm aus. Er stand nun direkt vor mir, und sein Schwanz war auf gleicher Höhe mit meinem Gesicht.

»Darf ich?«

Er schluckte und nickte. »Sag, wenn es dir zu viel ist, und ich höre auf. Okay?«

Lächelnd beugte ich mich vor und küsste die Spitze. Die Haut war seidig glatt, und als ich mit der Zunge darüber fuhr, stöhnte er.

»Verdammt, Thea.« Seine Hand fand ihren Weg zurück in mein Haar und packte einige Strähnen. »Mach das noch mal.«

Also tat ich es. Ich leckte ihn von der Wurzel bis zur Spitze, öffnete dann meinen Mund und nahm ihn hinein.

Er schmeckte nach Mann, moschusartig und stark. Sein Schwanz lag heiß und schwer auf meiner Zunge, und er war groß, sogar größer, als ich gedacht hatte.

Ich nahm so viel von ihm wie möglich in mich auf, dann wirbelte ich die Zunge um seine Spitze und saugte an ihm.

»Scheiße«, stöhnte er, und seine Finger ballten sich in meinen Haaren zur Faust. »Du musst aufhören. Das ist ... scheiße, das ist so gut. Aber ich will in dir kommen.«

Ich ließ ihn los und wischte mir den Mund ab. »Worauf wartest du dann noch?«

Hastig streifte er seine Hose komplett von den Beinen, dann beugte er sich vor. »Ich kann nicht genug von dir bekommen«, raunte er, bevor er seine Lippen erneut auf meine legte.

Dieser Kuss war langsamer, sinnlicher. Seine Zunge stieß in meinen Mund und seine Hand wanderte in meinen Nacken. Ich wölbte mich ihm entgegen, und er bewegte sich ein wenig, sodass er sein Knie zwischen meine Beine schieben konnte.

Sein Schwanz stieß hart gegen meinen Unterleib, während sein Kuss mich alles vergessen ließ.

Dann streichelte er mit den Fingern seiner freien Hand eine Brustwarze und sandte damit eine Gänsehaut meine Wirbelsäule hinauf.

Ich stöhnte in seinen Mund und seine Hüften ruckten gegen mich. Sein Schwanz rieb sich an meinem Kitzler, was uns beiden ein Keuchen entlockte.

Er löste sich von mir, doch bevor ich protestieren konnte, schloss sich sein Mund über der Spitze meiner Brust, seine Zunge umkreiste die harte Knospe, während er mit der Hand die andere zwirbelte.

Ich schrie auf; seine Berührung setzte jeden Nerv, der in meinem Körper endete, in Brand.

»Owen, ich ...«

Er bewegte seinen Mund zur anderen Brust und saugte hart daran.

»Fuck! Das fühlt sich ... o Gott!«

Er gluckste, sein Atem war heiß an meiner feuchten Brustwarze. »Owen reicht völlig.«

Es dauerte mehrere Sekunden, bis die Bedeutung seiner Worte in meinem Gehirn ankam und ich sie verarbeitet hatte. Dann schlug ich kraftlos nach ihm. »Ich kann nicht glauben, dass du das gerade gesagt hast.«

Grinsend leckte er erneut über meinen Nippel, und ich bog ihm den Rücken entgegen.

»Hör auf, mich zu necken!«

»Aber du siehst so wunderschön dabei aus«, murmelte er mit einem verwegenen Funkeln in den Augen.

»Können wir das auf ein anderes Mal verschieben?«, fragte ich, während ich mich unter ihm wand.

Er grinste. »Da ist jemand ungeduldig.«

»Nun, *jemand* ging absichtlich langsam vor.«

»Schön«, seufzte er dramatisch, doch das begierige Zucken seiner Erektion verriet ihn. Er beugte sich zur Seite, und als ich das vertraute Knistern eines Folienpäckchens hörte, wusste ich, wonach er gesucht hatte. Mit geübten Fingern streifte er sich das Kondom über, ehe seine Hände unter meine Oberschenkel glitten.

»Bereit?«

»Gott, ja«, stöhnte ich und wölbte mich ihm entgegen.

Bevor ich ihn erneut auffordern konnte, schob er sich in mich, zuerst die Spitze, dann vergrub er sich mit einem einzigen Stoß vollständig in mir.

»Oh, verdammt.« Stöhnend schloss er die Augen.

»Mehr«, jammerte ich. Er füllte mich so gut aus, doch ich brauchte die Reibung, brauchte das Gefühl von ihm an diesem einen Punkt.

»Gib mir einen Moment.«

»Owen, jetzt!«

Er gab keine Antwort. Stattdessen gruben sich seine Finger in meine Haut und seine Hüften begannen sich zu bewegen. *Endlich.*

»Gott, ja«, rief ich, als er sich zurückzog, beinahe aus mir herausglitt, nur um erneut zuzustoßen.

»Scheiße, du fühlst dich unglaublich an«, keuchte er. Sein Tempo war schnell und hart, und seine Hände auf meinen Hüften hielten mich an Ort und Stelle.

»Ich bin nahe dran, hör nicht auf«, flehte ich. Er traf diesen einen Punkt in mir mit jedem Stoß.

»Jetzt, Thea«, befahl er. »Komm jetzt.« Seine Worte waren mein Untergang. Dieser dumme beherrschende Ton, den ich normalerweise hasste, war der Auslöser und mein Orgasmus traf mich mit voller Wucht.

Ich warf den Kopf zurück und spürte, wie sich meine inneren Muskeln um ihn zusammenzogen.

»Thea, fuck, fuck, *fuck*«, rief er, und seine Bewegungen wurden unregelmäßig. Mit einem letzten harten Stoß kam auch er.

Seine Stirn fiel auf meine Schulter, und mit den Lippen drückte er federleichte Küsse auf meinen Hals.

»Geht es dir gut?«, fragte ich und strich sanft über seine Arme.

»Sollte ich das nicht dich fragen?«, murmelte er in meine Halsbeuge, und ich konnte das Lächeln in seiner Stimme hören.

Ein Lächeln.

Owen Stone lächelte, *meinetwegen*.

Ein Gefühl der Befriedigung breitete sich in meinem Körper aus und ließ mich warm und ein wenig benebelt zurück.

»Mir geht es wunderbar«, sagte ich zu ihm und schlang die Arme um ihn. »Aber du bist schwer.«

Stöhnend richtete er sich auf und glitt aus mir heraus. Dann beugte er sich vor und küsste mich erneut.

»Wir sollten uns sauber machen«, sagte er.

Beinahe hatte ich Angst, es auszusprechen, aber jemand musste die unvermeidliche Frage stellen. »Und dann?«

»Wir könnten das anschließend in einem Bett fortsetzen.«

»Mmh, das wäre eine Möglichkeit. Aber die Dusche ist groß genug für zwei Personen. Oder die Wanne.« Erleichterung breitete sich in mir aus. Ich hatte damit gerechnet, dass es für ihn eine einmalige Sache war, dass er es vielleicht sogar bereute, aber seine Worte ... Das warme Prickeln, das noch immer meinen Körper durchfuhr, verstärkte sich. Unter schweren Lidern warf ich ihm einen Blick zu. »Ich hatte noch nie Sex in einer Badewanne.«

Owens Miene bekam etwas Raubtierhaftes. »Das sollten wir schnellstens ändern.«

Erneut breitete sich Hitze in mir aus, und ich rutschte eilig unter ihm hervor, bevor ich von der Couch aufsprang. »Der Letzte, der oben ist, muss dem anderen den Rücken waschen!«

Owen lachte, ein lautes, sorgloses Lachen, und es war mit Abstand das schönste Geräusch, das ich je gehört hatte.

***

Die nächsten vierundzwanzig Stunden vergingen wie in einem Rausch. Wir verließen das B&B kein einziges Mal und standen lediglich auf, um Essen vom Lieferdienst entgegenzunehmen.

Wir befanden uns in einer Blase, in der nichts anderes existierte als Owen und ich, weder Sorgen noch Probleme.

In dieser Zeit lernte ich eine Seite an ihm kennen, die ich nie zuvor gesehen hatte. Sein trockener Humor war während unserer Zankereien das ein oder andere Mal bereits hervorgeblitzt, doch jetzt gehörte er praktisch zum Normalzustand. Er war witzig und hatte außerdem einen scharfen Verstand, mit dem er mich mehr als einmal aufs Glatteis führte.

Seine Küsse waren noch genauso leidenschaftlich wie zu Beginn und seine Hände trieben mich in den Wahnsinn.

Aber sein Lächeln war neu, und es machte süchtig. Am liebsten würde ich den Rest meines Lebens damit verbringen, ihn zum Lächeln bringen.

»Was geht dir durch den Kopf?«, fragte er und drückte mir einen sanften Kuss auf die Schulter. Wir lagen noch immer in meinem Bett – das erste Zimmer im oberen Stockwerk, weiter hatten wir es nach dem ersten Mal auf dem Sofa und dem Abstecher ins Bad nicht geschafft.

Wohlig seufzte ich. »Ich habe nur an meine To-do-Liste gedacht.«

»Wirklich?« Seine Zähne streiften die empfindliche Haut an meinem Hals. »Du denkst ernsthaft an die Arbeit, während ich das mache?«

»Natürlich. Denkst du etwa nicht an die Arbeit?«, entgegnete ich gespielt schockiert.

Mit der Zunge leckte er einen sinnlichen Weg an meiner Kehle entlang. »Du hast recht, gerade denke ich an mein übervolles E-Mail-Postfach.«

»Siehst du? Wusste ich es doch.«

»Mhmh«, murmelte er, dann drehte er mich um, sodass ich unter ihm lag und er mehr nackte Haut erreichen konnte. »Woran denkst du noch?«

»Nun, ich muss … ah … Poppy anrufen. Sie … o Gott, mach das noch mal … erwartet mich heute Abend.«

»Mhm.« Er setzte seine Erkundung meines Halses fort und fuhr mit den Lippen hinab zu meinen Brüsten. »Sonst noch was?«

»Du hörst nicht wirklich zu, oder?«

»Nope. Du schmeckst zu gut. Was steht als Nächstes auf deiner Liste?«

»Äh … nun … ich muss noch mal mit dem Caterer sprechen.«

»Und dann?«

»Es gibt … ein paar Leute, die noch keine Antwort auf die Einla-aaah … Einladungskarten geschickt haben«, brachte ich keuchend hervor, und mein Rücken hob sich von der Matratze, als er an einer Brustwarze saugte.

»Mhm.«

»Das interessiert dich kein bisschen, oder?«

Er hob den Kopf, ein Lächeln auf den Lippen. »Was hat mich verraten? Ich dachte wirklich, ich mache einen guten Job.«

»Depp.« Ich lächelte und legte meine Arme um seinen Hals.

»Kann sein. Aber du magst mich trotzdem.«

»Nein. Ich benutze dich nur für den Sex.«

»Das kann ich dir nicht einmal verübeln. Es ist großartiger Sex.«

»Umwerfend«, stimmte ich zu.

»Weltbewegend.«

»Bahnbrechend.«

»Unvergesslich.«

»Denkwürdig.«

»Lebensverändernd.«

Meine Mundwinkel zuckten. »Jetzt übertreibst du aber.«

»Tue ich nicht. Das ist das beste Wochenende meines Lebens.«

Ich erstarrte, und mein Lachen erstarb. »Ist es?« Mit angehaltenem Atem sah ich zu ihm auf. Seine Miene war ernst, und mir wurde klar, dass er die Worte genau so meinte, wie er sie gesagt hatte. Ein aufgeregtes Flattern durchfuhr mich, und ich musste mich zwingen weiterzuatmen. *Ruhig bleiben, Thea, das hat nichts zu bedeuten. Interpretier nicht mehr hier rein, als es ist!* Aber das war verdammt schwer, wenn er solche Dinge sagte.

»Ja.« Sanft strich er mir eine Haarsträhne aus dem Gesicht und rieb sie zwischen seinen Fingern. »Verdammt, ich liebe dein Haar. Es ist so weich.«

»Weißt du, was sonst noch weich ist?«, fragte ich, unfähig, das Grinsen zu unterdrücken.

Er schnitt eine Grimasse. »Also das war einfach nur gemein, Frau. Und es ist nicht meine Schuld. Du hast mich völlig erschöpft.«

»Ja, ich habe gemerkt, dass es dir überhaupt nicht gefallen hat.«

»Nein. Es war furchtbar«, gab er mit gespieltem Ernst zurück.

»Grauenvoll?«

»Scheußlich.«

Ich kicherte und stemmte mich hoch, um ihn zu küssen. Lächelnd umfasste er meine Wange und streichelte mich mit dem Daumen.

»Thea«, sagte er leise, und ich sah ihm in die Augen. Sein Blick war warm und zärtlich. »Weißt du, ich bin …«

Bevor er den Satz beenden konnte, klingelte mein Telefon und ich zuckte zusammen.

»Das ist Elenas Klingelton.« Ich küsste ihn schnell. »Vergiss nicht, was du sagen wolltest.«

»Sicher«, sagte er mit einem Lächeln auf den Lippen. Doch es war anders als in den letzten Stunden, verkrampfter.

Ich hatte jedoch keine Zeit, mich damit zu beschäftigen, als ich aus dem Bett sprang und hektisch nach meinem Handy suchte, bevor ich es schließlich auf dem Schreibtisch unter einem Stapel Papieren fand. Im letzten Moment nahm ich den Anruf entgegen. »Hey, El! Was gibt's?«

***

Elenas Anruf zerplatzte unsere Blase und erinnerte mich schmerzhaft deutlich an meine Pflichten. Trotzdem erwischte ich mich während des Rests des Tages immer wieder dabei, wie ich ins Nichts starrte und die letzten Stunden Revue passieren ließ.

Ich versank so tief in den Erinnerungen, dass ich sogar zu spät zur nächsten Sitzung des Festival-Komitees kam.

Neben Poppy und Carla bestand das Komitee aus zwei älteren Frauen Ende fünfzig, Janet und Delaney, die die meiste Zeit damit verbrachten, sich über ihre Ehemänner zu beschweren. Außerdem gab es noch einen Mann namens Travis, der in den Dreißigern und für alles Technische verantwortlich war, aber während der Sitzungen meistens an seinem Handy klebte. Wie die Stadt es geschafft hatte, das Festival in den Jahren zuvor zu organisieren, war mir ein echtes Rätsel.

»Es tut mir leid«, sagte ich atemlos zu den anderen. »Es gab ... einen Arbeitsnotfall und ich habe völlig die Zeit vergessen.«

»Ich vergebe dir«, sagte Poppy gespielt hoheitsvoll, bevor sie grinsend mit den Augenbrauen wackelte. »Hat Owen dich aufgehalten?«

Hitze schoss mir in die Wangen, und die anderen lachten.

»Das ist dann wohl ein Ja.« Poppy nickte zufrieden.

»Du siehst müde aus«, stellte Janet, eine der älteren Frauen, fest.

»Mensch, danke, du weißt sicher, wie man einem Mädchen ein gutes Gefühl gibt«, gab ich sarkastisch zurück, grinste aber ebenfalls.

Janet lachte. »Nimm es nicht persönlich, Liebes. Außerdem hast du dieses Leuchten um dich.« Sie wandte sich an ihre Freundin. »Du weißt, was ich meine, nicht wahr, Laney? So sieht man nur aus, wenn man richtig guten –«

»Oookay«, unterbrach ich sie hastig. »Wollen wir mit der Tagesordnung anfangen? Pops, was steht heute auf dem Plan?«

Grinsend nickte Poppy, wurde dann jedoch ernst. »In Ordnung, lasst uns anfangen. Carla, hast du Colt nach den Straßensperrungen gefragt, über die wir letztes Mal gesprochen haben?«

Carla lehnte sich zurück und kreuzte ein Bein über das andere. Ihr Rock war ziemlich kurz, selbst für einen heißen Abend wie heute, und reichte kaum bis zur Mitte ihrer braungebrannten Oberschenkel. »Noch nicht. Du weißt, wie erschöpft er ist, wenn er abends zu mir nach Hause kommt.« Sie lächelte zuckersüß.

»Weil es so ein harter Job ist, Polizist in einer winzigen Stadt wie dieser zu sein«, murmelte Poppy leise und knirschte mit den Zähnen, bevor sie lauter fortfuhr: »Nun, fragst du ihn bitte schnellstmöglich? Das Festival ist in acht Tagen. Wenn wir bis Mittwoch keine endgültige Antwort haben, können wir nichts mehr ändern. Wir wollen schließlich nicht, dass die Leute sich verlaufen.«

»Schön«, sagte Carla und warf ihre Haare über die Schulter. »Ich frage ihn, wenn er später nach Hause kommt.«

»Danke.« Poppy lächelte verkniffen. »Janet, Delaney, könntet ihr bitte bei den Läden vorbeischauen, die Imbissstände aufstellen wollen, und nachsehen, ob alles passt?«

»Natürlich«, antwortete Delaney.

»Und Travis, wir müssen das Soundsystem besprechen. Könntest du noch einen Moment länger bleiben?«

Genervt hob Travis den Blick von seinem Handy. »Wenn es schnell geht. Mein Raid beginnt in einer Stunde.«

Stirnrunzelnd sah ich ihn an. »Dein was?«

»Mein Raid«, wiederholte er genervt, und als ich ihn immer noch nicht verstand, verdrehte er die Augen. »Online-Spiel mit meinen Freunden.«

»... ah.« Was hätte ich sonst auch sagen sollen?

»Gut, wir beeilen uns«, versprach Poppy.

Die nächste halbe Stunde lang diskutierten wir die letzten Details, und obwohl ich nicht viel Input geben konnte, hatte ich das Gefühl, dass Poppy absichtlich mehr als sonst nach meiner Meinung fragte. Aber vielleicht bildete ich mir das auch nur ein.

»Vielen Dank euch allen. Wir sehen uns dann übermorgen. Und bitte die Flyer nicht vergessen. Es wäre toll, wenn jeder von euch es schaffen würde, noch ein paar zu verteilen. Danke. Und habt noch einen schönen Abend!«

Während Janet und Delaney fröhlich miteinander plaudernd den Raum verließen, blieb ich zurück.

»Hast du alles im Griff?«, fragte Poppy mich leise, sobald nur noch Travis anwesend war, wieder – oder immer noch – in sein Handy vertieft.

»Mach dir keine Sorgen um mich. Ist mit dir alles in Ordnung? Du siehst ein wenig gestresst aus.«

Poppy seufzte. »Das bin ich. Das Ganze ist viel mehr Arbeit, als ich erwartet hatte.«

»Keine Sorge, es wird schon alles klappen«, sagte ich mit mehr Überzeugung, als ich tatsächlich besaß. Denn sie hatte recht, es war wirklich viel Arbeit. Und wir waren verdammt spät dran.

»Danke, Thea, wirklich, ich weiß nicht, was ich ohne dich machen würde. Das *Mayflour* und das Komitee für das Festival sind echt zwei Vollzeitjobs.«

Das Gefühl kenne ich, hätte ich beinahe gesagt, riss mich aber zusammen. Mein Lächeln fühlte sich ein wenig angespannt an. »Ich helfe gern. Melde dich einfach, wenn du etwas brauchst.«

»Du bist die Beste. Oh, wenn du Zeit hast, könntest du diese Flyer bei der Post abgeben? Bernhard hat versprochen, sie dort auszulegen. Das würde mir eine Menge Zeit sparen. Ich habe morgen einen Zahnarzttermin und muss eine riesige Kuchenbestellung für eine Geburtstagsfeier vorbereiten, ich weiß jetzt schon nicht, wann ich das machen soll.«

Ich dachte über die lange Liste von Aufgaben nach, die ich hatte, nickte aber dennoch. »Sicher, kein Problem.« *Lügnerin.*

»Tausend Dank! Die Kiste mit den Flyern steht neben der Eingangstür. Und jetzt geh, sonst behalte ich dich die ganze Nacht hier.«

Ich lachte und umarmte sie, bevor ich den Raum verließ. Die Kiste war schwerer als erwartet und der Schweiß lief mir über Stirn und Nacken, als ich damit bei der Post ankam. Doch die Erinnerung an andere schweißtreibende Aktivitäten vertrieb den Nebel der Erschöpfung, der mich wieder zu vereinnahmen drohte.

Nachdem ich die Flyer abgegeben und die Poststelle wieder verlassen hatte, zog ich mein Handy aus der Tasche und warf einen Blick darauf.

Mein Herz machte einen ungesunden Hüpfer, als mein Blick auf die neue Nachricht fiel.

Owen: Habe uns Essen im Pub besorgt. Steak und Kartoffeln okay? Mach nicht mehr so lange.

Unwillkürlich bogen sich meine Mundwinkel zu einem breiten Lächeln. Es war Irrsinn, wie viel sich innerhalb von vierundzwanzig Stunden ändern konnte, und doch ...

Ich hatte das Gefühl, meine Welt hatte sich einmal um hundertachtzig Grad gedreht, aber das Beängstigendste war, wie *richtig* es sich anfühlte.

Vermutlich sollte mir das zu denken geben, aber in diesem Moment weigerte ich mich, dem ganzen mehr Bedeutung zuzusprechen.

In diesem Moment wollte ich das Leben einfach nur genießen.

Kapitel 20

Owen

Zwei Tage später konnte ich Nana endlich aus dem Krankenhaus nach Hause holen. Ich war mir nicht sicher, wer sich mehr darüber freute, sie, ich – oder die Krankenschwestern.

Nach dem Wochenende war es, als wäre Thea eine ganz andere Person. Sie war konzentrierter und weniger angespannt, und obwohl der Stress nicht vollständig verschwunden war, war es besser als zuvor.

Und natürlich schlug Nanas sechster Sinn sofort Alarm, als ich kam, um sie abzuholen.

»Etwas an dir ist anders«, sagte Nana, sobald ich den Raum betrat.

Stirnrunzelnd sah ich sie an. »Anders inwiefern?«

»Das habe ich noch nicht herausgefunden.« Sie tippte sich gegen das Kinn. »Vielleicht bist du weniger mürrisch?«

Ich verdrehte gutmütig die Augen. »Ich bin nicht mürrisch.«

»Wenn du das sagst. Wie geht es Thea?«

Der Impuls zu lächeln, sobald ich auch nur ihren Namen hörte, sagte mir, wie gefährlich das Terrain war, auf dem ich mich bewegte.

»Es geht ihr gut«, antwortete ich und versuchte, nonchalant zu klingen. »Sie ist mit Elenas Verlobungsparty und dem Festival beschäftigt, aber uns geht es gut. Wirklich.« Eigentlich mehr als gut. Allein die Erinnerung an ihren nackten Körper an meinem war genug, um mich halb hart zu machen.

»Gut, hm? Das ist schön und gut, aber bist du glücklich?«

»Was?«

»So schwer ist die Frage nicht, mein Junge. Bist du glücklich, Owen?«

»Was? Willst du, dass ich dir sage, wie verrückt ich nach ihr bin, dass ich nicht aufhören kann, an sie zu denken, dass sie mich Dinge fühlen lässt, die ich noch nie zuvor gefühlt habe? Dass sie schön, klug und witzig ist und ich mir wünsche, dass sie mich nie verlässt?« Kaum hatten die Worte meinen Mund verlassen, presste ich die Lippen fest zusammen. Verdammt, das hatte ich nicht sagen wollen. Daran hatte ich nicht einmal *denken* wollen. Diese ganze Sache mit Thea war Wahnsinn, das wusste ich. Das ging weit über eine Fake-Beziehung hinaus, aber aufhören? Allein bei dem Gedanken brach mir der kalte Schweiß aus.

Nanas Miene wurde weicher. »Wenn es die Wahrheit ist, dann würde ich sehr gern hören, dass du das sagst. Ich würde mich freuen, wenn mein Enkel genauso glücklich ist, wie ich es seinerzeit gewesen bin. Aber wenn es nicht die Wahrheit ist, dann sag es nicht.«

Etwas Hässliches setzte sich in meiner Magengrube fest, und nicht zum ersten Mal machten sich Zweifel in mir breit, ob ich das Richtige tat, indem ich Nana anlog. Vielleicht wäre es doch besser gewesen, bei der Wahrheit zu bleiben. Aber nun war es dafür ohnehin zu spät. »Ich bin glücklich, Nana«, sagte ich und war überrascht, dass das zumindest keine Lüge war.

Nanas Gesichtsausdruck wurde weicher, und sie griff nach meiner Hand. »Das ist alles, was ich mir für dich wünsche.« Sie drückte meine Hand, bevor sie sie wieder losließ. »Und apropos Festival, ich bin so froh, hier rauszukommen. Ich wollte es nicht verpassen. Ich habe es nicht ein einziges Mal verpasst und wollte jetzt nicht damit anfangen.«

Sorgenvoll betrachtete ich sie. »Du hast dich noch nicht vollständig erholt. Was, wenn es zu viel für dich ist? Es ist sehr warm und die Sonne und der Lärm …«

»Ich trage einen Hut. Und ich nehme einen Sonnenschirm. Und wir können die ganze Zeit sitzen. Sei nicht so eine Glucke, mein Junge.«

Ich verdrehte die Augen. »In Ordnung. Aber machen wir einen Schritt nach dem anderen. Lass uns zuerst von hier verschwinden, ja?«

»Das brauchst du mir nicht zweimal sagen«, erklärte sie mit einem verschmitzten Grinsen. »Was stehen wir noch hier herum?«

Während ich sie zu meinem Auto brachte, dachte ich darüber nach, was ich mit Nana besprochen hatte.

War ich glücklich?

Es war keine Frage, die ich mir oft stellte. Nach der schwierigen Kindheit und Jugend in Upper Hillford hatte ich dafür gesorgt, dass mein Leben danach geradlinig verlief, mit so wenig Problemen und Sorgen wie möglich.

Bis Thea aufgetaucht war.

Und seitdem war es immer komplizierter geworden.

Aber auch besser als zuvor.

Die ständigen Kopfschmerzen, mit denen ich in den letzten Wochen und Monaten gekämpft hatte, waren fast vollständig verschwunden, und selbst die Arbeit stresste mich nicht mehr so sehr.

Vielleicht waren die Komplikationen, die die Fake-Beziehung mit sich brachte, also gar nicht so schlimm. Eine Beziehung mit Ablaufdatum, eine, ohne Erwartungen, ohne Zukunft. Vielleicht war das genau das, was ich gebraucht hatte, ohne es zu wissen.

Nana lehnte sich mit einem Seufzen im Beifahrersitz zurück. »Du kannst dir nicht vorstellen, wie froh ich sein werde, wieder in meinem Cottage zu sein.«

Sie hatte recht. Das konnte ich tatsächlich nicht.

Aber das war ein Thema, das ich an diesem Tag nicht anschneiden würde.

***

Sobald ich Nana im B&B abgesetzt hatte, erinnerte mich das Knurren meines Magens daran, dass ich seit dem Frühstück nichts mehr gegessen hatte.

Irgendwie war es zu einem Ritual geworden, dass ich Thea und mir etwas zu essen aus dem Pub holte. Dieses Mal zog ich jedoch mein Handy heraus und fragte, ob sie Zeit und Lust hatte, mich dort zu treffen. Nana sollte in Ruhe ankommen können, ohne das Gefühl zu haben, zu stören.

Fünfzehn Minuten später entdeckte ich sie am Rand des großen Springbrunnens auf dem Marktplatz. Sie hatte die Augen geschlossen und hielt das Gesicht in die Sonne.

Einen Moment blieb ich stehen und konnte sie einfach nur anstarren. Ihr dunkelrotes Haar fiel ihr offen über den Rücken. Aufgrund der warmen Temperaturen trug sie nur ein trägerloses Top, eine Caprihose und Sandaletten, und dennoch war sie das Schönste, was ich je gesehen hatte.

Ich musste irgendein Geräusch gemacht haben, denn sie öffnete die Augen und strahlte, als sie mich entdeckte. Sie erhob sich und kam auf mich zu.

»Hey«, begrüßte sie mich und stellte sich auf Zehenspitzen, um mich sanft zu küssen.

Für einen Augenblick erlaubte ich mir, das Gefühl ihrer Lippen auf meinen zu genießen, bevor ich den Kuss unterbrach.

»Hi. Hast du Hunger?«

»Ich bin am Verhungern«, gab sie zurück, und meine Mundwinkel zuckten.

»Natürlich bist du das. Wie viele Liter Kaffee hattest du heute? Blinzle fünfmal, wenn es mehr als drei waren.«

Sie kicherte und blinzelte mehrmals schnell hintereinander.

Kopfschüttelnd nahm ich ihre Hand und drückte sie sanft, bevor ich sie in Richtung Pub zog.

Ein paar Leute sahen uns überrascht an, und als Henry uns entdeckte, grinste er breit. »Schau an, wen haben wir denn da! Ich hoffe, der Hunger hat euch aus eurem Liebesnest getrieben. Du weißt, Thea, wenn er es nicht bringt, kannst du immer zu mir kommen. Meine Tür steht dir immer offen.«

Mit zusammengebissenen Zähnen atmete ich mehrfach tief durch. Ich kannte Henry gut genug, um zu wissen, dass es als Scherz gemeint war, doch das änderte nichts an der Tatsache, dass ich ihm dafür am liebsten eine reingehauen hätte.

»Es war der Hunger«, sagte ich schließlich nur. »Bringst du uns zweimal das Tagesmenü?«

»Na klar, kommt sofort.« Grinsend gab Henry einer Kellnerin ein Zeichen, bevor er den Tresen rundete. »Colten und Poppy sitzen hinten, und ich wollte mich gerade dazusetzen. Wollt ihr mitkommen?«

Ich konnte Theas Blick auf mir spüren, und einen Moment lang zögerte ich. Wenn ich ablehnte und sie an einen anderen Tisch zog, würde es niemand infrage stellen, aber aus irgendeinem Grund wollte ich das an diesem Tag nicht.

»Sicher, warum nicht.«

Henry stutzte kurz, fing sich jedoch gleich wieder. Strahlend klopfte er mir auf die Schulter, bevor er quer durch den Schankraum rief: »Hey, Pops, schau mal, wer sich uns anschließt!«

Es dauerte einen Moment, bis ich sie und Colten an einem der hinteren Tische entdeckte. Poppys Gesicht leuchtete, als sie uns sah, und sie winkte begeistert.

Wir kämpften uns zwischen den anderen Gästen hindurch zu ihnen, und ich zog mir einen weiteren Stuhl dazu, während Thea sich Poppy gegenübersetzte.

Augenblicklich verfielen die beiden in eine Diskussion über Kuchen versus Cupcakes. Es war fast beunruhigend, wie leicht sie mich in ihr Gespräch miteinschlossen. Als wäre ich nie gegangen, als wäre ich ein Teil ihrer Gruppe und es immer gewesen.

Und ich musste zugeben, dass es sich gut anfühlte.

Selbst wenn sie über Dinge sprachen, die für mich keinen Sinn ergaben, oder über Leute, die ich nicht kannte, spielte es keine Rolle.

Es war ... nett.

Und ich war mir ziemlich sicher, dass das an Thea lag. Etwas an ihr brachte mich dazu, diese Stadt und ihre Bewohner aus einer anderen Perspektive zu betrachten. Es war, als ob sie mir die guten Seiten zeigte, die Dinge, die ich vergessen hatte.

Und zum ersten Mal seit Jahren fragte ich mich, ob es die richtige Entscheidung gewesen war, diese Stadt zu verlassen.

Ich hatte meine Familie und meine Freunde vermisst, hatte gar nicht gemerkt, wie sehr.

Bis jetzt.

Kurz darauf erschien Henry mit einer anderen Kellnerin, mehrere dampfende Teller auf den Armen.

»Heißes Essen für ein paar heiße Damen«, erklärte Henry grinsend und verteilte unsere Bestellungen, ehe er sich neben Thea fallen ließ.

Stirnrunzelnd beobachtete ich, wie Theas Wangen sich leicht röteten.

Obwohl ich Henry lange genug kannte, um zu wissen, dass er mit allem und jedem flirtete, kam ich nicht umhin, mich zu fragen, ob Thea sich mehr dahinter erhoffte. Nur zu genau erinnerte ich mich an die erste

Woche, bevor wir unseren Deal geschlossen hatten, in der sie fast jede freie Minute mit Henry verbracht hatte.

War ich ihr mit meinem Vorschlag in die Quere gekommen? Hatte sie sich mehr erhofft und konnte jetzt nichts anderes tun, als von den Komplimenten zu zehren, mit denen Henry um sich warf, als wären sie Konfetti?

Der Gedanke verdarb mir den Appetit, und den Rest der Zeit verbrachte ich damit, jede Bewegung, jeden Kommentar, jede Regung auf Theas Gesicht zu analysieren und zu überdenken.

Doch ein endgültiges Ergebnis bekam ich nicht.

***

Ein paar Stunden später waren Thea und ich wieder auf dem Weg zum B&B.

»Das hat Spaß gemacht«, sagte sie, und ihre Finger spielten mit meinen.

Ich brummte nur und genoss es, wie perfekt ihre kleine Hand in meine passte.

»Ich hätte nie gedacht, dass ich so schnell Anschluss finden würde, aber ich liebe die Leute, Henry, Colten und Poppy besonders«, fuhr sie fort, und ich biss die Zähne zusammen.

»Mhmh«, machte ich lediglich.

Thea zupfte an meiner Hand. »Oh, komm schon, tu nicht so. Du kannst mir nicht erzählen, dass du keinen Spaß hattest.«

»Sicher, es war nett.«

Ich konnte ihren Blick auf mir spüren, aber ich hielt meinen stur geradeaus gerichtet.

Abrupt blieb Thea stehen. »Okay, was ist los?«

»Nichts. Ich bin einfach nicht so leicht zu begeistern wie du«, sagte ich nüchtern.

Mit einem kleinen Augenrollen tätschelte sie meinen Arm. »Du hast dafür andere Qualitäten«, gab sie zurück, und ich schnaubte.

»Aber ich bin nicht Henry, nicht wahr?«

Thea hob eine Augenbraue. »Nein«, sagte sie langgezogen. »Bist du nicht.«

»Dann solltest du vielleicht mehr Zeit mit ihm verbringen«, entgegnete ich scharf – und bereute es sofort.

Verdammt, das hatte ich nicht sagen wollen.

Verwirrt runzelte sie die Stirn. »Irgendwie habe ich das Gefühl, wir führen hier zwei sehr unterschiedliche Gespräche. Worum geht es hier eigentlich?«

Ich machte eine unwirsche Handbewegung. »Nichts, es geht um gar nichts.« *Lügner.* »Du und Henry, ihr scheint euch gut zu verstehen.«

Stirnrunzelnd sah Thea mich an. »… und? Wir sind mittlerweile gute Freunde. Es macht Spaß, mit ihm rumzuhängen, und ich kann mit ihm über Dinge reden, über die ich vor dir nicht einmal nachzudenken wage«, fuhr sie fort, und ich musste mir Mühe geben, um bei ihren Worten nicht zusammenzuzucken.

Das tat weh. »Großartig. Ich freue mich für dich. Aber, und diesen Teil hast du vielleicht vergessen, wir geben vor, in einer Beziehung zu sein.«

Für einen langen Moment schwieg sie, ehe etwas wie Schmerz in ihrer Miene aufflackerte. Doch der Ausdruck war so schnell verschwunden, dass ich mir nicht sicher war, ob ich es mir nicht nur eingebildet hatte.

»Oh, das wird kein Problem sein, schließlich weiß er Bescheid«, gab sie so leichtfertig zurück, dass mir die Kinnlade herunterfiel.

»Er weiß es?«

Sie nickte knapp. »Ja, ich habe ihm an dem Tag, als du mich beim Caterer hast sitzen lassen, die Wahrheit gesagt. Er steht hinter uns, auch wenn ich ihm nicht die ganze Geschichte erzählt habe.«

»Ich verstehe.« Krampfhaft nahm ich ein paar tiefe Atemzüge, bevor ich weitermachte. »Nun, dann lass dich nicht von mir aufhalten. Aber ich würde es zu schätzen wissen, wenn ihr euch diskret verhaltet.«

Thea starrte mich ungläubig an, und nun blitzte Zorn in ihren Augen auf. »Denkst du etwa, ich ... du kannst doch nicht ernsthaft ... verdammt noch mal, Owen! Ich bin nicht an Henry interessiert! Kein bisschen. Er ist ein großartiger Freund, aber mehr nicht.«

Die Erleichterung, die mich bei diesen Worten durchflutete, zwang mich beinahe in die Knie. »Ich ...«, begann ich, brach jedoch gleich wieder ab, weil ich keine Ahnung hatte, was ich sagen sollte.

Fassungslos schüttelte sie den Kopf. »Du bist eifersüchtig«, stellte sie fest und sah dabei genauso schockiert aus, wie ich mich fühlte. Denn, verdammt, sie hatte recht. Ich hatte keine Ahnung, wann es passiert war, aber feststand, ich mochte Thea. Und nicht nur ein bisschen.

Unfähig, meine Gefühle anders auszudrücken, zog ich sie an mich und presste meine Lippen auf ihre. Für den Bruchteil einer Sekunde glaubte ich, sie würde mich von sich stoßen, doch dann gab sie nach

Erst als sie anfing, meinen Kuss zu erwidern, ließ ich sie los. Nur wenige Millimeter von ihr entfernt hielt ich inne und flüsterte: »Es tut mir leid. Ich weiß nicht, warum ich all diese Dinge gesagt habe. Ich habe mich mies verhalten, und es tut mir leid. Du hast recht, ich bin eifersüchtig. Obwohl ich kein Recht dazu habe.« Denn das zwischen uns war nicht echt. Es konnte nicht echt sein. Das zu riskieren, *Thea* zu riskieren, würde alles aufs Spiel setzen, für das ich jahrelang gekämpft hatte. Ein stabiles Leben, meine geistige Gesundheit ... mein Herz.

»Verdammt richtig, das hast du nicht«, murmelte sie, doch dann küsste sie mich wieder, und das so fieberhaft und mit solcher Leidenschaft, dass mir nichts blieb, als es ihr gleichzutun.

Es war gut, dass wir nur noch ein paar Meter vom B&B entfernt waren, sonst hätte ich sie wahrscheinlich gegen den nächstbesten Baum genommen. Glücklicherweise begegneten wir Nana nicht, als wir uns küssend die Treppe hinaufbewegten – oder niemand von uns bemerkte sie. Sobald wir Theas Zimmer erreichten, fielen wir bereits nackt auf das Bett. Unsere Kleider lagen auf dem Boden, zerrissen, und mit einem Stöhnen vergrub ich mich tief in ihr.

Sie keuchte heiser meinen Namen, als sie kam, und es war das schönste Geräusch der Welt.

Und das Einzige, woran ich denken konnte, war: *Ich kann sie nicht verlieren. Nicht sie. Wenn sie geht, habe ich keine Ahnung, was ich tun soll.*

Und das machte mir mehr Angst als alles andere.

Kapitel 21

Thea

Wenn ich früher schon kein Morgenmensch gewesen war, dann hatte sich das, seit Owen und ich in einem Bett schliefen, nur noch verschlimmert.

Aber mal ehrlich, wer konnte es mir verdenken? Welcher Mensch, der halbwegs bei Verstand war, wollte ein Bett verlassen, in dem ein unfassbar attraktiver, nackter Mann lag?

Richtig. Niemand.

Zumindest niemand außer dem unfassbar attraktiven, nackten Mann selbst, der mich gerade unsanft in den Hintern zwickte.

»Wir müssen aufstehen, du Schlafmütze.«

Brummelnd rieb ich mir über die Pobacke und vergrub das Gesicht tiefer in meinem Kissen. »Kann ich ein Veto einlegen?«

Owen lachte sein heiseres, raues Lachen. »Veto abgelehnt. Komm schon, raus aus den Federn.«

Seufzend rollte ich mich auf den Rücken und beobachtete, wie er aus dem Bett kletterte. Wie er von mir verlangen konnte, aufzustehen, war wirklich unverständlich.

»Kommst du?«

Müde blinzelnd hob ich den Kopf und sah ihn an der Tür stehen. »Mh? Was?«

Belustigt warf er mir einen Blick über die Schulter zu. »Ich habe gefragt, ob du kommst. Oder bist du immer noch damit beschäftigt, mir Löcher in den Rücken zu starren?«

Verlegen grinste ich. »Was soll ich sagen, ich war in Gedanken versunken.«

Er kam wieder ein paar Schritte zum Bett zurück. »Über mich?«

Ich konnte mir das kleine Lächeln, das sich auf meine Lippen stahl, nicht verkneifen. »Eigentlich nicht. Ich habe über ein Problem bei der Arbeit nachgedacht. Die Farben der Blumen, du weißt schon.«

»Ah.« Er nickte mit einem übertrieben ernsten Ausdruck. »Natürlich. Das ist sehr wichtig. Elena würde dich umbringen, wenn du das vermasseln würdest. Oder möglicherweise auch Mrs Daly. Das hat definitiv Priorität vor mir.«

Ich schlug ihm auf den Arm, was ihn nur zum Grinsen brachte. »Wenn du so ein Kompliment bekommen wolltest, dann gehst du die Sache völlig falsch an.«

»Tatsächlich?«, fragte er mit hochgezogenen Augenbrauen. »Ich fand, dass dein begieriger Blick Kompliment genug war. Meinst du nicht?«

Hitze stieg mir in die Wangen, und ich biss mir auf die Unterlippe. »Ich habe keine Ahnung, wovon du redest.«

»Nein? Vielleicht sollte ich dich daran erinnern ...« Er beugte sich vor und legte sanft seine Lippen auf meine.

Mit der Zunge leckte er über die Stelle, die ich eben noch mit den Zähnen traktiert hatte, und ich stöhnte leise.

Viel zu früh löste er sich wieder von mir und starrte mich einige Sekunden lang an. Mit dem Daumen strich er mir über die Unterlippe, bevor er mir ein sündiges Lächeln schenkte.

»Diesen Blick meinte ich«, raunte er mir zu, dann zwinkerte er und erhob sich wieder. Ehe er den Raum verließ, rief er mir über die Schulter zu: »Schlaf nicht wieder ein. Denk dran, du bist mit Poppy in der Bäckerei verabredet.«

Stöhnend ließ ich mich zurück in die Kissen sinken, doch er hatte recht. Poppy wollte mir ein paar neue Kreationen für Els Verlobungsparty zeigen, während die Braut in spe ihren Verlobten abholte. Nates Ankunft hatte sich immer wieder verzögert, daher war Elena umso aufgeregter, ihn endlich wiederzuhaben.

Irgendwann gegen Mittag wollten wir uns dann zu dritt treffen und über den aktuellen Stand der Party sprechen. Immerhin fand sie bereits in knapp anderthalb Wochen statt. Allerdings musste ich dafür aufstehen.

Rückwärts bis zehn zählend gab ich mir selbst ein Startsignal und schwang schließlich die Beine aus dem Bett. Mit der Geschwindigkeit einer angeschlagenen Schnecke sammelte ich die Klamotten für den Tag zusammen und tapste dann ins Badezimmer. Die nächsten Gäste würden erst nach der Party ankommen, hatte mir Mirabel versichert. Ein kleines Geschenk, hatte sie gesagt, und um mir die Arbeit etwas zu erleichtern.

Als ich später nach unten in die Küche kam, fand ich Owen in seinem allgegenwärtigen Anzug vor dem Laptop sitzend vor. Mittlerweile störte ich mich nicht mehr allzu sehr an Owens Arbeitsmentalität, sondern genoss den Anblick der maßgeschneiderten Anzüge. Aus dem Augenwinkel bemerkte ich Mirabel im Garten, ein seliges Lächeln im Gesicht, während sie langsam ihre Runden drehte. Unwillkürlich hoben sich meine Mundwinkel ebenfalls.

Ich brühte mir eine Tasse Tee auf und beobachtete Owen, wie er konzentriert ein Dokument auf seinem Bildschirm las. Vor ein paar Wochen hätte ich ihn noch dabei gestört, doch inzwischen wusste ich die Aufmerksamkeit, die er mir freiwillig schenkte, beinahe mehr zu schätzen als die, die ich mir zu Anfang erkämpft hatte.

Wesentlich wacher als zuvor stellte ich meine leere Teetasse in die Spüle und ging zu ihm hinüber. Sanft drückte ich ihm einen Kuss auf die Wange. Die kurzen Stoppeln prickelten an meinen Lippen. »Bis später, Hübscher.«

Ich drehte mich um und wollte gerade die Küche verlassen, als er mich noch einmal zurückrief. »Thea?«

»Mh?«

»Lass dich heute nicht in mehr Arbeit verwickeln, okay?«

Stirnrunzelnd sah ich ihn an. »Ich ...«

»Ich meine es ernst. Du musst lernen, Nein zu sagen. Ich will dich nicht noch einmal so erschöpft erleben wie letzte Woche«, erklärte er, und die sorgenvolle Miene, mit der er mich betrachtete, rührte etwas in mir.

Seufzend nickte ich. »In Ordnung. Ich gebe mein Bestes. Aber ich mache keine Versprechungen. Poppy kann ziemlich überzeugend sein.«

Er warf mir einen hitzigen Blick zu. »Das kannst du auch. Vertrau mir.«

Mit diesen Worten wandte er sich wieder seinem Laptop zu und starrte so konzentriert auf den Bildschirm, als hätte er nicht gerade mit mir geflirtet.

Endlich riss ich mich von seinem Anblick los und verließ das Haus, um zum *Mayflour* zu laufen.

Poppy winkte mir, als ich die Bäckerei betrat. »Guten Morgen«, begrüßte sie mich lächelnd.

Tief atmete ich den Geruch nach frischen Backwaren in mich ein. »Guten Morgen«, erwiderte ich, musste dabei jedoch ein Gähnen unterdrücken.

»Kaffee?«, fragte Poppy grinsend, und ich nickte dankbar. »Komm mit nach hinten, dann kann ich dir gleich meine neuesten Kreationen zeigen.«

Sie winkte mich durch die Küchentür hinter der Theke und zu einem Tisch in der Ecke, der mit Backblechen beladen war.

»Die sehen köstlich aus, Pops«, sagte ich ehrlich und bewunderte die unterschiedlichen Teilchen. Von Cupcakes über Brownies bis zu Pasteten war alles dabei.

»Ja wirklich? Sei ruhig ehrlich, ich bin nicht sauer, wenn dir etwas davon nicht schmeckt. Ich brauche eine zweite Meinung, die habe ich den ganzen Tag angestarrt.«

Belustigt hob ich die Augenbrauen. »Wie lange bist du denn schon wach?«

Sie zuckte mit den Schultern. »Ich glaube, ich habe um kurz nach zwei das erste Mal auf die Uhr geschaut.«

»Kurz nach zwei Uhr *nachts*?«, fragte ich entgeistert, und sie nickte. »Wie kannst du dich überhaupt auf den Beinen halten?«

»Kaffee und Zucker«, erklärte sie grinsend. »Also, was meinst du? Welche sollten wir für Els Party nehmen?«

Nachdenklich betrachtete ich die reichhaltige Auswahl vor uns. Eins nach dem anderen probierte ich, evaluierte es und überlegte, ob und wie es zu dem Thema der Feier passen könnte.

»Die Macarons sind fantastisch«, sagte ich schließlich, »und die Cupcakes mit dem Feenstaub sind auch genial. Lass uns die beiden als Hauptattraktion nehmen und ein paar Brownies in der Hinterhand behalten, okay?«

Sie nickte. »Dann machen wir das. Und was ist mit dem Kuchen? Red Velvet oder Karottenkuchen?«

Grinsend legte ich den Kopf schief. »Und, meine Liebe, *und.*«

Poppy lachte. »Alles klar. Ist notiert. Tausend Dank, Thea.«

»Ich sollte dir danken. Ich hätte nie gedacht, in einer kleinen Stadt wie dieser eine so großartige Bäckerei zu finden. Es ist fast wie in London. Nur ohne die Wucherpreise.«

»Oh, danke! Das bedeutet mir viel.« Verlegen lächelnd wischte Poppy sich die Hände an ihrer Schürze ab. »Wie läuft der Rest der Vorbereitungen?«

»Großartig. Ich gehe später mit Nate und El noch die letzten Details durch, aber bisher hat alles beängstigend gut geklappt. Ich warte die ganze Zeit darauf, dass noch irgendetwas schiefgeht. Was ist mit dem Festival? Das findet schließlich vor der Party statt. Hat Carla mit Colten gesprochen? Sind die Straßensperrungen genehmigt? Macht er das Feuerwerk?«

»Natürlich wird er das, es ist Tradition. Er macht das schon, seit wir alle Kinder waren. Und die Straßensperrungen sind genehmigt – aber nicht dank Carla.« Poppy verdrehte die Augen. »Ich habe ihn vorgestern angerufen, er hatte keine Ahnung. Ich hätte ihn gleich selbst fragen sollen.«

Ich verzog das Gesicht. »Tut mir leid. Aber zumindest können wir diese Punkte auch von der –«

Bevor ich meinen Satz beenden konnte, klingelte Poppys Handy. Sie zog es aus der Hosentasche und warf einen Blick darauf. »Das ist Travis. Ich hoffe wirklich, dass er eine Lösung für das Problem mit dem Soundsystem gefunden hat. Lass mich kurz hören, was er sagt, ich bin sofort wieder da.«

»Kein Problem, ich warte hier.«

Sie schenkte mir noch ein kurzes Lächeln, ehe sie den Anruf annahm und aus der Küche verschwand. Während ich auf Poppy wartete, naschte ich noch ein paar der süßen Teilchen von dem Präsentierteller und streckte mich zwischendurch.

Der vermutlich einzige Nachteil von so viel Sex, wie ich ihn aktuell hatte, war der Muskelkater. Dazu kam die Hitze, die wie eine Decke über der Stadt lag und das Atmen erschwerte. Ich konnte es kaum erwarten, zum B&B zurückzukehren und eine kalte Dusche zu nehmen.

Nach ein paar Minuten kam Poppy zurück, die Stirn in tiefe Falten gelegt. Ich spürte sofort, dass etwas nicht stimmte.

»Was ist los?«

»Es ist das Soundsystem. Der Partyverleih, den wir normalerweise buchen, hat nur ein defektes Gerät und keinen Ersatz. Travis hatte versprochen, es sich anzusehen, aber er hat mir gerade gesagt, dass da nichts zu machen ist. Er hat sich schon umgehört, ob jemand sonst eins zu vergeben hat, aber es gibt niemanden.« Poppy ließ die Schultern hängen, und in ihren Augen schimmerten Tränen. »Das Festival ist schon nächste Woche, wie sollen wir in der kurzen Zeit eine Lösung finden?«

Ich fluchte, und meine Gedanken rasten. »Ruf Colten an. Frag ihn, ob er jemanden kennt oder einer seiner Kollegen.«

»Okay«, sagte Poppy und zog ihr Handy wieder heraus, während ihre Finger über den Bildschirm flogen. Es dauerte fünf quälende Minuten, bis er antwortete. »Ja! Er kennt jemanden!«

Erleichterung durchflutete mich. »Sehr gut.«

»Aber …«

Und da war es. Das Aber.

»Aber was?«, fragte ich und verengte die Augen.

Poppy biss sich auf die Lippe, ihr Blick war immer noch auf das Display ihres Handys gerichtet. »Ein Kumpel eines Kollegen hat ein Soundsystem, aber der lebt in Newcastle. Jemand muss dorthin fahren und es holen.« Mit einem hoffnungsvollen Gesichtsausdruck hob sie den Kopf. »Könntest du …«

Ein tonnenschweres Gewicht ließ sich in meinem Magen nieder. Plötzlich hörte ich Owens Stimme kristallklar in meinem Kopf.

›Lass dich heute nicht in mehr Arbeit verwickeln.‹

Tief Luft holend versuchte ich, meine Gedanken zu sammeln. »Ich ...«

›Du musst lernen, Nein zu sagen.‹

»Ich ... nein.«

»Vielen lieben Da- warte, was? Oh.« Poppys Augen wurden so groß wie Untertassen, als sie begriff, was ich gerade gesagt hatte. »O mein Gott, es tut mir so leid, ich habe es wieder getan, nicht wahr? Du hättest mich aufhalten sollen, ich ...«

»Nein. Es ist schon in Ordnung. Es ist nicht deine Schuld. Ich ... ich habe nur ...« Erneut atmete ich tief durch. »Owen hatte recht. Ich muss lernen, Nein zu sagen. Jedem gegenüber.«

Poppy kam zu mir, warf ihre Arme um mich und überraschte mich mit einer engen Umarmung. »You go, girl«, flüsterte sie. »Ich bin stolz auf dich. Das muss hart gewesen sein. Und es tut mir so leid, dass wir dich die ganze Zeit ausgenutzt haben. Colt hat mich bereits getadelt, aber ich habe nicht einmal bemerkt, dass ich es wieder getan habe, bis du Nein gesagt hast.«

»Alles gut, ich hätte ja schon früher etwas sagen können.« Ich schenkte ihr ein schiefes Lächeln und schluckte. »Schaffst du es wirklich, dorthin zu fahren?«

Poppy nickte energisch. »Natürlich. Immerhin ist es mein Festival. Und ich hätte selbst daran denken sollen. Ich werde einfach Colten anrufen und ihn bitten, mit mir dorthin zu fahren. Oder Travis. Er hat sowieso nach einer Ablenkung gesucht.«

Erleichterung vertrieb das schlechte Gewissen, und ich musste lachen. »Wenn du das sagst.«

»Das tue ich. Und jetzt raus hier, du hast bestimmt noch mehr als genug mit Els Party zu tun. Wir kriegen das schon hin.«

»Danke, Poppy.«

»Gern geschehen. Geh und genieße den Tag. Und denk daran, Owen zu sagen, dass er recht hatte, Männer hören das gern.«

Ich schnaubte. »Werde ich. Und viel Glück.«

»Danke.«

Mit einem Lächeln auf den Lippen verließ ich die Bäckerei und machte mich auf den Weg zurück zum B&B. Aber noch bevor ich die Altstadt hinter mir gelassen hatte, klingelte mein Handy und Elena rief an.

»Hallo, zukünftige Braut und Mutter«, begrüßte ich sie. »Wie geht's uns heute?«

Sie lachte. »Anscheinend nicht so gut wie dir. Ich wollte dir Bescheid geben, dass ich Nate gerade eingesammelt habe und wir in ein paar Minuten zurück in Upper Hillford sind. Hast du Zeit für ein frühes Mittagessen?«

»Klar, gern.«

»Perfekt. Dann sehen wir uns gleich im Pub.«

Wir verabschiedeten uns voneinander, und ich machte auf dem Absatz kehrt, um mich auf den Weg zum Pub zu machen.

Zu meiner Überraschung waren Elena und Nate bereits da. Ihr Verlobter war so groß, dass es ein Leichtes war, ihn in der Menge ausfindig zu machen. Sein Körper war riesig, sein Bizeps größer als meine Oberschenkel und sein Hals war so dick wie ein Baumstamm.

Aber ich hatte nie einen ruhigeren und zurückhaltenderen Kerl getroffen.

Zuerst hatte ich bezweifelt, dass er und meine beste Freundin, die nicht selten einem Flummi ähnelte, kompatibel wären, aber das Gegenteil war der Fall. Elena war es gelungen, den Mann unter seiner stillen, stoischen Fassade hervorzulocken, und er sorgte dafür, dass sie ruhiger und entspannter denn je war.

»Nate, Elena«, grüßte ich die beiden, als ich an ihrem Tisch ankam, und umarmte sie.

Strahlend erwiderte Elena die Umarmung. »Ich freue mich so, dass du gekommen bist. Wie lange hast du Zeit? Musst du dich gleich wieder mit irgendwem treffen und über Blumen, Dekorationen, oder was du sonst immer tust, sprechen?«

Meine Mundwinkel zuckten. »Immer wieder schön zu sehen, was du glaubst, was ich den ganzen Tag tue. Aber nein, tatsächlich wurde ich gerade von einem Job befreit.«

Elena zog eine Augenbraue hoch. »Wirklich? Was ist passiert?«

In kurzen Sätzen erzählte ich ihnen von dem Problem mit dem Soundsystem. »Poppy kümmert sich jetzt darum. Ich ... habe Nein gesagt.« Der Stolz in meiner Stimme war kaum hörbar, doch er war da.

Die Augen meiner besten Freundin leuchteten, und über den Tisch hinweg griff sie nach meinen Händen. »Ich bin so stolz auf dich! Owen scheint einen wirklich guten Einfluss auf dich zu haben.«

Ich schluckte. »Ja, das hat er, nicht wahr?«, murmelte ich, bevor ich mich räusperte. »Wie auch immer, ab morgen ist die freie Zeit schon wieder vorbei. Schließlich gibt es noch jede Menge zu koordinieren vor eurer Party.«

Elena lehnte sich entspannt zurück und lächelte breit. »Ich kann dir gar nicht sagen, wie froh ich bin, dass du dich um alles kümmerst! Ich hätte ein absolutes Chaos verursacht, aber bei dir ist das alles in den besten Händen.«

Trotzdem wäre der ein oder andere Input schön gewesen, schoss es mir unwillkürlich durch den Kopf, doch ich wagte es nicht, die Worte laut auszusprechen. Für diesen Tag hatte ich meine Portion Mut bereits aufgebraucht.

Stattdessen sagte ich nur: »Gern geschehen. Aber genug über mich. Nate, wie gefällt dir die Stadt? Ist Upper Hillford auch nicht zu ruhig für dich?«

Nate schüttelte den Kopf. »Es gefällt mir. Es ist so friedlich hier.«

Ich lachte. »So kann man es auch nennen. Hast du schon ein paar der anderen kennengelernt?«

»Nur Henry. Er war ...« Nate runzelte die Stirn und sah nach links und rechts, bevor er sich ein wenig nach vorne beugte. »Ich glaube, er hat mich angemacht?«

El und ich brachen in Gelächter aus. »Das ist Henry. Nimm ihn nicht zu ernst. Er macht das mit allen. Und damit meine ich *allen*«, sagte Elena und verdrehte die Augen.

»Nun, bis auf Colten und Owen. Ich habe ihn noch nie mit einem von ihnen flirten sehen. Ich bin mir ziemlich sicher, dass es daran liegt, dass sie ihm den Kopf abreißen würden«, fügte ich hinzu.

»Oh, er hat mit ihnen geflirtet, damals in der Schule«, erzählte Elena. »Er hat Colt sogar einmal auf einer Party geküsst.«

Ich schnappte nach Luft. »Das hat er nicht getan! Weiß Poppy davon?«

Elena grinste. »Ich bin mir ziemlich sicher. Colten könnte kein Geheimnis für sich bewahren, wenn sein Leben davon abhinge. Also, es sei denn, es geht um ein Berufsgeheimnis, aber na ja.«

»Ich hätte Geld bezahlt, um das zu sehen«, sagte ich wehmütig.

»Ich auch«, murmelte Nate.

Während Elena und ich noch kicherten, kam unser Essen und die Gesprächsthemen wechselten. Wir besprachen die letzten Vorbereitungen für die Verlobungsparty, und Nate hörte schweigend zu. Hin und wieder lehnte El ihren Kopf an seine Schulter, und ich konnte nicht anders, als sie anzulächeln. Das Glück der beiden war praktisch mit Händen greifbar.

Ich hatte immer auf eine solche Beziehung gehofft. Eine, bei der man zwei Hälften eines Ganzen war. Bei der man wusste, was der andere dachte, nur anhand des Gesichtsausdrucks. Bei der man den anderen in- und auswendig kannte, die Gewohnheiten und Macken. Eine, in der man gleichzeitig über alles und nichts reden konnte. In der man sich sicher und geschützt fühlte.

Die Art von Liebe, die meine Eltern gehabt hatten und die ich trotz endloser Versuche nie gefunden hatte.

Bis jetzt.

Die Erkenntnis traf mich wie ein Güterzug.

Ich hatte all das.

Mit Owen.

Als hätte ich ein fehlendes Puzzleteil gefunden, rückte mit einem Mal alles an seinen Platz.

Ich konnte ihn lesen.

Ich kannte ihn zwar nicht auswendig, aber das, was ich wusste, reichte völlig.

Ich fühlte mich wohl mit ihm.

Ich fühlte mich sicher bei ihm.

Aber … es war schließlich alles nur vorgetäuscht, nicht wahr? Zumindest von seiner Seite aus. Er hatte mehr als einmal deutlich gemacht, wie sehr er alles verabscheute, was mit Liebe und Romantik zu tun hatte. Das hier war nichts anderes als ein notwendiges Arrangement für ihn, das in dem Moment enden würde, wenn Els Verlobungsparty vorbei war.

»Thea? Thea, geht es dir gut?«, fragte Elena und berührte meine Hand.

Ich blinzelte und versuchte zu lächeln. »Sicher. Ich bin nur müde. Es war eine lange Woche.«

»Dann sollten wir dich nicht länger aufhalten. Nate und ich wollen gleich meinen Dad besuchen.«

»Sicher, viel Spaß euch beiden. Er wird sich bestimmt freuen, dich wiederzusehen, Nate.«

Wir verabschiedeten uns voneinander, und ich machte mich schließlich auf den Weg zurück zum B&B.

Ein Leben ohne Owen.

Obwohl wir uns erst seit so kurzer Zeit kannten, schien der Gedanke fast surreal. Als ob es ein schlechter Scherz wäre, oder ein Albtraum.

Doch ich musste der Realität ins Auge sehen. Das mit uns hatte keine Zukunft. Und ich sollte mich mit dieser Tatsache lieber früher als später auseinandersetzen.

Aber nicht heute.

Heute würde ich ins Bett gehen, mich an seine Seite kuscheln und das Unvermeidliche ignorieren.

So lange wie irgend möglich.

Kapitel 22

Owen

Es waren nur noch zwei Tage bis zum Festival der Lichter und nur etwas mehr als eine Woche bis zu Elenas und Nates Verlobungsparty. Thea verbrachte die meiste Zeit damit, von einem Termin zum nächsten zu eilen und sich mit den anderen Komitee-Mitgliedern oder Dienstleistern herumzuschlagen, während ich bei Nana im B&B blieb.

Ich wollte Theas Abwesenheit nicht bemerken. Doch spätestens mit dem Beginn dieser Fake-Beziehung hatte sie sich auf eine so penetrante Art und Weise einen Platz in meinem Leben erschlichen, dass sie kaum noch wegzudenken war.

Entschlossen, mich davon nicht ablenken zu lassen, konzentrierte ich all meine Energie darauf, Nana endlich von dem Verkauf zu überzeugen. Jetzt, da sie aus dem Krankenhaus zurück war, wagte ich es, härtere Geschütze aufzufahren. Ich legte ihr Graphen vor, die die Veränderung der Tourismusbranche zeigten, stellte

Pro-und-Kontra-Listen auf, suchte nach Seniorenwohnheimen an den schönsten Orten, doch das alles nützte nichts.

Ich hätte sie nie für so stur gehalten, denn im Ernst, es war nur ein verdammtes Haus, zusammengehalten von Ziegel und Mörtel und Erinnerungen.

Manchmal hatte ich das Gefühl, wir hätten hier zwei völlig unterschiedliche Zeiten durchlebt.

Hatte sie nicht die Schreie, das Zerbrechen der Teller, die Tränen gehört?

Hatte sie nicht die Streitereien, die Beleidigungen, die Drohungen gehört?

Das letzte Mal, dass ich Mom gesehen hatte, war hier in dieser Einfahrt gewesen. Weinend hatte sie dort gestanden, mit nichts als einem Koffer und einer kleinen Tasche.

Dad war in der Küche gewesen, hatte getrunken und geflucht und Teller gegen die Wand geworfen.

Einen Tag später war er ebenfalls verschwunden und hatte mich wie eine vergessene Uhr im Hotelzimmer zurückgelassen.

Er hatte alles mitgenommen, was in seinen Truck passte.

Der Truck, mit dem er mir das Fahren beigebracht hatte.

Der, der auf der Straße verschwunden war und mit sich den letzten Hoffnungsschimmer und Vernunft mitgenommen hatte.

Nana hatte mich umarmt und gesagt, dass alles in Ordnung kommen würde.

Und ich hatte versucht, ihr zu glauben.

Weil sie mich noch nie angelogen hatte.

Aber es hatte nur wenige Tage gedauert, um zu begreifen, dass nichts mehr so sein würde wie zuvor.

›Gut‹ war es auch vorher nicht gewesen, aber danach erst recht nicht, und das hatte mich lediglich in meiner Entschlossenheit bestärkt, diese Stadt so schnell wie möglich zu verlassen und nie wieder zurückzukommen.

Tief durchatmend versuchte ich, die Erinnerungen zu vergessen, die mich zu überwältigen drohten, und konzentrierte mich stattdessen wieder auf den Bildschirm, wo ich gerade an den letzten Feinheiten der digitalen Besichtigungstour arbeitete.

Es war beinahe geschafft.

Noch ein paar letzte Schliffe, ein paar Bilder, und Mara würde den Rest erledigen. Dann wäre der einfache Teil erledigt und ich konnte mich voll und ganz darauf konzentrieren, Nana von dem Verkauf zu überzeugen.

Ein letztes Mal ließ ich das Video abspielen und überprüfte Qualität und Ton, aber als es das Wohnzimmer zeigte, drückte ich unwillkürlich auf Pause und starrte auf die Couch. Die Bilder dieser einen Nacht blitzten vor meinem inneren Auge auf.

Thea, unter mir.

Ihre warme, weiche Haut, glänzend von der Lotion.

Ihr Geruch, ihr Stöhnen, die Art, wie sich ihre Lider vor Lust geschlossen und sie den Kopf zurückgeworfen hatte, als sie gekommen war.

Himmel, die Dinge, die ich mit ihr tun wollte.

Zuerst hatte ich geglaubt, es wäre eine einmalige Sache gewesen, ein Ausbruch all der aufgestauten Gefühle der letzten Wochen, doch es war nicht bei dem einen Mal geblieben und ich konnte noch immer nicht genug von ihr bekommen.

Allein beim Gedanken daran, wie sie nackt im Bett lag, das Haar fächerartig um ihren Kopf herum ausgebreitet, wurde mein Schwanz hart.

Der Drang, sie wiederzusehen, wurde überwältigend, und mit einem frustrierten Knurren schloss ich meinen Laptop. Das hatte so ohnehin keinen Sinn.

Soweit ich wusste, war Thea gerade bei einem weiteren Treffen des Festival-Komitees. Es würde nicht schaden, einen kurzen Abstecher in die Stadt zu machen und ihr einen Kaffee und einen Cronut vorbeizubringen. So gut, wie ich sie mittlerweile kannte, hatte sie vermutlich ohnehin wieder einmal vergessen zu essen.

Ich brauchte ein paar Minuten, um die Bäckerei zu erreichen, und sobald ich die Tür öffnete, begrüßte mich der Geruch nach Zuckerguss und Kaffeebohnen.

Poppy war nirgends zu sehen, und da an diesem Tag im *Mayflour* nicht viel los war, ging ich davon aus, dass das Meeting noch in vollem Gange war.

»Hey, kannst du mir sagen, wo die Festivaltreffen stattfinden?«, fragte ich das Mädchen hinter der Theke, das mich mit großen Augen ansah. Sie war jung, vielleicht sechzehn, und vermutlich war das nur ein Sommerjob für sie.

»Ähm, im Rathaus.«

»Danke. Packst du mir bitte ein paar Cronuts und zwei Kaffee ein?«

»Sicher.« Sie sah ein wenig eingeschüchtert aus, machte sich aber sofort an die Arbeit.

Sobald der Kaffee fertig war, stellte sie die Becher vorsichtig in einen Halter aus Karton und legte die Cronuts in eine Schachtel.

»Das macht fünf Pfund.«

Ich gab ihr eine Zehn-Pfund-Note. »Stimmt so.«

Mit den Kaffeebechern und der Packung überquerte ich den Marktplatz und ging zum Rathaus. Die Tür war entriegelt, sodass ich nicht anklopfen oder warten musste, bis es jemand bemerkte. Drinnen dauerte es einen Moment, ehe ich den richtigen Raum fand, doch schlussendlich waren es die lauten Stimmen, die mich in die entsprechende Richtung wiesen.

Sobald ich die Tür öffnete, verstummte das Geplapper und zwölf Augenpaare wandten sich mir zu.

Ein wenig unbehaglich räusperte ich mich. »Hallo.«

»Hallo, Owen, wie können wir dir helfen?«, fragte Poppy lächelnd, die am anderen Ende des Raums neben einem Flipchart stand.

»Tut mir leid, ich dachte, ihr seid schon fertig. Ich habe nur nach meiner Freundin gesucht«, erklärte ich und überraschte mich selbst damit, wie leicht es sich anfühlte, diese Worte zu sagen. Mein Blick wanderte durch den Raum, und schließlich entdeckte ich Thea, die auf einem Tisch saß, die Knöchel überkreuzt und die Hände unter den Oberschenkeln.

Mit großen Schritten ging ich zu ihr hinüber und küsste sie sanft auf die Lippen. »Hey«, begrüßte ich sie leise und stellte das Papptablett mit den Kaffeebechern neben sie.

»Hey«, antwortete sie, die Augen leicht geweitet.

»Ich dachte, du hast vielleicht Hunger«, sagte ich und schaute zu den anderen hinüber. Alle starrten uns an.

Was mir normalerweise unangenehm wäre, spielte in diesem Moment keine Rolle.

»Lasst euch nicht aufhalten«, sagte ich entspannt, griff mir meinen eigenen Kaffee und verließ mit einem letzten Winken den Raum.

Aus irgendeinem Grund hatte ich das Gefühl, nun etwas freier atmen zu können. Beschwingt machte ich mich auf den Weg zurück zum B&B und zu dem Video, das dort wartete.

Während der Arbeit versuchte ich erneut, die Erinnerung an Thea zu verdrängen.

Versuchte es und scheiterte kläglich.

Aber das bedeutete nichts. Durfte es nicht.

Das zwischen uns war fake, und so musste das auch bleiben.

Es war besser für alle Beteiligten.

***

Um meine Gedanken von Thea und dem Gefühlschaos, das in mir tobte, abzulenken, hatte ich den Rest des Tages mit einer Wanderung durch die schottischen Lowlands verbracht. Einige Stunden später parkte ich, immer noch in Gedanken versunken, meinen Mietwagen vor dem B&B und stieg aus.

Doch gerade als ich eintreten wollte, öffnete sich die Tür, und ich wäre fast mit einer jungen Frau kollidiert. Es war Jahre her, seit ich sie das letzte Mal gesehen hatte, und damals hatte sie ununterbrochen geweint, aber ich erkannte sie sofort.

Stephanie Daly. Das einzige Mädchen, mit dem ich je zusammen gewesen war.

»Oh, Entschuldigung«, rief sie und trat zurück, dann fiel ihr Blick auf mein Gesicht und ihre Augen weiteten sich vor Schock. »Owen?«

»Stephanie.«

Verlegen räusperte sie sich, und Röte schoss ihr in die Wangen. »Wow, ähm, hey, hi.«

»Hi«, wiederholte ich lahm.

Schweigen legte sich über uns, unangenehm und drückend. Ich erinnerte mich an Mrs Dalys Worte, als sie gesagt hatte, dass nicht sie es war, bei der ich mich entschuldigen musste, sondern ihre Tochter.

Und obwohl es stimmte, dass ich das bereits vor Jahren getan hatte, war ich mir nicht mehr so sicher, ob ich wirklich verstanden hatte, wofür ich mich entschuldigt hatte.

Doch jetzt, nach der Zeit, die ich mit Thea verbracht hatte, nachdem ich sie und ihre Einstellung zu verschiedenen Themen besser kennengelernt hatte, wurde mir langsam klar, wie hart ich zu Steph gewesen war. Wir waren beide Teenager gewesen, aber das machte mein Verhalten ihr gegenüber nicht besser.

»Wie geht es dir?«, fragte ich schließlich.

»Gut.« Ihr Blick flackerte über meine Schulter, als ob sie nach einem Ausweg suchte.

»Hör zu«, begann ich, doch sie unterbrach mich fast sofort.

»Tut mir leid, ich muss gehen. Ich habe Thea nur etwas von meiner Mutter vorbeigebracht. Also, ähm ... bis dann.« Sie schob sich eilig an mir vorbei und lief zu einem anderen Auto, das ich vorher nicht bemerkt hatte.

Bevor ich darüber nachdenken konnte, was ich tat, rief ich sie zurück. »Stephanie, warte!«

Sie hielt zwar inne, drehte sich allerdings nicht um. Kein gutes Zeichen. »Ja?«, fragte sie, als ich zögerte.

Ich wusste nicht, was ich sagen sollte. Oder eher, *wie* ich es sagen sollte. »Es ... es tut mir wirklich leid, wie ich die Dinge damals zwischen uns beendet habe. Ich schätze, ich war nicht sehr ... taktvoll.«

Sie schnaubte, drehte sich aber schließlich um. »Das ist vermutlich eine Untertreibung. Aber danke, dass du das sagst.«

»Du hast es verdient.« Wir starrten uns einen langen Moment an, ehe sie sich unbeholfen bewegte.

»Gibt es noch etwas?«

»Ähm, nein, schätze ich. Nur ... ich hoffe, du bist glücklich?«

Sie schenkte mir einen unleserlichen Blick, und dann erschien ein kleines, aber strahlendes Lächeln auf ihrem Gesicht. »Das bin ich. Ich bin seit ein paar Jahren verheiratet und wir haben einen kleinen Sohn. Danke. Dafür, dass du gefragt hast ... und dafür, dass du dich entschuldigt hast.«

Ich erwiderte das Lächeln, und irgendwie fühlte ich mich plötzlich ein wenig leichter. »Das ist großartig. Ich freue mich für dich.«

Mit einem Mal fiel mir auf, dass ich nicht den instinktiven Drang verspürte, zu spotten oder etwas darüber zu sagen, dass sie sich hoffentlich schon nach einem Scheidungsanwalt umgesehen hatte. Nein, was ich gesagt hatte, war die Wahrheit – ich freute mich schlicht und ergreifend für sie.

Sie nickte, drehte sich um und ging ein paar Schritte näher zu ihrem Auto, bevor sie noch einmal herumwirbelte. »Hey, Owen?«

Fragend sah ich sie an.

»Meine Mutter hatte recht mit dir. Du hast dich verändert. Das freut mich.«

»Ich ...«, begann ich, aber sie hatte sich bereits wieder umgedreht und war zu ihrem Auto gegangen.

Mit einem seltsamen Gefühl im Magen betrat ich das Haus und fand Thea mit dem Handy am Ohr in der Küche. Sie sah auf, als ich hereinkam, und winkte.

»Nein, Mrs Johnson, ich versichere Ihnen, ich werde alles in meiner Macht Stehende tun, um ...«

Gedankenverloren ging ich zu ihr, drückte ihr einen sanften Kuss auf die Wange und füllte dann den Wasserkocher auf.

»Ich weiß. Glauben Sie mir, ich verstehe Sie und werde versuchen, eine Lösung zu finden.« Thea lauschte wieder der Anruferin und verzog das Gesicht. »Nein, ich weiß, und Sie haben mein Wort, dass die Hochzeit reibungslos verlaufen wird. Ja, vielen Dank. Das wünsche ich Ihnen auch. Auf Wiederhören.«

Mit einem Seufzen ließ sie das Handy sinken, schloss die Augen und rieb sich über das Gesicht.

»Was war das?«, fragte ich mit hochgezogenen Brauen.

»Die besorgte Mutter einer der Bräute, die ich betreue. Das sind die schlimmsten, gleich nach den Bridezillas.«

»Das kann ich mir vorstellen.«

Thea ließ die Hand sinken und musterte mich mit zusammengekniffenen Augen.

»Was?«, fragte ich irritiert.

»Kein abfälliger Kommentar? Keine Grimasse? Wer bist du und was hast du mit Owen Stone gemacht?«

»Hey, ich kann auf meine alten Tage auch noch dazulernen. Wenn dich das ganze Brimborium glücklich macht, dann akzeptiere ich das und werde dir das nicht kaputtmachen.« Mit dem Kinn nickte ich in Richtung mehrerer Vasen, die auf dem Küchentisch standen und mit Blumen in den unterschiedlichsten Blau- und Violetttönen gefüllt waren. »Sind die für Elenas Verlobungsfeier?«

Ihr Mund klappte auf. »Okay, jetzt ist es offiziell. Du wurdest von Aliens entführt.«

Ich verdrehte die Augen. »Du bist albern«, teilte ich ihr mit und wandte mich dem Wasserkocher zu, in dem das Teewasser mittlerweile kochte. »Aber ich werde dir trotzdem eine Tasse Tee machen, wenn du möchtest.«

»Ja, bitte«, sagte Thea hinter mir. Im nächsten Moment schlang sie die Arme um meine Körpermitte und legte die Wange an meinen Rücken. »Ich habe gesehen, dass du dich draußen mit Stephanie unterhalten hast.«

Ich war gerade dabei, Teewasser in zwei Becher zu gießen, hielt bei ihren Worten jedoch inne.

»Ja«, gab ich vorsichtig zurück, unsicher, worauf sie hinauswollte.

Einen Moment lang schwieg sie, und ich fuhr schließlich fort, unsere Tassen zu füllen, bevor ich den Wasserkocher beiseitestellte. Dann drehte ich mich in ihrer Umarmung um.

Sie sah mich nachdenklich an. »Geht es dir gut?«

Überrascht hob ich eine Augenbraue. Mit dieser Frage hatte ich nicht gerechnet. »Sicher, warum nicht?«

Ihr Blick verfinsterte sich. »Du musst das nicht runterspielen. Ich weiß zwar nicht, was vorgefallen ist, aber ich bin nicht blöd. Mir ist klar, dass irgendetwas zwischen euch war. Und euren Gesichtsausdrücken zufolge war das das erste Mal, dass ihr euch wieder begegnet seid.« Anscheinend konnte sie mir die nächste Frage an meiner Miene ablesen, denn sie fügte hinzu: »Das Küchenfenster geht direkt auf die Einfahrt hinaus. Ihr wart ... nicht zu übersehen.«

»Ah.« Ich seufzte und schlang nun meinerseits die Arme um sie. Theas Gegenwart hatte etwas merkwürdig Tröstliches an sich, was ich sonst nur von Nana kannte. Vielleicht war das der Grund, weshalb ich plötzlich das Bedürfnis hatte, ihr von Stephanie zu erzählen.

»Wir waren während der Highschool zusammen. Ungefähr ein halbes Jahr lang, aber ... das Timing war mies. Richtig mies. Zur selben Zeit ...« Ich stockte, weil ich nicht wusste, wie ich die Situation zu Hause beschreiben sollte. »Meine Eltern haben sich viel gestritten. Eigentlich dauerhaft. Im Nachhinein bin ich mir ziemlich sicher, dass ich Steph hauptsächlich dafür ausgenutzt habe, um weniger zu Hause sein zu müssen. Und dann ... waren sie nicht mehr da. Alles hat sich verändert.«

Erschrocken sog Thea die Luft ein. »Sie sind gestorben? Das tut mir so leid. Wie alt warst du?«

Obwohl ich geahnt hatte, dass sie zu dem Schluss kommen würde, korrigierte ich sie nicht. In meinen Augen hätten sie an jenem Tag genauso gut gestorben sein können.

»Es war kurz vor meinem sechzehnten Geburtstag. Ich stand ziemlich neben mir und damals ... na ja, lange Zeit habe ich geglaubt, dass Beziehungen und die Liebe schuld an allem wären. Ich habe mich von Steph getrennt, aber mir ist bis dahin gar nicht bewusst gewesen, wie sehr sie an mir hing. Ich bin … nicht gut damit umgegangen, und mittlerweile weiß ich, dass es ihr zukünftiges Liebesleben wohl ziemlich beeinflusst hat. Es ist also kein Wunder, dass Mrs Daly mich hasst, fürchte ich.«

Theas Griff um mich verstärkte sich. »Aber anscheinend hat Stephanie dir vergeben. Zumindest sah es so aus, oder habe ich mich getäuscht?«

»Nein, das stimmt. Aber mittlerweile weiß ich, was für ein taktloser Esel ich damals gewesen bin, und konnte mich noch einmal richtig entschuldigen. So oder so habe ich ihr das Herz gebrochen, aber ich habe es schlimmer gemacht, als es hätte sein müssen. Meine einzige Entschuldigung ist, dass ich ein zorniger Teenager war, der nicht wusste, wohin mit seiner Wut.«

»Das ist doch verständlich«, flüsterte Thea. »Es tut mir so leid, was du durchmachen musstest. Das sollte kein Kind je erleben.«

Ich erwiderte nichts darauf, hielt sie nur fester, bis sie sich irgendwann von mir löste. »Der Tee wird kalt«, sagte sie mit einem kleinen Lächeln, und irgendwie brauchte es nicht mehr Worte, um wieder zurück in die Normalität zu finden.

Wir hatten uns gerade mit unseren Tassen an den Küchentisch gesetzt, als Nana aus dem Garten hereinkam, ein breites Lächeln im Gesicht.

»Gut, dass ich euch hier treffe! Thea, wie läuft es mit dem Festival? Ich bin schon so gespannt, wie es dieses Jahr wird.«

Stirnrunzelnd sah ich zu Nana, während sie zur Spüle ging und sich die Hände wusch. »Nana …«, begann ich vorsichtig. »Ich glaube nicht, dass du schon fit genug bist für –«

»Ach, papperlapapp. Mir geht es gut genug. Ich werde mich in den Schatten setzen und einfach nur das Festival genießen, mehr will ich gar nicht tun.«

Ehe ich erneut meine Bedenken äußern konnte, spürte ich Theas Hand auf meinem Unterarm. »Sie ist wieder zu Hause, also denken die Ärzte ja wohl, dass es ihr wieder gut geht. Und das Festival wird wunderbar, Poppy hat sich wirklich ins Zeug gelegt.«

Nana deutete mit einem Finger auf sie. »Hör auf sie, mein Junge!« Dann strahlte sie Thea an. »Das klingt großartig, ich kann es kaum erwarten.«

Ich seufzte. »Bitte entschuldige, dass ich mir Sorgen um dich mache«, brummte ich augenverdrehend.

Lächelnd kam Nana auf mich zu und drückte mir einen Kuss auf den Scheitel »Und deshalb bist du mein Lieblingsenkel«, sagte sie, ehe sie die Küche wieder verließ.

»Ich bin dein einziger Enkel«, rief ich ihr noch nach, doch die einzige Antwort war ein raues Lachen. Als ich mich wieder Thea zuwandte, lächelte sie sanft.

»Du liebst sie sehr, nicht wahr?«

»Sie ist meine ganze Welt«, antwortete ich ehrlich. Daran hatte sich zwar nie etwas geändert, doch erst seit ich wieder bei ihr war und Zeit mit ihr verbrachte, war mir wieder klar geworden, wie wichtig sie mir wirklich war.

Sanft griff sie nach meiner Hand und drückte sie. »Mach dir keine Sorgen, es wird schon alles gut gehen«, versprach sie.

»Danke.«

Wir sahen uns einen Moment lang an, die Luft zwischen uns wurde mit jeder Sekunde schwerer. »Hast du ... noch viel zu tun?«, fragte ich, und meine Stimme klang plötzlich heiser.

»Ich ...«, begann sie und räusperte sich. »Ich könnte eine Pause machen.«

Ein Grinsen breitete sich auf meinem Gesicht aus. »Sehr gut.« Mit einer fließenden Bewegung erhob ich mich, zog sie ebenfalls vom Stuhl und setzte sie dann auf die Arbeitsplatte hinter uns.

»Was tust du?«, fragte sie atemlos.

»Sicherstellen, dass du eine Pause machst«, entgegnete ich, bevor ich sie küsste und meine Welt sich auf das Gefühl ihres Mundes auf meinem und ihrer Haut auf meiner reduzierte.

Kapitel 23

Thea

»Nein, etwas höher! Ein Stück nach links ... fast da ... ja! Genau so.« Mit einem zufriedenen Lächeln schaute ich auf die Lichterkette, die nun um die Weide neben der Kirche gespannt war.

Am nächsten Tag würde das Festival stattfinden, und wir waren in den letzten Zügen der Vorbereitungen. Während Travis und ein paar seiner Kumpel das neue Soundsystem anschlossen, das Poppy und Colten besorgt hatten, hängten sie und ich die letzten Lichterketten auf. Die meisten waren von einer Firma übernommen worden, aber wir hatten uns entschieden, die Bäume selbst zu dekorieren.

Es war harte Arbeit gewesen, doch es hatte sich definitiv gelohnt.

»Es sieht fantastisch aus«, sagte Poppy, nachdem sie die Leiter heruntergeklettert war und einen Blick von unten darauf werfen konnte.

»Ja, nicht wahr?« Ich trat einen Schritt zurück und sah mich um. Die Gebäude und die Weiden glühten und funkelten wie auf einem Weihnachtsmarkt – und das im Frühsommer. Ich liebte es. »Wer ist überhaupt auf die Idee gekommen, so ein Festival zu veranstalten?«

»Keinen blassen Schimmer«, gab sie zu. »Als ich noch klein war, dachte ich, meine Eltern wären auf die Idee gekommen, weil es ein wenig an die Feierlichkeiten am 4. Juli erinnert, aber sie haben mir erzählt, das Festival gäbe es schon viel länger, nur dass sie damals Kerzen benutzt haben. Aber mit den Lichterketten finde ich es persönlich viel besser.«

»Ich auch«, stimmte ich zu. »Mal ganz abgesehen von der Brandgefahr.«

»Das auch. Okay, das Feuerwerk fängt um zehn Uhr an. Den Zeitplan habe ich an alle Freiwilligen auf unserer Liste geschickt, genauso wie die Nummer der Polizeidienststelle und eine Karte, auf der die Erste-Hilfe-Stationen markiert sind. Mach dir keine Sorgen, es wird alles gut gehen.«

»Woher wusstest du …«, begann ich, doch Poppys hochgezogene Augenbraue ließ mich innehalten. »Ja, gut, ich habe mir Sorgen gemacht. Ich kann doch auch nichts dafür. Es ist eben die Macht der Gewohnheit.«

»Dann wird das eine Gewohnheit, die du ablegen solltest. Das ist dein freies Wochenende.«

»Ich versuche es. Wirklich!«

»Gib dir mehr Mühe«, sagte sie mit einem Augenzwinkern, dann schaute sie auf ihre Armbanduhr. »Okay, Zeit für mich, zu gehen. Ich habe noch eine Kuchenbestellung abzuschließen.« Sie umarmte mich. »Bis morgen!«

Lächelnd sah ich ihr nach, bevor ich zu Travis ging, der vor einem Mischpult in einem Meer aus Kabeln kniete.

»Hey, wie läufts?«

»Noch ein paar Minuten und wir können einen Soundcheck machen. Was ist mit dem Rest der Deko?«, fragte er abgelenkt.

»Alles fertig. Du hast die Liste der Künstler und ihrer Songs, richtig?«

»Ja, Ma'am«, bestätigte er, tippte sich an die imaginäre Hutkrempe und grinste mich von unten herauf an.

»Super. Ich bleibe für den Soundcheck, danach treffe ich mich mit El, wenn also etwas nicht passt, musst du dich an Poppy wenden.«

Travis hob eine Augenbraue. »Das wollte ich sowieso tun. Sie ist schließlich die Chefin.«

»Richtig.« Verlegen grinsend fuhr ich mir durch die Haare. Es war verdammt ungewohnt, nicht die Fäden in der Hand zu haben.

»Wo ist eigentlich deine bessere Hälfte? Ich hatte irgendwie gehofft, er würde wieder Cronuts mitbringen – oder noch besser Eiskaffee.«

Bevor ich antworten konnte, erklang Owens Stimme direkt hinter mir. »Ich bin genau hier. Aber ohne Eiskaffee oder Cronuts, tut mir leid.«

Travis lachte. »Kein Problem. Perfektes Timing, Kumpel.«

Meine Mundwinkel zuckten, als ich einen Blick nach oben in Owens Gesicht warf und bemerkte, wie er bei dem Wort ›Kumpel‹ die Miene verzog. Er hatte am Morgen versprochen, dass er zwischendurch vorbeikommen würde, aber irgendwie hatte ich bis gerade eben nicht wirklich daran geglaubt.

»So, das müsste es gewesen sein. Der Soundcheck startet genau … jetzt.« Travis drückte ein paar Knöpfe auf dem Mischpult vor ihm und Musik erfüllte die Luft.

Instinktiv schloss ich die Augen und lauschte. Das Soundsystem war perfekt. Die Lautstärke war genau richtig, nicht zu laut, nicht zu leise. Travis spielte irgendeine Pop-Playlist mit alten Charts ab, die so auch in Discos oder Clubs zu hören war.

»Darf ich um diesen Tanz bitten?«, raunte Owen mir plötzlich ins Ohr, und als ich die Augen öffnete, sah ich, dass er mir eine Hand entgegenstreckte.

Mit offenem Mund starrte ich ihn an. »Du machst Witze, oder?«

»Nope«, sagte er, drehte mich zu sich herum und zog mich dann näher an sich.

»Aber … die Musik, das ist kein langsames Lied«, protestierte ich.

»Dann tun wir eben nur so.« Er zwinkerte, und bevor ich weiter protestieren konnte, begann er sich zu bewegen, wiegte sich von einem Fuß auf den anderen und zog mich mit sich.

»Siehst du, so schlimm ist es nicht«, murmelte er.

»Wenn du meinst …« Immer noch zweifelnd versuchte ich, seinen Bewegungen zu folgen.

»Ich meine. Entspann dich und lass dich führen.«

Verlegen grinste ich ihn an. »Darin war ich noch nie gut.«

Er verdrehte seine Augen. »Warum überrascht mich das nicht. Komm her.« Gemeinsam drehten wir uns, und bevor ich wusste, wie mir geschah, tanzten wir über die leere Straße.

Die Sonne schien, der Wind spielte mit meinen Haaren und in diesem Moment war einfach alles perfekt. Als das nächste Lied begann, drehte Owen uns erneut und ich fing an zu lachen.

»Das ist albern!«

»Es gefällt dir.«

»Und wie«, gab ich zu und kicherte, als er mich hochhob und herumwirbelte.

»Gott, ich liebe es, dich lachen zu hören«, murmelte er, seine Stimme ein leises Knurren, das mir einen Schauer über den Rücken sandte.

»Daran könnte ich mich gewöhnen«, flüsterte ich.

»Ich mich auch«, antwortete er, sein Blick glühend, und mit einem Mal fiel es mir schwer zu atmen.

»Owen ...«, begann ich.

»Denk nicht nach. Genieß es einfach.«

»Aber ...«

»*Shut up and dance*«, raunte er mir die Worte des Refrains ins Ohr, und ich musste erneut lachen.

»Du bist ein Arsch«, beschwerte ich mich, aber er gluckste nur und wirbelte mich weiter herum.

Wir tanzten und tanzten, bis sich das Lied wieder änderte und wir schließlich keuchend zum Stillstand kamen. Um uns herum begannen ein paar Leute zu klatschen, und ich spürte, wie ich rot wurde, obwohl ich den Blick nicht von Owen abwenden konnte.

»Wir sehen uns heute Abend, nicht wahr?«, fragte er leise, und mit den Fingerknöcheln strich er mir sanft über die Wange.

»Ja«, erwiderte ich etwas atemlos.

Er beugte sich vor, und dann traf sein Mund auf meinen, und alles andere um uns herum trat in den Hintergrund. Nur er und ich und unsere Lippen existierten.

Irgendwann löste er sich von mir. »Bis später«, murmelte er und küsste noch einmal meine Stirn, bevor er zurücktrat.

»Ja«, antwortete ich, ein wenig benommen, und sah ihm hinterher.

»Thea? Thea!«

»Hm?«

»Erde an Thea, Thea, bitte kommen!«

Blinzelnd löste ich mich aus meiner Trance und sah zu Travis, der mit vor der Brust verschränkten Armen und einem Grinsen im Gesicht vor mir stand.

»Tut mir leid. Was hast du gesagt?«

»Nur, dass der Soundcheck vorbei ist.«

»Oh. Gut. Danke. Ich werde dann mal ...« Vage deutete ich über meine Schulter, und er lachte.

»Kein Problem. Ich weiß, dass du genug zu tun hast. Bis morgen.«

»Bis morgen. Und ruf mich an, wenn etwas nicht stimmt.«

»Werde ich garantiert nicht tun«, entgegnete Travis grinsend.

Ich seufzte. »Richtig, da war ja war. Dann eben nicht. Danke, Travis.«

Er winkte und ging dann gemächlich zurück zu seinen Freunden und dem Soundsystem.

Immer noch ein wenig außer Atem holte ich tief Luft. Nächster Halt: Elena.

***

»Ich bin da!«, rief ich, als ich das kleine Cottage betrat, in dem Elena und Nate wohnten, bis er ein eigenes Häuschen für sie gefunden hatte.

»In der Küche«, erklang Elenas Stimme.

Ich ließ meine Schuhe im Flur stehen und folgte dem Geruch von Keksen in die Küche. »Hier riecht es fantastisch«, stellte ich bewundernd fest und nahm einen tiefen Atemzug. »Obwohl ich ehrlich gesagt nicht gedacht hätte, dass du backen kannst.«

»Ich auch nicht«, gab El lachend zu. »Es war ein Experiment. Ich bin letzte Nacht aufgewacht und dachte plötzlich: ›Was ist, wenn das Kleine einen Kuchenverkauf in der Schule hat und ich nicht backen kann?‹ Dann habe ich Panik bekommen und bin heute Morgen sofort zum Supermarkt gefahren. Das hier ist übrigens Versuch Nummer fünf.«

Kichernd ließ ich mich auf einen der Küchenstühle sinken. »Das ist eine ... sehr spezifische Angst.«

»Du hast ja keine Ahnung.« Elena zuckte mit den Schultern und grinste. »Aber es hat sich herausgestellt, dass es, wenn man dem Rezept folgt, nicht so schwer ist. Auch wenn es manchmal etwas missverständlich geschrieben ist. Möchtest du probieren?«

Interessiert sah ich auf das Backblech, das sie zum Abkühlen auf die Arbeitsplatte gestellt hatte. Auf den ersten Blick sahen sie vollkommen harmlos aus. »Klar.«

Sie nahm einen der Kekse und reichte ihn mir.

Er war noch warm und bröckelte ein wenig, als ich davon abbiss und vorsichtig kaute. »Es ist ...«

»Schlimm?«

»Also die Konsistenz ist gut«, begann ich.

»Was ist es dann? Ist es geschmacklos? Zu knusprig? Spann mich nicht auf die Folter, Thea!«

»Es gibt definitiv einen Geschmack. Rein aus Interesse, wie viel Vanille hast du verbraucht?«

»Ungefähr eine halbe Flasche.«

»Das erklärt es.« Ich grinste. »Mach dir keine Sorgen, du hast viel Zeit zum Lernen, bis der Kleine deine Hilfe bei einem Schulprojekt braucht. Oder du könntest auch einfach die Kekse kaufen.«

»Ich fürchte auch, dass das die bessere Option ist«, stimmte sie zu. »Das darfst du keinem erzählen. Ich kann einen Motor auseinandernehmen und erfolgreich wieder zusammenbauen, aber ein einfaches Keksrezept zwingt mich in die Knie.«

Lachend erhob ich mich. »Keine Sorge, von mir erfährt niemand etwas. Komm, lass uns das aufräumen. Ich helfe dir.«

Elena drückte mich wieder nach unten. »O nein, nein, nein. Ich habe dich nicht eingeladen, damit du mir bei der Hausarbeit hilfst. Setz dich einfach hin und erzähl mir, wie deine Woche gewesen ist. Ich habe gehört, dass du und Owen auf der Straße getanzt habt.« Sie wackelte mit den Augenbrauen, und ich starrte sie verblüfft an.

»Woher in aller Welt weißt du davon? Es ist buchstäblich vor einer Viertelstunde passiert. Wie schnell verbreiten sich die Gerüchte in dieser Stadt? Seid ihr alle in einer WhatsApp-Gruppe oder so? Im Ernst, wie?«

»In dieses Geheimnis wird man erst eingeweiht, wenn man hier wohnt«, verriet El breit grinsend. »Also los, ich will Details!«

Seufzend biss ich mir auf die Lippe und fuhr mit einem Finger die Holzmaserung des Küchentischs nach. »Wir haben nur getanzt, nichts Besonderes.«

»Das ist nicht das, was Travis gesagt hat. Er hat erzählt, dass ihr getanzt habt, als wärt ihr auf einem Ball. Und dass du gekichert und ihr euch geküsst habt.«

Hitze stieg mir in die Wangen. »Okay, ja, so war es. Zufrieden?«

»Ja, aber ich wäre noch glücklicher, wenn du mir mehr Details erzählst.«

Stirnrunzelnd hob ich den Blick. »Es gibt keine weiteren Details. Ich weiß nicht, was ...«

Mit einer Hand machte El eine wegwerfende Bewegung. »Nicht darüber, Dummerchen. Über euch beide! Habt ihr über die Zukunft gesprochen?«

Die Zukunft. Ein schweres Gewicht legte sich in meinen Magen.

Die Zukunft bestand darin, dass unsere Fake-Beziehung endete, sobald die Verlobungsparty vorbei war, soviel wusste ich, und das trotz des Tanzens, des Lachens, des Küssens. Trotz der Art, wie er mich ansah.

Und der Gedanke, dass er ging, tat höllisch weh.

»Thea? Was ist los?«, fragte Elena besorgt.

»Nichts«, antwortete ich mit flacher Stimme. »Wir haben nicht über die Zukunft gesprochen. Dafür ist es viel zu früh. Und um ehrlich zu sein ... ich glaube nicht, dass es klappen wird.« Da. Das war ehrlicher, als ich ihr gegenüber bisher je hatte sein können.

Aus den Augenwinkeln sah ich, wie sie die Stirn runzelte. »Warum sagst du das? Nach allem, was ich bisher von euch gesehen habe, seid ihr praktisch füreinander geschaffen!«

»Vielleicht, aber ...« Ich schluckte, während ich mich fragte, wie ich ihr die Situation erklären sollte, ohne alles zu verraten. »Er ist einfach ... nicht der langfristige Typ Mann. Nicht die Art, mit der man eine Zukunft baut.«

»Was ist mit der Art, die eine Kugel für dich abfangen würde?«, fragte sie leise.

Ich zuckte mit den Schultern. »Das könnten viele. Außerdem sind wir hier nicht in einem Hollywood-Film. Es zählt nicht, wem du dein Leben anvertrauen kannst, sondern dein Herz.« Meine Stimme wurde mit jedem Wort immer leiser, bis ich nur noch flüsterte.

Elena schwieg lange, und ich war dankbar dafür. Sinnlose Plattitüden hätte ich jetzt nicht ertragen.

»Und, vertraust du ihm mit deinem Herzen?«, fragte sie nach einer Weile, und ich erstarrte.

Tat ich das?

Nein. Das konnte ich nicht.

Ich hatte auf die harte Tour gelernt, dass diese Art von Vertrauen nur Schmerzen verursachte.

»Thea?«

»Ich weiß nicht«, log ich und konnte ihr nicht in die Augen sehen. »Vielleicht ist es dafür einfach zu früh. Es ist definitiv zu früh, um über eine Hochzeit zu sprechen. Zumindest über meine. Deine hingegen«, ich räusperte mich und richtete mich auf, »das ist eine ganz andere Sache. Und ich habe ein Hühnchen mit dir zu rupfen, beste Freundin.«

El keuchte. »Was hab ich getan?«

Seufzend hob ich den Kopf und sah sie an. »Ich weiß, dass du es gut gemeint hast, als du mir gesagt hast, dass ich jede Entscheidung für dich treffen soll, aber ich kann das nicht mehr. Ich brauche deinen Input. Du musst mir sagen, ob du mit meiner Auswahl einverstanden bist oder nicht. Bitte. Ich werde verrückt, wenn ich mir vorstelle, dass du dir am Ende alles ansiehst, was ich getan habe, und dann feststellst, dass du es hasst. Also bitte, zwing mich nicht, noch eine Entscheidung allein zu treffen.«

Ihre Augen wurden groß. »O Gott, es tut mir leid. Mir war nicht bewusst, dass ich dich stresse. Natürlich hast du recht. Aber ich möchte, dass du weißt, dass ich dir vertraue. Einhundert Prozent. Ich dachte, es wäre leichter – nicht nur für mich, versteh mich nicht falsch. Aber du hast so oft darüber geklagt, wie nervig du andere Bräute findest, die an jeder Kleinigkeit herummäkeln. Du bist die Beste und ich könnte mir keine bessere Person vorstellen, um die Party und meine Hochzeit zu organisieren. Und egal, was passiert, es wird großartig.«

»Das meinst du wirklich ernst, oder?«, fragte ich verwundert.

»Ja«, entgegnete Elena voller Überzeugung.

Tränen brannten mir in den Augen. Aus einem Impuls heraus sprang ich auf und schlang meine Arme fest um sie. »Ich danke dir.«

»Jederzeit«, flüsterte sie und tätschelte mir den Rücken, ehe sie sich wieder von mir löste. »Also, wie wäre es, wenn du mir alle Details erzählst, die du mir noch nicht erzählt hast, und ich werde dir sagen, was für eine erstaunliche Arbeit du gemacht hast – sieh mich nicht so an, natürlich werde ich das nur tun, wenn ich es ernst meine. Ich habe die Dekorationen schon gesehen, und sie sind perfekt.«

Schnaubend ließ ich mich wieder auf den Stuhl sinken. »Wenn du meinst.«

»Ich meine. Jetzt komm schon, Zeit, etwas Ballast von deinen Schultern zu nehmen.«

Die nächsten Stunden unterhielten wir uns, lachten, tranken Tee und aßen Kekse – obwohl der Geschmack wirklich sehr vanillelastig war.

Und für kurze Zeit schaffte ich es, den Kummer zu vergessen, der mein Herz fest im Griff hatte.

Allerdings nur für diesen einen Moment. Er war immer da, lauerte im Schatten und wartete darauf, mich wieder an die unausweichlichen Tatsachen zu erinnern.

Bis dahin würde ich in der Gegenwart leben und das Beste daraus machen. Doch ich hatte keinen Zweifel daran, dass es früher oder später enden würde.

Das tat es immer.

Und ich hatte keine Ahnung, was ich dann tun würde.

Alles, was ich wusste, war, dass es mir das Herz brechen würde, wenn die Zeit gekommen wäre.

Wieder einmal.

Und dieses Mal war ich mir nicht sicher, ob ich mich davon erholen würde.

Kapitel 24

Owen

Am Tag des Festivals wachte ich früher auf als sonst. Thea neben mir schlief noch immer tief und fest, und für ein paar Minuten betrachtete ich sie einfach.

Vor dem Fenster ging die Sonne auf und erfüllte den Raum langsam mit goldenem Licht. Der Tag versprach, schön zu werden, trotzdem konnte ich das Gefühl der Beklemmung nicht abschütteln, das wie eine dunkle Wolke über mir hing.

Vorsichtig, um sie nicht aufzuwecken, stand ich auf und zog mich an, bevor ich nach unten ging. Zu meiner Überraschung hörte ich leise Geräusche aus der Küche.

Als ich eintrat, stand Nana neben dem Herd, schlug Eier an einer Schüssel auf und summte dabei eine fröhliche Melodie.

»Nana, was machst du denn hier? Du sollst dich ausruhen und nicht im Garten und in der Küche herumwerkeln«, tadelte ich sie sanft und eilte an ihre Seite. »Komm, setz dich, ich kümmere mich um das Frühstück.«

»Backen ist doch nicht anstrengend, mein Junge. Und außerdem, hast du unsere Tradition vergessen?«

»Tradition?«, fragte ich verwirrt, bevor es mir langsam dämmerte. Jedes Jahr am Morgen des Festivals der Lichter hatten Nana und ich sternförmige Waffeln gebacken. Früher waren es meine Mutter und ich gewesen, aber nachdem sie gegangen war, hatte Nana das übernommen. Rückblickend wusste ich, dass sie gehofft hatte, mir damit das Gefühl zu geben, nichts hätte sich geändert, obwohl in Wahrheit alles anders war.

»Hast du ... Machst du das immer noch jedes Jahr?«, fragte ich mit einem Kloß in der Kehle.

»Natürlich, mein Lieber. Es war unsere Tradition, und das wird es auch bleiben«, sagte sie und legte mir eine Hand auf den Arm. »Ob du hier bist oder in irgendeinem anderen Teil der Welt. Das ändert nichts. Du wirst immer Teil dieser Familie sein.«

Ich schluckte hart und umarmte sie. »Danke, Nana.«

»Natürlich, mein Junge. Jetzt komm schon, die Waffeln warten. Möchtest du deine Thea aufwecken, um zu helfen?«

Meine Thea.

Das kleine Pronomen ließ meine Brust schmerzen, und für einen Moment fiel es mir schwer zu atmen. Diese idyllischen Tage, die wir miteinander verbracht hatten, würden nicht von Dauer sein. Jeder von uns würde in sein eigenes Leben zurückkehren – so, wie es sein sollte.

»Nein, lassen wir sie schlafen. Ich würde gern mit dir Waffeln machen, so wie früher«, brachte ich endlich heraus. Das strahlende Lächeln, das Nana mir daraufhin schenkte, vertrieb sogar ein wenig die dunklen Wolken in meinem Geist.

Die nächsten Stunden verbrachte ich mit Nana in der Küche, und ich war dankbarer denn je für ihre Anwesenheit. Als wir fertig waren, roch das ganze Haus nach Waffeln, Zimt und Zucker, aber das schwere Gewicht auf meiner Brust war nicht verschwunden.

Kurz bevor wir mit dem Aufräumen fertig waren, öffnete sich die Tür. Thea tapste barfuß herein und rieb sich die Augen. »Morgen«, murmelte sie, ihre Stimme rau und schläfrig, und wie ein pawlowscher Reflex zuckte mein Schwanz bei ihrem Anblick. Aber sie sah einfach hinreißend aus.

»Guten Morgen, Liebes. Gut geschlafen?«, begrüßte Nana sie liebevoll.

»Mhm«, nuschelte Thea und kam zu uns herüber. »Was machst ihr? Es riecht fantastisch.«

Sobald sie nahe genug war, öffnete ich meine Arme, um sie an mich zu ziehen. Sie roch nach Shampoo und Schlaf, und für ein paar Augenblicke erlaubte ich mir, es zu genießen.

»Waffeln«, antwortete Nana für mich, als ich keine Anstalten machte, etwas zu sagen. »Es ist eine alte Familientradition.«

Ich gab nur ein zustimmendes Brummen von mir, mehr brachte ich mit Thea in den Armen, so kostbar und vertrauensvoll, nicht heraus. Der Blick, den sie mir unter ihren Lidern hervor zuwarf, ließ mich innerlich erzittern. Ich hatte ihn bereits nach unserem Tanz gestern und ein paar Mal zuvor gesehen. Selbst wenn es ihr nicht bewusst war, hatte ich das ungute Gefühl, dass sie sich in mich verliebte.

Und es brach mir das Herz, denn jede Beziehung mit mir würde unweigerlich scheitern. Dem Schatten der Vergangenheit, meinem *Erbe*, konnte ich nicht entfliehen, da war ich mir absolut sicher. Thea würde sich dem, was unserem unvermeidbaren Ende folgte, allein stellen müssen.

»Mhhh, Waffeln klingen gut«, murmelte Thea mit gedämpfter Stimme, weil sie ihr Gesicht an meiner Brust vergraben hatte.

»Wir haben dir einige aufgehoben«, sagte Nana und deutete auf einen kleinen Stapel Waffeln auf dem Küchentisch. »Aber wenn du noch Hunger hast, bin ich sicher, Owen wird nichts dagegen haben, noch ein paar mehr zu machen.«

Sanft presste ich einen Kuss auf ihren Scheitel. »Ich mache dir so viele Waffeln, wie du willst.«

Und danach würde ich entscheiden müssen, wie ich das Ende unserer Fake-Beziehung ansprechen sollte. Denn wenn Theas und mein Verhalten mir eines zeigte, dann, dass es höchste Zeit war, das Schauspiel zu beenden, ehe ich ihr Leben ebenso zerstörte, wie mein Vater das meiner Mutter zerstört hatte.

***

Während Thea das Cottage schon früher verließ, um die letzten Vorbereitungen zu überwachen, gingen Nana und ich erst zur eigentlichen Eröffnung am frühen Abend hinunter zum Marktplatz.

Das Wetter war nach englischen Maßstäben perfekt. Zwar zogen vereinzelte Wolken über den Himmel, doch es war trocken und warm und vom Meer wehte eine sanfte Brise.

Am Ende hatte sich die harte Arbeit des Komitees in den letzten Wochen gelohnt. Die gesamte Altstadt inklusive einiger Ausläufer im nördlichen und südlichen Distrikt war wunderschön dekoriert. Lichterketten waren in den Bäumen und an den Gebäuden verteilt und bunte Papierlaternen und Wimpel hingen zwischen ihnen. Jeder Stand und jedes Zelt war mit Blumen geschmückt. Ein großes Banner zierte das Rathaus und mehrere Holztische mit Bänken luden zum Sitzen ein. Außerdem gab es eine Bühne für die Band und eine Tanzfläche.

Überall liefen Leute herum, schauten sich die Stände an, probierten das Essen oder standen mit Freunden beisammen und plauderten. Kinder rannten zwischen ihnen hin und her, spielten Verstecken oder jagten sich gegenseitig, und ausnahmslos jeder schien sich zu amüsieren.

Das Festival der Lichter gehörte zu den Dingen, an die ich die wenigsten Erinnerungen hatte. Nana hatte mir erzählt, dass meine Eltern und ich es zwar besucht hatten, als ich noch ein Kleinkind gewesen war, doch irgendwann waren die Spannungen zwischen ihnen zu groß geworden. Nana hatte mich an ihrer Stelle mitnehmen wollen, doch Mom hatte es nur einmal erlaubt. Vage erinnerte ich mich an einen üblen Streit zwischen meinen Eltern, der kurz danach stattgefunden hatte, weil die anderen Bewohner irgendetwas gesagt hatten. Danach war ich zu Hause geblieben.

Wir fanden Thea schließlich dabei, wie sie von Stand zu Stand ging und sicherstellte, dass alles reibungslos ablief.

»Hey«, begrüßte ich sie. Ihr strahlendes Lächeln schaffte es nur, den Riss in meinem Herzen etwas weiter zu öffnen, doch in Anbetracht der vielen Leute um uns herum küsste ich sie sanft auf die Lippen.

»Das Festival ist so schön wie eh und je, Thea. Du und der Rest des Komitees habt wirklich tolle Arbeit geleistet«, schwärmte Nana mit leuchtenden Augen.

»Danke, Mirabel. Ich bin auch begeistert. Alles ist so wunderschön geworden, und es sind schon so viele Leute hier. Oh, und Poppy hat einen grandiosen Apfelkuchen gebacken, er sieht köstlich aus, und Mrs Daly hat einen Stand, an dem man selbst Blumensträuße binden kann, und die Band, die nachher spielen wird, ist wirklich großartig, und ...« Lachend brach Thea ab und schüttelte den Kopf. »Tut mir leid. Ich bin einfach nur aufgeregt. Ich war zwar mit meinen Eltern auf dem ein oder anderen Stadtfest, aber das hier ist kein Vergleich.«

»Nun, jetzt hast du die Chance. Und noch dazu bist du in bester Gesellschaft«, sagte Nana und zwinkerte mir zu.

»Das stimmt.« Lächelnd ergriff Thea meine Hand und verschränkte unsere Finger miteinander.

Eine seltsame Wärme durchflutete meinen Körper. Es fühlte sich natürlich an.

Als ob alles genau so war, wie es sein sollte.

Obwohl das Unsinn war.

Nichts hiervon war für mich bestimmt.

»Lass uns dir einen Platz im Schatten suchen«, sagte ich etwas schroff zu Nana. Ich ließ Theas Hand los, um voranzugehen und einen Weg durch die Menge zu bahnen, bis wir einen freien Platz an einem der Tische fanden.

»Möchtest du etwas zu trinken? Vielleicht etwas Kaltes?«, erkundigte Thea sich, und Nana nickte lächelnd.

»Ja, gern. Und wie wäre es mit einem Eis? Owen, was ist mit dir?«

Bei dem Gedanken an so viel Zucker verzog ich das Gesicht, und Thea kicherte. »Nein, danke.«

»Okay, dann bringe ich nur uns beiden etwas. Bin gleich zurück«, sagte sie.

»Mach nur langsam«, antwortete Nana und scheuchte sie so nachdrücklich davon, dass die Nachricht klar und deutlich bei mir ankam: Sie wollte allein mit mir reden.

Sobald Thea außer Hörweite war, drehte sich Nana mit einem Glitzern in den Augen zu mir um. »Ich mag sie sehr.«

Etwas Großes blieb in meiner Kehle stecken, und ich räusperte mich unbehaglich. »Ja, das ist mir aufgefallen. Das ist ... gut.« Es war gut, oder? Ich war mir nicht mehr sicher.

»Und sie scheint dich sehr zu mögen. Du solltest sie besser nicht gehen lassen. Hast du Pläne für deine Rückkehr nach London? Oder willst du schon wieder umzuziehen? Wenn ja, dann nimm sie zumindest mit. Oh, ihr könntet zusammen reisen! Das wäre romantisch. Vielleicht könntet ihr nach Italien oder Frankreich oder Spanien. Wäre das nicht toll?«

»Ähm, ja, vielleicht«, murmelte ich, der Kloß in meiner Kehle wurde immer größer.

»Und du musst dieses Jahr unbedingt zu Weihnachten wiederkommen. Diesmal werde ich kein Nein akzeptieren, und natürlich muss Thea auch kommen. Ich könnte die Kekse machen, die wir früher zusammen gebacken haben, die mit der weißen Schokolade und den Cranberrys. Erinnerst du dich? Das waren deine liebsten. Und ...«

Ihre Stimme rückte in den Hintergrund, und das Bild, das sie vor meinem inneren Auge zeichnete, wurde immer lebendiger.

Weihnachten mit Thea und Nana.

Mit Thea in den Urlaub fahren.

Thea in einem Hochzeitskleid.

Ihre Hand halten, sie küssen, sie berühren, sie zu der meinen machen.

Es war ein perfektes Bild, ein Bild von einem Leben, von dem ich nie geträumt hatte.

Und dann veränderte es sich.

Es war nicht mehr meine Mutter, die mit Geschirr warf, es war Thea.

Es war nicht mehr mein Vater, der schrie, ich war es.

Und wieder konnte ich Nana weinen hören, konnte hören, wie sie uns anflehte, innezuhalten, zuzuhören, zu reden, sich zu beruhigen.

Es war das gleiche Bild und doch völlig anders.

Mein Atem wurde unregelmäßig. Panik überflutete meinen Körper und drohte mich zu überwältigen.

Das durfte nicht passieren.

Ich konnte das nicht riskieren.

Niemals.

»Owen, was ist los?«, fragte Nana. Die Besorgnis war ihr ins Gesicht geschrieben.

»Ich muss gehen«, murmelte ich abrupt und stand auf.

»Was? Aber Thea ...«

»Wird dir bestimmt Gesellschaft leisten. Ich ... ich muss ... ich habe etwas vergessen.« Das Herz schlug wie wild in meiner Brust, während ich mich nach einem Ausweg umsah.

»Owen, sei nicht albern, so wichtig kann es nicht sein«, versuchte Nana es erneut, doch ich schüttelte nur den Kopf.

»Tut mir leid, ich bin so schnell wie möglich zurück. Genieße deinen Tag«, murmelte ich und floh.

Der Geruch der Meeresbrise stieg mir in die Nase und verschlimmerte die Bilder in meinem Kopf.

Plötzlich war ich nicht mehr Owen, der erfolgreichste Makler Englands unter dreißig.

Stattdessen war ich wieder der sechsjährige Owen, der hinter der Couch kauerte und sich vor seinen Eltern versteckte, dessen Ohren von den Schreien und den Tränen klingelten, das kleine Herz voller Angst.

Die Bilder waren viel zu real, zu lebendig vor meinem inneren Auge.

Thea, die schrie und mich aufforderte, zuzuhören.

Nana, die weinte und uns anflehte, aufzuhören.

Ich durfte nicht wie sie sein. Nicht wie meine Eltern.

Das war der Grund, warum ich mich von jeder Art von Beziehung ferngehalten hatte. Aber jetzt war Thea in mein Leben getreten, hatte es heller, lebendiger und gleichzeitig gefährlicher gemacht.

Es gab so vieles, das schiefgehen konnte.

So viele Arten, auf die ich ihr wehtun konnte.

Und ich würde alles tun, um das zu verhindern.

Auch wenn es bedeutete, uns beiden dabei das Herz zu brechen.

Eilige Schritte hinter mir rissen mich aus den düsteren Gedanken, und eine Hand auf meiner Schulter ließ mich zusammenzucken.

»Owen, was zum Teufel ist los? Wohin willst du?«

Es war Thea. Natürlich war sie es. Denn offenbar waren mir nicht einmal ein paar Minuten Freiheit von ihr vergönnt. Entweder war sie in meinem Kopf oder sie stand direkt vor mir. Ich hasste es.

Hasste es, dass sie mir so nahe war und ich sie gleichzeitig nicht näher kommen lassen konnte.

Hasste es, dass sie Gefühle in mir weckte, von denen ich nicht einmal gewusst hatte, dass ich sie fühlen konnte.

Hasste es, dass sie mich von Dingen träumen ließ, denen ich abgeschworen hatte.

Hasste es, wie sie mich an mir zweifeln ließ und mich fragen ließ, ob ich gut genug war – und ob ich mehr sein könnte. Besser.

Ob ich mich ändern könnte.

Ob ich mich ändern *wollte*.

Ich hasste sie, weil sie mich dazu gebracht hatte, mich in sie zu verlieben, und ich hasste sie, weil sie mich dazu brachte, sie lieben zu wollen.

Weil ich wusste, dass es mich, *uns* letztendlich zerstören würde.

So, wie es meine Eltern zerstört hatte.

Ich konnte nicht wie sie sein, also musste ich damit aufhören.

Musste aufhören, an sie zu denken.

Aufhören, sie zu sehen.

Aufhören, mit ihr zu reden.

Aufhören, sie zu wollen.

Denn wenn nicht, wenn ich weitermachte wie bisher, wenn ich diese Gefühle zwischen uns zuließ, war es nur eine Frage der Zeit, bis alles schiefgehen würde.

Das konnte ich nicht zulassen.

»Owen!«

Ich war keine drei Straßen weit gekommen. Es war menschenleer um uns herum, alle anderen befanden sich auf dem Marktplatz. Nur die Lichterketten in den Bäumen und an einigen Häusern erhellten die Dunkelheit.

Aufgebracht wirbelte ich herum, starrte sie an und versuchte, die Emotionen in mir niederzuringen. Ohne Erfolg.

»Was?«, fuhr ich sie an.

Thea zuckte zurück, doch sie machte keinen Rückzieher. Stattdessen fauchte sie: »Was ist los mit dir? Du hast deine Grandma einfach sitzen gelassen, sie macht sich Sorgen um dich! Rede mit mir, verdammt!«

»Es ist alles in Ordnung«, knurrte ich und schüttelte im nächsten Moment den Kopf. Nein. Ehrlichkeit. Es war Zeit, diese Farce zu beenden. »Nichts«, korrigierte ich mich. »Nichts ist in Ordnung. Ich kann das nicht mehr.«

Verwirrung und Unglauben spiegelten sich in ihrer Miene wider. »Was kannst du nicht mehr? Du wirst schon etwas konkreter sein müssen.«

»Das hier. Uns. Du hattest recht. Ist das nicht das, was du hören willst? Du hattest recht, diese Fake-Beziehung war von Anfang an eine dumme Idee. Also sind wir fertig damit. Du hast es überstanden. Du kannst das Cottage wie versprochen für Elenas Verlobungsparty haben, aber danach ist der Handel abgeschlossen. Ich werde es sowieso verkaufen. Wir müssen nicht mehr so tun und können beide zu unserem Leben zurückkehren. Ohne dieses ganze Theater.«

Ihre Miene veränderte sich, Wut und Trauer kämpften auf ihrem Gesicht, während sich Tränen in ihren Augen bildeten. »Aber ... ich dachte ... Was zum Teufel ist passiert, Owen? Warum schubst du mich weg? Und was soll das heißen, du verkaufst das B&B? Was ist mit Mirabel? Dieses B&B bedeutet ihr alles! Wirst du ihr das wirklich antun? Nach allem, was sie für dich getan hat?«

»Das geht dich nichts an«, entgegnete ich, mit aller Beherrschung, die ich aufbringen konnte, obwohl davon kaum noch etwas übrig war.

»*Du* gehst mich etwas an«, schrie sie, ihre Augen strahlten vor Wut. »Und ich dachte, das wüsstest du. Glaubst du, ich fange mit jedem Kerl etwas an, der mich für eine Einbrecherin hält? Glaubst du, ich schlafe einfach mit jedem Kerl, nur weil er mir eine Massage gibt? Glaubst du wirklich, dass das fake für mich war? Dass das nicht echt war? Dass das nicht ... wichtig war? Ich liebe dich, verdammt noch mal!«

Sie hätte keinen schlechteren Moment für dieses Geständnis wählen können. Gequält schloss ich die Augen. Und dann sagte ich die sechs Worte, von denen ich wusste, dass sie sie am härtesten treffen würden.

»Das tut mir leid für dich.«

Schockiert sog Thea den Atem ein, und ich nutzte die Pause, um weiterzusprechen. »Das zwischen uns war nie real. Es war nur ein Arrangement, ein Deal. Das ist alles. Wenn du das vergessen hast, ist das nicht meine Schuld. Ich habe meine Position von Anfang an klar gemacht. Wenn du dich entschieden hast, das zu ignorieren, ist das nicht mein Problem. Wir müssen das jedenfalls beenden.«

»Warum?«, fragte sie und trat einen Schritt näher. »Weil deine Grandma mich mag? Weil ich gut für dich bin?«

»Nimm dich nicht wichtiger als du bist«, entgegnete ich spöttisch und tat, als würde ich den schmerzerfüllten Ausdruck, der daraufhin über ihr Gesicht huschte, nicht sehen. Und trotzdem machte sie tapfer weiter.

»Ach ja? Also ist es Zufall, dass du endlich freiwillig Zeit mit Henry und Colt verbringst? Ist es Zufall, dass du endlich gesunde Stunden arbeitest und Zeit mit deinen Freunden verbringst? Ist es Zufall, wie glücklich du in den letzten Wochen gewesen bist? Und du sagst mir, dass das zwischen uns fake war? Es war echt, Owen, alles. Versuch nicht, es zu leugnen.«

»Die frische Luft hat mir eben gutgetan«, behauptete ich. »Du bist nichts als eine hübsche Ablenkung, und ich bin es leid, abgelenkt zu sein. Glaub nicht, dass du mich kennst, Theodora, denn das tust du nicht. Also vergiss einfach die letzten Wochen und geh zurück in dein hübsches Leben in den glitzernden Wolken, aber ich muss zurück in die reale Welt.«

Damit drehte ich mich um und ging davon. Beinahe hätte ihr leises Schluchzen mich zum Umkehren bewogen, doch irgendwie schaffte ich es, standhaft zu bleiben.

Ich konnte nicht umdrehen. Ich musste weitergehen. Denn ich war ein Feigling. Und der einfachste Weg, sie wegzustoßen, war es, etwas zu sagen, das sie verletzte.

So oder so hatte ich sie ohnehin nicht verdient.

Und sie verdiente nicht den Schmerz, den ich zwangsläufig in ihr Leben bringen würde.

Immerhin war ich der Sohn meiner Eltern.

Kapitel 25

Thea

Wie ich den Rest des Abends überstand, war mir schleierhaft.

Nachdem Owen gegangen war, hatte ich mich zu Mirabel gesetzt, versucht, mich normal zu verhalten und mein Eis zu essen. Wir waren weit genug vom Marktplatz entfernt gewesen, dass niemand unseren Streit mitbekommen hatte. Als Elena und die anderen sich etwas später nach Owen erkundigten, behauptete ich, dass er sich mit Kopfschmerzen zurück ins B&B verzogen hatte, aber ich war mir nicht sicher, ob sie mir glaubten. Mirabel warf mir immer wieder Blicke zu, doch glücklicherweise fragte sie nicht näher nach. Ich war mir nicht sicher, ob ich mich sonst hätte zusammenreißen können. Innerlich taumelte ich noch immer, und der scharfe Schmerz von Owens Worten schien mit jeder Bewegung, jedem Wort, jedem Gedanken neue Wunden in mir aufzureißen.

Er hatte mich verlassen.

Auch wenn wir nicht wirklich zusammen gewesen waren, fühlte es sich genau so an. Tatsächlich fühlte es sich sogar realer an als alle Trennungen zuvor.

Aber ich weigerte mich, das Festival für meine Freunde oder Mirabel zu ruinieren. Also tat ich, was ich immer tat: Ich setzte meine Maske auf und wurde wieder zu Thea, der Frau, die immer ein Lächeln im Gesicht hatte.

Doch diesmal passte die Maske nicht richtig. Sie fühlte sich zu schwer an, juckte und die Ränder schienen mir in die Haut zu schneiden.

Trotz allem überstand ich den Abend. Irgendwie brachte ich Mirabel zurück ins B&B, und irgendwie vergoss ich keine einzige Träne.

Erst als sich die Zimmertür hinter mir schloss und ich allein war, konnte ich mich nicht länger aufrecht halten. Hässliche, laute Schluchzer brachen aus mir hervor, und der Schmerz war fast zu viel, um ihn zu ertragen. Das Atmen fiel mir immer schwerer und mein Kopf drehte sich.

Langsam rutschte ich die Tür hinunter, zog die Knie an meine Brust und schlang die Arme um sie. Ich hatte nicht zur Garderobe schauen müssen, um zu wissen, dass sein Jackett und seine Schuhe fehlten. Sein Auto stand nicht mehr vor dem B&B, und ich wusste, wenn ich in sein Zimmer gehen würde, würde ich es leer vorfinden.

Er war gegangen.

Ich hatte so neben mir gestanden, dass ich nicht einmal mitbekommen hatte, ob es Mirabel aufgefallen war, aber ich nahm es an. Sie war nicht dumm, und sie kannte ihren Enkel.

Und das Schlimmste war: Im Grunde hatte er recht, wir hatten nur eine Fake-Beziehung geführt. Das war der Deal gewesen. Ich konnte noch so sehr behaupten, dass unsere Gefühle echt waren – wenn er sich weigerte, sie anzuerkennen, dann konnte ich ihn nicht dazu zwingen.

Am Ende war ich die Einzige gewesen, die an uns geglaubt hatte.

An ihn.

An eine Zukunft.

Wieder einmal war ich in die gleiche Falle getappt. Ich hatte Luftschlösser gebaut und am Ende nichts als Ruinen vorgefunden. Und wieder hatte mich der Absturz zerstört.

Aber dieses Mal war es so viel schlimmer.

Weil ich noch nie so viel gefühlt hatte.

Ich vergrub den Kopf zwischen den Knien und weinte und weinte und weinte.

Nach einer Weile übermannte mich die Erschöpfung, und ich schaffte es, ins Bett zu kriechen. Am liebsten hätte ich es nicht getan. Sein Geruch hing noch immer in den Laken, und allein die Erinnerung an uns dort, nackt und ineinander verschlungen, war immer noch zu frisch und zu schmerzhaft. Wieder rannen mir Tränen über die Wangen. Ich konnte nichts anderes tun, als das Kissen zu umarmen und zu versuchen, die Leere um mich herum zu ignorieren, während ich darauf wartete, dass mich der Schlaf einholte.

Am nächsten Morgen fühlte ich mich nicht besser. Mein Kopf pochte, mein Magen war aufgewühlt und die Schmerzen in meiner Brust waren unerträglich.

Aber Elenas Verlobungsfeier fand in drei Tagen statt, und mir blieb nichts anderes übrig, als aufzustehen.

Duschen hätte mich aufwecken, meine Gedanken klären und mir dabei helfen sollen, mich auf die anstehenden Aufgaben zu konzentrieren. Aber ich stand derart neben mir, dass ich nicht merkte, wie heiß das Wasser war, bis es auf meine Haut traf und ich einen Schmerzensschrei ausstieß.

Fluchend schaltete das Wasser aus und entschied mich stattdessen für eine Katzenwäsche.

Der Blick in den Spiegel sagte mir, dass ich genauso schlimm aussah, wie ich mich fühlte. Ich war blass und dunkle Ringe bildeten sich unter meinen Augen. Mein Haar hing schlaff herab und mein Blick war so leer, dass es mir Angst gemacht hätte, wenn ich in der Lage gewesen wäre, irgendetwas außer dem allumfassenden Schmerz zu fühlen.

Ich hatte nicht die Energie, mir bei meinem Outfit Mühe zu geben. Also zog ich lediglich eine alte Jeans-Shorts und ein T-Shirt an, bevor ich das Haus verließ. Die Sonne schien hell, aber ich bemerkte es nicht. Ich hatte keine Ahnung, wie ich zum *Mayflour* kam oder was passierte, während ich dort war. Alles, woran ich denken konnte, war Owen und der Ausdruck in seinem Gesicht, als er mir all diese Worte an den Kopf geworfen hatte.

Ich liebe dich, verdammt.

Das tut mir leid für dich.

Als Colten fragte, ob alles okay sei, zwang ich mich zu einem Lächeln und nickte.

Als Henry mir eine Heimfahrt anbot, lehnte ich höflich ab und sagte, ich würde laufen.

Als Poppy fragte, ob sie etwas für mich tun könne, sagte ich, dass es nichts gäbe.

Nichts konnte das Geschehene ändern.

Nichts konnte Owen dazu bringen, zurückzukommen.

Nichts konnte den Schmerz in meinem Herzen lindern.

Zuerst war ich mir nicht sicher, ob ich es schaffen würde, die Dekoration für die Verlobungsfeier aufzuhängen, aber die Arbeit war beruhigend und es half mir, mich auf etwas anderes zu konzentrieren.

Zumindest ein wenig.

Mein Handy klingelte mehrmals, aber ich nahm nicht ab. Ich wagte nicht einmal, auf den Bildschirm zu schauen, weil ich wusste, dass ich nicht mit der unvermeidlichen Enttäuschung umgehen könnte, sobald klar wäre, dass jemand anderes als Owen anrief.

Mirabel hatte ich seit dem vergangenen Abend nicht mehr gesehen, doch ich glaubte, mich vage an die Erwähnung eines Kontrolltermins im Krankenhaus zu erinnern. Es war besser so. Im Augenblick war ich grauenvolle Gesellschaft.

Es war später Nachmittag, als sich die Tür des B&B öffnete. Für einen Moment flammte Hoffnung in meiner Brust auf, aber bereits in der nächsten Sekunde fiel sie in sich zusammen, als ich erkannte, dass es Elena war.

Sie stand in der Tür und musterte mich besorgt. »Da bist du ja! Ich habe dich ungefähr eine Million Mal angerufen. Was zur Hölle ist passiert?«

Ich blinzelte und versuchte, mich daran zu erinnern, wie man lächelte. Irgendwann im Laufe des Tages war meine perfekte Maske verrutscht, und hastig bemühte ich mich, sie wieder an ihren Platz zu schieben.

»Tut mir leid, ich war so sehr mit dem Dekorieren beschäftigt, dass ich mein Handy nicht gehört habe. Es ist nichts passiert, alles ist in Ordnung. Was kann ich für dich tun?«

Sie warf mir einen langen Blick zu, schüttelte dann den Kopf und ging zu dem Tisch, an dem ich stand. »Thea«, begann sie vorsichtig. »Du weinst.«

»Nein, tu ich nicht«, widersprach ich, obwohl ich spürte, wie in dem Moment eine Träne über meine Wange rollte.

»Doch, tust du. Was ist denn passiert?«

Schniefend schüttelte ich den Kopf. »Es ist alles in Ordnung. Wie gefällt dir die Dekoration? Glaubst du, dass es für deine Party in Ordnung sein wird? Ich dachte, dass wir noch ein paar Blumen hinzufügen, und noch ein paar Lichterketten, dann ...«

»Thea, hör auf. Sag mir, was los ist.«

Ich schluckte schwer und bemühte mich, meine Stimme ruhig zu halten. »Nichts ist los.«

»Hattest du Streit mit Owen?«

Meine Hand, mit der ich nach einem Stuhl gegriffen hatte, blieb mitten in der Luft hängen und zitterte. »N-nein, natürlich nicht. Uns geht es gut. Alles ist gut. Ich bin nur ein bisschen emotional und aufgeregt wegen der Party.«

»Lüg mich bitte nicht an«, sagte sie leise und griff nach mir.

Hastig trat ich einen Schritt zurück. Wenn sie mich jetzt berührte, würde ich endgültig zusammenbrechen.

»Ich lüge nicht.«

»Ich bin deine beste Freundin, Thea, und es ist offensichtlich, dass es dir nicht gut geht.«

»Doch, natürlich tut es das. Du kennst mich, mir geht es immer gut.«

Elena ließ die Schultern hängen und sah mich betrübt an. »Das sagst du immer, aber langsam frage ich mich, wie viel davon wahr ist. Denn diesmal kann ich sehen, dass es nicht so ist.«

Ich zwang mich, zu lächeln. »Natürlich geht es mir gut. Weshalb auch nicht? Meine beste Freundin ist verlobt, und ich bin … ich bin …« Die Worte blieben mir in der Kehle stecken, und ich schluckte den Kloß hinunter.

»Thea, was hat Owen getan? Hat er … hat er Schluss gemacht? O mein Gott, hat er dich betrogen?« Sie ballte die Hände zu Fäusten. »Oder hat er dir wehgetan? Ich schwöre, ich werde ihn umbringen! Oder dir zumindest ein Alibi geben, wenn du es lieber selbst tun möchtest.«

»Er hat nichts falsch gemacht«, flüsterte ich, und jetzt konnte ich die Tränen, die mir über die Wangen liefen, nicht mehr aufhalten. Es war Zeit für die Wahrheit, und ich konnte nur hoffen, dass El die Nachricht halbwegs gut aufnahm. »Ich habe gelogen. *Wir* haben gelogen. Wir waren nie wirklich ein Paar.«

Verwirrt legte Elena die Stirn in Falten. »Warte, was? Was redest du da für einen Unsinn? Natürlich wart ihr ein Paar. Jeder, der euch zusammen gesehen hat, konnte sehen wie … wie … wie verliebt ihr … wart …« Sie wurde immer leiser und ihre Augen weiteten sich. Ihr Mund öffnete sich, schloss sich, öffnete sich und schloss sich wieder. Dann trat der unvermeidbare gekränkte Ausdruck in ihr Gesicht. »Wart ihr nicht?«

»Nein«, wisperte ich und versuchte, den Tränenschleier fortzublinzeln, doch ohne Erfolg.

»Aber ... wieso?«

»Ich ...« Der Kloß war wieder da. »Er wollte uns das B&B nicht als Veranstaltungsort für die Party geben, aber dann brauchte er eine Fake-Freundin für seine Grandma und bot mir einen Deal an, und das konnte ich einfach nicht ablehnen, oder? Du warst so begeistert von dem Veranstaltungsort und der Handel war praktisch unschlagbar. Ich wollte alles perfekt für dich machen, weil du es verdient hast, und ...«

»Woah, warte. Spul noch mal zurück. Du hast das für mich getan? Thea, bist du verrückt geworden? Du hättest das nicht tun sollen! Nicht für mich, nicht für irgendjemanden! Bist du wahnsinnig?«, brauste Elena auf und stemmte die Hände in die Hüften.

»Ich wollte doch nur ...«

»Das ist es nicht wert!«, schnitt sie mir rigoros das Wort ab.

»Natürlich ist es das!«

Kopfschüttelnd sah El mich an. »Thea, warum hast du nichts gesagt? Die ganze Zeit war ich einfach so froh, dass du die Trennung von Ben so gut überstanden und schon wieder jemanden gefunden hast und ... Moment.« Sie kniff die Augen zusammen. »Heißt das, ihr habt euch erst hier kennengelernt? Was ist mit der Zeit davor? Gab es jemals einen Mr Geheimnisvoll? Was ist mit Ben?«

Ich zögerte einen Moment, bevor ich leise zugab: »Ich war mit Ben zusammen. Direkt nachdem du uns einander vorgestellt hast. Aber ... er hatte eine andere. Und danach … Es gab mehrere. Sie haben alle …« Auch ohne, dass ich den Satz beendete, verstand sie mich.

»Und du hast nie ein Wort gesagt?« Wenn sie schon vorher gekränkt gewirkt hatte, sah sie mich nun erst recht verletzt an.

»Es gab nie einen passenden Moment. Immer wenn … na ja, jedes Mal lief es für dich gerade richtig gut – oder wirklich schlecht. Ich wollte nicht … Du solltest nicht …«

»Thea, verdammt noch mal! Du bist meine beste Freundin! Wir erzählen uns alles. Du wusstest von jedem Schwarm und jedem Typen, mit dem ich ausgegangen bin, und all den dummen Dingen, die ich getan habe. Aber so etwas wolltest du mir nicht erzählen? Vertraust du mir nicht?«

»Natürlich vertraue ich dir! Ich wollte nur nicht, dass du dir Sorgen machst oder … oder schlecht von mir denkst. Du bist alles, was ich noch habe, und wenn du … wenn du gesehen hättest, wie kaputt ich bin …«

»Wie konntest du das denken?«, flüsterte El schockiert.

»Weil du du bist! Du bist Elena, und du bist perfekt, und du bist so glücklich und … und …«

»Perfekt? Bist du sicher, dass du von mir redest?« Sie starrte mich ungläubig an. »Ich bin die unorganisierteste Person, die ich kenne, und ich habe null Ehrgeiz. Ich bin faul, ungeschickt und anscheinend eine Katastrophe, wenn es ums Backen geht. Und offenbar auch eine grauenvolle beste Freundin, wenn du mir das alles vorenthalten konntest. Thea, ich liebe dich. Du bist wie eine Schwester für mich. Glaubst du wirklich, dass sich das ändern würde?«

»Aber …«

»Kein Aber!«, rief sie vehement. »Jetzt hör auf damit und sa- aah!« Urplötzlich wurde sie leichenblass und ihre Hände flogen zu ihrem Bauch.

»El? El, was ist los?« Panisch lief ich zu ihr und umfasste vorsichtig ihre Schultern.

»Ich weiß es nicht, aber etwas stimmt nicht.«

Angst kroch mir den Rücken hinauf. Das hier war genau das, was ich die ganze Zeit befürchtet hatte. Hastig nahm ich sie am Arm. »Komm, ich fahre dich ins Krankenhaus. Unterwegs geben wir Nate Bescheid, und alles wird gut.«

El sah mich mit großen Augen an, und diesmal war sie es, die den Tränen nahe war. »Ich habe Angst.«

Ich auch, wollte ich sagen, doch ich wusste, dass das niemandem helfen würde. Stattdessen packte ich ihren Arm und lenkte sie zur Tür. »Hey, alles wird gut«, sagte ich entschlossen. »Wir werden einfach ins Krankenhaus gehen, sie werden dich untersuchen und feststellen, dass es nur ein Fehlalarm war. Du hast dich einfach zu sehr aufgeregt, das ist alles.«

Sie sagte kein Wort und protestierte nicht, als ich sie aus dem B&B ins Auto führte.

»Alles wird gut«, wiederholte ich.

Ich wünschte nur, ich könnte es selbst glauben.

***

Ich durfte nicht mit hinein.

Kaum waren wir im Krankenhaus angekommen, hatte eine Krankenschwester El weggebracht und versprochen, dass sie in guten Händen sein würde.

Seitdem war alles, was ich tun konnte, auf und ab zu laufen und der Tür, hinter der die beiden verschwunden waren, finstere Blicke zuzuwerfen. Nate hatte ich bereits benachrichtigt, und er war auf dem Weg hierher, doch bis dahin war ich auf mich allein gestellt.

Elena war auf sich allein gestellt.

Meine Gedanken wirbelten wild durcheinander, und Panik durchflutete meinen Körper.

Ich hätte es wissen müssen.

Das war genau der Grund, weshalb ich sie angelogen hatte, weshalb ich sie hatte beschützen wollen.

Ich hatte sie glücklich gemacht und sie an ein Märchen glauben lassen, doch dann war das Leben passiert.

»Scheiße, Scheiße, Scheiße«, fluchte ich atemlos vor mich hin und fuhr mir mit der Hand durch die Haare.

Was, wenn dem Baby etwas passiert war?

Was, wenn …

»Thea, Liebes, setz dich, mir wird schwindelig bei deinem ganzen Herumgelaufe.« Ich wirbelte herum und sah Mirabel auf einem der Stühle sitzen, die ordentlich auf einer Seite des Korridors aufgereiht waren. Sie lächelte, aber ihr Gesichtsausdruck wirkte müde und abgespannt und sie sah blass aus.

»Mirabel, was machst du hier? Haben dich die Ärzte wieder hierbehalten? Geht es dir gut?«

»Nein, nein, mir geht es gut, Liebes. Mach dir keine Sorgen um mich. Mein Termin hat einfach länger gedauert. Dann habe ich erfahren, dass Elena hier ist, also dachte ich mir schon, dass ich dich hier finden würde. Komm, setz dich zu mir.«

»Ich … nein, ich kann nicht. Was ist, wenn ein Arzt herauskommt oder … oder …«

»Sie werden dich rufen«, versicherte sie mir und deutete auf das Schwesternzimmer am Ende des Korridors. »Sie wissen, dass du wartest und werden dich sofort informieren. Aber es wird eine Weile dauern, glaub mir. Na, komm, setz dich, du siehst ohnehin aus, als würdest du jeden Moment umfallen.«

Dem konnte ich nicht widersprechen. Und irgendwie schien die Aussicht, neben ihr zu sitzen, beruhigend. Ein wenig widerwillig ging ich hinüber, setzte mich und versuchte, die Angst zu ignorieren, die in mir tobte.

»Also, wirst du mir erzählen, was los ist? Du siehst fürchterlich aus.«

»Ich …« Ich wollte sagen, dass es mir gut ging, doch noch ehe ich die korrekten Worte formen konnte, platzte es aus mir heraus: »Owen hat mit mir Schluss gemacht. Und Elena ist schwanger, aber irgendetwas stimmt nicht, deshalb habe ich sie hierhergebracht, und jetzt ist sie da drin, ganz allein, und … und …«

Ein Paar tröstliche Arme schlang sich um mich, und Mirabel zog mich in eine enge Umarmung. »Na, na. Ist schon okay. Weine nicht, Liebes.«

»Ich kann nicht aufhören«, schluchzte ich und klammerte mich an sie, als ob mein Leben davon abhinge. »Elena … wenn ihr etwas passiert …«

»Es wird alles in Ordnung kommen. Sie ist stark, sie werden es schaffen.«

»Und Owen … er … er ist gegangen und …«

»Ah, dieser Junge.« Sie seufzte, und ich konnte spüren, wie ihr warmer Atem über meine Haare strich.

»Es tut mir so leid.«

»Es ist nicht … nicht deine Schuld«, brachte ich stockend hervor.

Mirabel schwieg einen langen Moment, ehe sie leise sagte: »Doch, ich glaube schon. Er hat es mir gesagt, weißt du? Bei seinem ersten Besuch hier. Da hat er mir die Wahrheit gesagt, dass er aktuell keine Freundin hat. Aber ich habe ... ich habe Angst bekommen. Ich wollte immer nur, dass er glücklich ist, und zu hören, dass er allein ist, dass er nichts außer seiner Arbeit in seinem Leben hat ... das hat mich schwer getroffen.« Sie schüttelte den Kopf. »Und dann ist er zurückgerudert und hat erzählt, dass er jemand Neues hat. Owen hat sich nie wohlgefühlt mit Emotionen oder Liebe oder dem Gedanken an eine Beziehung, und ich fürchte, ich habe ihn vielleicht zu sehr gedrängt. Aber er war so anders bei seinen Besuchen im Krankenhaus. Ich habe ihn noch nie so glücklich, unbeschwert und lebendig gesehen. Er hat gelächelt, Liebes. *Gelächelt.*«

Wieder lief mir eine Träne über die Wange, und ich nickte kaum merklich. »Ja, das hat er.«

»Und euer kleiner Deal hat ihm unglaublich gut getan, auch wenn er es nicht wahrhaben wollte«, fuhr Mirabel fort, und ich versteifte mich.

»Unser kleiner – warte, was? Du wusstest Bescheid? Über die ... die ...«

»Eure falsche Beziehung? Oder Fake-Beziehung oder wie auch immer ihr jungen Leute das nennt?« Sie kicherte, zog sich leicht zurück und lächelte mich an. »Ich bin eine alte Frau, aber ich bin nicht dumm, Thea. Natürlich wusste ich Bescheid. Seine Assistentin Mara hat mich angerufen, nachdem ich ihn zum ersten Mal nach seiner Freundin gefragt habe, und sie hat mir alles erzählt. Sie hatte Angst, dass er etwas Dummes tun würde

– was er natürlich auch getan hat.« Sie presste die Lippen zusammen. »Dieser unmögliche Junge. Ich wäre wütend, aber … um ehrlich zu sein, bin ich viel zu glücklich darüber, dass ausgerechnet ihr beide zueinander gefunden habt.«

Blinzelnd versuchte ich, die Puzzleteile zusammenzusetzen. »Mara hat dich angerufen?«

»Ja, sie hat sich in seinem Namen entschuldigt. Sie ist eine sehr nette junge Dame und kennt Owen besser, als er ahnt. Sie sorgt sich um ihn. Genau wie ich.«

»Ich auch.«

»Ich weiß, Liebes. Und deshalb muss ich dir eines sagen: Du darfst ihn nicht gehen lassen. Ich habe ihn noch nie so glücklich und unbeschwert gesehen wie mit dir, und das ist es, was er braucht. Jemanden, der ihn herausfordert, ihn dazu bringt, sich seinen Ängsten zu stellen, und ihn glücklich macht. Ich nehme an, er hat dir nichts von seinen Eltern erzählt? Oder seiner Kindheit?«

Ich runzelte die Stirn. »Ich weiß nur, dass er die Liebe aus irgendeinem Grund hasst. Er hält sie für gefährlich, glaube ich. Und er hat erzählt, dass seine Eltern gestorben sind, als er ein Teenager gewesen ist.«

Mirabel hob eine Augenbraue. »Tatsächlich? Hat er diese Worte benutzt?«

Jetzt, da sie es sagte, fiel mir ein, dass er lediglich gesagt hatte, dass sie ›nicht mehr da waren‹. Daraus hatte ich geschlossen, dass sie gestorben waren, aber anscheinend … »Also sind sie noch am Leben?«, fragte ich verwirrt.

Sie seufzte. »Ich nehme es an. Und er hat nicht ganz unrecht damit, dass die Liebe gefährlich sein kann. Das kann sie tatsächlich. Seine Eltern waren ein gutes Beispiel dafür, wie falsch die Dinge laufen können. Mein Sohn liebte seine Frau sehr, aber er war ein leidenschaftlicher Mann und es war nicht immer einfach, mit ihm zu leben. Sie stritten viel und es brach mir jedes Mal das Herz. Ihr ging es ebenso. Schließlich entschied seine Frau, dass sie genug hatte und verließ ihn. Danach ... war mein Sohn wie ausgewechselt. Einen ganzen Tag lang hat er nur getrunken, und dann hat er einfach seine Sachen gepackt und ist ebenfalls gegangen. Sie haben Owen einfach vergessen, sich nicht einmal verabschiedet. Haben sich auch nie die Mühe gemacht, ihn anzurufen. Es hat sie einfach nicht interessiert.«

Schweigend lauschte ich der tragischen Geschichte, während mein Herz für den Teenager brach, der ohne seine Eltern aufwachsen musste.

»Er hat ihnen nie verziehen, und ich ebenfalls nicht«, sagte Mirabel und ein dunkler Schatten huschte über ihr Gesicht. »Es war furchtbar. Er hatte mich, natürlich, aber das war ein schlechter Ersatz für eine richtige Familie. Es fiel ihm schwer, jemandem zu vertrauen oder Freundschaften zu schließen. Ich habe mir große Sorgen um ihn gemacht. Er ist ein großartiger Mann, aber manchmal fürchte ich, dass er seine Arbeit als Ersatz für alles andere nutzt und die Menschen um ihn herum vergisst. Doch mit dir war er anders. Und ich bin so dankbar, dass ich ihn so sehen durfte. Aber ich habe auch Angst um ihn, denn ich bin mir nicht sicher, was er jetzt machen wird.«

»Er hat gesagt, dass er das B&B verkaufen will«, flüsterte ich, doch Mirabel seufzte nur.

»Ja, ich weiß, dass er das will. Das B&B und ich sind das Einzige, was ihn an diesen Ort bindet, und die Erinnerungen hier ...« Sie schüttelte den Kopf. »Er kann sie nicht ausstehen. Alles, was er sieht, sind seine Eltern und der Schmerz, den sie verursacht haben. Sie sind der Grund, warum er die Liebe nicht ertragen kann und warum er Angst hat, verletzt zu werden. Und du musst verstehen, Thea, dass das keine kleine Angst ist. Es ist eine alles verzehrende, erschreckende, überwältigende Angst. Er weiß, welchen Schaden die Liebe anrichten kann, weil er es erlebt hat. Und er will nicht riskieren, wieder auf die gleiche Weise verletzt zu werden. Oder selbst jemanden derart zu verletzen. Deshalb muss ich dich bitten, Liebes, wenn du ihn liebst, musst du für ihn kämpfen. Weil er es nicht selbst tun wird. Nicht ohne Hilfe. Nicht ohne jemanden, der ihn liebt.«

»Aber ...«

»Lass dich nicht von ihm wegstoßen. Bitte. Gib ihm eine Chance.«

Ich starrte sie an, während ihre Worte noch in meinen Ohren nachklangen. »Glaubst du wirklich, er ...?«

»Ja.«

Ich war sprachlos. Konnte er mich wirklich lieben? Oder war es nur seine Grandma, die sich unbedingt ein Happy End für ihn wünschte?

Und was, wenn er es tat?

Ich war mir nicht mehr sicher, was richtig oder falsch war.

Ich war mir bei überhaupt nichts mehr sicher.

Plötzlich öffnete sich etwas weiter den Korridor entlang eine Tür und ein Arzt in blauer OP-Kleidung trat heraus, den Blick in unsere Richtung. »Nathan Scott? Oder Thea Jordan?«

»Ich bin Thea Jordan. Mr Scott ist noch nicht –«

»Ich bin hier!«, rief in diesem Moment Nate, der durch den Korridor rannte und schlitternd vor uns zum Stehen kam. »Ich bin hier.« Keuchend stützte er die Hände auf den Oberschenkeln ab. »Wie geht es meiner Verlobten?«

Der Arzt lächelte. »Gute Nachrichten. Sie brauchen sich keine Sorgen zu machen, Ihrer Verlobten geht es gut. Dem Baby ebenfalls. Es war nur ein Fehlalarm. Allerdings sollte sie es angesichts ihrer Krankheitsgeschichte langsamer angehen lassen.«

»Gott sei Dank«, murmelte ich und sackte gegen Mirabel. Auch Nate sah aus, als würde er gleich umkippen – oder den Arzt umarmen.

»Können wir zu ihr?«

»Wir haben ihr ein Beruhigungsmittel gegeben und sie schläft gerade. Ich schicke Ihnen eine Krankenschwester, sobald sie wach ist.«

»Vielen Dank«, sagte Nate inbrünstig, und während der Arzt davonging, ließ er sich neben mir auf einen der Stühle fallen.

Erleichterung durchflutete meinen Körper, und ich versuchte, zittrig Luft zu holen.

Es war okay.

Alles würde gut werden.

»Siehst du, Liebes, was habe ich dir gesagt? Es geht ihr gut. Und dir wird es auch gut gehen«, sagte Maribel neben mir lächelnd und drückte meine Hand.

Hoffnung keimte in meiner Brust auf, und ich schluckte. Endlich wusste ich, was ich tun musste.

Kapitel 26

Owen

Meine Kopfschmerzen brachten mich um, aber ich wusste nicht, ob das an dem Whisky lag, den ich getrunken hatte, oder an den Schuldgefühlen.

Vermutlich eine Mischung aus beidem.

Nach dem Streit mit Thea war ich nach Newcastle gefahren und hatte den ersten Zug zurück nach London genommen. Ich hatte mir keine Gedanken darüber gemacht, was passieren würde, wenn ich nach Hause käme.

Aber jetzt, drei Tage später, saß ich in meiner Wohnung am Küchentisch, den Laptop offen vor mir, und alles fühlte sich surreal an. So, als wäre ich nie weg oder das alles nur ein Traum gewesen.

Als ob die letzten Wochen gar nicht stattgefunden hätten.

Das Klingeln meines Handys durchbrach die Stille, doch es überraschte mich nicht. Nichts schien mich dieser Tage zu überraschen. Taubheit hatte meinen Körper und Geist ergriffen. Ein weiterer herrlicher Effekt des Whiskys.

»Ja?«

»Guten Morgen, Owen, wie geht es Ihnen?« Maras fröhliche Stimme klang unangenehm laut in meinen Ohren.

»Gut«, log ich. »Was gibt es?«

»Nichts, ich wollte mich nur erkundigen, ob Sie gut zu Hause angekommen sind. Wie ist das Wetter in London?«

»Mara ...«

»Okay, ich bin ehrlich zu Ihnen: Das war nur eine Ausrede. Sie haben heute einen Termin.«

Gut, Arbeit war gut.

»In Ordnung, schicken Sie mir eine Mail mit den Einwahldaten für das Meeting, dann –«

»Es ist persönlich«, unterbrach sie mich.

»Was?« Stöhnend rieb ich mir mit zwei Fingern über die Augen. Wenn bloß endlich die verdammten Kopfschmerzen nachlassen würden ... »Sie wissen, dass ich keine persönlichen Treffen mache. Schicken Sie mir einfach die Informationen per E-Mail und ...«

»Das geht nicht, der Kunde besteht darauf.«

Ich biss die Zähne zusammen. »Und wer ist dieser Kunde, der glaubt, dass alles nach seinen Regeln läuft?«

Mara zögerte einen Augenblick, ehe sie sagte: »Das *Four Seasons.*«

»Die Hotelkette?«, fragte ich ungläubig.

»Genau die. Anscheinend möchten sie, dass Sie ein paar neue Standorte für ihr nächstes Hotel finden. Und sie sind bereit, viel zu bezahlen.«

»Also schön.« Selbst ich wusste, dass ich eine solche Gelegenheit nicht ausschlagen konnte. »Wann?«

»In einer Stunde.«

Mein Mund klappte auf. »In einer – warum hast du mir nicht früher Bescheid gesagt?«

»Nun, anscheinend gibt es noch andere Menschen auf dieser Welt, die ihre Termine nicht gut koordinieren können«, entgegnete sie trocken. »Ich habe einen Besprechungsraum in der Lobby Ihres Bürogebäudes gebucht und mit der Rezeption gesprochen. Sie wissen, wohin sie Ihren Kunden bringen sollen, wenn er ankommt. Also gehen Sie duschen, ziehen Sie sich an und seien Sie pünktlich.«

»Woher ...«, begann ich, überlegte es mir dann jedoch anders. Ich wollte gar nicht wissen, woher Mara wusste, dass ich anstatt im Büro noch im Schlafanzug an meinem Küchentisch saß.

»Danke, Mara«, sagte ich stattdessen.

»Gern geschehen. Oh, und ... Owen? Hören Sie sich an, was er zu sagen hat, ja? Diese Gelegenheit sollten Sie sich nicht entgehen lassen.«

Im nächsten Moment hatte sie aufgelegt, und ich starrte stirnrunzelnd auf das Handy in meiner Hand, während ihre kryptischen Worte noch in meinem Kopf nachhallten. Bildete ich mir das nur ein oder verhielt sich Mara an diesem Tag merkwürdiger als sonst?

Ich beschloss, den Gedanken fürs Erste beiseitezuschieben, und erhob mich mit einem leisen Ächzen. Mara hatte recht, eine Dusche würde mir guttun.

Vierzig Minuten später saß ich im Besprechungsraum meines Büros in der Londoner Innenstadt, den Laptop vor mir und die in Frage kommenden Immobilien, die Mara kurzfristig zusammengestellt hatte, bereits auf dem Bildschirm.

Während ich auf das vertraute *Ping* des Aufzugs wartete, suchte ich in mir nach einem Funken Aufregung, irgendeinem Gefühl, das der Situation gerecht wurde. Das *Four Seasons* als Kunden zu gewinnen, wäre ein riesiger Fortschritt, doch in mir war nichts außer dieser verdammten Leere.

Frustriert von mir selbst starrte ich auf den Bildschirm vor mir, legte mir Worte zurecht und verwarf sie wieder, bis sich endlich die Türen des Aufzugs öffneten.

Aber kaum hatte ich mich erhoben, um meinen potentiellen Kunden zu begrüßen, blieb ich wie angewurzelt stehen. Denn es verließen nicht nur ein Mann, sondern zwei Männer die Aufzugkabine.

Zwei sehr vertraute Männer.

Henry und Colten.

Während Letzterer noch immer seine Polizeiuniform trug – war er direkt vom Dienst hierhergekommen? –, hielt Henry eine schwarze Stofftasche mit der Aufschrift ›*Neal's Yard Dairy*‹, einem der besten Läden für Milchprodukte in London, in der Hand und kaute bereits auf einem Stück Käse herum.

Als sie mich sahen, stieß Henry Colten an und flüsterte laut: »Verstehst du jetzt, warum das nicht länger warten konnte? Sieh ihn dir an.«

»Ich verstehe«, murmelte Colten, und seine Augen waren voller Sorgen.

Verwirrt zog ich die Augenbrauen zusammen. »Was zum Teufel macht ihr hier? Hat Thea euch geschickt?«

Colten schüttelte den Kopf. »Sie hat keine Ahnung, sie –«

Natürlich nicht. Abwehrend fuhr ich mit einer Hand durch die Luft und schnitt ihm das Wort ab. »Egal, ich habe keine Zeit dafür, ich habe gleich ein Meeting –«

»*Wir* sind dein Meeting«, unterbrach Colten mich, und ich stutzte.

»Was?«

»Tut mir leid, dich zu enttäuschen, Kumpel«, sagte Henry und schluckte den letzten Bissen Käse hinunter. »Aber wir waren uns nicht sicher, ob du uns reingelassen hättest, wenn Mara dir unsere richtigen Namen genannt hätte.«

Mara war also eingeweiht gewesen.

Natürlich war sie das.

Die Kopfschmerzen, die ich in der letzten Stunde irgendwie verdrängt hatte, kamen mit voller Wucht zurück. Erschöpft rieb ich mir die Augen. »Ich weiß nicht, warum ihr hier seid, aber egal, worum es geht, ich will es nicht hören. Ihr könnt also wieder gehen.« Damit drehte ich mich um und ging wieder in den Besprechungsraum, um meinen Laptop zuzuklappen. Wenn es kein Meeting gab, konnte ich auch genauso gut zurück nach Hause gehen.

»Nein«, sagte Colten hinter mir. Als ich einen Blick über die Schulter warf, sah ich, dass er und Henry mir gefolgt waren und die Tür geschlossen hatten. Mit verschränkten Armen lehnte Colten sich gegen die Wand und betrachtete mich mit unleserlicher Miene. »Wir gehen erst, wenn du dir angehört hast, was wir zu sagen haben.«

»Das ist mir egal. Nichts, was ihr sagen könntet, kann meine Meinung ändern. Jetzt geht oder ...«

»Oder was?«, erkundigte Henry sich mit einem nervtötenden Grinsen.

»Oder ich rufe den Sicherheitsdienst.«

Henry seufzte, und seine Miene wurde mitleidig. »Du bist so ein Feigling. Ernsthaft, hast du jemals für etwas gekämpft? Hast du dich je für etwas oder jemanden eingesetzt? Oder hast du immer sofort aufgegeben, bist davongerannt und hast dich versteckt?«

Obwohl ich wusste, dass er versuchte, mich zu provozieren, musste ich mir eingestehen, dass es funktionierte. »Ich verstecke mich nicht«, knurrte ich mit unverhohlenem Zorn. »Ich mache meine Arbeit und –«

»Und brichst dabei anderen Menschen – und dir selbst – das Herz«, beendete Henry meinen Satz.

»Du hast keine Ahnung, wovon du redest. Thea und ich, das zwischen uns war nie echt, wie du sehr wohl weißt. Es war alles fake. Da gab es keine Herzen, die brechen könnten.«

»Sicher, wenn du dir das einreden willst, damit du besser schlafen kannst. Aber wir alle kennen die Wahrheit. Wir haben euch gesehen. Und ja, vielleicht war es am Anfang fake. Aber ich würde meinen Pub darauf verwetten, dass es das am Ende nicht mehr war.«

»Ich habe keine Ahnung, worauf du hinauswillst«, sagte ich und versuchte, desinteressiert zu klingen, obwohl mein Herz schneller zu schlagen begann.

»Ach ja? Lass es mich noch mal für dich buchstabieren: Thea ist in dich verliebt. Und du bist in sie verliebt. Und deshalb hast du mit ihr Schluss gemacht.«

Mit zusammengebissenen Zähnen starrte ich auf den Laptop in meinen Händen. Meine Knöchel traten weiß hervor, so fest hielt ich ihn mittlerweile. »Das ist lächerlich. Wir kennen uns erst seit ein paar Wochen.«

»Mhm«, machte Henry. »Und wann hast du dich in sie verliebt? War es vor oder nach eurem Kuss im Kino?«

Bei der Erinnerung an den Kuss schoss brennende Hitze durch meinen Körper, und beinahe hätte ich den Laptop fallen gelassen. Mühsam zwang ich mich, die Kontrolle über meinen Körper zurückzugewinnen. »Thea ist nichts als eine Ablenkung, und ich habe es satt, abgelenkt zu werden. Und sie ist eine Hochzeitsplanerin, um Himmels willen! Sie träumt von einem Märchen, einem ultimativen Happy End. Und ich halte mich von Beziehungen oder Ehen oder Verpflichtungen fern. Ich bin ein Workaholic und ...«

»Ein Vollpfosten«, beendete Colt. »Ein unglaublicher Vollpfosten. Und ein Feigling.«

Ich ließ den Laptop zurück auf den Tisch knallen. »Ich bin kein Feigling!«

Henry legte den Kopf schief und seufzte. »Doch. Du hast Angst, dass sich die Vergangenheit wiederholt, also hältst du dich von allem fern, was auch nur annähernd in die Richtung geht.«

»Na und? Ist das so eine schlechte Sache? Was ist so schlimm daran, nicht wieder verletzt werden zu wollen? Immer heißt es, man soll aus Fehlern zu lernen, und jetzt, da ich versuche, genau das zu tun, ist das auch wieder falsch? Ich tue niemandem weh, am wenigsten mir selbst. Thea ist ein großes Mädchen, sie wird weitermachen und jemanden finden, der ihr das Happy End geben wird, das sie sich wünscht. Ich kann ihr das nicht geben. Mit mir würde sie das genaue Gegenteil bekommen.«

»Das war's also?«, fragte Colten mit hochgezogenen Brauen. »Du willst es nicht einmal versuchen?«

Plötzlich fühlte ich mich unendlich müde. »Es bringt doch nichts«, flüsterte ich.

»Und mit dieser Entscheidung kannst du leben? Du fühlst dich nicht schuldig? Du bereust nichts?«

Ich warf den beiden einen düsteren Blick zu. »Was wollt ihr hören? Dass ich nicht atmen kann, jedes Mal, wenn ich an sie denke – was die ganze verdammte Zeit ist? Dass es sich anfühlt, als hätte ich mein Herz in dieser verdammten Stadt zurückgelassen? Dass ich mich innerlich tot fühle? Dass ich sie vermisse? Dass ich keinen einzigen Moment mit ihr bereue? Denn, ja, das alles ist wahr. Aber was ändert das? Nichts. Es ändert nichts.« Ich vergrub das Gesicht in den Händen und atmete mehrmals tief durch. »Bitte, geht einfach.«

Einen langen Moment herrschte Schweigen, bevor Henry leise sagte: »In Ordnung, wir gehen. Aber denk darüber nach, was wir gesagt haben. Und darüber, was du gesagt hast. Ist die Angst vor einem möglichen Herzschmerz es wirklich wert, das Glück wegzuwerfen, das ihr haben könntet? Denk gut darüber nach, denn es wird dich den Rest deines Lebens verfolgen, wenn du dir nicht einhundertprozentig sicher bist.«

Dann hörte ich, wie sich die Tür öffnete und schloss und ich wieder mit meinen Gedanken allein war.

Sie hatten recht. Es verfolgte mich bereits jetzt.

Und ich war mir nicht sicher, wie lange ich noch so leben konnte.

Ohne Thea.

Kapitel 27

Thea

Ich hätte nie gedacht, dass ich einmal froh sein würde, wenn Elenas Party vorbei war. Schließlich war es ihr und Nates großer Tag – nun, einer davon. Die Vorbereitungen waren beinahe abgeschlossen, und genau, wie ich es mir vorgestellt hatte, war der Garten in einen magischen Ort verwandelt worden. Jedes Mal, wenn ich ihn betrat, erwartete ich, Feen, Satyrn und andere Fabelwesen zu sehen.

Und obwohl El völlig hin und weg von allem war, schaffte ich es nicht, die gleiche Aufregung zu empfinden. Natürlich war ich froh, dass sie glücklich war. Aber in den letzten Tagen war meine Konzentration so schlecht wie nie.

Stattdessen drehten sich meine Gedanken konstant um Owen. Es war vier Tage her, seit er gegangen war, und drei Tage, seit ich mit Mirabel im Krankenhaus gesprochen hatte. Seitdem hatte ich mehrmals versucht, ihn anzurufen, aber jedes Mal ging nur seine Mailbox ran. Und jedes Mal kam einem Schlag in den Magen gleich.

Doch schließlich war das nur Schritt eins gewesen. So einfach würde ich nicht aufgeben.

Ich sah mich noch ein letztes Mal im Garten um, bevor ich wieder ins Haus ging. In der Küche herrschte ein geordnetes Durcheinander. Küchenpersonal eilte durch den Raum und trug Teller, Töpfe und Pfannen. Ich wich ihnen aus, lächelte und nickte allen zu.

Nach meinem Besuch im *La Mesa Real* hatten El und Nate sich für ein Menü im Buffetstil entschieden, das einfach, aber edel war. Neben einer Suppe und einer Vorspeisenplatte konnte man sich zwischen Fisch aus lokaler Herkunft und einem Pilzrisotto entscheiden. Abschließend gab es die von Poppy zusammengestellten Platten mit Cupcakes, Brownies und natürlich Cronuts.

Was das Essen betraf, hatten die Cateringfirma und Poppy alles im Griff, und für die Musik hatte ich einen Gefallen von Travis eingefordert. Damit war mein Part erledigt, und es blieb nur noch eine Sache zu tun.

Langsam stieg ich die Treppenstufen in den ersten Stock hinauf. El hatte eines der leeren Gästezimmer besetzt, um sich dort umzuziehen und vorzubereiten. Ohne einen Blick auf Owens ehemaliges Zimmer am anderen Ende des Ganges zu werfen, klopfte ich an und trat ein.

Elena hatte sich bereits umgezogen und trug ein langes rotes Kleid mit V-Ausschnitt, das an den Schultern mit silbernen Broschen befestigt wurde und damit ein wenig an die Kleider griechischer Frauen in der Antike erinnerte. Ihr kurzes Haar war gelockt und umrahmte ihr schmales Gesicht auf feminine Weise.

»El! Wow, du siehst wunderschön aus«, stieß ich hervor und konnte nicht anders, als zu lächeln. Sie sah atemberaubend aus, und ich war so stolz, sie so zu sehen.

»Danke. Wie laufen die Vorbereitungen? Ist alles in Ordnung? Brauchst du Hilfe?«

»Nein, alles ist gut. Es ist alles so weit fertig.«

Sie hob die Brauen. »Sicher? Du sagst das auch nicht nur so, nur um mich nicht zu besorgen?«

Ich verzog das Gesicht. »Das habe ich wohl verdient. Aber nein, es ist wirklich alles in Ordnung. Eigentlich ... wollte ich mit dir sprechen.«

»Worüber?«, fragte Elena, ließ sich auf der Bettkante nieder und sah mich neugierig an.

Nervös biss ich mir auf die Unterlippe, bevor ich die Bombe platzen ließ. »Ich werde nicht bleiben.«

»Was?« Wie vom Donner gerührt starrte sie mich an.

»Es tut mir leid, El, aber ich muss gehen.«

Verwirrt schüttelte sie den Kopf. »Wohin gehen?«

»Nach London.«

Sie musterte mich und verengte dann die Augen. »Läufst du ihm nach? Thea, mir ist klar, dass du in ihn verliebt bist, aber bist du sicher, dass es eine gute Idee ist –«

»Natürlich ist es keine gute Idee«, unterbrach ich sie. »Aber ich muss trotzdem gehen und zumindest mit ihm reden. Wenn nicht, werde ich es womöglich für den Rest meines Lebens bereuen.«

»Ich will nicht, dass man dir wehtut«, sagte sie leise. »Was ist, wenn er dir das Herz bricht?«

Ich lächelte traurig. »Das hat er schon, erinnerst du dich? Wie viel schlimmer kann es schon werden? Und außerdem ... er ist das Risiko wert.«

»Oh, Thea.« Sie stand auf und zog mich in eine feste Umarmung. »Du liebst ihn wirklich, nicht wahr?«

»Ja«, flüsterte ich. »Und es tut mir leid, wenn es so aussieht, als würde ich ihn dir vorziehen, aber –«

Aber ich konnte nicht länger warten.

In der jetzigen Situation konnte ich unmöglich eine Verlobungsparty besuchen, noch dazu die meiner besten Freundin, und *glücklich* sein.

Ich musste wissen, ob es für Owen und mich noch eine Chance gab, je eher desto besser. Denn wenn nicht ... nun, dann würde es verdammt lange dauern, die winzigen Scherben meines Herzens wieder zu etwas zusammenzukleben, das auch nur im Entferntesten an das Organ erinnerte.

Elena schüttelte den Kopf. »Nein, ich verstehe. Du wählst nicht ihn, sondern dich selbst. Und ich bin so verdammt stolz auf dich. Von dem, was ich mittlerweile über dich weiß, hättest du dich vor ein paar Wochen wahrscheinlich noch durch die Party gequält, also nehme ich mal an, das ist sein Einfluss, nicht wahr?«

Ich nickte.

El lächelte, obwohl Tränen in ihren Augen schwammen. »Er ist ein guter Kerl. Auch wenn er es selbst nicht weiß. Lass ihn nicht davonkommen. Kämpfe für ihn. Versprich es mir.«

Rührung schnürte mir die Kehle zu, und ich umarmte sie noch einmal fest. »Das werde ich«, wisperte ich.

Schließlich löste sie sich von mir. »Sehr gut. Und ich erwarte einen detaillierten Bericht über das, was passiert ist. Und zwar einen ehrlichen.«

»Versprochen«, gab ich ernst zurück und drückte ihre Hand.

»Gut, dann bist du hiermit entlassen.« Sie zwinkerte. »Aber komm bald wieder. Mit ihm oder ohne ihn.«

»Versprochen«, wiederholte ich. »Immerhin müssen wir ja noch eure Hochzeit planen.«

El nickte. »Eben. Lass mich nicht zu lange warten, okay? Und ruf mich an, wenn du ankommst. Und schreibe mir, wenn du im Zug sitzt. Und sag Bescheid, wenn –«

»*Ja, Mum*«, sagte ich augenverdrehend, und sie gab mir einen Klaps auf den Arm.

»Pass auf dich auf, Thea.«

»Du auch.« Mit einem letzten Winken verließ ich ihr Zimmer, ging die Treppe wieder nach unten und durch das Foyer zur Eingangstür.

Das Herz hämmerte in meiner Brust, und für den Bruchteil einer Sekunde dachte ich darüber nach, umzudrehen und doch hierzubleiben, aber ich widerstand dem Drang. Denn das war es nicht, was ich tun *wollte*.

Immer wieder hatte ich stillschweigend akzeptiert, wenn sich Männer von mir getrennt hatten. Was hätte ich auch tun sollen, wenn sie andere Frauen vorzogen oder ihnen etwas an mir nicht passte? Ich wollte nicht mit jemandem zusammen sein, der offensichtlich nicht das Gleiche für mich empfand.

Doch Owen war anders.

Selbst wenn ich nicht die tragische Geschichte seiner Kindheit erfahren hätte, wusste ich, dass das, was er mir beim Festival an den Kopf geworfen hatte, nicht die ganze Wahrheit war.

Ich liebe dich, verdammt.

Das tut mir leid für dich.

Seine Worte schmerzten noch immer, aber mittlerweile war ich überzeugt davon, dass mehr dahintersteckte. Vielleicht machte ich mir nur etwas vor und er empfand wirklich nichts für mich, aber wenn es nur den Hauch einer Chance gab, dass das zwischen uns funktionieren konnte, musste ich darum kämpfen.

Mit neuer Entschlossenheit öffnete ich die Haustür und zuckte heftig zusammen, als plötzlich Henry vor mir stand. Anscheinend hatte er genauso wenig mit mir gerechnet, denn er blinzelte überrascht, fing sich jedoch rasch wieder und setzte sein typisches Grinsen auf.

»Wohin des Weges, hübsche Frau?«

»Ich habe jetzt keine Zeit, Henry. Ich erkläre dir später alles«, sagte ich und versuchte, mich an ihm vorbeizudrängen. Das ließ er allerdings nicht zu. Er war so breitschultrig, dass er lediglich einen Schritt nach rechts oder links gehen musste, um mich daran zu hindern, doch mit jedem Mal wuchs meine Ungeduld. »Bitte, lass mich durch, ich muss meinen Zug erwischen!«

Bei diesen Worten blieb er stehen und hob die Brauen. »Zug?«

Ich seufzte genervt. »Ich will nach London fahren, um mit Owen zu sprechen. Bist du jetzt zufrieden?«

Ein Grinsen breitete sich auf seinem Gesicht aus. »Warum hast du das nicht gleich gesagt? Komm, ich fahre dich!« Damit trat er beiseite und schob mich vor sich her nach draußen zu meinem Mietwagen.

»Du – was? Äh, okay?« Etwas überrumpelt ließ ich mich von ihm führen und übergab ihm widerstandslos meine Schlüssel. Ich war ohnehin zu nervös, um zu fahren.

Ich ließ mich neben Henry auf den Beifahrersitz fallen, lehnte mich zurück und schloss die Augen, während ich mir überlegte, was ich Owen sagen sollte. Eigentlich legte ich mir schon seit Tagen Worte zurecht, aber ich war immer noch nicht zufrieden.

Irgendwann merkte ich, dass ich eingenickt sein musste, aber als ich die Augen öffnete, stellte ich erschrocken fest, dass wir uns noch immer in der unmittelbaren Umgebung von Upper Hillford befanden.

»Was zum Teufel – Henry, ich muss meinen Zug erwischen!«, fuhr ich ihn ungehalten an, woraufhin er mir ein entschuldigendes Lächeln schenkte.

»Tut mir leid, Süße, ich habe andere Anweisungen. Praktischerweise hast du den für mich kompliziertesten Teil verschlafen.« Er warf einen Blick auf sein Handy, das er an die Lüftung geklemmt hatte. »Jeden Moment sollte ich das Go bekommen, dass – ah! Da ist es ja.« Als sein Handydisplay aufleuchtete, lächelte er zufrieden und setzte den Blinker.

»Und wohin entführst du mich jetzt?«, fragte ich patzig und verschränkte die Arme vor der Brust. Ich hasste es, wenn jemand meine Pläne durchkreuzte – vor allem, wenn es dabei um etwas so Wichtiges ging.

»Wirst du gleich sehen«, gab Henry geheimniskrämerisch zurück, und ich lehnte stöhnend die Stirn gegen das Seitenfenster. Mir blieb ohnehin nichts anderes übrig, als abzuwarten.

Zu meiner Überraschung lenkte Henry den Wagen eine Seitenstraße entlang, die hinunter zum Strand führte.

»Hast du Lust auf einen Strandspaziergang bekommen oder was?«, fragte ich argwöhnisch.

»Ich nicht, aber du vielleicht gleich«, gab er grinsend zurück. Er stoppte den Motor und öffnete die Autotür. »Komm mit.«

Seufzend folgte ich ihm. Über eine kleine Steintreppe gelangte man zum Ufer. Es war kein typischer Postkartensandstrand, sondern ein Kiesstrand, doch die raue Schönheit hatte mich von Anfang an fasziniert.

Als ich plötzlich in einiger Entfernung zwei vertraute Gestalten entdeckte, die um etwas Buntes herumstanden, blieb ich abrupt stehen.

»Ist das ...« Ich wagte kaum, die Frage laut auszusprechen.

»Jep.«

»Aber ...«

»Willst du wirklich, dass ich dir deine Fragen beantworte?«, fragte Henry belustigt, und ich konnte nur stumm den Kopf schütteln.

Schweigend setzten wir uns wieder in Bewegung, und je näher wir kamen, desto deutlicher konnte ich die beiden Männer erkennen.

Während Colten mit verschränkten Armen und seiner allgegenwärtigen Polizeiuniform dastand, war es Owens Anblick, der mich ein weiteres Mal abrupt zum Stehen brachte.

Denn er trug *keinen Anzug.*

Und wenn ich gedacht hatte, dass er in einem Anzug schon höllisch gut aussah, dann war das nichts im Vergleich zu Jeans. Sie saß ihm tief auf den Hüften, und in Kombination mit dem weißen Hemd mit den aufgekrempelten Ärmeln, die seine Unterarme betonten, ließ es mir schlichtweg das Wasser im Mund zusammenlaufen.

»Heilige Scheiße«, murmelte ich mit weit aufgerissenen Augen. Ich bemerkte kaum, dass Henry mich weiterschob.

Und dann stand ich direkt vor ihm und konnte weiterhin nichts anderes tun, als ihn anzustarren.

»Ich hätte nie erwartet, dich einmal sprachlos zu sehen«, neckte er mich, und der vertraute, leicht spöttische Tonfall weckte mich aus meiner Benommenheit.

»Was ... was machst du hier?«, fragte ich ihn heiser und blinzelte mehrmals, weil ich immer noch nicht glauben konnte, dass er tatsächlich hier vor mir stand.

Anstatt mir zu antworten, warf er Colten einen Seitenblick zu, der sich augenblicklich aufrichtete und nickte. »Wir sind dann mal weg. Bis später. Und viel Glück«, sagte er mit Blick auf mich, ehe er an mir vorbeiging, Henry am Arm packte und ihn mit sich davonzog.

Und zum ersten Mal seit Tagen war ich allein mit Owen Stone. War es wirklich erst einige Tage her? Es kam mir vor wie eine Ewigkeit.

»Ich ...« Mein Mund war trocken und meine Hände zitterten.

»Thea«, begann er, nur um im nächsten Moment wieder zu verstummen. Er fuhr sich mit der Hand durch

die Haare und seufzte. »Vielleicht war das doch keine
so gute Idee.«

Verwirrt starrte ich ihn an. »Was war eine schlechte
Idee?«, fragte ich heiser. »Hierherzukommen? Denn ich
kann dir eins sagen, Owen Stone, wenn du jetzt nicht
hier wärst, dann würde ich bereits in einem Zug nach
London sitzen. Auf dem Weg zu dir. Und ich wäre erst
gegangen, wenn du mir unmissverständlich klargemacht hättest, dass es für uns keine Hoffnung mehr
gibt.«

Seine Lippen öffneten sich, doch kein Ton drang heraus, während er mich anstarrte. Ich konnte seine
Miene nicht recht deuten – war das Fassungslosigkeit
oder sogar etwas wie Bewunderung in seiner Miene?
Nach einigen Momenten des Schweigens räusperte er
sich. »Tatsächlich?«

Ich nickte nur, und seine Mundwinkel hoben sich.
»Ich wusste immer, dass du mutiger bist als ich, aber
das beweist es einmal mehr.« Er schluckte und kam einen Schritt auf mich zu, ehe er fortfuhr: »Ich habe immer gedacht, ich wüsste, was ich vom Leben will. Ich
war mir so sicher, wohin mein Weg mich führt ... mich
führen soll. Und dann bist du aufgetaucht und hast
mich durch sämtliche Seitengassen und Trampelpfade
geführt, die ich mein Leben lang vermieden habe.« Er
holte tief Luft. »Und dann war es, als wäre alles, was ich
versucht habe zu verdrängen, auf mich eingestürzt. Ich
war überwältigt und verwirrt und verloren. Ich war
plötzlich irgendwo im Nirgendwo, und obwohl ich versucht habe, zurück in die Zivilisation zu kommen, habe
ich es nicht geschafft. Es war furchterregend. Ich
konnte nicht verstehen, warum das passiert ist, und die

Tatsache, dass du es gewesen bist, die mir das angetan hat, hat nicht geholfen. Weil ... weil ich ...«

»Owen ...«, begann ich, doch er schüttelte den Kopf.

»Nein, ich muss das loswerden. Bitte.«

»Okay«, flüsterte ich.

»Es war vielleicht am Anfang fake für mich, aber spätestens seit dem Kuss war es das nicht mehr. Aber ich war zu blind und stur und ...« Er schüttelte den Kopf. »Und es tut mir leid, dass ich dich angelogen habe. Und dass ich dich verletzt habe. Ich war ein Feigling. Aber die Wahrheit ist, Thea, dass ich dich liebe.«

Bei diesen Worten blieb mein Herz stehen. »Du liebst mich?«

»Ja. Mehr als ich je für möglich gehalten hätte. Ich hatte immer dieses festgefahrene Bild von Liebe, und du hast da nirgends hineingepasst. Nichts hat Sinn ergeben. Du warst wie eine Anomalie. Etwas, das ich nicht verstand und nicht entschlüsseln konnte. Und du weißt vielleicht mittlerweile, dass ich es hasse, wenn die Dinge keinen Sinn ergeben. Wenn etwas nicht logisch ist.«

Meine Mundwinkel zuckten. »Ja, das habe ich mitbekommen.«

»Aber mittlerweile habe ich begriffen, dass das keine Rolle spielt. Das Einzige, was zählt, bist du. Und dass ich dich liebe. Ich hatte immer Angst, dass jede Beziehung, die ich eingehe, so enden würde wie die meiner Eltern. In Wut und Streit und Hass. Das ist der Grund, warum ich nie eine Beziehung wollte. Aber dann bist du gekommen, und ich habe etwas begriffen.« Er kam ein paar Schritte näher und schob eine Haarsträhne hinter mein Ohr.

»Was?«, fragte ich atemlos.

»Liebe muss nicht so sein. Du hast mir klargemacht, wie viele verschiedene Versionen von Liebe es gibt. Deshalb habe ich so lange gebraucht, um zu erkennen, dass ich in dich verliebt bin. Es fühlt sich nicht so an, wie ich es erwartet habe. Aber gleichzeitig tut es das doch. Du bringst mich zum Lachen und Lächeln, und gleichzeitig will ich dich erwürgen. Und das macht mir Angst, es verwirrt mich und lässt mich Glücksgefühle spüren, die ich nie zuvor erlebt habe.«

»Das kommt mir bekannt vor«, murmelte ich, ohne den Blick von ihm zu lösen. Ich konnte nicht. Es kam mir völlig surreal vor, dass er tatsächlich hier vor mir stand und diese Worte aussprach. Unauffällig zwickte ich mich in den Arm, nur um zu sehen, ob ich das Ganze nicht vielleicht träumte. Nein. Der Schmerz, der sich an der Stelle ausbreitete, sagte mir, dass das hier echt war.

Er lachte und seine Augen leuchteten auf, bevor er wieder ernst wurde. »Aber dann hat Nana nach der Zukunft gefragt. Und plötzlich war ich mir so sicher, dass das, was ich fühlte, was ich fühle, keine Liebe ist. Dass diese ... diese hässliche Version den Kopf heben würde, wenn wir nur lange genug zusammen sind. Und ich hatte solche Angst, das zuzulassen. Denn du verdienst so viel Besseres. Du bist die fürsorglichste, loyalste, wundervollste Person, die ich je getroffen habe. Und deshalb bin ich gegangen. Weil du es nicht verdient hast, verletzt zu werden.«

»Owen ...«, begann ich, doch er legte mir sacht einen Finger auf die Lippen.

»Noch nicht fertig«, ermahnte er mich sanft. »Denn ich habe noch etwas begriffen. Deine romantische Natur hat mich vielleicht am Anfang abgeschreckt, aber mittlerweile glaube ich, dass es genau deine Überzeugung, deine Sturheit, dein Glaube an die Liebe ist, die mich darauf vertrauen lässt, dass du nicht eines schönen Tages die Koffer packst und verschwindest.«

»Das würde ich dir nie antun«, flüsterte ich mit erstickter Stimme. »Niemals. Ich weiß, du glaubst, dass ich diese Märchenvorstellung von Liebe in meinem Kopf habe, irgendeine Art von Dauer-Happy-End, aber das stimmt nicht. Ich weiß, dass die Liebe, dass Beziehungen hart sein können. Aber das bedeutet nicht, dass es sich nicht lohnt, dafür zu kämpfen. Und vielleicht machen wir Schluss und verlieren die Liebe oder vielleicht tun wir es nie. Ich kann dir nicht sagen, was passieren wird. Niemand kann das. Aber was ich weiß, ist Folgendes: Liebe ist nie einfach. Sie ist kompliziert und schwer und sie erfordert viel Arbeit. Aber es lohnt sich. Jedes Mal. Denn das Glück, das man bekommt, wenn man verliebt ist, ist das schönste Gefühl der Welt. Und solange wir uns haben, gibt es nichts zu befürchten.«

»Nichts?«, fragte er, seine Stimme schwankte leicht.

»Nein. Und selbst wenn die Dinge enden, muss es nicht das Ende der Welt sein. Es kann auch der Anfang von etwas Neuem sein. Von einem neuen Leben. Und wenn es nicht endet, wenn es ewig dauert, dann ist das ein ganz anderes Abenteuer, das auf uns wartet. Aber wir werden es nie erfahren, bis wir es versuchen. Und ich bin bereit, es zu versuchen. Mit dir.«

Für einen kurzen Moment schloss er die Augen, bevor er sie wieder öffnete und mich mit einem zittrigen Lächeln ansah. »Es ist, als hätte ich mein Leben lang nur darauf gewartet, bis du kommst und meine Ansichten über den Haufen wirfst. Ohne dich ...« Er schüttelte den Kopf. »Nein, ich will mir nicht einmal vorstellen, wo ich wäre, wenn ich dich nicht kennengelernt hätte.«

Ich umfasste sein Gesicht mit beiden Händen und zog ihn zu mir. »Ich liebe dich, Owen Stone. Also hör auf davonzulaufen und fang an zu leben.«

»Versprochen«, wisperte er, bevor er seinen Mund auf meinen presste und die Arme um mich schlang.

»Zum Teufel, ich habe dich so sehr vermisst«, raunte er gegen meine Lippen.

»Ich dich auch«, murmelte ich, bevor ich ihn erneut küsste. »Aber nur, dass du's weißt – wenn du nicht gekommen wärst, hätte ich dich in London gesucht und dir in den Arsch getreten.«

Er lachte. »Ist notiert.« Sein Gesichtsausdruck wurde zärtlich. »Ich liebe dich, Theodora Jordan.«

Ich verzog das Gesicht. »Ich liebe dich auch, aber nur, wenn du mich nie wieder so nennst. Ich heiße Thea.«

»Was immer du sagst, Liebling.«

Ich stöhnte. »Du bist schrecklich.«

»Schrecklich verliebt in dich, ja.«

»O Gott, war das kitschig.«

Er lachte erneut und die Schmetterlinge in meinem Bauch überschlugen sich beinahe, so sehr genoss ich das Geräusch. Dann sah er mich liebevoll an. »Möchtest du jetzt zu Elenas Feier zurück?«

Überrascht hob ich die Brauen. »Du willst freiwillig auf eine Verlobungsparty?«

»Sie ist deine beste Freundin. Außerdem«, begann er und sah mich ernst an, »will ich nicht, dass du das Gefühl hast, mit mir nicht über alles reden zu können. Du liebst deinen Job, und ich liebe dich.«

Mit offenem Mund starrte ich ihn an, bevor ich ihn erneut an seinem Hemdkragen zu mir zog und ihn leidenschaftlich küsste. Als er sich atemlos von mir löste, fragte er: »Wofür war das denn?«

»Dafür, dass du du bist«, gab ich schlicht zurück. »Aber bevor wir zu Els Party gehen, musst du dich noch umziehen. So sehr es mich auch freut, dass du und deine Anzüge eine Beziehungspause eingelegt habt, das ist eine schicke Veranstaltung. Aber so wie ich dich kenne, hast du doch mindestens ein paar Dutzend in deinem Gepäck, oder?«

»Möglicherweise.«

»Dachte ich's mir doch. Na komm.« Ich verschränkte meine Finger mit seinen und zog ihn hinter mir her in Richtung Auto. Aber nach nur wenigen Schritten fiel mir noch etwas anderes ein, und ich blieb so abrupt stehen, dass er beinahe in mich hineingelaufen wäre.

Ich legte den Kopf in den Nacken und sah Owen aus zusammengekniffenen Augen an. »Hast du endlich diesen lächerlichen Plan aufgegeben, das B&B zu verkaufen?«

Seine Mundwinkel zuckten, bevor er sich zu mir beugte. »Habe ich. Nicht, dass ich gegen Mirabel und dich überhaupt eine Chance gehabt hätte.«

»Nicht die geringste«, bestätigte ich mit einem zufriedenen Grinsen und erlaubte ihm, mich erneut zu küssen. Der Wind umspielte meine Haare, während ich

mich an ihm festhielt. Ganz langsam sickerte die Er-
kenntnis in mein Bewusstsein, dass das hier real war.
Ich hatte endlich das märchenhafte Ende gefunden.
Und das Beste daran? Es war nicht das Ende.
Es war der Anfang.

ENDE

Danksagung

Die erste Danksagung nach dem 30. Geburtstag ist schon irgendwie was Besonderes! Aber generell liebe ich jede einzelne, denn es heißt, dass wieder eins meiner Schätze den Weg in eure Hände findet und ihr eine neue Geschichte lesen könnt. Allein das ist Grund genug, dankbar zu sein. Diesmal waren sogar noch mehr Leute als üblich beteiligt.

Allen voran habe ich der lieben Carina vom dp Verlag zu danken, die das Potenzial in dieser Idee gesehen hat – danke für dein Vertrauen, deinen Enthusiasmus und deinen Support!

Danke auch an meine Lektorin Mareike, durch die das Buch ungefähr eine Trillion Mal besser wurde und die mir geholfen hat, meine Gedankenknoten, die sich in den Plot geschlichen haben, aufzudröseln und aus dem Ganzen etwas zu machen, das Sinn ergibt. Deine Hilfe war unersetzlich!

Ansonsten danke ich natürlich dem Digital-Publishers-Verlag im Ganzen für diese großartige Chance!

Und nun folgen die üblichen Verdächtigen – danke an Kathi und Meli, dafür, dass ihr euch mein Gejammer und meine wirren Plotideen angehört habt und immer für mich da seid, danke an Susanna für deine Unterstützung und diese wunderbare Prise Realismus, die mich immer wieder auf den Boden der Tatsachen zurückbringt, wenn mein Kopf wieder in den Wolken steckt! Danke an meine Familie, allen voran meine Mum, dafür, dass ich diesen Traumjob ausüben kann. Außerdem danke ich natürlich euch, liebe Lesende, für das Kaufen, Verschenken, Lesen und (hoffentlich) Lieben meiner Bücher. Ohne euch würde ich vermutlich noch immer hinter einem Schreibtisch – Moment, das tue ich ja immer noch. Okay, ohne euch würde ich noch hinter einem *anderen* Schreibtisch sitzen und mich vermutlich gerade auf ein Meeting vorbereiten, das auch eine Mail hätte sein können. Also, danke, dass ihr mich vor diesem Schicksal bewahrt habt, ihr seid die Besten!